拾心如月

检心如月

修篱种菊——著

法律出版社 LAW PRESS · CHINA
北京

图书在版编目(CIP)数据

检心如月 / 修篱种菊著. -- 北京 : 法律出版社,
2022
ISBN 978 -7 -5197 -6165 -3

Ⅰ. ①检… Ⅱ. ①修… Ⅲ. ①纪实文学－作品集－中国－当代 Ⅳ. ①I25

中国版本图书馆 CIP 数据核字(2021)第 225381 号

检心如月
JIANXIN RUYUE

修篱种菊 著

策划编辑 许 睿
责任编辑 许 睿 朱颖超
装帧设计 贾丹丹

出版发行 法律出版社
编辑统筹 司法实务出版分社
责任校对 朱轶佳
责任印制 胡晓雅
经　　销 新华书店

开本 A5
印张 12 **字数** 259 千
版本 2022 年 3 月第 1 版
印次 2022 年 3 月第 1 次印刷
印刷 三河市兴达印务有限公司

地址:北京市丰台区莲花池西里 7 号(100073)
网址:www. lawpress. com. cn
投稿邮箱:info@ lawpress. com. cn
举报盗版邮箱:jbwq@ lawpress. com. cn
销售电话:010 - 83938349
客服电话:010 - 83938350
咨询电话:010 - 63939796

书号:ISBN 978 -7 -5197 -6165 -3
定价:56. 00 元
凡购买本社图书,如有印装错误,我社负责退换。电话:010 - 83938349

作者简介

修篱种菊，女，汉族，1972 年 10 月出生，现系某省级人民检察院三级高级检察官。曾获全国模范检察官、全国三八红旗手等荣誉称号。

序

吾心似秋月

不少朋友对我说，听你讲话就知道是有故事的人。检察，是我一生的事业，在县（区）、市、省三级检察院均工作过，长年在别人的故事里阅读人生，能没有故事吗？

办案之余，常常对着月亮发呆，看着她圆，看着她缺，想着自己的人生和所办案件里的人的人生，便以我手写我口，指间键盘声声合于桑林之舞，尽情放飞奔涌的思想河流。有时分不清梦里梦外，无数次午夜梦醒，借着一地清辉，将梦中的珍珠一一捡起，擦拭……

去年秋日，有尊者鼓励我说："把你在案件管理办公室的故事说出来吧，分享故事也是传播法治声音。试试吧！"于是就有了这本书的孕育。

我选择月亮作为本书的意象，乃是认为心似明月当是检察官办案的最高境界。正如诗僧寒山诗曰"吾心似秋月，碧潭清皎洁"。无数个明月清辉的夜从办公楼走出，回味着证据审查时的妙手偶得，出庭公诉时漂亮的反戈一击，众人犹豫时的一马当先……再抬头望望那或圆或缺的月亮，总有“素月分辉，明河共影，表里俱澄澈。悠然心会，妙处难与君说”之感。人世间有美好，也有丑陋，呈现在案件中的东西无论美与丑，善与恶，作为检察官都该有平常心，无差别地对待，这是职业素养的要求，必须做到心无挂碍，如天上明月，清辉普洒。检察官是公共利益的代表，检人察人之办案，当时时不忘检己检心，以月鉴心，检心如明月，万般皆澄清！

书中所要表达的都是平时执法办案的所思所想。当前检察机关正面临转型发展，职务犯罪侦查转隶后的检察机关还能干什么？还该干什么？不仅是全社会关切的问题，也是每一名检察官自己的考卷。我希望通过塑造市、县两级检察院里的检察官群体相，集中反映新时代检察机关如何讲政治、顾大局、谋发展、重自强，尤其是作为法律监督机关如何通过自我监督做到自律自觉。本书的主人公之一容婵，是我心目中案件管理办公室主任的理想形象。简约、朗忠等人是新时代检察官担当作为的典型缩影。书中涉及的其他正面人物原型大都来源于我的同事或我接触的公安干警、法官、律师等职业共同体的佼佼者们。

我选择月亮作为本书意象，还因月亮的空明、澄澈、高洁，其在中国传统文化中一直有着美好的寓意。千江有水千江月，万里无云万里天。如同一千个人眼中有一千个哈姆雷特一般，一轮千古明月，万千人有万千种不同的寄托。检察官办案所苦苦追求的正义亦是如此，每个人都有自己的正义标准，善恶的区分也是相对的，不过是个人利益与他人利益冲突、局部利益与大局利益冲突时的一种选择，一般而言选择利他利众则为善，选择利己利私则为恶。

我希望通过这本书让读者看到一线检察官关于社会公平正义的思考。正义的本质其实很简单，就是让每个人都能得到他该得到的东西，不能得到他不该得到的东西。我讲述的故事与仙丹湖和湖边人的欲望有关，湖里的水产品、矿产资源、湖边的土地是书中人物争夺的目标。仙丹湖教会人们勤劳，赐给人们碧水、鱼类和芦苇……人们平和安静地享受这一切。然而有一天却被碧丽和段钺一家独占式掠夺，他们为贪婪地占有湖中的水产品和矿产资源等财富，日思夜想地要控制这湖、这土、这所有的一切，将用不法手段所捞取的钱财又投入到湖洲里修建矮围和豢养“护湖队”和“保护伞”等，以期获得更大的侵占。最终案发，一切都被收走了！这是对他们的惩罚与报应，也是对我们的警示：勤劳和善良永远值得敬畏！我生在农村，长在农村，又在县检察院工作多年，深深感受到农村是我们每一个人的根，是我们灵魂的故乡。山不言，水不语，只以无限宽容的怀抱接纳着我们，那么我们该回馈这片土地什么？书中人物容氏集团创始人容义为我找到了答案，他出走半生，归来依是农人，将一生所攒全部投入仙丹湖周边进行立体农业开发。

我选择月亮作为本书意象，还因为多年前听到的一个禅意故事。从前有一位禅师在皎洁的月光下散步时顿悟自性般若。当他满心喜悦返回自己的茅屋时，远远看见有梁上君子正溜进屋去。他怕惊动小偷，就脱掉外衣拿在手上站在门口等候。当空手而归的小偷出来时，他把衣服披在小偷身上，说："夜凉了，你带着这件衣服走吧！"小偷不知所措，低着头溜走了。禅师目送小偷走了以后，回到茅屋赤身打坐遂入空境。第二天，他从极深的禅定里睁开眼睛，惊喜地发现披在小偷身上的外衣被整齐地叠好，放在门口。禅师非常高兴，喃喃地说："我终于送了他一轮明月！"

我以为，送人一轮明月当是检察官办案的价值追求。有人说我们不是在办案，而是在办别人的人生。我说我们办案既是办别人的人生，也是办自己的人生。渡人亦渡己，无论什么离奇的案件，无非是非曲直、善恶正义的评价而已。我们维护公平正义，更有责任和义务告诉大家如何实现公平正义。本书女主人公江海市人民检察院案件管理办公室主任容婵、男主人公江水县人民检察院检察长简约、江海市公安局副局长侯泉林等人凭借强烈事业心和高度使命感迎难而上，惩恶扬善，为人民司法，他们的形象就如天上明月般清朗！

最后，亦愿这书如一轮明月，光照你我他。一个人的成长有天赋，更有后天习得，而习得这个世界上的东西，并非只是知识的灌输，而是宁心静气之时从内心唤醒对生命，对良善的感悟。希望每个人都能在别人的案件或者别人所办的案件里得到成长，觉悟良善！不管是办案，还是学习，只有经历物我合一，再历物我皆忘时，才能体悟到心中如明月般清朗的美好。

寂静月色之下，一个人心有所牵，尤其所牵乃为天下众生，当是最美之妙境。热闹不过是一群人的寂寞，而寂寞是一个人的热闹。月夜清辉，反思日日里做过的事，办过的案，再听听自己内心最深处的良知善音，我以为正是最幸福的时候。愿今夜月色清凉，人间美好！

是为序。

辛丑中秋
于河垅﨓
龙青书院

目　录

楔　子

梦是真实的。月亮一会儿皎洁无瑕，一会儿满目疮痍，一会儿是简约的脸，一会儿是谌嵩的脸。容婵睡到半夜似梦似醒，窗外无月，远处的海浪声一阵阵袭来……一声闷雷将她彻底惊醒，再也睡不着，脑子里乱哄哄的，人来人往……

人与人之间的关系其机在玄，玄之又玄。容婵说过的话，简约肯定信，并且全信。以前谌嵩说的话，容婵也会静静地听，但是她说的话，谌嵩却很少会听。

那是临近高考前的一个晚上，月亮特别大，特别圆，简约、谌嵩和她上完自习从教学楼出来，谌嵩冷不丁冒出一句："我喜欢上海，容婵，我们一起报考上海的大学吧？"

容婵望了望天上的玉盘，犹豫地说："上海？可我喜欢扬州。"

谌嵩不解，问道："为什么？"

她浅笑道："不为什么，只为今晚的月亮，天下三分明月夜，二分无赖是扬州。"

谌嵩满脸不高兴，吐了两字："行吧！"

走在他们身后的简约只是默默地听着。

填报志愿时，她竟鬼使神差地填报华东政法学院。然后真的与被上海财政大学录取的谌嵩一起读了上海的大学。那时候的谌嵩几乎每个周末都会准点出现在女生宿舍楼前等她。

很快一个学期就要结束了。一个月朗风清的夜晚，她突然接到简约打到宿舍楼的电话。

“容婵，扬州，你怎么不在？为什么？二十四桥有……有月亮，你为什么不来，不来看……”他话说得断断续续，仿佛舌头有点大。

容婵急问：“简约，你在哪里？”

“我在哪里？你说喜欢扬州，我就上了扬州大学。呜……呜……我还能在哪里？天下三分明月夜，二分无赖是扬州。你说扬州的月亮美？不美，一点都不美。”简约在电话里又哭又笑。

“对不起！真的对不起，我不知道你上的是扬州大学，扬州真的很漂亮，我特别喜欢瘦西湖。”容婵这才知道简约去了扬州大学，为自己随口说的那句话略感愧疚。

简约在那边沉默片刻，不闹了，平静地说：“我刚才一个人坐在二十四桥上看月亮，一点都不漂亮。我还买了一支箫，幸亏不会吹。天下三分明月夜，二分无赖是扬州吗？也许二分无赖是上海才对。”

接着简约便挂了电话，此后直到毕业，都没有再跟她联系，这是后话。

容婵记得外公经常给家里人讲家乡仙丹湖的传说，容婵给谌嵩学舌时，他就一直不信。

相传很多很多年前，仙丹湖一带没有湖也没有河，因长年缺水，被叫着天斗丘，完全靠天吃饭，遇到干旱，便民不聊生。一个叫生根的勤劳小伙，与聋子老娘相依为命，他每年都在山窝里找地种一小块老娘喜欢吃的山药。那一年山药苗长势特别喜人，到夏天却遇到前所未有的干旱，他每天顶着烈日挑着两个大水桶，从十几里外的山塘里担水上山浇山药。一个炎热的正午，疲惫的他刚走到山上边，突然眼冒金星，双腿一软晕倒在地，可怜两个破木桶的水全倒出来了，被饥渴的大地瞬息吸干。也不知过了多久，一位白发银须的老者路过，拿出一颗丹药塞进昏迷的生根口中。

又不知过了多久，生根醒了，睁眼一看，完全不敢相信眼前的一切，脚边那原本就要萎死的山药散发出一派绿油油的生机。不远处还有波光粼粼的浩瀚湖面，一条精致的大游船泊在对岸。湖的四周是绵延起伏的山丘草甸，靠近湖畔的山脚还有一座像宫殿般的大宅子。更神奇的是，当他将信将疑地爬起来，走近大宅子，大门竟自动开了！一眼就望见老娘正与一群如花似玉的女子在前厅花廊赏花。他半信半疑地喊一声：“娘。”他老娘居然马上抬头应答：“嗯。”

老娘的耳疾也好了，太不可思议了。他正纳闷着，又听他老娘转身对女孩们喊：“梅儿、兰儿、竹儿、菊儿都过来，看谁来了?”四个年轻美娘子娇声齐道：“老爷回来了!”

生根吓得双腿打抖，问老娘：“这，这都不是我们的，住这能行吗?”

他老娘说：“天降奇福给咱，咱难道还白白送别人不成？有福咱就享呐，傻小子!”

生根是个孝顺的儿子，当然听老娘的话。

从此，这娘俩过上了人间仙境的日子，一传十，十传百，方圆百里都传开了，人们都说是勤劳孝顺的生根感动了仙家，仙家老人给他一颗还魂仙丹，让他过上幸福日子。

可慢慢地人们发现生根变了。地里的庄稼活不用他再干，有足够的长工替他干，他没事干就学会了遛鸟、斗鸡、押宝。尽管家里美艳的妻妾成群，可他很快就腻了，想着要换口味，于是学会了狎妓。妓也玩过了，就又想着黄花闺女的清纯味道，看上谁，谁家就得倒霉，有女孩儿的人家能躲的就躲，能逃的就逃。他家的守门狗越养越多，家丁也是越来越多，游船也越来越豪华，生根每天带着浓妆艳抹的妻妾如皇帝出巡般围湖转悠，富人们该享受的他都在享受，不能享受的他也在享受。

突然有一天，正在游船上寻欢作乐的生根感到天旋地转。湖面狂风大作，乌云密布，瞬息之间大雨滂沱，只一刻工夫，湖面又恢复往日的宁静，只是游船不见了，生根和他老娘也不见了，那幢大宅子也不见了……

第二年的春天，湖面上拱出连片红绿红绿的小芽儿，小芽儿长啊长啊，人们惊喜地发现不起眼的小芽儿都长成一望无际的芦苇，于是这湖，这片芦苇就成了仙丹湖边老百姓世世代代赖以生存的衣食父母……

在仙丹湖一带出生的人都知道这个传说，因为它千百年来一直流传着。老人们每讲完这个故事，都会说勤劳善良生根，贪婪作恶死根！“也许每个人都可能是生根，都有可能幸运地获得仙丹，这仙丹可能是权力，可能是聚集财富的手段，可能是美貌……，但不论它是什么，都不应该因此而放下对勤劳和善良的敬畏。否则，成也仙丹，败也仙丹。”容婵这样想着想着，又慢慢进入了梦乡。

第一章　天下明月有三分

01

公元2018年6月，南方某省会城市江海市。

进入盛夏的江海市，湛蓝的晴空万里如洗，上午9点的太阳就已经很晒人了。商场店铺门面渐次打开，贪凉的人们都往空调开放的店铺门面里钻，店铺慢慢热闹起来。不舍昼夜的银水河依旧奔涌不息，丝毫不在意紧靠河边风光带巍峨的市委大楼里正在进行的权力交替。从京城空降的新任市委书记游江今天到任。省委组织部分管日常工作的副部长汪灵芝同志宣布省委关于江海市主要领导干部调整的决定：游江同志任中共江海市市委委员、常委、书记，龚玲同志另有任用。

而一江之隔的江海市市政府大楼门口则聚集有几十名信访群众，七嘴八舌地喊着要见市长。"我在仙丹湖别墅区住了六七年，从来没听哪个职能部门说有问题，怎么一夜之间就成违建了？""当初开发商建别墅时你们到哪里去了？""你们现在该找的是开发商啊，找我们住户干什么啊？"

两名年轻的男工作人员走出来，其中一位高个子对众人解释道："各位有话请慢慢讲，段市长正在市委那边开会，大家反映的问题我们会一一登记，如实向市长汇报。请大家到这边排队，一个一个地来。”太阳越来越晒人，众人慢慢散开。

距江海市300多公里外的省级重点景区仙丹湖腹地却清凉得很，景区总面积160平方公里，拥有连片天然草甸20多万亩，草甸绵延起伏，四季绿草如茵，山水相映，怡然成趣。因属亚热带山地季风湿润气候，不仅并无暑热，哪怕是数九寒冬亦无长寒，终年游客不断。射击场里人声鼎沸，马道上有三三两两策马扬鞭的游人，绿茵草甸上有五颜六色的露营帐篷，湖边游客有坐着发呆的，也有架起画框写生的……

碧玉公司董事长谌嵩正陪着市自然资源局局长章天成一行人在湖边转悠。章天成指着湖中心偏东南一隅隐约可见的二三米高的矮堤对谌嵩说：“谌总，听说你那湖中湖里有桃源胜景?”

谌嵩故意轻描淡写地说：“哪里哪里，不过是在堤上种些三角梅而已。”

章天成哈哈大笑：“应该不止吧，听说有不少奇花异草，好像光郁金香就种了二十多种，还有什么朱丽叶玫瑰、莲瓣兰、睡火莲啦。你到底是低调的奢华，还是奢华的低调?”

谌嵩声音提高八度：“章局，真的就只有三角梅，不信带您去看看。”

章天成笑着说：“谌总，不急不急，我们今天主要是对容氏生态立体农业项目来进行用地调研的。路过你这儿，顺道转转，改天一定要去堤上看看，别人只道西湖苏堤好风光，哪知仙丹湖里有谌堤?”

正说着，一辆崭新越野吉普停在他们身边，从车上跳下一时尚气质女子，年约三十四五岁，尽管宽幅墨镜遮住她大半边脸，依然掩饰不住她的俏丽。她一边伸出玉手朝章天成走来，一边打招呼："章局，您来得好早啊！"

章天成浅笑道："哪里哪里，为企业服务是我们应尽的责任，应该的。容总，你这次又是大手笔啊！"

女子一脸苦笑着说："章局，实在是父命难违啊！虽是烂尾楼，拆得我心里也疼啊，这些楼也都是用票子砌上去的啊。"她指着湖对面远处依稀可见的断壁残垣给章天成看。接着又摇头说："这些烂尾楼拆了也就拆了，没什么后遗症。我也就依了他，您不知道，听说市里马上要搞围湖别墅整治，他还想收购违建别墅区，我真是怕了他。"

章天成道："容老爷子是有社会责任感的企业家啊！"

谌嵩调侃道："容娟啊，你们容氏会刷票子吧。"

这位叫容娟的女子马上翻脸，冷笑道："我就是任性，怎么啦？说不定哪天你的怡香居也被我铲了！"

谌嵩脸上略有不悦，但忍着没发作。

章天成说："好啦，有钱任性，有钱任性哈，你们别一见面就打嘴皮战。谌总，我们走啦！容总，你在前面开车带路吧。"

谌嵩挥手致意，久久注视着扬尘而去的汽车方向……

江海国际机场飞机跑道上热浪翻腾，站在空调候机大厅的人们隔着窗玻璃，也感到后背要出热汗似的。段岚停好车，从坤包里拿出防晒油在脸上手上涂了好几层，又皱眉望了望窗外，才打开车门，从地下层直接乘坐观光电梯往国际到达层走。

谌嵩的宝贝女儿谌悠悠推着大行李箱从国际到达层出来，

在黑压压的接机人群中一眼就找到站在最前排的优雅精致的姑姑段岚。

悠悠跟段岚并没有血缘关系，只因段岚父亲段铖与悠悠奶奶碧丽是再婚组合家庭，才叫她姑姑。不过悠悠一出生就没见过亲妈，段岚那时刚好生下儿子郑力，奶水充足，看着粉嫩嫩的悠悠心生可怜，撩起衣服给儿子喂奶时总是一边一个，没少给悠悠一口，这样喂着、喂着就把两个小家伙一起带大了。段岚对悠悠不说视如己出，也算尽心尽意。悠悠的日常生活多半是她给打理的，谌嵩除了给钱外，陪伴女儿很少。悠悠自小就跟她这个姑姑亲，跟父亲和奶奶不愿说的话都愿意跟姑姑说。因为悠悠的缘故，段岚与碧丽之间没有一般组合家庭中继母女那种尴尬，关系还算融洽。在这个大家庭里，段岚是最佛系的一个，她不争是因为看得最通透，她感觉维系家庭关系并不一定是亲情和血缘，更多的是利益，尤其是前夫跟她离婚后这种体会更甚！只有跟单纯的悠悠和儿子郑力在一起时，自己才不必设防，所以她乐意陪伴侄女和儿子，不想再婚。

悠悠朝姑姑挤了个鬼脸，段岚疾步走到出口处，接过她的大行李箱，问："悠悠，不是说大卫一起来吗？"

悠悠情绪有些低落，答道："没戏了。"

"怎么说没戏就没戏了，上个月你们不还结伴到瑞士毕业旅行吗？"段岚一惊。

悠悠嘴巴翘起老高，说："搭帮我爸呗！"

姑侄两人边聊边往停车场走。

"你姑接到你了吗？"段岚刚发动车，悠悠就接到了父亲谌嵩的电话。

悠悠懒洋洋地答道："接到了，没别的事我挂了。"

"也不知道他这个父亲是怎么当的？我出国八年就送两回，接过一回。"悠悠边挂电话边抱怨。

段岚用眼角余光瞟了瞟悠悠，关切地问："怎么啦？又跟你爸拧上了？"

悠悠摇下窗玻璃，张嘴呼啦啦地吹气，好一会儿才说："我那个爹，您那个哥让我报考江海市检察院……"

段岚惊讶不已："啊？没搞错吧？"

"没错，而且还是聘用制书记员！"悠悠拉长声调愤愤地说。

段岚脚下轻轻点急刹，一边将车从超车道上变道移出，一边问悠悠："你答应了？"

悠悠道："我哪想答应啊？本来跟大卫约好是先到他家乡冰岛发展几年，再考虑回国。可我爸这回不知为什么，死活要我回来，还说就干两年。合同期一满，我想干什么就干什么。"

段岚轻轻一笑："你爸能拧过你？"

悠悠说："这回真没辙。他说我再不回来就断供。每月 3 万元零花钱不给了。他真做得出，这个月 5 号硬是没给我转账。就这样我为五斗米折腰，回国了。"

段岚："你不还有老佛爷靠山吗？"

悠悠："您说我奶奶吧，这回她也跟她亲儿子站在统一战线了，说我若不听我爸的话，她的 2 万元零花钱也收回，人家到底是母子连心啊！"

段岚抿嘴笑，说："经济封锁这招狠啊！让留学英伦的硕士生去检察院当书记员，真不知你爸唱的哪一出？搞不懂！你敢报考，人家也不一定敢录取你啊！”

悠悠说：“我爸只怕是蓄谋已久，他让我以本科学历报考。”

江海市委大楼的四楼会议室里正在召开市委常委会议。游江书记扫视全场，道：“刚才各位的发言，我都认真地听了，也认真地记了。江海市的情况在座各位都比初来乍到的我熟悉。没有调查就没有发言权，我今天不谈具体处理意见，但有必要提醒各位的是我们要不要反思一下？仙丹湖景区如何走到今日别墅围湖的局面？过去我们政府的决策和审批行为是不是主要围绕 GDP 在转？是不是为了经济发展而没有考虑仙丹湖区的自然生态属性？发生在陕西的秦岭违建整治给我们的警示是什么？前事不忘，后事之师啊，就是必须以钉钉子精神推进生态文明建设。涉仙丹湖景区的违章别墅处置议题，待我到实地调研后再议，请市委办尽快安排调研事宜。散会！”

市长段非铁青着脸第一个从会议室走出来。

晚霞红透江海市上空，下班铃声响过一个多小时了。江海市检察院一楼案件管理办公室（以下简称案管办）的受理大厅里还是一片忙碌。

大厅前台书记员孟梦从“啪啦”“啪啦”的键盘声中抬起头，直起腰，对着大厅对面的房间喊：“常理姐，受理案件，请审批通过。”

常理在里面答：“好嘞。”孟梦伸了下懒腰，两只纤手不停交叉互掐，边掐边问前面的背影：“杨杨，你那几个案子录完了吗？”

杨杨答："没有，快了。"

孟梦说："今天的案子怎么这么多？录得手都酸了。你快点，我等你。"

案管办主任容婵办公室里的灯也还在亮着，此刻她正望着桌上的蒋立峰交通肇事案的流程监控通知书出神。

她是半年前从第一检察部副主任提拔到现在这个职位的，当时内心就有不小的惶恐。案件管理办公室，简称案管办，是检察院里专门负责内部监管的综合业务部门，内行人都明白这搞监管不是高人一等，而要技高一筹，况且又大都是些找人麻烦的事，没有足够强大的内心和超常的协调能力是负荷不起的。她担心自己凡事追求完美的职业"洁癖"适应不了新岗位。任前谈话时，检察长瞿海峰看出她的心思，鼓励她道："组织将你放在这个位置，就是看中你凡事求极致的品格，相信你会干得很好。监督是最长情的爱护，内部监督尤其要敢于亮剑！可能你做得越多，受到的批评和指责也会越多，但也恰恰说明你干得不错。否则，若个个同事都觉得你好说话，不讨嫌，说明你可能是老好人或者是滥好人，可能还不胜任这个岗位。"

窗外的月亮已经升得很高，晶莹剔透惹人醉。"圆满光华不磨莹，挂在青天是我心"，她一边低吟，一边收起流程监控通知书，心里已有主意："宁愿做一颗刺头，也绝不做滥好人。也许当我得罪了所有人，就不存在得罪任何人了，到时大家就会知道，对谁的办案质量问题我都是一视同仁的，包括我自己办理的这起陈年旧案，该通报也得通报，该追责一样追责。"

约半个小时，孟梦、杨杨和常理熄了大厅的灯，一起离开。

十几分钟后，大厅的灯再次亮起。容婵从最里面的办公室走出来，一袭检察夏装恰到好处地点缀她玲珑有致的身材，增之一分显瘦，减之一分显肥。这检察夏装其实很挑人的，穿得宽松点的，仿佛竹竿子挂个纸人似的，穿得紧绷点的，布包赘肉又活像个饺子鼓鼓胀胀，更惨的是走在外面还经常被人当成保洁员。但这身制服穿在容婵身上，不只是好看，还有一种无法言说的神韵。全院女同胞都不得不服，不得不承认容婵是天生的检察制服架子。她的形象、身材、气质跟检察制服简直是绝配。容婵低头挨个将每台电脑桌下的插座巡察一番后，缓步走到门边。正准备熄灯锁门时，一个高大帅气的着纯白 T 恤的中年男子堵在门口。她回避对方目光，一边佯装找门锁，一边低头轻声问："还来加班?"

男子咧嘴一笑，说道："容主任这个点都还没下班，我能不加班吗?"抬起右手很自然地将一打包好的外卖塑料袋递过去。她接得也很自然，原本冷艳的脸绽成一朵蝴蝶兰，朱唇微启，一排好看的白牙现了出来，问："又是些什么?"

男子从她手里拿过门锁，熟练地低头锁门，答道："还是素食简餐和水果沙拉啊。身体是革命的本钱，赶紧回去。"

两人并肩走到一楼电梯间分手。容婵往地下车库走，男子进电梯，朝回头一望的她摆手，这时他的手机振铃响起，电梯轿厢门刚好合上。

地下车库里，容婵正准备发车，刚才那位男子小跑过来，敲打她的右窗玻璃。容婵才放下玻璃，他就反手打开车门，一屁股坐进来。容婵很诧异地问他："怎么不加班了?"

男子说："刚刚接到政治部谢主任电话，我可能真的要走了，明天市委组织部来考察。"

容婵淡淡地说："知道你会走。这次县（区）检察院检察长换届，你是这次下派的基层院拟任检察长人选，全院都知道的事。怎么啦?"

男子望着前方，若有所思。然后说："开车吧，我送你回家。"

容婵的银色迈腾驶出车库，直奔市检察院大门。才拐出大门，容婵就踩下刹车，将车停稳，平静而又不容置疑地对男子说："下车吧，别送了。简约。"

这个叫简约的男子定定地望着她数秒，无奈地打开车门，背着她说："这次东城区院和江水县院检察长都空缺，我向组织请求去江水县院。"

容婵问："为什么?"

简约没有回答，大踏步朝前走了。

月亮正在树梢望着容婵，容婵望着一地的银辉，简约的身影被她的目光拖得老长老长。她侧身望了望放在后座的外卖快餐打包袋，突然感觉心里有点空，慢慢地发动车子往前走。

02

笔试、面试、体检，谌悠悠很轻松就通过了江海市检察院的聘用制书记员招录关。

接到录用通知书的那一天，谌悠悠正好在奶奶碧丽家，谌嵩下班后也推掉应酬，过来吃晚饭。

谌嵩进屋刚落座，悠悠就将通知书往他面前的红木茶几上一放，说道："你要的通知书来了，明天就上班。请问我是搭公交车去还骑共享单车去?"

专致泡茶的碧丽抬头望着儿子谌嵩，有些不悦地问道："悠悠的车，你还没买好?"

谌嵩赶紧接言道："买了，买了，早就打款到4S店，因为她要的红色SF90断货，还得等三个月。"

碧丽用探询的眼光望着悠悠。悠悠很不乐意地点了点头。

谌嵩说："妈，这孩子您别太惯她了，我让她换品牌或者换型号，都不同意，非要法拉第的这一款。太任性了!"

碧丽将脸一拉，有些恼怒地说："我怎么惯她了？我家悠悠够听话了，人家是海归学霸，你让她去检察院当苦差就算了，还是干书记员的活。这些我可都没拦你，你看圈子里哪家小姑娘比得上我家悠悠懂事?"

碧丽丈夫、谌嵩继父段铖出来打圆场说："好啦，好啦。就是一个代步工具的事，悠悠，你上回不是说喜欢爷爷那辆铁血悍马吗？那车我平时也很少开，还没跑足3000公里。你先开着，没辆车怎么上班?"

谌嵩赶紧摆手："段叔，不可以不可以，她一个女孩子开什么悍马？我会安排公司车队司机接送她的，这些小事就不劳您和妈费心了。"

悠悠偏着头说："谁说女孩子就不能开悍马？我就喜欢爷爷

那辆车，怎么着?”

谌嵩一急：“你?”

碧丽一锤定音：“争什么争？让悠悠开她爷爷的车上班，就这么定了。给悠悠买车，你这当爹的得上点心，那车牌的事不能马虎。现在要摇号才能上牌，你得想点办法。吃饭去!”

谌嵩点头称是，边起身边说：“妈，悠悠车牌的事您放心，我给她搞个江 A 牌照就是了。”众人一起往餐厅走。

豪华的餐桌上，悠悠与郑力旁若无人边吃边聊游戏王者荣耀。谌嵩跟挨着他坐的段铖说：“我哥和嫂子好一阵子没回家吃饭了。”

段铖答：“是的。不知段誉机票订好没有?”

“市长大人忙得很，我上午到市总工会办事碰到嫂子，说段誉的签证昨天下来了，下周三的航班直飞纽约。我嫂子说周末等我哥从北京开会回来，全家到怡香园聚一下。爸、碧姨，宝贝孙子出国，你们的红包准备好了吗?”段岚快人快语。

碧丽一脸喜色，说：“那当然，当初郑力和悠悠每人都是 50 万元红包，现在物价上涨了，况且段誉排行最小，这个红包得大点，100 万元。”

“外婆偏心”“奶奶偏心”悠悠和郑力不约而同地说。

“我怎么偏心了？你们爹妈都是办企业的，而你弟的爸妈都是公务员，只拿点死工资。我们当然要帮衬他们一点。”

谌嵩马上响应：“妈，您考虑得很周到。段岚，我们俩也加封一点吧。”

郑力嘟着嘴说：“这话说得你们好像是在扶贫似的，我弟吃的穿的用的，哪样比我差？他在这个家简直就是太子似的。”

段岚杏眼一瞪：“你多大，你弟多大？一点都不懂事？”

谌嵩低头跟段铖在小声嘀咕：“听说要在市检察院挑人到江水县检察院当一把手？”

段铖边夹菜边点头：“听你哥说，是个嫩娃，业务型干部，不碍事。”

“噢。”谌嵩嘴上应着，埋头开始吃饭，一边想着不久前江水县检察院副检察长吕斌生在酒桌上对他的调侃。

“谌总，你那梦中情人容婵现在高升到市检察院案管办当主任，可苦了我们。监控通知书满天飞，十几年前的案子，还是她自己办的案子也要监控，见过狠的，没见过这么狠的。”吕斌生一边敬他的酒，一边很夸张地诉苦道。

谌嵩笑着说：“好啊，像你这样‘地头蛇’式的基层院副手，上头当然要严管，这是对你好，帮助你少犯错误。”

吕斌生附在他耳边说：“刚才讲的那个十多年前的案子，我可听说好像是碧玉公司筹备上市时发的案哦。”

谌嵩放下酒杯问：“是吗？什么案子？”

吕斌生小声地说：“蒋立峰交通肇事案。”

“喝酒、喝酒，你那案子的事我没兴趣。”谌嵩不动声色地说道，心里却在想：都过去十多年了，还查什么？这时又听吕斌生大着嗓门摁着手机免提，在跟朋友解答市检察院招录书记员的报名条件。他马上想到女儿悠悠就要回国，何不让她考进检察院当个聘用制书记员？

横穿江海市城区的银水河里流光溢彩，月映水中，晚风徐来波心漾。河堤风光带上到处是人，摩肩接踵，路边夜市好不热闹。

容婵与简约亦步亦趋地从江心风雨桥穿过，沿着两岸走了好几个来回，不知不觉又走到容婵所住的小区附近。

容婵止步，轻声问："明天几点出发？"

简约答："市委组织部明天八点半派人来，跟院领导有个简单的会面交接，九点整出发。"

容婵问道："听说最先组织的意思是派你去东城区检察院？"

简约点头答："是的。但我请求去江水县检察院。"

容婵两眼幽深，倚在风雨栏上，轻轻地说："谢谢！"

他们快到小区的路口边分手，简约盯着容婵说："案管办的工作琐细繁杂，永远也做不完，别太难为自己。我不在，记得按时吃饭，加班别太晚了。"

容婵别过脸，轻声道："明天就该叫简检了，还这样婆婆妈妈，拜拜。"

简约目送容婵消失在夜幕之中。

第二天清早，简约跟同事们在院门口一一握手道别，容婵没有来。跳上车的那一刹那，他本能地朝一楼东头第二个窗口望去，窗户关得死死的。一个大男人，眼泪差点就要掉了下来，还好，忍住了。

汽车徐徐驶出院子，简约告诉自己别回头，别回头，往前走，往前走……

其实他明白身体在向前，而心没跟上。这么多年，回不去的过去，总是不经意地挡在前行的路口。

人生不如初见。初见容婵是在江水县一中的篮球场上，高一新生篮球赛，简约是乡下中学考上来的，篮球都没有摸过几下，只能跟女生一起当啦啦队。场内的明星是扣篮高手英俊潇洒的谌嵩，他每次起跳都牵动全场女同学的嗓子眼。站在他旁边的两个胆大的女同学竟旁若无人议论谌嵩的性感大腿。场外的明星是容婵，她一身纯白的运动装鹤立鸡群，一头乌黑的披肩发也是全场唯一，正漂亮而俏皮地甩来甩去，她的每一声“加油”都如电流般刺激着场内的勇士们。简约看到她的目光都在谌嵩身上。其实高中三年都是这般，自己的眼里全是她，而她眼里只有谌嵩。谌嵩是班长，他是学习委员，容婵是团支部书记，在学习上他们不相上下，经常在一起讨论习题，但他明白自己跟他们的差距，彼此完全不是一个世界。除了学习，他们聊的什么球星、明星、太空旅行、星球大战之类的，他一概不知。他是毗邻江水县的石柱县一偏僻寨子里第一个走出大山来读书的后生娃，能不饿着肚子，读完书就是天大的福报，从来不敢有什么奢望。他书包里长期不断的是红薯条、红薯片，又干又硬。

有次他无意中听到谌嵩对容婵说：“周末去江海市，要不要给你带薯条?”容婵说：“那当然。”

他心里窃喜以为容婵也跟自己一样喜欢吃红薯条，晚自习熄灯后悄悄摸进教室，塞一大包干薯条放在容婵的课桌兜里。可他值日那天打扫卫生时，却发现那包干薯条静静地躺在教室后面的灰斗里，正咧着嘴朝他苦笑。

这件事像刀一样刻在他心里。参加工作第一个月拿工资，他就迫不及待地跑到扬州的 KFC 店里点上两份薯条，边吃边哭。旁边一个小男孩好奇地问年轻母亲：“妈妈，吃了薯条是不是很难受?”年轻母亲说：“很好吃啊，儿子。”小男孩指着他对妈妈说：“那这个叔叔怎么吃哭了呢?”他一听，抓起薯条就逃了出来。

他以为她真的喜欢扬州，傻傻的就想也没想，报考扬州最好的大学——扬州大学。多少个二十四桥边明月夜，他孤身而立，想着那句“念桥边红芍，年年知为谁生?”读起来很美，感同身受时却很是折磨人。他鼓足勇气给她打过一次电话，算是给自己一个交待：既然不属于自己，就让一切随风吧，往前走，往前走，不回头！其实他没有做到，知道容婵学的是法律，在大学期间竟鬼使神差地选修法律，获得文学和法学双学士学位。毕业后他考入苏北地区一个县检察院，很快经同事介绍，跟一个当地姑娘结了婚。当时他只是想让自己早点稳定下来，不去做根本无法实现的白日梦。然而，他错了，不到半年就从围城里败阵出来。这一切都是他的错，因他无法忘掉球场上那着一身纯白运动服、长发飘飘的纯情少女，眼前人完全无法跟他心中的女神相比，人家也不愿意做替身，最终两人和平友好地走进县民政局将红本换成绿本。此后他将全部精力都放在工作和学术研究上，很快事业有成，但不敢再碰婚姻。

他当然知道容婵和谌嵩都在上海读书，所以毫不怀疑王子和公主会过上幸福的生活。可高中毕业十周年同学聚会时没有看到她，也没有看到谌嵩，他最先还以为既然是两口子，要有事当然都有事，肯定是一起不来的。后来才知道这两人根本没有走到一起，谌嵩已跟他人结婚生女，容婵仍待字闺中。女生们个个都在为容婵鸣不平，当然不见得个个是真心的，但她们什么都可以说，而他什么都不能说。她们的议论如钢针，针针都在扎他的心。他有说不出的心痛，在阔别十年的校园里走了一圈又一圈，每一块砖头，每一棵小草满满地都是有关她的记忆，那一刻是冲动也好，深思熟虑也罢，总之他决定要回来，强烈的愿望要回来。他想就算什么也做不到，哪怕只是在哪个不经意的路口，偶尔远远地能看到她也是好的。恰逢江海市检察院面向全国招考检察人员，他拿着一摞立功受奖证书和学术文章去报考。审核资料的政治部主任当场表示：你可以免考，直接进入面试。他万万没想到竟与她在面试考场外重逢，这次他们俩终于同步，双双考上。一晃他们在市检察院又共事十年了。世人皆言黄连苦，其实能说出的苦，算不得苦。那些说不出的苦，才是真苦，此时此景无法言说的苦正吞噬着一向以硬汉形象示人的他，任由双眼迷离模糊……

上班第一天，开着霸气悍马的谌悠悠才拐进正义路，遇到路边有一积了不少水的大坑洼，原本的四车道现在只有一车宽可以通行，车前方有一着制服的小姑娘骑着共享单车拼命往前冲，一点都没有让道的意思，悠悠气得咬牙，终于到宽敞处，她重重踩下油门，从小姑娘身边掠过。从反光镜里，她看到小姑娘衣服上被溅了一身脏水，正下车指着她大喊大叫：“停车！停车！”

谌悠悠将车靠边停下，小姑娘就闪到她驾驶室前。问：“你弄脏我的制服，怎么办？”

谌悠悠盯着对方看了半天，先是不屑，继而大笑道："你一个家政公司的，还称制服？真是笑死人啦！"

小姑娘不依不饶地说："你弄脏了我的制服。你应该给我道歉！"

悠悠急着赶路，从爱马仕钱包抽出一张老人头很豪气地扔给小姑娘："干洗费，够了吧？"小姑娘拒接，老人头飘落在地上。悠悠准备发车要走，小姑娘将单车立在车头前，不让她走，坚持要她道歉。

悠悠无法，硬生生地说："对不起！"小姑娘才掉转车头，骑车走了。悠悠拉开车门下去，弯腰捡起钞票。没料到一下就被三四个乞丐围拢，异口同声："小姐，行行好。"悠悠脑袋一下就懵了，赶紧抽身往车里钻。几个乞丐紧追上来，使劲拍打着驾驶室门，悠悠情急之下，从钱包里抽出四五张老人头往路边撒去，乞丐立马散开，拔腿抢钱去了。悠悠脚下油门一踩，赶紧开车逃走了。

谌悠悠到政治部报到，接待她的干事黄妍告诉她被分配在案件管理办公室。

黄妍一边给她介绍案管办的情况："案管办现有 4 名检察官，3 名检察官助理，加上你有 5 名书记员，一共 12 人，案管办是我们检察院的大管家，凡是进出我们检察院的案件，都要经过案管办，进口和出口都在那里，案管办还要对办案活动全程监管，所有案件办结后要进行案件质量评查，所有办案业务数据也都在案管办……"一边麻利地替她办理餐卡、门禁等手续。

悠悠对埋头在做各种登记的黄妍和她旁边同样穿着普通的同事打量一番，心里在说：真土！黄妍给她递过来一张表格时，用新奇的目光打量她的指甲数秒，悠悠有一种莫名的满足感。

悠悠跟着黄妍一来到案管办受理大厅，黄妍指着靠门边第一个座位的同事介绍说："这是书记员孟梦。"她心里在暗叫："天哪！"孟梦就是刚才路上那个穿"家政蓝"的小姑娘。孟梦正眼也不瞧她一下，抱起一捆案卷就往柜台外的智能投递箱走去。无比尴尬的悠悠探头往大厅柜台内望去，上班的五六人都着清一色的"家政蓝"！

同样着制服的容婵优雅地从大厅正对面主任室走出来，黄妍恭敬地迎上去打招呼，指着悠悠介绍道："容主任好！这是新来的书记员谌悠悠。"又转头对悠悠说："这位是我院案管办主任容婵同志。"悠悠正犹豫该不该伸手跟对方握手时，一脸冷艳的容婵皱着眉上下打量她一番，盯着她手上的大钻石，不带一丝感情地说："取下首饰，到行政处换制服！"

行政处在办公楼裙楼的三楼，东头只有最里面的办公室门是打开的，并无人影。谌悠悠轻轻敲门，一中年大姐应声从西墙的一扇门里走了出来，朗笑道："你是悠悠吧，来、来，快进来。"

悠悠跨进门，有些疑惑地望着她，大姐亲切地说："刚才黄妍给我打电话，说你要来领制服。我叫李凤书，1988 年进院，今年刚好 30 年，还有 3 年就退休了。大家都叫我凤书大姐，来来我先领你看看。"

凤书大姐领着悠悠从西墙的门里进去，映入悠悠眼帘的是一个大大的制服展示厅。展示厅分米黄之夏、豆绿四季、走向深蓝三大部分。

检察机关从1978年恢复重建后，直到1984年才有自己的制服。那年风书大姐刚好参加工作，一进院就分到了检察制服，领导和老同事都羡慕她，说她运气好。因为1983年“严打”时都没有制服，因办案需要，一些同事还穿着警察制服。所以1984年进入检察院工作的风书大姐对检察制服的感情有些特别。每来新同事，她都会如数家珍般给他们介绍检察制服的前世今生。今天也不例外，她走到米黄之夏展区，有些自我陶醉地给悠悠讲解：“这是84式检察服，夏装是米黄色的……”

悠悠听得直犯困，忍不住要打呵欠了。热情的风书大姐拿出软尺给她量身，左一比，右一比，上上下下也都量了，才从里面库房里拿出一套崭新的夏装出来，悠悠接过衣服就往更衣室走，没想到风书大姐还紧跟其后。谌悠悠很不情愿地脱掉价值万元的高档时装，别别扭扭地穿上在她看来算是世界上最难看的“家政蓝”，胡乱地将领带往脖子上一系，蓝色领带的小拉链锁扣裸露在衣领后方。一旁的风书大姐急了，边给她示范边解说：“先将风纪扣扣好，再把衣领翻起，拉开领带，嗯，锁上拉链往上提一点，再提一点，往下翻，对了对了，多标致！妹子，你穿上这身制服可俊了。这是正衣镜，自个儿瞧瞧，多俊俏！”

悠悠站在正衣镜前看着一张极不协调，似笑非笑的脸，她只想走了。风书大姐却没完没了似的，又把她拖到东墙边靠墙椅子上，按住她的肩膀说：“坐下坐下，每一个新领制服的同志我都要给他拍张美照，30 多年没变过。美美哒!”

“咔嚓、咔嚓”，凤书大姐拿出一架跟她一样老态龙钟的相机认真调焦按下快门。

悠悠如释重负地从行政楼跑了出来。

03

夜色渐浓，窗外一弯新月冉冉而升。

江海市邓刚律师事务所内，主任律师邓刚与两名男子在交谈。

“邓律师，你是不知道，现在仙丹湖里那个 300 亩的湖中湖像个貔貅只进不出，成了段铖、谌嵩这对狗父子的聚宝盆。”

“保利，你这比方打得好，可证据在哪呢？这么些年，我们举报信写了不少，可都没有回音。”

邓刚一边狠狠地抽烟，一边又加重语气说：“这次新来的代理检察长简约原是市检察院刑事检察部主任，业务能力很强，关键是人很正派。我不反对你们抓住这个机会再搏一次，但是证据、证据呢?”

那个叫史保利的男子拍着胸脯说：“我老史是一名党员，反映情况得绝对属实，我和海平找了很多苇农，他们将知道的事情都写了情况说明，也都捺上手印，不知这算不算证据材料?”说完递给邓刚一摞材料。

邓刚边看边挑拣："这个可以，在照片上大致能看出是人造的湖中湖。对，这个拍得好，很清晰，东仙丹湖和南仙丹湖交汇处水道狭窄，汛期肯定会严重影响行洪，不过这得有权威机构评估鉴定意见才行。"

停顿片刻后，他又说："不过你们说自从他们在湖中修筑矮围后，只要在涨水时开闸、退水时关闸，湖里的鱼进了矮围圈成的人工湖，就姓段了。这个可以考虑，但目前这些照片还不能证明这是非法捕捞行为，还得再想办法。"

史保利旁边的矮个子叫李海平，是邓刚的妻兄，他从中抽取两张纸递给邓刚："妹夫，你看这个，湖区苇农反映他盗采河砂的事，比起他那灭绝式捕捞水产品，这个应更要命。听说一条采砂船开工不超过 12 个小时就能获利 10 万元，这天天挖下去，对湖里的河床肯定有损害。"

邓刚接过材料说："都是道听途说，你们没有抓住铁证。要不暂缓两天？你们想办法去湖边拍些采砂船照片，再去检察院集体信访?"

李海平坚定地摇头说："妹夫，碧玉公司早有防备，他们组建了护湖队，对闯入他们湖区的采砂船要么驱赶，要么按每日 1 万元的标准收取'保护费'。周边的老百姓肯定挨不到湖边，怎么取证？只能向检察院举报，由公家出面取证才好弄。我还听说堤坝上种植的那些花花草草，动不动就值上千万元呢。"

邓刚起身站在窗前，鸟瞰这座城市，转过背，有些低沉地问李海平："二哥，我们大哥，海洋走了也快 15 年了吧?"

“是的。”李海平有些悲戚地答。

邓刚又转身过去，背朝着他，摆手道：“不说了，明天你们组织原县奶牛场那帮下岗老职工和当地苇农一起去找新来的检察长吧，或许会有转机。没有转机也不在乎，我们坚持就是，不相信在中国共产党的领导下能让不法分子横行下去!”

江水县检察院拟任检察长人选简约与全体干警见面会刚开完。简约跟班子成员一起将组织部和政法委的几位领导送到大门口，正准备返回办公室时，突然从一楼案管大厅里冲出 20 多个人。站在简约旁边的副检察长吕斌生、王衡岳和办公室主任迅速围成一个圈，将简约圈在里面。吕斌生对来人呵斥道：“你们这是干什么？宋一清呢？宋一清哪去了？”

宋一清气喘喘吁吁地小跑过来说：“简检，我是案管办主任宋一清，他们、他们本来在信访大厅，不知怎么回事刚才又冲进我们案管大厅，说是一定要见简检，不见不走。”

简约推开吕斌生等人用手搭建的肉墙，说：“吕检、王检，别拦了，请大家进去说吧，我刚来，正好要各方面了解情况。”

接着，他朝来人喊：“同志们，进去到案管大厅或者直接进我的办公室说都可以。”

众人齐喊：“好，我们听检察长的。”便鱼贯而入进了案管大厅。

“这些人大部分是原江水县奶牛场下岗职工和仙丹湖区的本地苇农，为头的叫李海平和史保利。他们 20 余人集体信访举报仙丹湖内矮围和网箱问题，说损害公共利益，要求公益诉讼检察部答应作为公益诉讼线索受理并尽快立案。”

宋一清陪着简约走在最后，轻声地跟他汇报。

简约说："那好啊，我们检察院是公共利益的代表，老百姓要举报损害公益的线索，怎么能拒之门外呢？我就先找这两个为头的谈谈。"

简约和李海平、史保利等人一直谈到下午快两点，还没有结束，吕斌生和王衡岳饿得肚子实在受不了，先后偷偷溜到食堂给闹抗议的肚子垫底，一前一后出来时，简约他们谈话刚好结束。

公益诉讼检察部主任宁智勇、检察官助理蒋迅跟着简约在院门口，跟李海平、史保利等人一一握手。

"老李，你放心。我们会尽快安排同志去仙丹湖调查情况。"吕斌生听到简约跟为头的李海平在说话，便退到一边发信息去了。

仙丹湖的夜空有些迷人，皎洁的满月，湛澈明亮，蓝天白云依然在飘呀飘呀。

湖心岛上的怡香居内，谌嵩提着一瓶红酒朝露天阳台走去。不一会儿，段铖也上来了。月色很好，两人摇着酒杯有一搭没一搭地闲扯。

"段叔，那个嫩娃好像不嫩呢？"谌嵩说道。

"何以见得？难道接待几个信访群众就显得成熟了？"段铖不以为然。

"章天成那天去容氏集团调研，我总觉得他是故意绕道过来的，想拿矮围来说事。后隔了两天就听我哥说在市委常委会上，新来的游江书记说马上要来仙丹湖调研。这事怎么都凑到一起了呢？不可能都是巧合吧？"谌嵩说。

“我同意嵩儿的分析。老头子，小心驶得万年船啊！非儿见多识广，也叮嘱我们多加留意。凡事多留个心眼儿肯定错不了。”披着真丝睡衣的碧丽也来到露台，接过谌嵩的话说。

“行吧。”段铖漫不经心地答道。

碧丽突然又对谌嵩说：“容家那两个小妮子，都不是省油的灯，没一个好惹，你得有点警惕才是，多少年前就跟你说过，得想点办法套住她们才行。”

谌嵩面有不悦地说：“妈，您的话也太多了。”

碧丽说：“别嫌妈啰嗦，妈是过来人，你要记住没有永远的朋友，也没有永远的敌人，只有永远的利益！”

谌嵩不想再听，便“咚咚”地走下露台。

04

江海市检察院多功能会议室座无虚席，正在进行普通刑事检察部主任一职的公开竞争上岗选拔。主持人政治部主任谢拓宣布：“经过就职演讲和民意测评的两轮比拼，胜出的两位候选人马涛涛、江琰得分不相上下。下面进行第三轮竞赛，比较两人最近三年的‘案—件比’的件值，请案管办提供相关数据。”

容婵走到台前，用遥控笔晃了两下，谢拓主任背后的液晶屏幕立刻就显现出两人三年所办案件的“案—件比”的柱状对比图。容婵走上主持台，说：“2015 年至 2017 年，马涛涛‘案

—件比’的件值为 1.239、江琰的件值为 1.237。”

在第一排就座的检察长瞿海峰微笑颔首。谢拓主任起身走到台前宣布：“江琰同志胜出，掌声祝贺。”

他的话音未落，就有人在喊“等等。”

原来是坐在会场后排的谌悠悠，她急冲到前台喊：“不公平，不公平！第三轮明明马涛涛得分高！”

全场哄堂大笑。

谢拓主任愣了一下，见悠悠脸红一阵，白一阵地杵在那里，便问：“你是案管办新来的书记员？”悠悠赶紧点头。

瞿海峰检察长温和地对谢拓说：“她刚来，还弄不懂‘案—件比’，也正常嘛。不过在案管办工作，首先得弄懂什么是‘案—件比’啊！”

他又将目光投向容婵，继续说：“今后凡案管办新进同志，容主任你都给他们开小灶，弄懂什么是‘案—件比’，这是评价我们检察机关办案质效的 GDP，很重要啊！那些影响‘案—件比’的退回补充侦查、延长办案期限和不起诉、不逮捕复议复核案件都要成为我们日常监控的重点。”

悠悠听得云里雾里。

从会场一回到办公室，谌悠悠就被容婵喊进大厅里间的主任室。

容婵让她坐在办公桌对面，耐心给她讲解：“案是指发生在人民群众身边的具体案件，件是指案进入司法程序后所经历的有关诉讼环节统计出来的件。比如，一起经历二次退回补充侦查的盗窃案被法院有罪判决。案就是盗窃案，件统计出来是 3，受理审查起诉算 1 件，两次退回补充侦查各算 1 件……”

容婵说着说着就停了下来，瞅着悠悠身上的蓝色上衣，一言不发。悠悠被瞅得心里发毛，脑海里飞速转出一组组画面：

她偷偷换下制服裙，用黑真丝裙配上衣，正准备去法院时被容婵拦住：“换下裙子！”

踩着新款白休闲鞋的她轻松地走进电梯，准备给民事检察部送当事人递交的材料时，被刚出电梯的容婵堵住：“你的黑皮鞋呢？”

容婵起身转到悠悠身边，扯着她的袖口愠恼地问道：“你这上衣是怎么回事？”

悠悠此刻有些心虚，怯怯地说：“这制服的料子实在是太差了，涤纶布料很不透气，穿上身真的很不舒服，一到太阳底下，更是粘在身上不得脱。我就找专门帮我家定制衣服的裁缝大师用纯棉布料仿制了几件，颜色款式都是一样的。”

容婵被气得要晕倒，声调一下扬起，脸上有些涨红道：“制式服装怎么能自己想改就改？请立刻作出深刻的书面检查！”

悠悠这下才知闯祸了，不停地搓手。

“悠悠，你知道我们为什么要穿制服吗？”容婵思索一会儿，又问道。

见悠悠摇头，容婵非常严肃地说道：“这身制服对我们来说既是盔甲，又是掣肘。穿上这身制服就如同披挂一件战袍，提示我们随时向罪恶和不法开战！但同时请记住制服不是时装，它会让你不舒适，这种掣肘是提醒我们，手中的权力是受制约的，要主动脱离舒适区。懂了吗？”

悠悠似懂非懂地点点头。

夜色朦胧下的江海市高档别墅住宅区。一进屋，悠悠踢掉脚上的高跟鞋，将手包往沙发一扔，就做“葛优”躺，倒在客厅沙发上。

谌嵩从书房出来，问道：“上班很累吗？”

见悠悠没搭理自己，谌嵩走到沙发边坐下，顺手拿起水果刀，三下两下就削了一个香梨递给她。

看着女儿有一口没一口，心不在焉地吃着梨，谌嵩搭讪问：“听说你们主任很漂亮，现在还单身？”

悠悠答：“您是说容嬷嬷？你不会想要打她的主意吧？您可千万别，千万别，我可是郑重警告您了。”

“你竟然叫人家领导容嬷嬷？”谌嵩愣了一下，马上就笑倒了。

悠悠坐直身子，很夸张地说：“比‘容嬷嬷’还‘容嬷嬷’，简直就是变态狂、细节控。为这身破家政服，不知跟我扯了多少次皮了，好烦好烦！今天还让我写检讨，烦死了。爸爸，你不知道检察院这个鬼地方，上班好呆板，好没味。”

谌嵩不悦道：“我们有约在先，不就是两年吗？”

悠悠准备起身，说：“好了好了，我们都得有点契约精神，到点我就要走人的。这检察院里怪人好多，您不知道光‘容嬷嬷’就算了，她领导下的案管办还有什么‘实心眼’、‘老郎中’、‘一杆秤’……他们一天到晚不是找这个人的茬，就是挑那个人的毛病，院里那些业务部门的同事都讨厌死他们了。”

悠悠一边解领带，一边又说："还有那个行政处的凤书大姐，没几天就退休了，搞不懂她对这身破家政服怎会那样'畸恋'？见着我不是扯领带就是理徽章，总啰里啰唆地交代高跟鞋不超5厘米，徽章在胸前口袋上沿1厘米……"

她学着凤书大姐那浓厚的塑料普通话语气说："妹子，这制服穿在你身上，咋总不像回事呢?"

谌嵩被逗笑了，连声说："有意思有意思，真有点意思。不过无论你做什么工作，都得学会怎样跟人和平相处，尤其是我们做生意的，能给我们带来利益的人，那是千万得罪不得的。"

"好啦好啦，谌总。"悠悠不耐烦地边答边往卧室走。

望着女儿的背影，谌嵩想着她刚才叫容婵为'容嬷嬷'，心头五味杂陈。

悠悠这回还真听了谌嵩的话，也想着要跟同事搞好关系。按照她爸谌嵩的逻辑，没有什么事是不能用钱解决的，还告诉她："多请同事吃饭，多买单，反正我们家也不缺这点小钱。花点小钱换个轻松的工作环境，说不定还能交上个把朋友，尤其是那个主任容婵千万得罪不得，跟直接领导一定得想办法搞好关系，以后生意上有什么事找他们帮个忙什么的，也不是什么难事。"

奶奶碧丽也给她面授机宜，说找领导办事诀窍在于会投其所好，对什么样的领导都管用。悠悠试过，可也发现在检察院，她爸和奶奶传授的这些经验都派不上用场。

悠悠自从上班，就没在检察院的食堂用过餐，都是点外卖吃。那天中午又快下班了，易甘馨在喊："哎，怎么又到吃饭的点了，这个案件才打开看。”

杨杨说：“真要吐槽一下伙食了，昨天那饭菜真的难吃死了。”

艾广说：“就昨天的难吃？哪天不难吃？”

易甘馨拖腔拖调：“五色使人目盲，五音令人耳聋，五味令人口爽……你们哪有那么多的话呢？”

悠悠听了，便悄悄在手机上替她们点了几份西冷牛排的单。下班铃声大作，刚好悠悠的外卖也到了。外卖小哥喊：“易甘馨，哪位？”易甘馨起身，满脸狐疑：“我没叫外卖啊。”外卖小哥又喊：“杨杨，哪位？”杨杨望着易甘馨，又听到在喊艾广、谌悠悠。大家面面相觑，谌悠悠笑着说：“刚才大家不是说食堂饭不好吃吗？中午我请客！”

艾广一听，很生气地说：“我们说食堂的饭菜不好吃，不等于就喜欢吃你的外卖啊？你是有钱人家的千金，有施舍的快感是吧？”

杨杨说：“你家有钱，可以天天吃外卖，我没钱，一个月工资 2500 元，能吃几餐牛排？吃了这一餐，肯定还想吃下餐，你说我敢吃吗？所以啊，为了不让自己的牙齿享福，我谢谢你啦，我还是到食堂吃饭去喽。”

易甘馨看不过去了，数落杨杨和艾广：“你们这嘴像刀子，悠悠也是好意，不吃就不吃，说这么多话伤人干吗？悠悠，他们不吃，姐姐我吃。不过有言在先，下回姐姐请客。”

悠悠委屈极了，不知道这些同事怎么那样难相处，平时她明明看见他们各种“抠门”，有人竟然还带饭来吃，经常为买东西便宜点相互拼单。尤其是那个常理，最“抠门”了，还用什么格子算账法过日子。说是在发工资那天就将房租水电撇开，把剩余的钱放在什么 30 个信封里，提醒自己每天零花不能超支。她更受不了他们明明很穷却装作硬气的那股酸味。比如，她有时好心好意送过去的进口零食，会被她们客气地“拒吃”：“好的，从没见过，不敢吃哦”“带回家给我娃尝。”“放这儿吧，这会儿没空吃，谢谢啦!”

不过“最抠门”的常理倒人缘很不错，假小子性格，天不怕，地不怕。男同事、女同事都愿跟她搭伙共事。悠悠从丁丁口中得知常理在大学读的是刑警专业，有点功夫。悠悠还不以为意，但那天常理将一个涉黑社会性质组织犯罪案件的二百来册案卷麻利地装进两个大行李箱后，竟一手拎起一个就往警车送时，她算是开了眼界，更绝的事还在后面。

那天下午她们从法院返回，在朝阳路与正义路交汇处，开车的常理不知怎么的，一下就看到有人持刀抢包后横穿马路往右边小巷子逃跑，便一个急刹，将车停在路边，拉开车门就追。悠悠起初还不知道怎么回事，见常理急追，也跟着追，她足足跑了两条大街，才看到常理竟徒手将抢包的敦实男子三拳两脚就打倒在地，被制服的歹徒嗷嗷大叫。巡逻警察赶到后，用手铐一边将歹徒铐住，一边数落：“汤二发，又是你？到所里去再说。”被抢的年轻女子也跟上来了，警察将丢在路边的挎包捡起，递给年轻女子。路人也陆续围了上来，常理趁人不注意，悄悄离开，拐弯去了社区医务室。

年轻女子对警察不停地道谢，朝周围望了几次，问警察：

“刚才你们那个穿制服的女同事呢？”

警察一愣，马上恍然大悟：“对，对，刚才是我们美女检察官见义勇为，美女检察官呢？”大家都扭头找人，悠悠被刚才常理的功夫吓傻了，正愣在一边。有路人就指着悠悠说：“美女检察官在那，就是她，我亲眼看见是她。”

悠悠急了，赶紧摆手说：“不是，不是，真的不是我。”

群众不听她解释，有人还说：“检察官小姐姐谦虚，明明就是她，一看这制服就错不了。”

有一店铺老板手脚快，拿出大红绸扎成一朵红花，坚称她就是刚才见义勇为的检察官小姐姐，非要给她戴上。围观群众你一言，我一语，都讲道：“就是就是，检察院就在前面，错不了。”大家不由分说地给悠悠戴上大红花，又一路簇拥着把她送到检察院。

容婵闻讯赶到院门口，被抢的年轻女子对她描述了一番检察官小姐姐当街擒凶的义举，恳请容婵给见义勇为的美女检察官表扬奖励！容婵有点不相信自己的耳朵，问悠悠：“真的是你？”

悠悠尴尬至极，低声答道：“不是我，不是我，我跟大家说了不是我，可大家不相信。”

容婵问：“你不是跟常理一起去的吗？她人呢？”

悠悠摇头。容婵拿出手机拨打电话：“喂，常理，你在哪里？”

常理在电话里答：“在路口边的社区卫生院包扎伤口。”

容婵问：“刚才是你将汤二发逮住的吧？”

常理答："嗯。"

容婵挂了电话，对大家说："刚才有点误会，逮住抢包歹徒的是我们另一位同事叫常理，她被歹徒用匕首划伤了右手，正在社区医院包扎伤口。不管怎么样，都非常感谢大家对我们同志的关心与褒奖！谢谢！"

众人低头议论，有人又说："都一样，都一样，都是美女检察官，大伙鼓个掌吧，再次谢谢美女检察官。"

容婵使劲抱拳回谢，众人慢慢散去。容婵对悠悠冷冷地抛来一句："你倒会抢镜啊！"

悠悠百口莫辩，更让她尴尬的是她爸她姑她爷爷奶奶，所有的同学朋友的朋友圈都在转发"着检察蓝的小姐姐徒手制服持刀行凶男，你说她棒不棒?"

悠悠在亲友的朋友圈里费尽口舌百般解释，好像大家都不在意是不是她似的，还在不断转发，在留言区里都说她着制服的样子很好看、很好看!

真的好看吗？悠悠第一次走到一楼大厅电梯间的衣冠镜前，站在镜子前认认真真地看了看自己着制服的样子，看着看着，她嘴角翘起一丝小得意。

周末的下午，谌嵩与朋友戴煌从网球馆出来，边走边聊。

戴煌接了一个电话，很快就挂了。问谌嵩："兄弟，可以拆2000万元过个桥吗?"

谌嵩问："多长时间?"

戴煌说："两个星期左右。"

谌嵩爽快地答："没问题。老规矩3分息钱。"

戴煌一掌拍在谌嵩的肩膀说："太感谢老铁了。"

谌嵩说："前两年外汇赚得手发软，这点事对你戴总算什么？"

戴煌摇头道："现在生意真的不好做，海外订单拦腰斩，货款收不回，资金回笼压力大。我还好点，三和公司更惨，听说工资都快发不出了。"

谌嵩漫不经心地问："不可能吧。他们可是从事桩工机械、高铁专用设备的高新技术企业啊，主要是海外市场，李唐本人不还拥有 11 项国家发明专利吗？"

戴煌有些无奈地说："没什么不可能，受中美经贸摩擦的影响，大部分出口企业海外订单出现断崖式下跌，销售收入也难以收回。李唐的三和公司也难免受到冲击，他算是脑袋转得快的，早就转型研发畜牧机械，产品虽研发出来了，但批量生产和开拓市场的资金没有了。"

"容氏集团总经理容娟不是他的正牌女友吗？容氏有闲钱去收烂尾楼，投资现代农业，怎么不扶他一把？"谌嵩觉得很奇怪。

戴煌笑着答："容氏是容义的，还不是容娟的，她还没有话语权。再说李唐也是茅坑里的石头，又臭又硬的性格，怎么会向准岳父亲开口呢？搞技术的都是一根筋，他弟弟李季就比他灵泛得多。"

两人在停车场分手，谌嵩钻进车里就给助理打电话："想办法找人了解一下三和公司的真实财务状况。"

05

一大早，江水县检察院检察长办公室里，简约就安排公益诉讼检察部主任宁智勇、检察官助理蒋迅到仙丹湖附近调查取证。

宁智勇依简约的吩咐，出发前打电话给李海平，让他喊个当地人到湖边来带路。

宁智勇他们到湖边刚停车，就有一精干小伙子走过来拍打车门，说是李海平让他来的，叫禹厉。宁智勇打开车门，禹厉上车就说："宁主任，您把警车往前面开点儿，别停在这儿，扎眼。"

宁智勇让司机按禹厉指定的地点将车停好，然后与蒋迅、禹厉一起下车，蒋迅从后备箱里取出一大双肩包。宁智勇问："小禹，我们想用无人机去航拍湖中湖全景，从哪个地方上堤，可选取最好的角度？"

禹厉咬牙说："从东湖三树桠口上去是最正中的位置，不过这碧玉公司圈养了几十号烂仔，说是什么护湖队，每个路口都有不下十人把守着。轻易不会放人进去，你们是检察院的，他们会不会拦你们，我就不敢保证了，凡当地老百姓一个都别想上去。"

宁智勇稍做思索，又问："还有小路可抄吗？"

禹厉马上点头。

宁智勇转身给简约打电话请示采取哪种方案。挂了电话，宁智勇告诉禹厉抄小路。

他又转头对蒋迅说："等会儿有异常情况时，记得打开执法记录仪。"

宁智勇和蒋迅跟着禹厉沿湖边草甸小路七拐八拐到一小空坪里。禹厉说："可以了。"宁智勇接过蒋迅的双肩包，从里面拿出一架无人机，调试一下，无人机就嗡嗡飞上天了，禹厉连连拍手喊："好！好！"

突然，从草甸下边冲上来四五个彪形大汉，一个满脸络腮胡子的男子一把抱住宁智勇，将他手中的遥控器夺走，拔腿就跑。宁智勇奋力去追，马上就被紧跟上来的两名男子死死按住。另两名男子将蒋迅和禹厉围住，喝道："你们干什么？"宁智勇给蒋迅使一个眼神，对抱他的两名男子说："我们是检察院的，现在依法调查取证，你们放开我，否则就是妨害公务了。"

两名男子并不理他，一边抱住宁智勇，一边看着一旁的蓄络腮胡子的男子用遥控器将无人机收回到地上。

蒋迅伸手打开双肩包，捣鼓几下，然后拿出证件递给围堵着他的粗壮男子，说："我是江水县人民检察院公益诉讼检察部的工作人员蒋迅，我现在是依法执行公务，请你们配合。"

粗壮男子接过证件倒着看了看，故意嬉皮笑脸地说："检查院，检查什么呀？大爷我大字不识一个，别拿什么妨害公务吓唬我，赶紧给我滚！下次再踏进这儿半步，小心打断你的腿！"

蓄络腮胡子的男子拿着无人机和遥控器走了过来，冷笑道："妨害公务？你说个妨害公务就吓住你大爷了，我今天就妨害公务了，看你能把大爷我怎么样？”

话音未落，“啪啪”两声，就将无人机、遥控器用力往宁智勇脚边砸去。蓄络腮胡子的男子用脚狠力朝地上无人机、遥控器踩去，机身就散架了。宁智勇气急，便用牙咬了死抱着他的男子，两男子仍不松手。

蒋迅打 110 报警。

禹厉说：“你们也太不像话了，人家检察院的干部执法，你们也敢这样。”

粗壮男子恶声恶气朝禹厉走来：“你是哪根葱？检察院怎么啦？难道不知道这仙丹湖姓什么吗？我们谁也不认，只认水上派出所。还报警，你们报吧。”

蓄络腮胡子男子对粗壮男子说：“别这么说话。今天看在检察院的面子上就不请各位到派出所去坐了，我们哥几个还有事，不陪了。走！”

蒋迅不让，拦在他们面前：“不行，等 110 来了再走。”

“110 什么时候会来？大爷还有事要办，110 来了再通知我们。”

蓄络腮胡子男子一脸不在意，迈步就要走，恰好手机响了。

他退到一边接听电话后，走近粗壮男子耳语一番。粗壮男子又跟旁边的高个子男子嘀咕两声。高个子男子走到蒋迅身后，将放在地上的双肩包抢走，宁智勇飞奔过来，被粗壮男子用双手死死抱住。高个子男子拉开帆布双肩包拉链，将里面的东西翻了个底朝天，抓起执法记录仪用脚猛踩，捡起路边一块大石头朝记录仪一顿乱砸，好端端的仪器被砸得面目全非。似乎还不解恨，蓄络腮胡子男子捡起已支离破碎的无人机和执法记录仪狠劲往湖里一丢，然后哈哈大笑道："想固定证据是吧，到湖里去捞吧。我们走！"

一直站在远处打电话的禹厉，这时三步并作两步跨过来，站到蒋迅面前，对蓄络腮胡子男子说："你们太过分了！连检察官执法，你们也敢拦，不能走！要走可以，除非从我胸口踏过去！""你算老几，敢在大爷面前摆谱？"蓄络腮胡子男子哈哈大笑，说完伸开双手就往禹厉身上扑来。

"住手""不能打检察官！""不能打检察官！"十几个男子冲上空坪，李海平和史保利走在最前面大声喊。

蓄络腮胡子男子见来人势众，马上认怂。从口袋里拿出一包烟给李海平和史保利散去。那粗壮男子赶紧退到一边去，禹厉眼尖，一把抓住他："干吗？通风报信吗？"

"乡下佬，缺心眼。这还用得着我打电话？公司遥感中心早看到了，你看，我们的人来了，你想怎么样？搞大还搞小？"粗壮男子鄙夷地望着他。

禹厉回头一看，果然有黑压压的二十多个人往这边跑过来，气得暴粗口，骂道："110 呢？怎么还没影儿？"

"你骂谁呢？"两名警察不知怎么就站在禹厉身后了。

宁智勇走到年长警察面前，自我介绍："我是县检察院公益诉讼检察部主任，叫宁智勇，这位是我的助理蒋迅。这是我们的执法证，请你过目。"

警察接过证件看了一下，将宁智勇拉到一边，轻声道："你们检察官取证怎么不先跟我们派出所联系呢？你看搞得这么不愉快？你事先支会一声，就不会这么被动了嘛？”

宁智勇正色道：“警察同志，我是江水县人民检察院的检察官，受检察长指派到仙丹湖调查取证，是依法执行公务！人民检察院办案不受任何团体、个人的非法干预！”

年轻警察也走过来，劝说道：“领导，您说的一点都没错，这儿是乡里，乡里人不懂法，您是秀才遇到兵有理也说不清啊！”

李海平、史保利等人打抱不平，故意大声地议论“你当警察的怎么是非不分？”“连检察官执法，都敢抗拒，无法无天。”“天天高声喇叭里喊‘破网打伞’，你们就不怕被作‘保护伞’打掉？”

蒋迅拎起地上的双肩包对宁智勇说：“主任，我们走吧。今天这些人砸烂我们的无人机、执法记录仪，不只是妨害公务还涉嫌帮助毁灭证据！我们报了警，是否立案是他们的事。若应当立案不立案，我们检察院还有侦查监督职能，通知他们局里说明不立案理由！”

“小同志，说话别这么冲，我们没说不处理啊！这样啊，你们先回吧，我们将这几个嫌疑人带回所里录口供，到时再通知你们。”年长警察的声音明显降下来，转头朝蓄络腮胡子男子等人吼道：“走，跟我们走！”

06

仙丹湖的湖心岛上的别墅怡香居内，谌嵩和段铖坐在恒温花房的茶榭喝茶聊天，一身工装的碧丽在花房里忙碌。

“段总、谌总，没事了，总算没事了，打发走了。”段铖远房侄子护湖队队长段强喘着气跑进来报告。

谌嵩斜着眼睛望他，说道：“慌什么慌，能出什么事？检察院来的人是哪个部门的？”

段强答：“听说是什么公益诉讼检察部。”

一直没开腔的段铖取下金边眼镜放在茶几边，用眼镜绒布边擦边说：“强伢子，你这队长才当几天就掉这么大链子？你嵩哥看我的面子，给你压担子，你得争点气啊！这是碧玉公司，不比你在外面混江湖。凡事得用脑子想想再决定。检察院的人来了，你也敢霸王硬上弓，真是胆大包天啊！”

段强一脸委屈：“我听道上的朋友说检察院现在没有反贪局、反渎局了，就成了没牙的老虎，没啥用了。以为……”

段铖将眼镜往鼻梁一架，斥责道：“以为什么？没牙的老虎他也是虎，总比你这病猫强吧！谌嵩，这是你直接提拔上来的，要好好调教啊！”

谌嵩瞪了一眼段强，示意他退下。

待段强转背走远，段铖问：“你怎么善后？”

谌嵩答："还是按老套路办，已安排妥当了。"

段铖点头，又凑头过来低声问："证据都……？"右手做个剪刀手势。

谌嵩使劲点头。

"段强那个脑袋不行，你自己平日多上心些，今后凡进入景区的身份信息一定要核实清楚。对了，我们不是给了水上派出所300万元，要他们把局里人口信息系统的查询功能开通吗？"段铖仍不放心似的问道。

谌嵩答："马上就会搞好了。"停顿一会儿又说："这检察院公益诉讼蛮恼火，今天他们敢来湖里取证，应该是有备而来的，省里、市里对检察院的这块工作宣传力度很大，段叔，只怕您还得给凌虎说一声才好。"

段铖表示赞同，说："有这个必要，不过用不着我出面，你给他说一声就可以了。对了，他爱人上次说喜欢那盆火睡莲，给你妈说说，忍痛割爱吧，给人家送过去。"

谌嵩点头，说："好"。

下午，宁智勇在简约办公室刚好汇报完上午在湖边发生的一切。简约见手机在振动，便对宁智勇说："你回避下，我要接个电话。"

等宁智勇出去，简约接通电话。他还没开口，县委书记凌虎在电话里大声训斥道："简代检察长啊，碧玉公司可是市里挂牌的明星企业啊，检察工作要服务经济大局，从最高人民检察院到省检察院、市检察院都这么强调的，你们省检察院不还出台了保护非公经济20条意见吗？"

简约不卑不亢，说："书记，这中间可能有误会，我到任的第一天，有20多个老百姓就到检察院集体信访，举报仙丹湖矮围一事……"

电话里凌虎很不耐烦道："小简啊，你不要太书生气，你以为听几个刁民的挑唆，自己就会成为包青天？江水县经济要发展，没有民营企业，我们的税收怎么上得去？这点常识都没有，你当什么检察长？"

简约还要解释："书记……"

"不要再讲了，这事到此为止。你的干警今天受了委屈，公安机关该立案得立案，依法从重判处，砸烂的仪器设备照价赔偿，绝不轻饶！但是我再次奉劝简代检察长一句：此事到此为止，不要再给我节外生枝。不要再说了。"凌虎很生气地在电话里吼叫，然后挂了电话。

简约将手机往办公桌上一放，陷入沉思。

他心里很烦很烦，不由自主地拨通了容婵电话，问道："方便吗？"

"在开会，等会儿联系。"容婵小声地答。

简约直到晚上才等到容婵的电话。他迫不及待地将白天发生的一切跟容婵讲了。没想到容婵竟然说："赶紧停手。"

简约很纳闷："怎么？你也劝我做缩头乌龟？"

容婵沉静地说："不是。凡事预则立，不预则废。你初来乍到，对碧玉公司的背景可能有所不知。"

简约很实在地回答："确实不知道，真不知道。"

容婵说："你肯定是不知道，但你的副手不会不知道，他们都没有向你提及，对吧？”

简约点头答：“对，没人跟我讲过。我征求过他们的意见，没人提出异议。”

容婵：“我猜也是如此。这碧玉公司董事长名义上是谌嵩，实际控制人是他妈碧丽和继父段铖。而段铖的亲儿子是我们江海市市长段非，碧丽是省人大代表，所以你的书记会一口一声地叫你简代检察长，你现在‘代’字还没有去掉，要年底县人大开会选举产生后，再报市人大常委同意才能成为真正的检察长。”

简约确实不知道谌嵩一家与段非是这种关系。当然就是知道有这种关系，他也不在意，便道：“他别想拿什么代理不代理来压我，选不上我回市院，就做个普通员额。”

容婵难得地温语相劝道：“一说，你就急。现在没谁说不让你干，我是提醒你要讲究战略战术，要敢于斗争，更要善于斗争，增强斗争本领，小简同志。你的心情我何尝不能理解？当年我办理的那个案件……”

说到这里，她马上打住了。

简约追问不放：“你办理的案件也跟碧玉公司有关吗？你说嘛？怎么不说了？”

容婵收紧话头：“不说了，不说了，在电话里不方便说，以后见面再聊吧。你暂时不要动，有时莽撞会坏大事的。早点休息吧。”

简约新官到任，忙忙碌碌接连三个星期都没回江海市。一到周五，吕斌生他们都很关心地问他：“简检，您这一来就没日没夜地加班加点，会累垮身体的。周末了您还是回市里休息吧。”

因简约想尽快进入角色，恨不得千头万绪都要一下子理清，他没有休息日，作为副手和各部门负责人自然也没有休息日。他明白吕斌生他们关心他的原因，但大山里走出来的男孩子认死理儿，活没干完不休工。所以他很轻松地说：“干这点活有什么累的，我老家有句俗话说，只有要死的，没有累死的。我刚来，想快点适应这里的工作，辛苦大家陪我加班，不过这是暂时的。”

吕斌生他们嘴上不好再劝了，可心里老大不舒服：你一个钻石王老五，人在哪里家在哪里，可我们有家有口啊。再说以前没有哪一任检察长是这样子的，你这样玩下去我们可怎么过啊？

又到星期五下午。吕斌生气呼呼地推门走进简约办公室。

“简检，这周您得回市里去，不是我们怕加班，实在是这事必须您去市院协调处理一下。”吕斌生边说边将手上一份材料往简约办公桌上一放。

“什么事情非得我去协调处理?”简约笑着问。

“又被市院案管办通报了，您这才下来，也太不支持您工作了。”吕斌生说得义愤填膺。

简约从桌上拿起那份材料看了看，哈哈大笑说：“你说的是市院案管办的管理月报吧。我找谁协调去？容婵主任只认理不认人，我在市院时，她也一样会通报我的案件质量问题。自觉接受监管，赶紧整改吧，这是唯一出路!”

吕斌生仍不甘心，接过简约递回来的材料时又漏一嘴说：“管、管，哪有那么多要管，十多年前的案子也要管。”

边说边翻到一页指给简约看：“被通报的这个蒋立峰交通肇事案，法院已中止审理十多年了，市院案管办批评我们没有履行监督职责。”

简约一听，马上说：“给我看看。”简约看了一阵子，仍说：“吕检，容主任的行事风格也不是一天两天了，铁面无私。算了吧。还是那句话，该怎么整改就怎么整改。”

待吕斌生脚步声远了，简约就跟容婵打电话：“这期月报我刚收到了。你果然是名不虚传啊!”

“怎么啦？简检，通报你几个案子有问题就坐不住了？检察长就这点雅量?”容婵调侃道。

“你通报我院多少案子都没关系，问题是你通报的是当年自己办的案子啊。”简约有点着急地说。

“你的意思是说我作为案管办主任，只能盯着别人的问题不放，而不能说自己的问题?”容婵咄咄逼人。

“没这个意思。作为案管办主任，你是对的。但是蒋立峰交通肇事案的情况你自己也是最清楚的啊。我真的搞不清你到底要做什么?”简约表达自己的不理解。

“你院对这起案件长期不履行监督职责是客观事实吧，我希望你们尽快整改。仅此而已！公事公办，没别的事了吧?”

“容主任，我服了你，行了吧。”简约有点生气地挂了电话。

蒋立峰交通肇事案审查逮捕时的承办人是容婵，简约记得很清楚。他闭目稍微休息一下，打了一个座机电话，然后走出办公室。

简约让行政科同志打开车库大门，爬到那辆没有挡风玻璃的废旧凯美瑞车上，握着方向盘，又抬手摸摸刹车，陷入回忆……

以前他陪容婵多次来看过这辆车。还记得第一次容婵把他带到了这里，指着这辆车告诉他说：这是我以前办理的一起审查逮捕案的肇事车辆，摆在这里有好几年了。

她弯腰左瞅瞅、右看看，也没说别的什么，围着车子转两三圈后又带他到出事地点仙丹湖边转悠大半天才返城。在湖边听她讲述了当时的大致案情：被告人蒋立峰和被害人李海洋都是原县奶牛场职工，企业改制后下岗。因反对改制企业将奶牛场土地用于房地产开发而与碧玉公司引发冲突，当晚二人被碧玉公司的人约去谈判喝酒。在李海洋与蒋立峰驾着碧玉公司的车回家途中，蒋立峰因操控不当将车开到仙丹湖里，被害人李海洋被淹死，蒋立峰水性好游回岸上，人吓得半死，失魂落魄地回到家才想起李海洋，可是已经迟了。公安机关以交通肇事罪提请县检察院批准逮捕，她当时认为此案事实不清，证据不足，坚决不愿批准逮捕。此案疑点重重，至今未破，为此她一直耿耿于怀。此后，他多次陪容婵去看车看案发地点，他和她还多次在办公室在湖边模拟可能的案发场景。有次回城路上，容婵开着车突然就将车停在路边，一言不发。过了好久，才对他说：“这案子伴随我十来年了，希望不会是终生相随。”自此，这个案子已不只是容婵一块心病，也是他的心病了，他向组织提出要来这里的内心小秘密也在于此。刚来事杂，简约还没来得及考虑这起陈年旧案，容婵对全市检察机关起诉后建议法院中止审理案件的专项清查通报就来了。

简约回到办公室，叫来刑事检察部主任兰梅，问道："市院管理月报中通报我院的蒋立峰交通肇事案是怎么回事?"

兰梅面有难色道："这起案件距今应该是有十四五年了吧。被法院裁定中止审理很多年了，一直都没有恢复审理的条件，所以就拖到了现在。"

简约问："你说的没有条件具体是指什么?"

兰梅说："被告人蒋立峰不具备诉讼行为能力。"

简约虽然以前陪容婵多次来这儿看车看现场，但具体诉讼情况并不知晓。听兰梅这么一说，有些诧异，便问："你可以讲得具体点吗?"

兰梅点头答："那时我刚好在公诉科当内勤，蒋立峰交通肇事案，最先的审查逮捕承办人是现在的市院案管办主任容婵，她当时就认为犯罪嫌疑人蒋立峰涉嫌交通肇事事实不清、证据不足，不同意批捕。但县公安局最后还是以交通肇事罪移送我院审查起诉，公诉承办人是姜衡，在科室讨论时姜衡也提出本案存在诸多疑点，但因县政府相关领导多次协调，记得当时副县长也就是现在的县委书记凌虎出面最多。我院对这个案件最终还是决定提起公诉。可起诉到法院不到两周就出现了蹊跷，蒋立峰在看守所里不断用头撞墙，躁狂发作。经司法鉴定，他有精神疾病，法院在2004年7月便裁定中止审理，蒋立峰被法院决定取保候审出来回家治病。不久，容婵也调离县检察院到江海市检察院工作。姜衡也辞职到沿海城市做律师去了。"

简约若有所思，问：“这个案件后续的承办人是谁？”

兰梅说：“我接手了。今年元月，容婵晋升市院案管办主任，抓的第一件事就是要求市县两级院对历年积案进行清理，这起案件自然在清理之列，但因全国检察机关统一业务应用系统是2014年才上线，这起案件当时在线上是没有的，所以第一轮清查我们没报，后来听说是容主任亲自跑到中级法院和市公安局调取数据，对着全市台账才清出来的。她在全市案件质量讲评会上点名批评我院在办理该案时未有效履行法律监督职责，并发出了流程监控通知书。这是第二次通报了。”

简约问：“上次你们怎么处理的？”

兰梅答：“我当时报告给吕检了，他说这是陈年旧案，建议市院不要翻旧账，还说容主任是新官上任，火烧三把总有熄的时候，加上我手头上快到期的案件太多，没来得及在十日内回复。”

简约有些不悦地问：“你还准备回复吗？怎么回复？”

“我们准备回复说蒋立峰精神疾病仍未康复，中止审理的条件并未消失，故我院不存在监督不力问题。”兰梅小心试探着。

简约皱了皱眉头，然后说：“上次市院通报我们监督不力，要求整改，你们竟然应付了事，不应该啊！以后这类事情绝不能再发生。此案中止审理的条件是否还存在？你们有没有实地调查过？容主任再次通报是有道理的呀！这样吧，赶紧去蒋立峰老家，想方设法摸清真实情况。对了，将调查情况直接报我。”

兰梅从简约办公室出来，在楼道里碰到迎面而来的副检察长吕斌生，便打招呼道：“吕检。”吕斌生边点头边“嗯”一声，从她身边走过，片刻又喊住她：“兰梅。”

他欲言又止，还是说道：“简检让行政科给他看了车库里那辆肇事车辆了，可能会问你些情况。”

兰梅没多想，冲口而出：“刚才简检就喊我问了这个事，我都如实汇报了。”

突然想起简约最后的叮嘱，兰梅马上打住话头。

吕斌生望她片刻，然后点头道：“好，很好。将情况如实给领导汇报清楚。没别的事，你走吧。”

07

市公安局直属分局刑侦大队刑警朗月送来提请逮捕案件材料，常理当班受理。朗月问：“我爸在里面吗？”

常理摇头：“不在，朗副主任与容主任一起去江山县调研了，你给他打电话噻。”

朗月双手合十说：“拜托，他不在，就是最好。不是我要找他，是怕他找我，揪我回家吃饭，明白吗？”

常理一边埋头理卷，一边打趣说：“你爸每周好饭好菜等着款待你，你还这么矫情。我们家在外地，一想到爸妈的饭菜就直想流口水。人比人气死人呦！”

朗月说：“各有各的苦，我和我妹最怕我爸妈喊我们回家吃饭，比抓虏还可怕。”

常理说：“不孝儿女，不至于是怕吃饭吧？估计八成是怕催婚再教育，哈哈。”

朗月抱拳：“知我者，常姐也。”

常理笑道：“少贫嘴！送达回证我给你签了，拿去。对了，我上次在二马路抓的那个汤二发怎么还没来报捕啊？”

朗月说：“你还不知道啊？当天我们就对汤二发刑事拘留了，但在送往看守所途中他吞食铁丝，我们赶紧送到市第二人民医院。可人家医生不敢动手术，说是怕伤着股动脉。看守所那边以此为由拒绝接收。”

常理惊讶道：“难道又让他跑了？”

朗月说：“办了取保候审，汤二发住几天院后就大摇大摆地走了。”

常理气得暴粗口：“混账，别让我再碰见他。”

悠悠望着朗月的背影出神，常理拿着卷宗在她眼前扬了扬：“花痴了？”

悠悠有点不好意思，问：“常姐，他是谁啊？你们很熟喔？”

常理说：“你也可以跟他很熟啊。”

悠悠脸上绯红，说：“常姐你别拿我开心了。”

常理：“没有啊！他爸爸就是我们朗忠副主任，你当然可以跟他很熟啊。”

悠悠一下紧张起来，说：“算啦算啦，朗副主任跟容主任一样，每天都拉着个脸，好像全世界都欠他钱似的。”

常理：“这有什么，他爸是他爸，他是他，挺风趣的。说真的，又帅又有才气还有趣，不可多得，姐哪天给你介绍一下？”

悠悠低头填录案卡信息，常理见她不作声，又逗她：“这小伙也有很明显的缺点。”

悠悠猛一抬头，有些好奇等着常理说出下文：“他家没钱！”旋即常理又说：“不过他家除没你家有钱外，应该什么都比你家强！”

大厅里的人都听到了，她们便笑成一团。悠悠默不作声，心里想哭。她没有进检察院之前，家里有钱是她最大的自信，但是现在因为家里有钱，院里同事处处都挤兑她。家里人让她跟同事搞好关系，她也想尽一切办法去讨好他们，可他们根本不吃这套。她刚刚多看朗月几眼是因为朗月的高鼻梁和卷卷发跟前男友大卫有点神似而已。

美国曼哈顿一寓所，女主人常姝起床打开手机就给闺密魏凯丽打微信电话：“我刚翻到你前些日子发的朋友圈，悠悠当检察官了？没搞错吧？”

魏凯丽说：“错不了，我不发朋友圈了吗？她还见义勇为了呢！”

常姝答道：“我就是看到这个才奇怪的，她哪有这身功夫啊？”

魏凯丽说：“悠悠有没有这身功夫我不知道，但她现在市检察院案管办上班是千真万确的事，她姑姑段岚亲口告诉我的，还说她哥发疯了，让女儿去那个清水衙门受穷。你要不信，就回国看看吧。”

常姝答：“好吧。我考虑考虑。”

那天兰梅挨了简约的批评后，不敢再怠慢。第二天就联系原奶牛场改制企业碧玉奶业股份有限公司，得知蒋立峰早已离婚，出来后就没有回到奶牛场，不知下落。她到蒋立峰老家调查，也没有找到蒋立峰本人，听村支书反映蒋立峰依旧患有精神病，一直跟着在外地打工的亲人辗转多地看病吃药。怕兰梅不信，村支书还发一段蒋立峰视频给她，边打开视频，边笑嘻嘻地说："兰检察官，你看他这一脸呆相，会有假吗？"

吕斌生在办公室看文件，手机电话铃响了。

"吕检啊，刚才兰检察官来村里了。"对方在电话里说。

"王支书，没问题吧？"吕斌生问。

"能有什么问题呢？视频都发给兰检察官了。没问题，领导您放一万个心。"村支书在那头哈哈大笑。

兰梅回到院里就直奔简约办公室汇报，怕领导不信，就也学着村支书的样子打开手机视频放给简约看。

简约足足看了三四遍，但没做评论，只让兰梅将视频转发到他手机上，并要她去档案室把蒋立峰交通肇事案的批捕、起诉内卷档案找到给他送过来。

常姝坐在魏凯丽停放在正义路靠近检察院大门左侧的车里。

坐在驾驶位上的魏凯丽偏头对常姝说："你这算怎么回事嘛？老太婆当初怎么承诺你的？"

常姝懒懒地说："拜托，我就回国几天，你怎么比我妈还喜欢念叨？"

魏凯丽抬腕看了下手表："五点，应该下班了。你看左边，我盯右边。"

魏凯丽眼尖，指着从办公楼走出来的容婵说："常姝，他们下班了，把车窗玻璃升上去吧。”

常姝冷冷地说：“走吧。”

“大小姐，你又怎么啦？”魏凯丽不解。

常姝指着朝她们走来的容婵说：“你看见了吗？当年谌嵩不就是被这个狐狸精迷住了吗？害得我背井离乡，漂泊海外。”

魏凯丽说：“不是这样的吧？人家两小无猜，你明明是后来者居上啊。”

常姝被戳了痛处，有些气恼道：“好啦好啦，哪有你这样做朋友的，胳膊肘往外拐。不说了不说了，送我回宾馆吧。”

靠在副驾驶位上闭目养神的常姝，内心却翻江倒海。

21 年前，她得知自己怀孕时又喜又忧，喜的是她怀上谌嵩的骨肉，不管他愿意与否，她都会将这个孩子生下来。忧的是谌嵩对她冷血而无情，她知道谌嵩心里装着的是他的同学容婵。她哭诉着找到碧丽要求与谌嵩结婚，碧丽冷冷地说：“可以，但我只能保证给你一场婚礼，将孩子体面地生下来。至于婚姻保不保得住，那完全看你自己的造化了。”

碧丽没有食言，让她风风光光地嫁入谌家，但也不出碧丽所料，她最终没有保住这场婚姻。谌嵩除配合她完成婚礼外，没有碰过她一下。办完女儿悠悠满月酒的当晚，谌嵩就从他们结婚的新房搬走了。碧丽后脚就进来，拿出一张现金支票，对她说：“这事因我而起，我还是对你负责，这里有 100 万元，你去美国吧。”她正想说谢谢，碧丽拿出一张打印好的承诺书给她，又道：“给你这笔钱也是有条件的。放弃悠悠的监护权！终生不得再见悠悠。你考虑清楚啊。”望着襁褓中可爱的女儿，常姝一时有些不忍心，默默垂泪没有答应。

碧丽见她不答话，收起支票走了。两个保姆第二天清早跟她说，家里有事要辞职走人。常姝心里明白是怎么回事，抱着女儿哭着回到父母家。母亲见她如此狼狈，一问原委就骂她蠢，放着100万元不要，带着拖油瓶以后怎么嫁人？一直闷着声不说话的父亲，送她回家时也劝道："孩子，识时务者为俊杰。他们不让你见孩子，但你是孩子的亲妈，谁也改变不了，腿长在孩子身上，她长大了自然会来找你。"

常姝第三天就找到碧丽，说自己想通了。接过那张100万元的支票，离开了谌家，然后漂洋过海去了美国。

看到容婵还是那么年轻漂亮，她一时妒火中烧。怀疑让女儿悠悠到检察院上班，天天跟容婵待在一起，是谌家下的一盘棋，说不定是他们想娶容婵进门。女儿不谙世事，他们说不定还会编个故事骗女儿说她是容婵所生，然后一家三口其乐融融。他们俩要和好，还想白得一个女儿，哼，想得美！她绝不答应。

第二天早上，常姝离开宾馆，给保安一个信封，对他轻声叮嘱一番，然后走到魏凯丽的车边说："走吧，送我去机场。"

街道已不是以前的街道，到处都是鲜花和树荫，常姝此刻觉得走在国内的小县城都比在美国一些大城市街头更有生气和活力，也更漂亮。人也不是以前的人了，常姝这次回来比以前任何一次都要伤感。她一直不死心，或者说不愿意死心。这次她是彻底死心了，也更失落。以前她每次回来都不想走，离愁之为离愁，乃为心上有不能放下的人，可是留下又怎么样呢？

自己心上人心里住的是别人，离人心上秋，如秋风秋雨般愁煞人！但以往她总会告诉自己要去的是人间天堂，在美国至少自己的生活质量比国内的人要好。以前每次回来，在有限范围内知悉的亲友都会用艳羡的目光望着她，急切地要她分享在美国的生活日常，但现在完全不是这个样子了，美国生活不再是国人所向往的了，国内国外旅游都是很平常的事。当然最令她绝望的是她眼睁睁地看着自己一生倾心的男人和他的初恋情人可以 20 年不嫁不娶，自己 44 年的人生不过是当了回他们的观众。一想到这，她心里的恨意就会翻江倒海，她无法接受他们即将结合的事实，她决计要毁灭他们的爱情！

当年她是碧丽的法律顾问，对碧家的底细比较清楚，碧丽跟她母亲是闺蜜级同学，她与谌嵩同岁，两个妈妈一直以亲家相称，在她自己没有能力赢得谌嵩的心时，碧丽无疑是她的救命稻草！谌嵩没有遇见容婵之前，她和他也是两小无猜，从小学到初中一直同班的他俩双双被县一中高中部录取。但那年暑假，谌嵩打篮球受伤致左腿骨折休学一年，常姝于是变成谌嵩的学姐。她做梦也没想到他骨折一事最终会夭折了他对自己的朦胧依恋。他若不晚她一年上高中，就不会与容婵有交集，更不会有后面的烦恼，不去想了，想了也没用。让容婵看看她初恋男友和他的家人到底是什么货色吧！她恨恨地想着，心里泛起阵阵冷笑！

08

案管办周一早会上，容婵在布置工作，要求监控员易甘馨围绕“案—件比”抓好日常案件监控，还说送案审核是重点，要她关注延期、退回补充侦查的案件，提前督促检察官提高办案质效。

易甘馨汇报说：“江琰办理的仇志刚为帮助单位采购进口设备涉嫌普通货物走私案已过预警期，他对发出流程监控置之不理，早上在食堂还为取保案件的办案期限跟我理论了一番，准备派安安出马穷追猛打。”容婵点头同意，并说：“涉及非公经济案件原则上要快审快结。事实清楚、证据确实充分的普通刑事案件要确保不退不延，争取20天内结案。”

中午快下班时，门卫传达室老胡叫住容婵，说刚才有个男的托他转交给她一封信。容婵撕开信封，里面有一张纸条，展开一看“14年前道路口二妹砣饭馆的服务员宁香妹嫁到江背县牛角镇李家冲二组。知情人”。

易甘馨给案管机器人安安输入指令并联网门禁刷脸系统。江琰一进入刷脸区，安安就从大厅“吱”的一声平移过去，语音也随之而来：“江琰检察官您好，您所办案件已超期，请马上结案。”

江琰不胜其烦，上班时他尽量藏在同事背后，不让安安发现，可他一进入地层门禁区，安安照例应“脸”而出。他又改用头套罩脸，还是没用，依然被安安缠着。

江琰被气疯了，冲到案管办大厅直喊：“容嬷嬷，我叫你姑奶奶好吧。烦死了，烦死了。实话告诉你吧，我是故意超期的。”

容婵从主任室出来，冷着脸说：“难不成你拖延办案还有理了？这么理直气壮。”

原来是仇志刚所在单位三和公司总经理李唐多次找到江琰，强烈要求他延长办案期限，因为取保候审的犯罪嫌疑人仇志刚还承担着一项重要委托开发任务，天天加班加点地跟时间赛跑，必须在本月 20 日前交出参加技术评审的资料，否则三和公司将要承担赔偿 1000 多万元的违约损失。

江琰最初不同意，说：“企业有难处我能理解，但我们办案也是有法定期限的，如果不快审快结，我们案管办会跟我没完没了，发监控，移送督察等等，不胜其烦，对不起，我无能为力！”

仇志刚认罪认罚，李唐又拉着值班律师来给江琰做解释工作，值班律师说：“江检察官，你搞一次技术性补充或者延长审查起诉期限不就可以了吗？”

江琰一脸苦笑：“不行的。现在真不行，有‘案一件比’管着呢。这个案子不需要退回补充侦查和延长审查起诉期限，做个技术操作的假退补、延期，在办案系统上都显示着，会留痕呢，高检院、省院明令禁止借退补、延长借办案时间，更不允许假退补、假延长，被我们案管办的容主任发现了，得脱几层皮。我唯一能做的是尽量快审快结，这两天就起诉到法院去。”

但下午江琰到企业就仇志刚是否适合社区矫正听取意见时工友们对他自认为是为企业着想的举措并不买账。

一中年工友对他说：“你们护航民企初衷是好的，方向也是对的，但措施要对路，不能自己关在办公室空想。你要听取企业方意见，否则再好的经也会被你们念歪。”

另一工友说得更直白：“你们办案思维不能太机械，一般案件涉民营企业当然办得越快，对企业影响越小，但仇志刚这个案件不一样。检察院、法院都喊快审快结，你们检察院诉过去，法院刚好在15日左右开庭，告知、送达，开庭、听取意见等都要费时间，仇志刚没办法集中精力将技术资料整理出来，合同违约责任也来了。”

李唐说：“我们公司好不容易等来这么一个大单，想今年可以打个翻身仗，你们一厢情愿地快审快结，以为是替我们企业着想，你们不知道这一来，我们的合同可能也违约了，1000万元损失也要赔偿了。所以……”

江琰对李唐说：“李总，你别说了，我知道怎么做了……”

容婵听完江琰的苦水后，不免有些吃惊，责备地道：“你怎么不早说，护航民企，确实要因地制宜，对症下药！我们会实事求是地就仇志刚办案期限监管问题，认真研究后再答复你。”

江琰一走，容婵马上召集召开检察官联席会议。

易甘馨简短介绍案情，率先亮明自己的观点道：“江琰明知自己所办理的仇志刚普通货物走私案事实清楚、证据确实充分，20天内完全能办结，可他故意拖延办案，还钻法律空子借假延长审查起诉期限来掩饰。对这种执法不规范行为应当移送检务督察启动督察。规则就是规则，不能变通！”

艾广有些为难地说：“这个事听江琰这么一说，还真有些闹心，坦诚地讲如果换上我，我可能也会这么做。”

常理接言道：“我有点赞同艾广的意见。至少在对江琰违反检察职责行为最终处理时要考虑这个因素。”

“我们对检察官执法不规范行为的处理，要坚持主客观相一致的原则。这件事情从主观方面分析，江琰他拖延办案的动机是为企业争取委托技术开发的时间，跟我们以往监控发现的超期、假延期、技术性退补等案件完全不同。后者大部分是因为个人偷懒或者时间管理不好导致效率低下，没能在法定期限内结案。目前他办理延长审查起诉期限，仍算是在法定期限以内。我建议撤销安安的指令。”朗忠略微思索后发言道。

易甘馨不甘心了，马上嚷嚷：“朗哥，你也做老好人？江琰他这10多天在办案系统里可什么都没有做啊！他的起诉书在半个月前就做完了。我天天盯着系统监控，没发现他做任何事。为了企业的经济利益，纵容他办案超期，岂不是牺牲程序正义换取企业利益？”

朗忠笑道：“谁说审查起诉就只有审查证据和写文书这些机械劳动。江琰他协调各方，听取工友意见、走访咨询海关、查阅涉民营企业保护相关案例等等，这些事项处理怎么就不是办案？这些可都是我们在监管系统里看不见的东西，有时恰恰就是这些看不见的东西，会影响我们的最终判断。”

易甘馨一时答不上话来。

容婵环视大家后总结道：“老郎中真是名副其实啊！大家平时经常听他说，不审势则宽严皆误。今天这事还真有这个味道。不给江琰放行，总觉得这个事有哪根筋不对似的。而给江琰放行，不把道理讲清，别人又会质疑我们‘放水’，我们自己也无法说服自己。大家刚才讨论得很热烈，我也一直在思考着我们应如何正确理性地看待客观规则？其实这跟我们的执法办案思维是一样的。对一个行为的评判必须做到主客观相一致。在规则或者法律不能解决我们面临的困境时，要记得还有一条：善良是最好的法律！一个人的行为善恶之分，我看无非就是在涉及自己利益与他人利益冲突时的一种选择。大凡选择为己则是恶，选择为他则是善！就本案而言，江琰出自善良的动机，且海关和第三方单位对延长审查起诉期限半个月都表示没有意见，他延长审查期限是为最大限度地保护企业利益进行，不能简单说是牺牲程序正义换取企业利益。”

易甘馨没有再辩了，表态说：“行吧，既然大家都这么说，我可能真的不能‘一根筋’了，撤回对安安的指令吧。”

邓刚从外省开庭回来就从李海平、史保利的电话里听到检察院在仙丹湖取证受阻的事，因有点别的事拖了几天，过去一个多星期才赶到原奶牛场找到李海平、史保利他们详细问了原委。

邓刚问：“水上派出所这几天有动静吗?”

李海平答：“听说当天就把为头的三个人刑事拘留了，但看守所只肯收李亮军。”

邓刚追问：“为什么?”

史保利答："那个络腮胡子沈四因在送往看守所路上吞铁丝被送往医院，可铁丝没有取出来，看守所不敢收。高个子王铁年有艾滋病，据说他有好儿个案底，看守所以前都不敢收治，这次也不肯收。"

邓刚一听，骂道："无法无天。"

史保利凑到邓刚耳边说："邓律师，那断肠子（段强）在队里吹牛，讲县委书记凌虎把嫩娃检察长好一顿羞。"

邓刚气得咬牙，把李海平叫到里面房间低语了好一阵。出来时，他对史保利说："当年凌虎当副县长兼公安局局长时以维稳为由包庇嫌犯，我们一家跟他还是私仇，现在作为县委书记的他公然干预检察机关办公益诉讼案件，这可是公仇了。检察机关是公共利益的代表，从中央到地方都是支持检察机关办理公益诉讼案件的，到江水县却成了这样子，可见这种败类祸国殃民之深！"

史保利有些担心地说："凌虎从副县长到县委书记在我们江水县横行霸道 15 年了，一个新来的检察长哪能招架得住？再说现在不是说党管一切吗？检察长也得听书记的呀！这次只怕是又黄了。"

邓刚一掌拍在桌上，高声说："党管一切是没错，前提是这个县委书记是真正的共产党员。而凌虎这狗东西哪点还像个党员？他的所作所为严重背离我党的宗旨！新来的检察长应该很快就会看到这一点。只要新的检察长是真正的共产党员，相信他会同这种败类作坚决斗争的。"

史保利还是很泄气，李海平也插言道："我们以前的举报信不也都石沉大海了吗?"

邓刚安慰他们道："检察机关是上下级领导关系，我们要相信党，相信检察机关，更要相信党中央反腐的决心。你们该向检察机关反映的还是要反映，仙丹湖的生态环境资源恶化影响到国家利益、社会公共利益，找检察机关是没错的，也是应该的。"

邓刚走后，李海平从里屋大木箱底层翻出一大信封，里面有《奶牛场为何贱卖，县委书记钱色双敛实录或可解密》的举报信和一个U盘。

这些材料他已保存很久了，因为妹夫邓刚告诉他不到万不得已不能拿出这些东西。

这举报信是邓刚花了三天时间亲自操刀的，信上的话都是李海平想说又说不到点子上的犀利语，看了就很解气。李海平当时就由衷地说："妹夫，你的学问就是好！你若还在奶牛场，可能也窝死了，当年这事一出，为我老李家，害你背井离乡谋出路，我这心里头不是滋味，没想到你还谋个大律师出来了，牛气，给哥哥长脸了。"邓刚说："是啊，人挪活，树挪死，走出去眼界是大开大合啊！我们掌握的这些材料不到万不得已，绝对不能拿出来，切记切记！"

这举报信在李海平家木箱里躺了三年，一直没动。李海平问过邓刚几次，邓刚都说时机不到，不能轻举妄动。刚才邓刚把他叫进来就是问这些材料藏在哪里。说是可以拿出来的时候了，不过走的时候又叮嘱说容他再考虑两天，没有他的指令，千万不能乱动。

江水县检察院正在举办一年一度的开放日活动。这次的主题是护航民营经济。在参观完公益诉讼实验中心后，企业家代表到二楼贵宾室座谈。

副检察长王衡岳通报保护非公经济的办案数据后，主持会议的简约请各位企业家代表发言，为检察机关如何服务非公经济建言献策。

谌嵩按下话筒第一个发言，说道："检察机关应当在营造良好的营商环境上下功夫。前不久我公司与检察院就有点小误会，检察院的同志没有通知我们，就到湖区去调查，公司的工作人员不懂法，也不知道各位领导是检察院办案的，发生一些冲突。当然这个事主要责任在我们企业，事后我们公司也是积极配合公安机关依法处理相关责任人员，没有护短。该追究刑事责任的追究刑事责任，该赔偿损失的赔偿损失。举这个例子是想说明以后这种误会不要再发生。检察机关尊重企业的自主经营，不要将你们刑事办案中的有罪推定的思维带到公益诉讼中。不要打着公益的牌子，动不动就到企业去搞调查。检察机关要尊重企业的自主经营权，尽量不要打扰企业，最好的服务是不叫不到、随叫随到、说到做到。"

与会人员边听边窃窃私语，三和公司董事长李唐当场打断谌嵩的话："谌总，今天检察院请我们来不是就个案问题进行讨论的，而是讨论大课题——检察机关如何服务保障非公经济。你不能浪费我们大家的时间，在这里兜售你的私怨。其实我倒觉得这些年市、县两级检察机关在护航民企这方面做了卓越贡献，前段时间我公司一员工涉案，市检察院办案检察官做得非常人道，既依法办案又最大限度地保护我们企业利益。市、县两级检察机关最值得点赞的就是对民企平等保护，不只保护大企业合法权益，也注重保护中小企业，尤其是小微企业，不只保护本地企业，也注重保护外地企业合法权益，能做到这样，很不容易，必须点赞。我还要说的是检察院是人民检察院，不能说检察院保护非公经济就只保护某一家企业，这不是平等保护，我们做企业的，也不能因为检察院某次执法活动影响到自己企业的利益就抱怨检察机关不保护民营企业。”

全场响起雷鸣般的掌声。简约由衷地说：“感谢李总、谌总，感谢各位企业家对检察工作的理解与支持!”

谌嵩有些不自在。

简约率院领导站在院门口送别各位企业家，谌嵩跟简约等人一边握手，一边说：“包涵！包涵!”

简约说：“不存在，不存在，我们工作方式方法确实有需要检讨的地方。”

一旁的吕斌生对简约说：“简检，我替你送一下谌总。”简约说：“好。谢谢!”

吕斌生陪谌嵩走路到车边，谌嵩拉门上车，吕斌生趁机对他耳语一番。谌嵩钻进车里，伸出右手用力握了握吕斌生的右手，加重语气说：“谢谢吕检!”

这天晚上，李唐一边洗漱，一边对卸妆的容娟说：“今天跟老谌又怼上了。碧玉公司行事太高调，检察官到仙丹湖调查取证被一帮混混阻挠，虽说最后几个为头的被抓，但怎么看对检察院都有点打脸的意思，今天他还不依不饶，拿这个来说事，我实在是看不过了，讲几句公道话。”

容娟说：“不奇怪，他那个联合国家庭五毒俱全，没一个好人，就这德行。”

李唐说：“我前几天还听到一个生意伙伴说谌嵩将自己的女儿送到市检察院做书记员了。你姐知道吗?”

容娟很是吃惊，摇头说：“没听她说，她肯定不知道。可以肯定的是只怕这谌家又在盘算我姐了。不行，我得提醒她。不过你这信息准吗?”

李唐轻声道：“说不好。我再去打听打听。”

09

办公楼里的人都走光了，容婵手里还捏着那天门卫转交给她的那个信封里的纸条。纸条内容明显指向蒋立峰交通肇事案。此刻她办公桌上摊开的是蒋立峰交通肇事案卷宗材料复印件，侦查卷第 87 页公安机关所作的《说明》称“二妹砣饭店的宁姓服务员在案发第二天离店出走，至今下落不明，故无法提取其证言。”

她当年对这一纸说明很不满意，要求公安机关继续补充侦查，但一直没有下文。踏破铁鞋无觅处，得来全不费功夫，现在知情人称宁香妹嫁在江背县牛角镇李家冲二组，下落较为明确。她觉得不论是真是假，都必须去复核一下。

简约到江水县检察院履新后第一次回市检察院，差不多是快一个月后，还是因为参加全市检察长研讨班。他晚上才到市里，直接就到案管大厅。一直在等他的容婵见面就笑着说：“黑了，也瘦了。”

简约“嘿嘿”傻笑两声，意味深长地说：“黑瘦都不要紧，有人关注我黑瘦才最要紧。”

容婵笑脸立马往下一拉。简约故意视而不见似的自话自说：“蒋立峰交通肇事案我可是认认真真地阅了卷。蒋立峰没有受审能力，无法到庭受审，依法只能中止审理，待条件成就后再启动一审程序。”

容婵半开玩笑半认真地说道：“你去了几天？何以这么快就得出结论？到底是屁股决定脑袋，当了检察长行事方式都不一样了，听听汇报就可以了吧？”

简约打开公文包，抽出一份材料递给容婵。她接过一看是《关于对蒋立峰交通肇事案的追问与思考》，惊喜地问：“你亲自操刀的？”

简约点头不语。接着他拿出手机，一边将兰梅转给他的那段视频发送给容婵，一边对容婵说：“上星期接到通报后，我派人找到蒋立峰老家，没有找到蒋立峰本人。村支书说他一直跟着在外打工的亲戚在外地吃药治疗，我们还了解到蒋立峰原来也是奶牛场职工，他早年父母双亡，与前妻离婚多年，只有一个单身哥哥下岗后回老家帮人种地，他老兄说不知道他的下落，他们平时跟其他亲戚交往也不多，他这么多年靠谁照顾是第一大疑问。”

容婵听他说完，将视频也看了看，皱着眉摇头说：“简约，有问题。我记得蒋立峰右脸上有一颗血痣，但视频里这人没有，怎么回事?”

简约急得大叫：“是吗?我派人马上再找村支书可能不合适了，这个案件蛮复杂啊!”

容婵：“是的，不是一般的复杂。我们来调查核实，你那边暂时不要再动，动了反而坏事。”

说完从抽屉里拿出一个信封说：“我前些天收到的，也跟这个案子有关联，说是有知情人在江背县。”

简约着急地说：“那你赶紧派人去啊。”

容婵温婉地答道：“看把你急的，我自己会去。除了找这个知情人外，还得尽快摸清蒋立峰的底细，了解他真实的精神状况。”

简约去培训中心报到了。容婵还在办公室认真地看简约的那篇材料，频频点头。简约的追问也正是她这些年的心头之问，他的思考也正中她的下怀。窗外明月如洗，她起身关灯离开办公室时，穿过窗玻璃的月光斑驳一地，窗边阳台上几株绿植透着油亮的光，一切都那么静谧而安详，“吾心似秋月，碧潭清皎洁”，此刻此境有说不出的美好。

踩着机关大院里的一地白月光，容婵哼着小调走在回家的路上，简约的追问和思考让她感觉到从未有过的心灵共鸣！没想到看似木讷古板的简约心思会如此缜密，他不是蒋立峰交通肇事案的承办人，但他对案件疑点和如何排除疑点的思考却非常深邃。突然之间她感受到他身上有一种独特的魅力，就好比大院里的景物，日日走过并不觉得有什么特别，但今夜在朦胧又明亮的月色映衬下，多了一层说不出的意蕴。

湖心岛怡香居内，正在看电视的谌嵩听到手机电话铃响了，一看是段非的，便马上关掉电视接听。段非说："老二，游江书记很重视围湖别墅拆违工作，明天一早就会亲自到仙丹湖一带调研，估计会到湖边看看。你要协助当地政府职能部门做好配合工作。"

谌嵩听懂了段非话里的意思，答复道："哥，你放一万个心，我明白。"

挂了段非的电话，谌嵩一个挨一个不停地打电话直到凌晨一点多。

第二天，市委书记游江在仙丹湖调研非常顺利，凌虎一直担心湖边老百姓"拦驾"的事终于没有出现。

下午，踩点返城的游江书记快到市区时，突然对司机说掉头。秘书对游江书记说："今天仙丹湖边清清静静。"

游江书记两道剑眉紧锁，对秘书说："江水县告状信满天飞，尤其是这些围湖别墅，当地老百姓与政府职能部门冲突不断，刚才我们到仙丹湖边转圈时，却没有看到几个人，这不是很奇怪吗？明明是事先做了功课的嘛。这会儿他们应该是在为这次又糊弄过关而弹冠相庆了，绝对料不到我们还会杀个回马枪！"

水上派出所围墙外，李海平和史保利焦急地走来走去。不一会儿，大门徐徐打开，两个年轻人走出来。李海平和史保利马上迎了上去，问道："禹厉，他们将你怎么样了？"

禹厉冷笑道：“怎么样？除段肠子（段强）他们半路抓我时，挨了两巴掌外，到派出所后倒是不打不骂了，有人陪着喝茶，陪着聊天，陪着看电视，走到哪都有人陪着，招待得蛮周到。”

史保利一听，气得张口就骂：“段家、谌家断子绝孙，不得好死！在派出所里居然也有人敢‘看活牛’，真是无法无天了？”

他转脸对李海平说：“邓律师出差回来没？你问问，我们找他去。”

陆续又跑来几个人，大家都说：“就是，就是，海平，你问问，赶紧问问。”

李海平退到一边打电话去了。这时迎面有一辆车开过来，然后稳稳地停在路边。一年轻男子开门朝史保利走来，问他：“这个同志，请问去水上派出所怎么走？”

史保利一听就来火，便说：“小兄弟，你去那火坑干什么？”

年轻男子很诧异，问道：“派出所怎么是火坑？”

史保利嘴巴不上锁，涨红着脸大着嗓门叫嚷道：“今天市委游江书记来湖区调研，他们怕我们老百姓拦轿喊冤，竟然把两个想反映情况的人抓到派出所看‘活牛’，你说它不是火坑是什么？”

禹厉一边悄悄地扯了扯史保利衣袖，一边指着前方对年轻男子说道：“你再往前开 200 米拐弯就到了。我这位兄弟今天中午喝酒喝得有点高，乱讲话。莫当真，莫当真。”

年轻男子便回到车上。史保利疑惑地问禹厉：“你刚才说什么混话？”

禹厉指着绝尘而去的小车说："你没看到这车驾驶位侧边写着市政府公务用车，你刚在大声嚷嚷时，车后排窗玻璃刚好放下，探出一个当大官模样的脸，我感觉有点面熟。"

史保利不以为然道："那又怎么样？"

禹厉拿出手机，一边翻看，一边说道："真的是游江书记。"

史保利便责怪他道："那你刚才为什么还拦我？不正好反映情况吗？要不，我们赶紧去追？"

禹厉语气有些沉重地答道："你说我们小老百姓一个，他派出所凭啥好吃好喝招待我们？市委书记多大的官啊，不也是管他们的官吗？他们敢这么做，说明有人支持他们啊！自古以来就是官官相护，这游江书记到底怎么样，你有底吗？说不定也跟凌虎一样，说不定还差些呢？凡事小心为妙！"

大家便都沉默了，有些落寞。这时李海平已打完电话回来，对大家说："邓律师知道今天发生的事，他说正在往这边来的路上，差不多就快到了。"

众人都说："太好了，太好了。"

半个小时后，邓刚到了李海平家里，要大家到里屋谈事。他首先便问禹厉："是派出所的人看着你们的吗？"

禹厉摇头答："派出所的倒不管我们，还是护湖队的那帮人在上蹿下跳。这肯定是凌虎授意的，要不然他们哪有这么大的胆子？"又将公务车问路的情况和自己当时的担忧说了出来。

邓刚点了点头，对李海平他们说："十有八九是游江书记，如果他是特意调头杀回马枪的，说明还是一个务实亲民的领导。"

李海平插言道："妹夫，我觉得你那个举报材料可以拿出来了。"

邓刚没有直接回应他，只问道："可恨这凌虎竟敢欺上瞒下，水上派出所也不作为，太过分了！你们有多大的决心？"

李海平说："舍得一身剐，敢把皇帝拉下马。"

史保利说："若新来的市委书记是好领导，新检察长我们见过，也是好人，凌虎他一手遮不了天，为了仙丹湖老百姓的安宁，我们豁出去了。"

邓刚起身，对他们说："行吧，那我们就决定了，开弓没有回头箭！"四个男子汉的手紧紧握在一起。

游江书记的车拐弯就到派出所门口了，秘书问："要不要进去？"

游江书记摆摆手，甚为生气地说："不要了。刚才你不都看到听到了吗？真实的情况就在老百姓的嘴里，你进去问，他们会承认吗？他们早就编好一堆的谎话等着我们呢。"

紧接着他又对秘书说："回市委，通知市自然资源局局长章天成两小时后到市委办公室见我。"

章天成才挨座，游江就问："前几年自然资源部明确规定停止别墅类用地的土地供应，我省相关部门也发布过十几道'禁墅令'，为什么都没能阻止仙丹湖一带的别墅开发？"

章天成有些紧张地答："仙丹湖的地产开发乱象由来已久。"游江很生气，道："这么乱，为什么不治理？"

"游书记，我是两年前才到市自然资源局的，当时还是叫国土局，以前……”

章天成从游江办公室出来已经快十二点。游江送他到电梯间，一边跟他握手道别，一边说：“谢谢你，这是我来江海市后听到最全面最客观的一次汇报。”

宁智勇和刑事检察部主任兰梅一起走进简约的办公室，向他汇报李亮军妨害公务一案。

宁智勇说：“上次我们在仙丹湖调查核实证据被阻的案子，也就是李亮军、沈四、王铁年等三人妨害公务案，已准备提起公诉了，李亮军到案后坦白交代问题，也签订了认罪认罚从宽具结书，刑事检察部提出的一年有期徒刑的量刑建议我们也认同，但是兰主任他们说公安机关要将沈四和王铁军撤回，我们有异议，认为应该向您报告。”

兰梅马上补充道：“简检，关于沈四和王铁军让公安机关撤回的事，是县委政法委牵头，公检法三家协商沟通的结果。这两个人现在都是取保候审在逃，法院说一个吞食异物，一个有艾滋病，人不在案判决后收监也很难执行，影响他们的审结率，不如让公安机关先撤回，待抓获归案后再补充起诉。”

简检听着他们的汇报，脑袋里一会儿回响着凌虎气急败坏的声音：“此事到此为止，别给我再节外生枝。”一会儿又是容婵的声音：“小不忍则乱大谋。”

简约问兰梅：“赔偿的事办妥了吗？”

兰梅答：“李亮军家属积极赔偿损失，还愿意代另两名犯罪嫌疑人赔偿损坏我们的仪器设备损失，折价20万元人民币。”

简约最后拍板道：“县委凌书记对这起案件非常重视，要求公、检、法三家从严从快办理本案，我原则上同意刑检部门的处理意见。”

宁智勇一听，脾气一下就窜上来了：“简检，这听起来是支持检察机关依法执行公务，明眼人一看就知道是故意在整咱们啊！我们不能这么认怂！老百姓现在几乎天天都在找我反映问题，他们都看不过，说碧玉公司副董事长段铖已是湖区一霸。不仅各管理区书记、主任是他定的，连配备各村村支两委的干部也得看他的喜好。湖边村支部副书记陈小国因为坚持讲真话，被段铖指使其‘马仔’兼书记召开党员大会除名处理。”

简约厉声喝住宁智勇：“住口！检察机关是宪法赋权的法律监督机关，检察官执掌的是国之公器，权力不属于任何个人，怎么能说成谁整谁？这事暂时先这么定啦！这个案件怎么处理无需你操心，你倒是要把重心放在老百姓反映的几个问题的调查核实上。记住要吸取上次教训，特别要注意方式方法。”

宁智勇还是一脸的不乐意，不过最后还是答应：“好吧。这些问题我会一一查清的，已经在着手一些明察暗访工作。”

晚上，简约照例给容婵打电话。容婵听简约介绍的情况后沉默了分把钟，对简约说：“情形很复杂，目前只能这样处理，静观吧，这里可能还不是破坏生态环境这么点事，现在不好说。可能这妨害公务案不过是冰山一角而已，凡事你要小心点才是。”

10

容婵带着丁丁，拿着保安转交的那信封，找到江背县牛角镇李家冲村部，村支书接待他们说宁香妹是嫁在本村二组，但除过年过节回来看公婆外，很少在村子里待，听说两口子在江海市打工，不知道具体地址，但将她老公留给他的一个电话号码提供给容婵。容婵打通宁香妹老公电话，对方倒还爽快，告诉她说宁香妹在市一中旁边摆粉摊，用纸牌写着“香妹儿肠粉”的摊位就是她的。

但容婵去了几次后发现，宁香妹并不太好说话，容婵去了几次，她都是一边忙碌一边不等容婵说明来意，就说忙得很，忙得很，没工夫闲聊。

周四那天下午，容婵从市委政法委开完会回来路过市一中门口，远远看着宁香妹在与人闲聊，便下车走过去。宁香妹赶紧打住话头，低头忙活开了，容婵也不急就坐在她摆的小四方桌旁边等。一小时，两小时，三小时……直到门口的摊位都准备打烊了，宁香妹解下围裙啪啪朝自己身上摔打两下，拖过一小板凳坐到容婵对面说：“这位干部，您真缠人。一看就知道是个实心眼子人，您是不是要问二妹砣饭馆那个事？”

容婵点头称是。

宁香妹就说：“这事我是不能说的。当年案发第二天清早老板娘就给我讲‘赶紧走人，莫论是非’。”

容婵没有直接反驳她，只说：“这案件过去10多年了，我还是通过各种渠道找到你，说明一些当事人的冤屈可能还没有得到伸张，也说明还有人一直在为这起案件是否有冤错在努力。做人最讲究将心比心，倘若这事落在我们自家身上，你会希望别人怎么做?”

宁香妹霍地站起道：“干部您别说了，做人就讲个良心。有些事憋在心里10多年，再不说我自己良心上过不去，您等我收拾下摊位。”容婵喜出望外，也赶紧起身帮宁香妹一起收摊。

宁香妹告诉容婵说，她记得案发当晚店里有做芦苇生意的段老板和三个朋友在喝酒，中间有人喝醉还大吵大闹，两个喝醉的人开着段总的车先走了，段总对经常跟着他来店的小混子说：“我公司的车来了，赶紧开车追上他们，别管我。”那是辆崭新的别克车，只记得车牌是江A。第二天清早上班时就听到同事在小声议论，说昨晚在店里喝酒的几个人出事了，问有谁在包间当班。她正准备接言时，老板娘走过来了，客气地表扬她一番后，话锋一转说咱小店小买卖，莫论是非，让警察来店里找人了解情况，怕影响不好。接着从口袋里摸出2000元，说是路费，让她赶紧走人。

容婵起身告辞。夜渐深，炎热渐退，银水河边纳凉的人依然不少，习习晚风中容婵思绪万千，宁香妹的说法多少印证了自己当年的判断，但内心依然翻江倒海般难受。从宁香妹讲述的情况来看，很可能蒋立峰不是真凶，她说的那个小混子很可能就是真凶之一，可能幕后还有主使，段铖应该脱不了干系，但物是人非，事情过去十四五年了，当年没有收集到的证据，现在还有可能吗？被害人家属当时接受了调解，时隔多年他们的平静生活是否会被打破？

她记得当年作出不批准逮捕决定时，自己内心是非常纠结的，虽然理性告诉她，检察机关既要打击犯罪，又要保障人权，蒋立峰涉嫌交通肇事的构罪证据疑点重重，应当疑罪从无。但这一结果对被害人一家却是二次伤害，他们会无法接受，在不批准逮捕蒋立峰的同时，又揪不出真凶，自己有很深的挫败感。随着时间的推移，这种挫败感更重更强烈！她也记得在得知死者妻子梅艳芝继其公公脑溢血后又早产时，自己赶到医院探访，却被李海洋妹妹李芙蓉轰出医院，还挨了她一鞋板。更不会忘记李芙蓉当时歇斯底里的责骂："你当个检察官，只晓得摇脑壳说哪个不是罪犯，就不晓得点个头说哪个是罪犯，要你有什么用啊？国家养着你们干嘛？是要你们抓罪犯的啊，不是要你们做饭桶啊！不能抓到真凶，做什么检察官？"当时万般沮丧的她在医院门口恰遇到自己的高中同学妇产科医生林雅静，便在林雅静的办公室坐等梅艳芝生产，得知产下死婴后，内心如绞。只会摇头，不会点头，配做检察官吗？这种挫败感郁积于心，就成了她的心结。

为使自己解脱些，后来她请托老同学林雅静以其名义资助梅艳芝一家并保守秘密。林雅静虽满口应承，但表示不能理解她为何这般苦自己。

"一年春尽一年春，野草山花几度新；天晓不因钟鼓动，月明非为夜行人。"容婵突然听到有些稚嫩的男童音，原来不觉间自己已走到河边的望夫亭附近，亭子里有一对父子在对月背诗。是啊！月明非为夜行人，办案也得遵循本性天理，天道人情不可违啊！

在市委常委会会议室里，游江书记正打开场白：“今天第一个议题是仙丹湖边别墅处置问题，简而言之，是拆是留？大家充分发表意见。”

轮到段非发言，他只说了一句话“这些别墅手续都是齐全的，建设之前也得到了江水县政府的审批。”

会场一阵沉默。

游江将目光投向列席的章天成。

章天成想躲开，不想游江点将：“天成局长，我想听听你们职能部门的意见。”

章天成硬着头皮说：“2010 年前后，政府招商引资让一些地产企业进入仙丹湖，承诺绿色通道办理所有开发手续，证件齐全，政府公示对这条也是承认的。但根据国务院《风景名胜区条例》，仙丹湖作为省级风景名胜区，总体规划需由省政府审批，报国务院建设行政主管部门备案；详细规划需由省级建设行政主管部门或风景名胜区行政主管部门审批。”

游江又问章天成旁边的住建局局长廖辉煌：“辉煌是这样的吗?”

廖辉煌点头，轻轻地答：“是这样规定的。”

游江便说：“这么说，当时江水县政府自己违规审批，若果真如此，定性违建应该没有问题啊。段市长啊，你们市政府要牵头相关职能部门好好研究一下，必要时可让律师参与进来，市政府不是有律师顾问团吗？江水县政府的行政审批是否合法这个问题必须先搞清楚。这是认定违建与否的前置条件。”

段非道：“好的。我马上布置。”

游江说：“那好，进入下一个议题。天成、辉煌你们可以先走啦。”

周末仙丹湖南面草甸的高尔夫球场。段非一杆子甩出去，空中划过一道漂亮的弧线，白色小球溜溜地滑入洞中。驻足相看的谌嵩、段铖、吕斌生拍手叫好，碧丽坐在缓缓驶来的一辆白色电瓶车上朝这边挥手喊：“到饭点了，收工收工。”

球童跑过来收拾各人手上的球杆，段非一边接过球童递来的湿毛巾擦脸，一边对谌嵩说：“老二，别一有点事就往老凌那里拱，案子上的事就让政法各家内部解决。中央三令五申，领导干部不能插手干预办案。”

转脸又对吕斌生呵呵一笑：“斌生，当年让你从乡镇党委书记任上到检察院当常务，就是为了增强你的法治意识，这么多年过去，好像进步不大啊！”

吕斌生唯唯诺诺道：“市长批评得对，我诚恳接受。在保护非公经济尤其是为碧玉公司创造良好外部发展环境方面我们检察院做得不够，主要是我做得非常不够。市长您放心，我一定将您今天的教导铭记在心。”

段非将毛巾往托盘一扔，仍笑容可掬地对吕斌生说：“随便聊聊，不要对号入座。”又挥手招呼众人说：“走，吃饭去。”

第二章　独上西楼月如钩

11

皓月当空，怡香居别墅内，谌嵩手捧红酒杯独自坐在露天阳台上，悠悠从旋转梯上向他走过来，撒娇道：“爸，您这举杯邀明月，对影成三人，多有意境啊。又喊我回来干吗？最近我手上的事加班都搞不赢。”

谌嵩给她倒了一杯酒递过来，说：“闺女，你一个书记员能有多少事？来，陪爸聊聊天。”

悠悠接过酒杯，调皮地说：“我跟您能聊到一块去？无数残酷的事实证明，您真不会聊天，您这一聊就聊死的水平，我无力奉陪啊！”

谌嵩拉住女儿的手往藤椅上摁，说：“爸爸今天找你是有正事。今天市企业家协会一个朋友给我介绍了一个男孩子，我和你奶奶觉得还不错，他家是做电商的，本人有留美经历，你们见个面怎么样？”

悠悠一跳老高，嚷道：“爸，我才 21 岁，您就怕我嫁不出去吗？还搞相亲这么老套的把戏，我表示忍无可忍！”

谌嵩呵斥道：“男大当婚，女大当嫁，从古到今都是如此，不趁现在年轻好挑，等成了老姑娘选择的范围就窄了。你没看见你们那个容主任，这么大了都没有嫁出去，这不是活生生的反面教材吗?”

悠悠答：“爸爸，说起您，是名震江海的大企业家，怎么说起话来这样刻薄，还挤兑我们容主任。谁说容主任嫁不出去，我可听人说她的爱情才叫传奇，有人为她可以从少年一直等到中年钻石王老五，可以媲美范思哲与赫本的旷世情缘，没有婚姻的烦琐，一直处于恋爱中，多美啊！不说了，不说了，您又没有遇见这么高质量的爱情，说了您也不懂。”

女儿的话句句扎心，把谌嵩激怒了，他控制不住自己，将手中的酒杯往地上一摔，吼道：“你怎么跟长辈说话的，我是你爸，没教养的东西，给老子滚!”

悠悠被他吓蒙了，反应过来边哭边说：“我走，走了好，省得您总要控制我的人生。”

女儿噔噔下楼去了，谌嵩一脸颓废地跌坐在地板上，拿起酒瓶对嘴就灌，仰面就躺在地上，女儿的那句“你又没遇见过这么高质量的爱情”彻底伤到他了，记忆闸门“叭”地打开……

两小无猜的他和她在奶牛场、在仙丹湖、在江水一中、在上海上学时那些追风的日子，多么美好，又多么心痛……

在湖边，他们发生第一次争吵，也是最后一次争吵。

容婵质问谌嵩：“当初年年亏损的奶牛场搞内部承包改革，无人揭榜，县委领导说要撤你外公的职，这时候是谁出来替你外公救急的?”

谌嵩拉着容婵的手说：“婵，你别激动。我知道，我当然知道，是容叔叔出的手。你听我解释嘛。”

容婵甩开她的手，生气地说：“你听我说完，我还有问题要问你。我爸承包奶牛场赚钱了，职工们口袋也鼓了，又是谁得了‘红眼病’不让我爸干了？”

谌嵩低头不语。

容婵冷笑道：“不敢说吧，是你妈和你外公耍手段，把奶牛场承包经营权活活夺走了。”

谌嵩搓着双手，仍不作声。

容婵继续数落道：“你们家横刀夺爱就算了，我爸也没跟你们计较，自己成立了公司。这次县里国有企业改革，奶牛场收购中你们家又是明招、暗招使尽，怕职工倒向我们家，你外公、你妈故意唆使工友去求我爸回来收购，谈得差不多了，又故伎重演私下出钱买通那些爱闹的人，然后再加价夺码，这还不够，还要斩尽杀绝，你妈还以奶牛场名义起诉我们容氏说侵犯商业秘密，索赔 500 万元。”

谌嵩一听又急了，说：“真的不是你想象的那样，婵，你得听我解释。我妈我外公最先也没有想到要收购奶牛场。”

容婵冷笑：“你们起先不想收购，后来看到我家收购了，才又眼红，又想收购是吗？这不更气人吗？算了，我也没兴趣追究了，我不能容忍的是你居然利用我，我们不说青梅竹马，也算有好几年的感情了吧？你为什么要利用我？”

谌嵩脸一下红了，嗫嚅地说：“我真不知道我妈会这样，真的不知道。”

容婵两眼喷火，但极力克制自己，缓缓地说：“你这也不知道，那也不知道，你就装吧。当初你妈要你找我，说是想发展我爸公司没有联系的原奶牛场老客户，要我给你提供原奶牛场旧客户资料和我爸公司的新客户资料，我二话没说就从我爸那里拿给你了。当时你可能不知道，我信。可当你妈公司的法律顾问常姝拿着它作为关键证据在法庭上出示时，你还能说自己不知道吗？”

顿了顿，她又一边拍着自己的胸口说：“你自己摸着良心问问，那些客户有哪一个是你妈或者你外公接洽到的，不都是我爸承包奶牛场时培育的客户群吗？”

谌嵩双手抱头蹲下，说：“婵，真的对不起，都是我的错。我以为我们终归会走到一起，你家资产终归也会是我们的，况且你爸有两个女儿，我以为这样只是对容娟不公平而已，结婚之后，我可以给你解释清楚的。”

容婵气得咬牙，很失望地说：“没想到你真有这么无耻，你与你妈一样，为了钱，什么都可以做。本来我想留下些美好的回忆，各自往前走。但现在我已改变主意，我直白地告诉你，你们太脏了。常姝去找林雅静做的孕检，说孩子是你的，别不承认，化验单复印件在这。”

容婵将化验单朝谌嵩砸去，末了又补充道：“听说你们家这次一审、二审能赢，全赖你妈钦定的准儿媳、法律顾问常姝跟主审法官喝了不少交杯酒啊？”

容婵说完扭头便走，走了几步，她又停下来一字一顿地说：“我们容氏已申请江海市检察院对这起民事案件进行监督，咱们法庭再见。”

二十一年前的往事，谌嵩其实一直不愿回首。

那天清早，他一醒来就感觉崭新的被褥里似乎还熟睡着一个人，闭着眼就想起昨天晚上的红酒，伸手往旁边一摸，竟然是一丝未挂凹凸有致的胴体，自己也是，内心狂喜，一把掀开被子。天啊，他被吓住了，全身瑟瑟发抖！她也醒了，是常姝！谌嵩头都大了，迅速披衣冲了出去。

常姝呆坐在宽大的床铺上，望着头也不回的俊朗背影，号啕大哭！昨晚的戏是碧丽和她自己一起导演的，容婵走后，碧丽也马上走了，还对她说："我只能帮你到这里，你自个儿把握机会吧。"

昨晚醉酒的他不停地对着她笑着喊"容婵"，喊"老婆"，半夜笨拙而生猛的他，喊着"容婵"的名字朝她猛烈地进攻了三四次，她下身虽生痛，可想到自己是真实地得到梦寐以求的他时，而且他的生涩也告诉她他应该也是第一次，内心就无限幸福甜蜜，愈发紧紧地抱着他，恨不得一口吞下他。可听到他叫着"容婵"的名字，屈辱的泪水又滑落不止……

谌嵩走出豪宅，站在仙丹湖边，但见晨光中一湖的残荷，白色的氤氲若隐若现。他预感自己曾艳如映日荷花的爱情可能已如眼前残荷，他狠狠地抽打着自己的脸，他觉得已无颜面对容婵。

他没有等到第三天，当下就决定返校，到了车站才给容婵打电话说学校有事，提前走了。回校后，他怕见容婵，便以忙毕业论文为借口，尽量减少周末见面，可是心上人的影子总在眼前晃呀晃呀，他痛苦不堪，很快就学会了酗酒！寒假回家，他明显感觉到自己对容婵的有意冷落，深深地伤到了她。她什么也没说，可她的眼睛里有了忧郁，只有他才知道的忧郁。他曾想过鼓足勇气跟她坦白一切，可是在他还没来得及尝试时，他最担心的事却提前来了。正月初十的晚上，母亲喊他到书房低声喝道："常姝天天找你，你就天天躲着不见？打你电话为什么不接？人家现在可是怀着你的孩子，你想始乱终弃？"

母亲的语气非常严厉，他心里更是窝火得很，开始怀疑是不是母亲跟她一起搞的名堂？但是从小在母亲严控下长大的他，嘴上什么也不敢说。

母亲见他不作声，以为刚才的连珠似的发问起了作用，马上缓和语气说："你和常姝现在既然生米煮成了熟饭，容家那丫头自然不要考虑了。你一毕业就把婚礼办了，我和你外婆都等着迎接我们的新生代呢。"谌嵩此时此刻才知道母亲的狠，一切都是在她的掌控之中，原来还傻傻地以为是自己欺负人家女孩子，多少对常姝有点恻隐之心。听母亲这一说，他对常姝也就只有恨了，恨她不要脸竟然引诱自己……毁了他的幸福！母亲和外婆的意愿不是他能违抗的，他也想过跟容婵说请求她原谅，然后一起逃离这个地方，可是还来不及说，更可怕的事提前来了，容婵知道常姝怀了他的孩子！容婵头也不回地走了，他知道自己追不上她，更配不上她，所有的一切都面目全非了。既然自己的世界里再没有那个人，随便跟哪个人结婚又有什么区别？当母亲再提及要他跟常姝结婚时，他一个字都懒得说，机械地点头，然后就有了一段荒唐的短暂婚姻，不过女儿悠悠却是他的心头肉。作为男人，他是羞于提及这段婚姻的，所以他从不愿回首，只希望一切都随风。

希望往事随风，可往事总如季风，但拂面春风、夏日南风并不多见，倒是肃杀秋风、刺骨北风总会悄然而至。本来这几年他慢慢说服自己从往事中走了出来，强迫自己不再接受有关她的任何信息。但是那次酒桌上，吕斌生调侃他，说她新官上任三把火，第一把火就烧到江水县院她自己办的那起刑事案件上时，尘封多年的记忆又被唤醒。吕斌生一半邀功一半吹嘘自己如何应付难缠的她时，他并不相信。想当年她有时事事迁就他，有时在他看来鸡毛蒜皮的小事，在她那里却成了不能触碰的原则红线。想到这，他内心的平衡彻底被打破了，隐隐还有莫名的恐惧与担忧……

12

朗月跟同事在正义路一带巡查，放置路障设施。一眼瞅见在路边等车的汤二发，一个箭步冲上去将他抓住，同事跑过来，紧张地问："朗哥，目标马上出现，要各就各位了。你……"

朗月说："我心里有数。"拖着汤二发就往旁边的江海市检察院案管大厅跑，交给常理道："有紧急任务，麻烦帮忙看着他，一会儿来领人。"汤二发见大厅工作人员忙个不停，找悠悠搭讪，问："卫生间在哪?"悠悠指着里面说："那有指示牌。"

常理给丁丁丢眼色，丁丁陪他往卫生间走去。见半天没有人出来，常理推开站在门边的丁丁，冲进男卫生间，发现空无一人，墙上高窗被打开。她跃上便器，跳到窗台上，看到汤二发正沿下水道往下爬，纵身一跃落地将汤二发逮个正着。

闻讯赶来的容婵镇定指挥，吩咐并示意手下同事："按照省委政法委关于吞食异物嫌犯收押的文件精神通知公安，派车直接送省人民医院。"

汤二发一听说要送到省人民医院，瘫坐在地上喊爹哭娘："我的妈啊，我可是有重病的人啊，你们不能这样子，这样子是要出事的。"

市公安局副局长候泉林刚进办公室，就有电话打进来。

对方说："候局，上个月被女检察官当街抓到的抢劫犯汤二发，因体内有异物被我们取保候审，今天又被这女检察官抓到，还被直接送到省人民医院去了。"

候泉林很诧异："有这么巧的事？这女检察官是哪个院的？"

对方答："市检察院。"

候泉林问："难道是她？"

对方答："不是。是她的下属，不过决定送汤二发去医院的是她。"

候泉林沉思了一会儿，说："静观其变，实在不行丢车保帅，否则这事会很麻烦。我挂电话了。"

常理向容婵汇报说刚接到医院值班护士电话，施行异物提取手术的汤二发康复很快，今天就可以出院。

朗月来送汤二发涉嫌抢劫提请逮捕案件材料，常理让悠悠接待，并让她加朗月微信，说以后联系工作方便。

悠悠很开心地答应了。朗月跟悠悠一下聊熟络了。常理在净水器边加水，被朗忠堵住，小声而严厉地对她说："朗哥待你不薄，别给哥添堵行不?"

常理笑道："朗哥想多了，其实悠悠除了家里太有钱以外，其他也没啥不好，不要这么仇富好不好?"

位于仙丹湖以南的江背县人民政府二楼大会议室，县长宋策和容氏集团总裁容娟在容氏现代城市生态立体农业基地揭牌仪式签字合影。

半个月后，汤二发抢劫案就被移送到江海市检察院审查起诉了。

容婵在周早会上听常理汇报说汤二发抢劫案已进入审查起诉阶段，便指示常理运用大数据对全市涉吞食异物被看守所或者监狱拒收嫌犯罪犯情况进行分析，必要时到县市区实地跟踪调研，为党组决策提供参谋。特别叮嘱要十分小心，注意安全。埋头记录的悠悠想着这事儿肯定很刺激，关键是跟着去"跑龙套"，还不用待办公室。于是举手问："是有潜伏任务吗？我想去。"容婵习惯性打量她一番，破天荒没盘问目的动机什么的就点头答应。

刑事检察部检察官乐之之在看守所提审汤二发时，没费什么口舌，汤二发就竹筒倒豆子般全倒出来。乐之之在收拾东西时，汤二发一边用乐之之递过来的纸擦手，一边套近乎问道："美女检察官，我这个案子能不送到法院去吗?"

乐之之反问道："你说该送到哪里去呢?"

汤二发答："我的意思是可不可以轻判点，可以判缓刑吗?"

乐之之笑着问："你在里面学法不用功啊，持枪抢劫是法定加重情节，起点刑就是十年，不知道？"

汤二发不死心，仍问："我认罪认罚，能不能少判点？"

乐之之答："就算对你适用认罪认罚从宽制度，也只能在法定刑幅度内从宽，除非你有自首、立功等法定减轻情节。"

管教干部喊："汤二发。"

汤二发答："到。"然后转身走了，口里却在念："立功、立功。"

周末晚上，容娟回家陪父亲容义共进晚餐，花园式餐厅里的长方条桌上堆满了菜，容义在书房里迟迟未出来。容娟喊："爸，别等你宝贝大棉袄了，人家工作忙，这个周末又不回家。我姐真让人不懂，一个小小的公职人员值得这么拼命吗？"

容义满脸严肃地说："别这么说你姐，她是干大事的人。"

容娟哈哈大笑道："一年就十来万收入算干大事？那我这个每年给江海市上缴利税 5000 多万的企业家算啥？"

容义有些不悦地说："这公司若让你姐来管，说不定上缴利税会过亿。当年可是她让你的。"

容娟走近父亲摇着他的双肩撒娇道："老爸别生气、别生气，您也太偏袒我姐了，她当年不是让给我机会，而是压根不愿意回家干活吧。"

容义转移话题说："吃饭、吃饭。对了，城市生态立体农业基地规划图纸出来了吗？"

容娟："快了快了，不过有句话还得给您讲清楚，业内的同行可都在笑话我愚忠愚孝。说人家碧玉公司在仙丹湖里淘金挖银，赚得盆满钵满，你容氏倒好往仙丹湖里扔钞票，明摆是一桩有去无回的买卖。”

容义板起脸，放下碗，把筷子往桌上重重一搁，大声说道：“人各有志，比不得。我们国家这么大，农业是基础。我跟你们讲过多少回了，是仙丹湖养育了我们一家，做人不能忘本啊！‘文革’时期你爷爷奶奶是被关在牛棚里逼死的，我一个黑五类子弟才十五六岁就被孤身下放到仙丹湖，是老支书你外公一家热情收留我，还将根红苗正的大女儿嫁给我。他老人家在得知要恢复高考的那一天起，就没让我再下一天地，叮嘱我好好复习功课。我才得以考上大学，分配到奶牛场工作又赶上改革开放的政策，我们家才有今天。”

容娟不想再听，打断他的话说：“好啦好啦，又上您的苦菜花，我不想吃了。一切按您的意见办，只要公司账上还有一分钱，都要造福仙丹湖，投入农业开发。”

13

汤二发抢劫案正在开庭审理。

审判长问：“被告人汤二发，刚才已告知你法庭组成人员，你是否申请回避？”

汤二发答：“申请。”

审判长问：“你要申请检察官还是合议庭成员回避？”

汤二发答："不是，我要申请我的律师回避。"

审判长很诧异，说："喔，这不叫回避。你是拒绝律师为你辩护，为什么呢？请说明理由。"

汤二发答："他不让我立功。"

辩护人举手发言："我抗议。被告人撒谎，我拒绝为他辩护！"说完拂袖而去。

汤二发嘴角有一丝不易察觉的冷笑。

段强接到汤二发辩护律师的电话后，就赶到律师楼。二人嘀咕半天才出来。

段强直接开车往市公安局走，走进候泉林办公室就将门关上。

候泉林问他："鬼鬼祟祟干什么？"

段强附在他耳朵边说："汤二发一直在闹腾，说是要立功，律师做他的工作也不听，今天在庭上彻底反了，说律师不让他立功。律师怕了，已抽身而退。他那个妹子汤细姑蛮讨嫌，逼着我们将她哥捞出来，我叔让我来找你想点办法。"

候泉林说："你叔都想不出办法，我还能有什么法子？"

段强说："我叔最信赖你了，前天还跟我哥说起你的事。要我哥想办法把你推到检法两长的位置。"

候泉林起身给段强倒茶，说："感谢首长和老爷子关心。老爷子有什么想法？"

段强从包里拿出一张字条递给候泉林，上面写着一行字："让汤跑路。"然后拿出打火机，迅速将纸条烧掉。

第二天快下班时，乐之之冲进案管大厅，将常理拖到一边耳语："汤二发跑了。"

常理摇头不信："人不关在看守所吗？怎么可能跑？"

一波未平，一波又起。容婵刚到办公室就接到宁香妹的电话，急促地说她那个肠粉小摊被城管收走了，自己也被城管的人打伤。容婵让她慢点说清原委。宁香妹便哭骂着诉说，两个城管队员模样的人一大早走到她的摊位，一边说江海市马上要创卫了，要集中清理校门口摊点，一边就要掀板子。宁香妹说别人家为什么不收，只收她一家，城管模样的人说她态度不好，所以要收她的。宁香妹不让，对方便要强收，将摊车全打烂了。宁香妹抱着城管的腿不让走，城管大哥不停脚，宁香妹在地上被倒拖出去几米，脸和手肘都被拖出血了。

容婵挂断电话就往市一中门口赶去。赶到时，看到被打烂的摊车刺眼地摆在行人过道上，宁香妹正坐在地上抽泣，头发散乱地搭在肩上，额头和面部都有血痕，两个手肘部也有很深的带血擦伤。宁香妹说城管已经走了。

容婵跟旁边的摊主一起扶上宁香妹，开车就往最近的医院赶。

宁香妹在医院入住停当后，容婵打通城管执法大队队长唐劲电话："唐队，你们刚刚是不是有同志在一中门口执法啊？"

"没有。"

"真的没有？"

"绝对没有！今天全队的人都待岗培训呢。"容婵脑袋一嗡，连说对不起，挂了电话，赶紧打110报警。话务员称早接到报警电话，已出警了。

容婵又拨一通电话后问道："香妹，刚才拖你的人出示执法证没有？"

宁香妹想了想，说："没有，他们只说自己是城管队的。"

容婵开车折回一中校门口，远远看见朗月和三四名民警在现场忙活。

朗月也看到容婵的车，在前方扬手致意。容婵下车，问他："听说城管执法大队又成背锅侠了？"

朗月点头："是的。刚走访排查完，调取视频监控看了没一个是城管大队的，有目击者称好像看到碧玉公司保安队的人，我们已派人去调查了。"

容婵补了一句："可以去找被害方调查，我刚把她送到市一医院，有轻微皮外伤。"

朗月有些奇怪地问："容姨，您怎么……"

容婵笑着答："刚才正好路过这里，没怎么，我得走了。"

朗月一半调侃一半赞叹道："容姨，您真是正义化身，哪里有不平，哪里就有您啊！"

容婵笑骂："你从小就贫嘴，小心我又到你老子那告状去。哎，这些被打烂的东西都要估价定损吧？"

朗月故意做求饶状，答："肯定的，是刑事案件还是治安处理现在不好说，构不构刑事立案的都会主动给检察院报告结果的，就怕你给刑事检察部发流程监控提示，督促他们监督我们的侦查活动。"

容婵哈哈大笑道："我有那么可怕吗？"

朗月一本正经地说："可不可怕我不知道，但我们分局的同志现在有什么事搞不明白的都会先问检察院同志，他们答复了，同志们还会不放心地问，这是你们案管办容主任的意见吧？没错吧？”

容婵朗笑道：“好啊，我们检察机关在刑事诉讼中的主导责任就这么体现出来了。真走了。”

碧玉公司谌嵩办公室，董事会秘书杨恒问保安队长：“目标出现了吗？”保安队长点头答：“目标到了现场，还将人送到医院。可能交往不是一两天了。”杨恒点头，吩咐道：“把赵有义的工资结算到年底，找个理由让他走人。以你保安队名义到财务部领款 3 万元交给物流部副主任吴燕芝，让她以公司名义跟对方和解。”保安队长问：“这事怎么要物流部出面？”

杨恒不悦，道：“听说这是董事长的意思，不该你问的别问。把自己的事办好就行。”

市直属分局询问室。

朗月与民警黎明找来碧玉公司保安赵有义问话：

“为什么要砸人家的摊子？说！”

“她家肠粉质量不行，吃了拉肚子。该砸！”赵有义跷起二郎腿。

“有证据吗？”朗月问。

“我拉稀拉了好几天，工友们都知道。未必还要将那东西捞起来，臭死人了。”赵有义故意夸张地捂嘴说。

“你少来，我是问你，你凭什么说自己拉稀是吃人家肠粉所致？证据在哪里？”朗月严厉地说。

“我吃她家肠粉的时候，又不知道自己会拉稀，怎么会想到要留证据？我拉稀拉得我难受死了，根本想不起是因为吃她的肠粉造成的，也不会想到要留证据。我肚子整好了，回头一想才知道的啊，这证据都没了啊。警察叔叔，我又不是警察，怎么想到一遇到什么事就要先找证据呢？你们难道自己拉个稀也要拍照固定证据吗？”赵有义满脸委屈地说。

“我们调了你最近两个月的食堂就餐登记，早中晚三餐你可都在食堂吃的啊”朗月扔给他一个就餐登记本。

赵有义接过本子，迟疑一会说：“谁说吃肠粉要正餐吃，就不允许我补个餐什么的？反正我是吃了她的肠粉，她说我没吃，你让她拿证据啊，这可是舌尖上的安全啊！你们不打击她们那些流动的不法商贩，倒找我受害人盘问，这是什么事嘛。”

朗月“呼”地站起来，生气地说：“你……”

黎明赶紧起来打圆场：“都消消气，我们不正调查着吗？老赵，就算你吃了肠粉导致肠道不适，也得拿个医院诊断书什么的给我们吧。”

“我没去医院，就好了。”赵有义昂起头说。

黎明趁势说：“未去医院说明你肠道不适症状不严重，可你今天将人家的摊砸了，定损的结果也告诉你了，折价有 1347 元。你还打了人家，人家现在在医院躺着，怎么说你这做得也过分了些。人家的损失都是有证据证明的，你说的都拿不出证据。我们办案只能用证据说话啊。”

朗月清了清嗓子，大声道：“你的行为违反治安管理处罚法，依法可以对你处以十五日以下的行政拘留。”

赵有义一听，赶紧求饶道：“我悔罪悔过，我赔钱，她多少损失我都赔，只要不拘留我。”

朗月：“那得看对方是否谅解你，你先回去吧，等通知。”

朗月从办公室出来，想起是周五就回父母家蹭饭。正巧，父母难得都准时下班，正在厨房里忙，他前脚进屋，双胞胎妹妹白阳后脚也跟着回来。朗忠故意生气：“你们俩故意的吧，平时求你们都不回，今天我跟你妈想清清静静过个二人世界，一起回来捣乱了。”

白阳跳进厨房调皮地刮老爸的鼻子：“都七老八十了，您也不害羞啊，还想避开儿女去玩二人世界。”边说边朝切菜的母亲白心悦扮了鬼脸，白心悦回应女儿一个会心的眼色。

一家人难得其乐融融地弄好一桌丰盛的周末晚宴。白阳提议来点红酒。朗月开酒，朗忠找来醒酒器，白阳铺上精美的台布，摆上酒杯。朗月边开酒边跟父亲和妹妹有一搭没一搭地聊天：“早上一中门口摆摊的阿姨被人掀了摊子，人也被打伤了。下午抓了人又是碧玉公司的保安，假冒城管捣乱，还一脸委屈地说是吃了肠粉闹肚子才找碴儿的。问他要证据，他又拿不出来。窝火！”

白阳的丹凤眼白了他一眼：“公安大哥，又先入为主了不是？这到底是谁侵权在先，都还搞不清的事，你怎么就给人家保安哥扣帽子呢？你们公安这样搞案子肯定要不得的！”

朗月不服气：“白律师，我也没说他就是瞎扯，回来的路上我也一直在想，公平正义，我们天天喊，挂在嘴上喊着，刻在脑子里记着。每个人都有自己的正义标准，什么才是公平正义啊？”

白阳呵呵在笑，吟诵着："正义就如同一张普罗米修斯的脸，变化无常，随时可呈现不同形状，并且具有极不相同的面貌。"

朗忠拿起醒酒器，一边倒酒一边说："这博登海默说得好啊！还记得那一年我们全家游成都武侯祠时，让你们兄妹俩记下的那副名对，还记得吗？"

白阳望哥哥，朗月望父亲。朗忠笑着问："都不记得了，你妈呢？"

白心悦应声而来，将一盘清炒白莲端上桌。等妻子落座，朗忠说："能攻心则反侧自消，自古知兵非好战；不审势即宽严皆误，后来治蜀要深思。白庭长，对吗？"

白心悦清清嗓子说："要我说啊，我们公检法司都别争，实现公平正义就六字诀：戒私心，长本领！"

朗忠点头道："有道理，一个减法，一个加法！高！"

白心悦说道："好啦好啦，本庭宣布：开席！"

门铃恰好响起，白阳赶紧起身。一对小黄鸭人偶走进来，一人手捧蛋糕，另一人手捧鲜花，齐声唱着《遇到》。白阳打开餐桌对面的电视，播放《遇到》MTV，图片都是朗忠在每个结婚纪念日给白心悦拍摄的户外单照。朗忠是摄影爱好者，当年他在全市政法系统青年联谊会上摄影时，白心悦误闯入他的镜头，朗忠以照找人寻到隔壁中级法院的第一号美女，最终成就一段良缘。朗月这才想起今天是父母结婚三十周年纪念日，明显有妹妹白阳策划的痕迹，自己这个儿子当得有点不靠谱啊。

14

谌嵩一脸疲倦地靠在沙发上。杨恒进来，低声告诉他：“谌总，事情办妥了。不过她们接触有段时间了。”

谌嵩端起水杯喝了一口茶，然后对杨恒说：“李唐的三和公司最近不好过，你去找下李季，就说我可以帮他们到银行作短期融资。愿意的话可以来我办公室深谈。”

杨恒不理解，问：“谌总，容氏两姐妹对您……有这个必要吗?”

谌嵩拖长语气说：“有，非常有必要。”

三天后，容婵赶到宁香妹病房，已人去床空。听护士说病人是昨天下午急忙出院的。

容婵打宁香妹电话，听到的是“你拨打的电话已关机”。她接着打电话给朗月，朗月说分局已对赵有义作了治安拘留十五天的处理，碧玉公司主动代为赔偿3万元损失和承担医药费。在电话里他也奇怪地问：“宁香妹怎么就悄悄出院了?”

容婵从医院回来，江琰就跟进办公室，将门一关，压低声音说：“汤二发刚刚已被缉拿归案。我们感觉庭审中汤二发拒绝律师为其辩护一事很蹊跷。想对他提出律师不让他立功一事的线索进行调查核实，到时想请您案管办这边提供数据线索。”

容婵爽快地点了点头。

哪知第二天早上才到办公室，江琰电话就打进来，说汤二发昨晚进监房不久就暴毙了，入监时体检除酒精含量偏高外，其余指标正常。她放下电话，心里倒吸好几口冷气。低头赶紧给简约发一条短信息。

快下班时，简约的电话打进来了，说容婵早上短信问他的汤二发的基本情况已查清了，户籍地为江水县蓝坪镇鸟窝山村二组，未婚，父亲早亡，有一耳背老娘前几年也去世了，近亲属仅有一个成年妹妹叫汤细姑，不过已去英国留学多年，现下落不明。

一个劣迹斑斑的瘾君子与留学妹妹反差太过强烈！容婵心里想着。

简约又说，这个汤二发十多年前有过涉毒案底，因为吞食异物被取保候审后不了了之。

容婵放下电话，托腮沉思：汤二发十多年前在江水县涉案因吞食异物被取保候审就一直处于挂案状态，这次抢劫被抓又因为体内有异物被取保出去，被我们再次抓住送省人民医院取出异物顺利受审，却又脱逃。他为什么能一次次逃脱刑事追究？一个混迹底层的毒犯、抢劫犯能有多大能耐？极有可能是有人不想让他服法。还有那个宁香妹，才提供关键信息说当年有一个小混混涉嫌蒋立峰交通肇事案，就莫名其妙不见了，应该有一股力量在阻挠她。这股力量是不是跟段钺有关？也就是在这个关键节点上，被羁押的汤二发竟然从看守所脱逃，被抓回来的当晚就暴毙，这是人为还是巧合？如果是人为，江水县就那么大，有几个人会有这种呼风唤雨的能力？这两者之间是否有联系？难道……她不敢再想下去了。倒不是她怕了，而是她感觉到已陷入非常被动的困境局面。这些线索刚刚露头就都被生生掐断了，下一步怎么走不得而知。她不想承认这种事实，所以她暂且放下不去想。

宁香妹是被她以前的老板现在的碧玉公司物流部副主任吴燕芝吓走的。

那天宁香妹的病房里来了不速之客。吴燕芝进门就对她说：“听说那个办案的检察官找到了你？”

宁香妹低头不语。

吴燕芝说：“公安机关这些年一直在找你，我替你不知挡了多少回，赔了多少酒饭钱。你倒好，自己送上门去了。”

宁香妹噘着嘴说：“老板娘，我现在还是喊你老板娘，不过我也不是当年的十八岁，那时人小怕事。我又没犯法，我怕什么？”

吴燕芝冷笑：“你没犯法。你当年为什么不去作证？你不作证就是包庇罪。”

宁香妹说：“不是你让我……”

吴燕芝马上抢白道：“我什么我，我当年又没捆你的手，绑你的脚，更没封你的嘴。我只是多给了你三个月的工资。跟我有什么关系？”

见宁香妹张着嘴巴说不上词儿，吴燕芝从包里拿出三沓崭新的人民币放在床沿，边说边起身：“今天我来看你是看在当年的姐妹情分，你掂量清楚。没什么大碍就赶紧出院走人，这三万元算是我给你的营养费和后续治疗费。”

吴燕芝才走，宁香妹男人就进来了。听宁香妹一番学舌，这胆小男人，别看他平时老实巴交，这回却办了件扎实事，说一句“城里人花肠子多，咱惹不起总躲得起吧。”就咚咚下楼去办出院手续，然后不由分说地拉着宁香妹回老家。

15

江水县检察院检察长接待日，邓刚将一封举报信和一张光盘交给简约，明确告诉简约他要实名举报县委书记凌虎，请求检察机关将举报材料转交市委监察委。

简约收下材料说：“我们会依法办理，不过你也可以直接向市委监察委举报。”

邓刚说：“没错，我已将举报材料向全市及十二县区党政部门一把手都寄了。”

邓刚从检察院出来，迎风而立满脸是泪……

十五年前的那个寒冷的冬天，大妻兄李海洋一夜未归，二妻兄李海平清早就去擂跟李海洋一起出去的蒋立峰家的门，蒋立峰支支吾吾说两人喝酒醉了，他将车开到湖里，自己爬上了岸，李海洋不知去向了。李海平抓住他胸口的衣领抬脚狠踹几脚就没命地往湖边跑。

湖面上结着厚厚的一层冰，白气氤氲，海平跪倒在湖边双眼发红，歇斯底里喊：“救命啊！救命啊！”闻讯赶来的工友拿上工具，七手八脚下湖打捞。果然捞到了李海洋的尸体，遍体鳞伤。李海平将他睁得大大的眼睛合上，工友问他怎么办？李海平木木地摇头，面对飞来横祸他还不知道该怎么办。嫂子梅艳芝因超计划怀二胎在娘家躲产。他无助地对工友们哭泣道：“辛苦你们啦，容我想想，先别让我爹我娘知道。”

可是已不容他想了，有工友说：“瞒不住了，你爸妈已追上来了”。

邓刚和妻子李芙蓉，还有岳父岳母一起追了过去。岳母跑在最前面，愣了一下，一声“我的儿啊！”就一头往摆着李海洋尸体的地上撞去，李芙蓉和李海平妻子玉英也哭喊着冲上去抱她老人家，一家人惨烈地哭成一团。他扭头去看走在最后的岳父，老人倒在地上痛苦地抽搐，于是拼命地喊：“爸、爸、爸，您怎么了？您醒醒。”工友们将李海洋的尸体抬到路边，又将岳父抬上担架，脚下生风般送去医院抢救，家人们哭喊着跟去了。只留邓刚守着李海洋的尸体。他双膝跪地，仰天哀号：老天！

岳父被送到医院后直接推进了重症监护室，诊断是脑溢血，岳母每天趴在重症监护室的小玻璃窗户上哭，一会儿哭儿子，一会儿哭老伴。李海平和李芙蓉没有哭，因为他们没有精力哭，他们整个大家庭都在奶牛场，现在全都下岗。重症监护室躺着的岳父靠钱买命，他们要去借钱买岳父的命！他们还随时会被公安机关喊去录材料！他们也想挤出来一点眼泪释放内心的悲伤，可是徒劳！他们流不出一滴眼泪。同样流不出眼泪最为哀伤的是李海洋的妻子梅艳芝。

身怀六甲的她第三天才得知家里天降横祸。这二胎是李海洋要怀上的，她当初不肯要，说两人下岗了养不活。可他说正是因为我们下岗了，以后指望不上单位养老了，只能养儿防老，一滴露水一根草，总会养大的，多个孩子多点指望！孩子眼看就要出生了他却不在了，她哭了整整一夜就再也哭不出来了！她没回来时只知道丈夫没了，回来后才知公公也在黄泉路上挣扎，每天还得往医院砸买命的钱。县政法委、江海百货大楼、公安局每天都派人来找她谈赔偿，他们说给她50万元，还说这协议赔偿的价是按省城里的行情定的，江海市冲顶也就30万元，在江水县顶多是20万元，若让法院判，死亡赔偿也就三四万元。

她问："那对方为什么愿意出这么多？"

场工会主席把她拉到走廊上说："这不是秃驴头上的虱子，明摆着的事吗？"

工会主席是个厚道人，他的意思是说有人明摆着要给凶手买命，抵命不赔钱，赔钱不抵命。梅艳芝没有作声，这个弱女子回到谈判桌上说："我拿50万元来，你们哪个愿意去死？我拿100万来，谁愿意去死？谁愿意去死？"

主持会议的副县长凌虎就说："这调解是以双方自愿为前提的，既然被害人家属不愿意接受，也不能强迫，那就让法院依法判吧！"而后，这些人就扬长而去了。

那边医院又在催钱，不交钱就停药！没有商量的余地，晚上在外面借钱的李海平和李芙蓉又两手空空地回来了，围着重症监护室楼道的嫂弟姑妹几个不想让岳母知道，都默不作声地坐着、站着或蹲着，邓刚就给妻子李芙蓉丢个眼色，她会意就碰了碰梅艳芝的手肘，又碰碰李海平的肘部。

嫂弟姑妹几个站在医院一楼后坪的僻静角落的石桌边上愁眉不展，李芙蓉脱掉身上的秋衣铺在石凳上，扶嫂子梅艳芝坐下后说："嫂子，我们能借的都借了，没有办法了啊！老天爷是不给我们一点活路啊！"梅艳芝一脸茫然，两眼呆滞。邓刚说："嫂子，最后的主意靠你拿！我提个建议不如我们接受调解！"梅艳芝不听，立即打断他的话："不，不，我不要他们一分钱，我要凶手以命抵命，血债血还！你们别给我谈钱……"

一直不吭声的李海平站了起来："嫂子，妹夫已经说了最后的主意还是你拿，你不要急嘛，听他讲完。邓刚是咱奶牛场的五个大学生之一，见识比我们强，这事反正都得你点头才行，让他说完不打紧。"梅艳芝没有再作声，李海平要邓刚把想法给他们讲清楚。

邓刚说："听说蒋立峰这会儿人都傻了，疯疯癫癫的。蒋立峰家里跟我们家一样，也是世代奶农，现都下岗在家，也很穷，我怀疑他是为了钱。"

李芙蓉插话："这个杀千刀的，大嫂说得对，不能便宜他，要以命抵命。"

李海平呵斥："你知道什么？让邓刚讲完你再说，没人说你是哑巴？"

邓刚继续说："芙蓉，想过没有？他家里这么穷，他拿什么跟我们来谈赔偿，而且出价是 50 万元？为这奶牛场改制的事，大哥不一直是领着大伙在保地吗？他不还因此而被抓去关过两回？你们想想最想大哥死的人是谁？是蒋立峰吗？同是工友会有生死仇吗？是不是有人想杀大哥而借他的手呢？要不然怎么会愿意出钱赔偿呢？”

李海平将手中的烟头狠劲地拧灭：“你这么一说，我心里亮堂了，不瞒你说我这些天也一直在想，可没你学问多，我想不清楚这么多弯弯道道。我粗人一个，我看大哥就是被凌虎这帮贪官和黑心商人碧云天、碧丽给整死的。蒋立峰可恨，可这帮人面兽心、道貌岸然的人更可恨！那个副县长凌虎是罪魁祸首，没有他罩着，碧云天父女哪有这个胆子？你说以后我们怎么办？”

邓刚说：“我们不要他们的钱，的确可显示我们的骨气，可是我们现在都是下岗职工，老的老，小的小，还有岳父现在生死未卜，我们缺钱！大嫂可能心里接受不了，我的想法不同，先让他们赔钱给我们，这本来就是应该他们出的，要我们谅解就签谅解协议也无妨，到底谅解不谅解还是在我们自己，我们还可以告。”

李海平点头：“有道理，有了钱，我们才能告状，否则寸步难行啊！大嫂，你看呢？”

见梅艳芝默不作声。李芙蓉便挨着她坐下，说：“他们男人到底比我们考虑得远些。”

邓刚接着分析：“如果我们不接受他们的赔偿，坚持要求判决蒋立峰死刑，我咨询了做律师的同学，可能不现实，因为检察院连交通肇事罪都认为证据不足，想定性为不作为方式的故意杀人，那根本不可能，侦查方向也没往这边靠，没有收集这方面证据。猜测是不能当证据用的，我们要求以命抵命的愿望就会落空。更重要的是，如果法院对蒋立峰重判，那帮贪官倒得了便宜。这样就跟他们撇清了，因为我们都是土老百姓，现在没抓住他们任何一点把柄，治不了他们。相反，如果我们接受他们的钱，他们想怎么搞就怎么搞，判得越离谱越好，我们还可以继续告状，也还可以找这帮狗官算账。我就不相信中国共产党执政会容得这帮败类横行，我相信总有一天我们的沉冤会得以昭雪天下！君子报仇十年不晚！"

李海平说："对，君子报仇十年不晚！大嫂，妹夫讲得有道理，我们都没有他的学问大，我们听他的吧！"

几双眼睛都齐刷刷地投向梅艳芝。

梅艳芝看大家都望着她，又想哭可一滴眼泪都流不出来，说："妹夫讲的道理我也明白个大概了，容我再想想吧！"然后双手撑腰极其艰难地从凳子上站起来，她的双脚已浮肿得如气球，脸色煞白，冷汗淋漓。

李芙蓉着急地问："大嫂，你怎么啦？"赶紧去扶她，她摆摆手说："没事。"可话音未落就双腿一软晕了过去。

李芙蓉赶紧去掐她的人中，两三分钟后她慢慢苏醒了，李海平发现她的脚上有血水流出来，赶紧喊："不得了，不得了，要生了、要生了，我去叫医生！"撒腿就往急诊楼跑。

几分钟后护士就推着平板车过来，将奄奄一息的梅艳芝往手术室推，梅艳芝费力地喊："二弟、妹夫，你们做主吧，仇要报！"又晕过去了。

一个多小时后护士喊梅艳芝的家属，问："保大人还是保小孩？"三人异口同声："大人。"

谢天谢地，梅艳芝被抢救过来了，可孩子没有了，是个女婴，医生说孩子出来就是死胎，估计是因为孕妇这几天悲伤过度，又水米未沾所致。

李海平要邓刚出面跟对方谈，最后以50万元赔偿到位为条件，出具谅解书。

这边松了口，协商谈判还算顺利，李家拿了50万元，到账当天梅艳芝以及代表父母的李海平、李芙蓉写下："对蒋立峰交通肇事案服从司法机关处理，永不翻案"的保证书。

这50万元当中，他们扔进医院抢救岳父就用去13万多元，但最终老人没能被救活，在重症监护室待了37天后离世。

就在他们将老爷子下葬的那天晚上，李老太太将儿女和儿媳、女婿叫到跟前漫不经心地说："你们父亲走了，你们也是尽力尽孝了。拖了这么久，花费不少的钱吧？"

老太太的语气与往日不同，几个人都不敢作声。

"用了多少钱？艳芝。"老太太厉声问。

"13.67万元。"艳芝声音很低。

"你们真是孝顺哪，个个下岗，还能拿出这么钱来救爹爹，好儿好女好媳好婿啊。"说完用目光扫视着他们，话锋一转："你们哪里来的钱？这笔钱是哪里来的？海平你说。"

李海平怯怯地说："妈，我们是借的，二舅、老姨、满叔，还有大嫂和玉英她娘家，我们都借遍了。"

"是吗？今儿送你爹上山时，我怎么听得有人在路边说，这一家子惨是惨，还是捞了蛮大一笔钱呢。你说是怎回事？"老太太逼问李海平，李海平死不吭声。

说时迟，那时快，老太太脱下右脚鞋子，光脚踩地就要朝李海平扑过来：“你三十好几的人，还扯谎，怪我从小没舍得掌掴你，今天算是补上”。邓刚一把抱住老太太，人就跪倒在地上哭喊道：“妈，您老息怒，我就实话告诉您吧，是大哥案子上的赔偿款。这事是我做主的，跟二哥、大嫂他们无关，您要打就要打我吧！”

老太太并不意外，坐回床边冷笑几声：“我还以为你们这几天多能耐，原来你们是拿我大儿的命换来的钱啊！你们出息啊！我儿就这么白白地死掉了，最后换回来50万元啊！老头子、还有我那没出世的孙女啊，就都这样白白死掉了吗？你们也就这么认了？这还是共产党的天下吗？”老太太呼天抢地、顿足捶胸，哭得筋疲力尽后沉沉睡去。

第二天早上老人醒来后不下床，也不开口说话。自此不再张嘴喝一口水，也不再进食一粒米。李海平、李芙蓉、梅艳芝、玉英带着儿女每天都跪求老人家松口，任他们怎么哭，怎么劝，老人始终不再张口，不再进水米，终于在七天后活活将自己饿死！

将老太太送走后，他们再也不愿待在奶牛场的家里，因为满屋都是这些天惨烈的记忆，不忍回首，他们决定离开这个伤心的地方，家仇不报，誓不回乡！最内疚的是邓刚，他决定带着李芙蓉投奔在南方开律师事务所的高中同学。

他和李芙蓉离开家时，大嫂梅艳芝和李海平、玉英做了一桌子的饭菜为他们饯行，他一口气灌下两大碗二锅头，边哭边闹：“我对不住大舅哥，对不住岳母岳父，我赔罪我悔过，我发誓一定、一定替老李家报仇，二哥，你知道我们家为什么这样惨吗？就因为我们是底层老百姓，没有话语权，话语权，你知道吗？你不知道，是呀，你怎么会知道。二哥你不知道，不要紧，我知道就行了，以后我教你，我明天就去深圳，学做律师！还有家里这事是我们两个男人定下的，所以报仇的事都是男人的事，女人，走开！你看过电影《战争，让女人走开》吗？大嫂、二嫂、芙蓉你们只管带好娃，报仇的事是我们两个男人的事，你们不要管，交给我们。你们一定要管好娃，要让咱家三个娃好好学习，考名牌大学，学真本事，以后为咱底层老百姓说话。二哥，你答应不？你不答应就不是老李家的人，就是狗熊！”

李海平抓过剩下的小半瓶二锅头仰头一尽，左手往嘴边一抹说：“我是不是熊样，你等着瞧就是！”话落手起，右手将酒瓶往桌上狠劲一砸，瓶碎了，他的右手全是血。家里女人们被他们哥俩个这一闹，想着这可能是在家乡吃的最后的团圆饭，明天过后大家都各奔东西，又个个哭得如泪人一般。他们商量好，李海平夫妇去县城揽活计，顺带盯着凌虎那狗官，国家现在反腐很厉害，这个狗官又贪财又恋色，看能不能想办法找到把柄再扳倒他。梅艳芝带着儿子李新新投奔在江海市当小学老师的妹妹，想办法让新新在城里上学，新新聪慧过人，学习成绩名列前茅，不能耽搁了。他爸爸用命换来的钱一定要用在供他读书上，穷人靠崽大，指望他长大成人！

16

湖心岛上别墅怡香居内餐厅，进屋的悠悠发现全家人都到齐了，大伯段非和伯母余靓也在，就嚷道："今天是什么好日子啊？大贵人驾到。"余靓拍拍她的肩笑着说："快来快来，坐伯母这边来，天天好日子，悠悠，你检察院上班每天都这么忙吗？"

悠悠大大咧咧地说："是啊是啊。案管案管，啥都要管。我还好，我们主任管得宽，前段时间市一中门口有个摆肠粉摊的大嫂被人掀摊子，给她打电话，她也去管。您说，能没事吗？"

说者无心，听者有意。段铖望着谌嵩，谌嵩点头。碧丽将一切都看在眼里，招呼大家："回家不谈工作，吃饭吃饭！"

段非给谌嵩盛一碗菌王汤递给他，笑着说："老二，喝汤，记得把嘴巴揩干净啊。"

谌嵩接过汤，说："哥，你放心。我喝汤从不扬汤，滴水不漏全进我肚里。"

接着他"咕噜""咕噜"几口将汤全灌下，将嘴巴努力鼓起给大家看，意思是说："怎么样？"一桌人莫名其妙大笑不止，悠悠也跟着傻笑。

餐毕，谌嵩问段非："哥，要不跟老爷子杀两盘，老规矩，我当小二侍候。"

段非说："好啊。"三人往书房里走。

余靓跟碧丽、段岚聊段誉在美国的新生活。悠悠跟郑力两人回各自房间。

书房里，段家父子开始对弈。

段非说："凌虎那个蠢货被人在卧室里装了针孔摄像头，屋里收钱、床上玩人的事全被人拍了。市委游江书记态度非常明确，害群之马必须清除。"

段铖与谌嵩你望着我，我望着你，心里都在捏汗。段非自言自语："听说是原国营奶牛场下岗职工干的，一直在蹲守他。不过这个节点举报凌虎真实意图是什么？跟围湖别墅有关联吗？这火是不是朝我们家烧的？"谌嵩答："我们家能有什么事？你一向对我们要求非常严格的，我们都是依法经营的。"

段铖批评谌嵩："听你哥的没错，小心驶得万年船。我们得防备点儿。那个嫩娃也不能让他老折腾，他上面不还有老子吗？得让他老子管管他？"

说话的当儿，段非吃掉他老爷子一大片白子，老爷子连喊："上当了、上当了。"

段非轻轻一笑，边扫棋子边说："官场如棋，不到最后还真不知道是谁吃掉谁？凌虎这蠢货早不出事，晚不出事，偏偏在游江书记准备大刀阔斧整治别墅围湖的节骨眼儿出事。不知多少人得感谢他。"

谌嵩接言道："那确实。这专项整治行动只怕得搁下来。听说一些老干部找了游江，说江水县倒了一把手，再也经不起折腾，保稳才是上策。"

段铖"哼"了一声，说："这个游江我是知道一点的。工科出身，技术方面是专家，好像还是享受国务院什么津贴的专家。搞技术有一套，但以前没有一大地方党政工作经验。凌虎这个事，有人传言是他要动的，是授意江水那个嫩娃检察长搅起来的。昨天一个朋友跟我讲上头有领导发话，说他工作方法有问题。"

段非开始摆棋，说："在家不谈政事，下棋。"

隔一会儿，却又没头没脑丢一句："老二，你那个初恋女友现在还没嫁人?"

谌嵩点头。段非微笑着拍打谌嵩的肩说："老弟啊，你还是太老实。男未娶，女未嫁，就不能主动点? 不过让悠悠到市检察院上班这事办得可以。"

谌嵩说："哥，我懂。"

谌嵩从怡香居回市区就给吕斌生打电话，两人约好在清波茶室碰面。

谌嵩问："老吕，那天我在你们院参加开放日出来，你不是说那个妨害公务案善后都处理好了吗?"

吕斌生答："是处理好了。"

谌嵩疑惑地问："既然如此，那凌虎这个案子怎么又拱出来了?"

吕斌生附过身来耳语道："凌虎这个案子迟早会出来，人家都跟了他十多年了，听说举报材料三年前就准备好了。"

谌嵩心里一惊，感觉身体从高处跌下几十米似的惶恐。又极力掩饰内心的不安，低声问道："那举报人跟凌虎之间是生死冤仇了?”

吕斌生答:“具体情况我也不知道,不知跟你关心的那个交通肇事案有关不?”

谌嵩不想再搭理他,心事重重地按响服务铃结账走人。

又是蒋立峰交通肇事案。其实他早就猜中了,只是在段非面前不敢说出而已。段非可能压根还不知道有这么一起案件,所以才会那样提醒他们。他记得那时段非还在省政府秘书班,刚由主任科员提拔为副处长,那时母亲和继父一提起他,嘴角的笑容都要溢出来,他们那时经常说的一句话就是不到万不得已不要麻烦非儿,让他轻松“爬坡”。

其实,这起案件怎么发生的他也不太清楚,但后续的处理过程他是清楚的。一边是碧玉乳业股份有限公司急着争取上市指标,一边是被害人家属不断闹访,给政府很大的压力。偏偏检察院不同意批准逮捕,而承办人就是容婵。母亲碧丽动用所有的关系,花费不菲金钱才争取到全省唯一的上市计划指标,肯定不想流产,为尽快息事宁人,案结事了到处活动。但容婵不愿松口,母亲便让他去找她。他最初是一百个不愿意,毕竟分手差不多有六七年,二人早已是陌路且当年自己有负于她。不说母亲利用她的单纯拿出客户名册,单是自己酒后与常姝有染生下女儿悠悠就足够伤她的心。母亲却说他不想去可以,她亲自去找容婵说清楚,说当年是自己设计让他与常姝睡到一起,不能怪他,希望容婵冰释前嫌原谅他。他一听头更大了,拗不过母亲的软磨硬泡,他最终还是到检察院找容婵,半是激将,半是讥讽地说:“你这是假公济私还是公报私仇呢?难道是因为得不到我就……”

她咬牙回答：“不必自作多情，算我当初瞎了眼。你放心，我不会公报私仇，更不会假公济私，我只会坚持检察官的客观、公正、理性，尽全力查清这个案子，我相信天网恢恢，疏而不漏。”

这些年来，继父段铖和母亲碧丽对这起案件都是讳莫如深，一有风吹草动就特别紧张，其实即使不问他也已在心里猜到了八九分。

一周后，凌虎被市监察委留置了。邓刚微信朋友圈里全是凌老虎被抓的信息，他接到妻子李芙蓉电话赶往李海平在江水县集贸市场的出租屋里，妻兄李海平及其妻玉英、妻侄李新新及其母梅艳芝都在埋头叠纸钱，烛光闪烁中，梅艳芝掩面哭泣，撕心裂肺！邓刚在门口站着，直到妻子李芙蓉来了也不进屋，仍站在屋外一根接一根抽烟。他和李海平这些年来一心为李海洋报仇，坚信是凌虎的包庇，才导致蒋立峰逍遥法外，所以一直跟踪蹲守当年的副县长现在的县委书记凌虎，终于把贪官抓了，他们相信凶手也能尽快归案。但因内侄李新新在场，什么都不能说。其实这些天，他反反复复在掂量举报凌虎的利弊得失。

自己曾当着家人的面发下毒誓，十年报仇雪恨，现在已是第十五个年头，家仇却依然未报。从史保利口中得知碧玉公司的护湖队嚣张得很，胆敢妨害检察官调查取证。凌虎作为县委书记毫无是非观念，竟为此责骂羞辱新来的代理检察长。最近市委书记游江来仙丹湖调研，在凌虎主政的仙丹湖区，为阻挠老百姓合理反映诉求，护湖队竟敢在水上派出所对禹厉等人采取“看活牛”式非法拘禁，荒唐之极！妻兄李海洋是平凡的下岗工人，却是一条真正的汉子！他心里想，凌虎这种人在这个位置对老百姓而言，百害而无一利。为民请命从来就是中国传统知识分子该为之事，应为之事！他狠狠将烟头拧灭，拍手进屋。

邓刚的父亲是军人，他与弟弟的幼年、少年时期是跟着母亲在西北农村长大的。后来父亲提干，母亲随军。再后来他们一家跟着父亲转业到江水县商业局。他上大二那年，父亲得肝癌去世，正直刚强的父亲常常走入他们兄弟的梦中。最高的崇拜是模仿，他一直以父亲为骄傲！想来他和弟弟的骨子里都有一种英雄主义。也因为英雄主义，早慧的弟弟在高三前一天下午遇两帮社会青年在校门口打架，他出手帮助明显处于下风的一方。结果被派出所喊去，双方打架的头头和动手的都被以聚众斗殴立案侦查。弟弟因主观不明知，又因是即将高考的学生，派出所没有立案，只是训诫一番，当天就被放出来了。但心高气傲的弟弟从此一蹶不振，高考失利后，在一个清早留下一封信就离家出走了。说是看破红尘，皈依佛门。深爱父亲的母亲整日以泪洗面，弟弟这一走，她的心彻底被掏空，一病不起，两年之后便撒手人寰。这对特别恋家的邓刚来说，打击不小，所以他特别渴望有家人的温暖。他大学毕业后就分配到奶牛场工作，遇到李芙蓉后，被平民百姓李家的浓浓亲情感染，他完全将自己融入了这个家庭。

邓刚跟李芙蓉结婚没几年，县上就对奶牛场进行改制，最先有收购意向的是容氏乳业公司，职工们也希望容氏来收购。

因为老板容义曾是奶牛场元老级技术员，能吃苦会经营，职工跟着不会受苦，但后来被碧玉公司施以手腕，买通为头的几个工友将奶牛场收购。几年过去，没折腾什么出来又准备上市。

职工才彻底明白原来碧玉公司对此早有谋划，是为了上市圈钱，想高价收购奶牛场作为募集资金项目使用。一些工友还说亲耳听到碧丽陪辅导上市的证券商在奶场考察时，说什么社会各界要求修订《证券法》的呼声比较高，在全国两会期间，不少人大代表提出议案和建议，要求修改《证券法》。全国人大财政委员会已成立证券法修改起草小组，可能会提高发行审核透明度，如要求首次公开发行的申请人预先披露申请发行上市的有关信息。还有可能会引入发行失败制度。总之，他们想在《证券法》修改前获得证监会审批通过。按他们的打算是准备将奶牛场土地全部改变为商业用地作房地产开发使用，连片开发别墅。直到这时职工们才感觉到上当受骗了。尤其是有的职工祖祖辈辈长于斯，作于斯。他们只知道草种下去，才有牛奶，这钢筋水泥是养不成牛羊的。

下岗后在容氏乳业打工的李海洋，是回家休假从弟弟李海平口中得知此事的。他是火暴脾气的人，也是一个光明磊落的人，想着第二天就是碧玉奶业有限公司创立大会暨奶牛场743.6亩国有土地使用权挂牌出让和合作开发框架协议签订仪式的日子，便分头找到在家工友，一个个地告诉他们希望兄弟们一起讲团结，为了子孙后代还有一块土地，一定要讲团结。大伙也都答应一起保地，但最后又如上回改制收购一样，有人中途“反水”。海洋一直抗争，以至于最后还死于非命。

17

周末午后，容婵与简约坐在市图书馆的止间阅读餐吧的角落里，一边吃中餐，一边聊天。

简约说："我们的预判方向是对的，我又到车库去看了那辆车，右侧驾驶室把手因油漆脱落，撞擦痕迹更明显了。"

他抬头两眼直勾勾地望着容婵："还记得你第一次带我去看它的场景吗？我们在一起竟有十多年了，岁月催人老啊！"

容婵叉起一片西瓜送到他面前说："多塞点东西，话就没那么多了。"

简约突然收敛笑容，压低声音问她："凌虎被查，你知道吗？"

容婵说："从监察委发的消息知道他被查，但也仅此而已。"

"我们走吧。"她环顾四周后对简约说。

夜幕下，游江书记办公室的灯亮着，他独自一人坐在办公桌前抽烟，一支接着一支。

秘书敲门，紧接着章天成抱着一个大资料袋进来了。

"书记，您注意身体。"章天成关切地说。

游江拧掉烟头，问："这么晚了，要汇报什么？"

章天成说："我的办公室在北栋，也是 12 楼，正好对着您这办公室，您这灯总亮到很晚。”

游江哈哈大笑，起身给章天成倒茶，一边说：“你每天走得也不早啊！有什么事，说吧。”

“这是我到市自然资源局担任局长以来，接到的关于仙丹湖围湖别墅的所有举报信、告状信。”章天成说着，将资料袋往办公桌上一放。

游江拿起资料袋，从中抽出一把，浏览了几份材料的抬头，眉心拧成一个“川”字。他将几份材料放回资料袋，问章天成：“怎么都是告碧玉公司的？”

“碧玉公司是最先进入仙丹湖开发的企业，早在2004年就拿下原江水县奶牛场的700多亩国有划拨地用于安置下岗职工，实际上是进行商业开发。后又‘以租代征’在仙丹湖景区腹地占用一千多亩修建射击场，两年后以射击场周边需要搭建附属设施的名义，又建成大大小小一百套独栋别墅。紧接着江水县便推出英式保姆服务招商模式，江海本地和省内多家房地产企业便蜂拥进驻，于是仙丹湖周围别墅如雨后春笋般野蛮生长。”章天成汇报道。

游江微微点头。接着又转移话题问章天成：“凌虎被人跟拍这事，外面有什么说法吗？”

章天成如实答道：“听到有些老同志在议论，我思前想后，觉得要跟您做个汇报。”

游江将资料袋退还给章天成，非常严肃地望着他说：“天成，你今晚给我提供的信息十分重要。辛苦你！”

秘书送走章天成，一回来就见游江已收拾好公文包准备下班，带着一点诧异问：“书记，要叫李师傅过来吗？”

游江点头，心情愉悦地答道：“好。”

车驶出车库，游江问坐在前排的秘书：“你知道谁是碧玉公司幕后老板吗？”

秘书正着急该如何回答时，游江书记一边放下车窗玻璃，一边举头望月，自言自语：“翻然一旦醉醍醐，胸中日月光无尽。”

中小企业绿色融资峰会在江海市会展中心西花厅召开。专家学者云集。谌嵩坐在前排非常显眼的嘉宾位置。主持人宣布中场休息十分钟。碧玉公司董事会秘书杨恒领着李季走了过来。

李季向谌嵩伸出右手，谦恭地欠身道：“谌总，感谢抬爱。杨总将您的美意给我转达了。非常感谢，我刚电话报告给我哥了，他让我向您表示最诚挚的谢意，热情邀请您到我们公司考察指导并洽谈具体操作细则。”

谌嵩谦虚地回应道：“大小李总都是年轻有为，后生可畏。我们一定尽快安排考察事宜。请转告大李总，我建议届时邀请他的正牌女友容氏集团小容总也一同出席吧。”

李季点头答应，又使劲握了握谌嵩的手。

江海市的夜景诱人，到处流光溢彩，容婵还在办公室里。她从保险柜里拿出厚厚的一叠资料，封皮上写着蒋立峰交通肇事，正准备坐下看。无意中看到桌上手机朋友圈有悠悠发的“凡尔赛”式文字：法拉第怎么啦，这A牌才剁手呢，一个月的饭票又要泡汤，得过紧日子了。配图是她的法拉第新车，江

A99199。容婵打电话过去：“悠悠，又换装备啦。摇号政策后，个人是不能非法转让的啊。你这江 A 牌是怎么搞到的？”

悠悠说：“容主任你 OUT 了吧，我们不是非法转让，是合法取得的。”容婵故意问：“你是怎么合法取得的？”悠悠嘴巴马上收紧，说：“哪啊，这可得问我爸了，是他公司车队队长帮我弄好的。”

挂了电话，容婵走到窗前，望着外面万家灯火，想起白天的事和一些往事。

艾广从食堂吃饭回来，神秘兮兮跑到她办公室掩上门：“容主任，有人又在食堂里嚼舌根说悠悠是您初恋男友的女儿，不知是什么意思？”容婵内心一跳，表面若无其事：“随他们说吧。”下午出来接纯净水时，她不经意间瞟几眼悠悠，感觉真与那个人有些神似。

容婵的父亲叫容义，他是 20 世纪 80 年代分配到国营江水县奶牛场的第一个大学生，也是奶牛场的新产品低温酸奶技术的主要攻克者。那是 1982 年的夏天，老场长带领全场职工到大门口迎接前来报到的容义，不久容义就被老场长委以重任，他也不负众望，带领助手成功研发出低温酸奶技术。老场长荣退了，欣慰地对接任者碧云天说：“我们奶场的低温酸奶技术过关了，我就安心养老了。后生可畏，容义这个小伙子不错，要好好培养啊！”

碧云天对容义也赏识有加，不久将其提拔为场部技术总工。碧云天刚离异的女儿碧丽带着外孙谌嵩一直住在娘家，一来二去跟容义也熟了。碧丽对容义一往情深，可容义在上大学前就已娶老家同村的代课教师秦江梅为妻，并生有两个女儿。碧云天将容义喊到家里吃饭，想撮合女儿跟容义走到一起。耿直的容义对忙进忙出的碧丽没有在意，倒是对碧家的米饭很是满意，不停地说："这饭真香，怎么会这样香?"

碧丽笑着说："这是高压锅煮的。"

容义很疑惑，问："高压锅?"

碧丽从厨房里端来高压锅放在桌上，对他说："就是这个。"容义好奇地拿起锅盖看了又看，问："这锅煮的饭，想不到有这么好吃，这锅哪里有卖?"

碧云天望着女儿碧丽说："她那百货大楼就有卖，红双喜牌高压锅。"

容义赶紧问："多少钱?"

碧丽说："78 块。"

容义说："这么贵，差不多一个月的工资了。"

碧丽答："贵是贵，买的还不少，江海市的人都舍得买，货还很俏哦。"

容义很快将碗里饭扒完，连说："好吃好香，我就不客气了，再吃一碗。"

容义告辞时，从口袋里掏出 80 元钱对碧丽说："劳你下周帮我带一个红双喜高压锅，可以不?"

碧云天抢着答："可以、可以。"

容义出门后，碧丽帮着母亲收拾碗筷，碧妻对碧云天说："你们父女别剃头挑子一头热了，这事没戏。"

碧丽不悦，说："妈，你别泼人家冷水嘛。"

碧云天也问：“你什么意思？”

碧妻说：“要抓男人的心，先抓男人的胃。酒肉朋友，钱米夫妻，这小容父母都不在了，肯花这么多钱买高压锅，说明他家里烟火味重，一看就是疼媳妇的主。”

碧云天坐在沙发上抽着烟，沉吟半晌对女儿说：“小丽啊，你妈的话也不是全没道理，婚姻讲究缘分。”

碧丽边收拾好桌子边不耐烦地说：“知道了，知道了。”

碧云天接手奶牛场没多久，奶牛场就开始走下坡路，因经营不善年年亏损，职工告状信满天飞。1992 年上半年，江水县委县政府决定对奶牛场进行承包经营责任制改革，鼓励内部职工承包经营。职工大会开了好几天，大伙讨论得很热烈，有不少人在摩拳擦掌，但最后都偃旗息鼓，原来是碧云天和场部领导们到处说承包费太高，谁接谁亏，这些人听了就有些胆虚。容义一直旁观着，他虽是奶牛场的第一个大学生又懂技术，但他是个半边户，大女儿眼看着要上高中、小女儿上初中，妻子是每月工资不到 30 元的代课教师，谁也没把他跟这事扯上关系。容义见大伙都退避三舍，就回了趟家跟老丈人干完一瓶江水大曲酒后，借着二分酒意斗胆说：“爹，我单位奶牛场也搞责任制，鼓励职工承包，一年上交承包金 5 万元就可以自主分配盈余，合同要签三年。通知挂出来有九天了，明天是第十天，也是最后一天，还没有人揭榜。我想试试。”

老丈人半天才接他的言：“你今天提这么贵的酒回来跟我喝，就为这个事。”

容义老老实实地答：“是的。”

老丈人又问："这事江梅知道吗？"

容义还是一五一十地答："还没跟她说，想先跟您商量商量再说，如果您同意的话，我明天就带她和两个孩子走，我也有个帮手，还能省下一个工人的工钱。"

老丈人说："她这代课教师当了十来年，听说马上就有转正的政策下来，明年说不定就能转正吃国家粮了，你说要带她走，就带她走，她会乐意吗？再说一年上交 5 万元，你算计算计，一个月除开工钱外，你至少得赚 5000 块，5000 块是什么概念？你知道吗？是你和江梅两人三年工资总和都不止啊！"

这倒把容义给问住了，老丈人见他答不上话，起身就走，到房门边又丢下一句话："这事我可不能答应你。"

容义默默回到自己房里，假装无事跟两个女儿嬉闹。秦江梅从挑箱里翻出一张存折递给他："你和爹说的事我在厨房都听到了。我愿意跟你去。平时你给我和孩子的生活费，没舍得花都存在这了，先应急。"

容义心里仿佛打翻五味瓶似的，没想到妻子这样大度，他反倒觉得自己有点过了，说："算了，我头脑发热，没想到你马上就可以转正了。转正是你梦寐以求的事，我不能挡你的路。"

江梅平静地说："是的，我是想转正。"

容义一脸迷惑。

这时江梅的眼圈有点红，说道："你考上大学，我既高兴又害怕。怕你吃了国家粮后跟我分手。你大学毕业分配到奶牛场，总要我去厂里看你，我总不敢去。记得是 84 年吧，拗不过你，我第一次去县城看你，你带我去看电影《人生》，我天天担心你成为高加林。你不是高加林，你巴心巴肝地对我们娘仨好，但我心里还是不踏实啊！我是农民，你是工人，你不嫌弃我，只能说明你善良，但是你的领导和同事会怎么看你，怎么看我的男人，我在意啊。所以我告诉自己要拼命学习，把书教好，争取早日转正吃国家粮。熬啊熬，十几年了，终于快出头了，上星期学区主任告诉我，县教育局领导说下半年全县有十个转正指标，里面就有我，全学区只有这一个指标。我是真想转正，我是公办老师了，到你单位走一圈也觉得腰杆直了。你上次带回红双喜牌高压锅，我好开心，同事们羡慕得不得了，可听他们说这锅很紧俏，县里买不到，要市百货大楼才有得卖。我心一下子掉进冷水里。”

容义一听就急了，赶紧说：“梅，你别误会。”

秦江梅没理会他，继续说：“我们说正事吧。你给爹说的意思我大致也听明白了。奶牛场经营得好是有钱赚的，场里几个能人都中了碧场长他们的计，打退堂鼓了。很可能最后就会被碧场长他们几个承包了，若不聘你，你就下岗了。与其这样不如自己承包做老板。是这样吗？”

容义双手搓拳，有些难过地点头说：“是的。”马上又摇头说：“爹不同意，这事就当我没说。你能转正，也是天大的喜事。”

秦江梅一本正经地说：“这事不能这么算了，咱们要承包。反正你也下岗了，我转正不转正也没啥关系了，我们俩总算平起平坐了。”

轮到容义不同意了，他说：“不行，你当公办老师了，两个孩子的教育问题就不用我操心了，我一个大男人可以去南方打工，赚钱糊口是没问题的。”

秦江梅边铺床边说：“我刚给你讲红双喜牌高压锅的事，你当我吃醋啊。不是，我当然是相信你的，但是我内心的不安全感也是实实在在的。若你下岗了，我这一转正，或许这种不安全感就转移到你那里了。我受过的苦，不想你再受了。我们一起去办奶牛场，一个下岗工人配一个农民，谁也不比谁高，谁也不比谁低，这多好。这事就这么定了。睡觉。”

容义不再说了，喉咙里被什么哽住一般，含泪紧紧拥着妻子。

第二天清早，他带着散发妻子体香的存折搭上最早的班车回到县城，直奔县经委签下承包合同。

一个星期后，秦江梅就带着女儿容婵、容娟和简单的家当过来了。

大约一个月后，老丈人也来了。容义没想到倔强的老头不仅自己来了，还将在广东打工的两个儿子也拽回来了，不过嘴上还是硬邦邦的，说道：“两个弟弟交给你了，家里春插、双抢你得让他们回去，庄稼人丢不得田土。”

“要干就大胆干，大不了这房子不要了，抵给银行。咱家还有田土，大不了回家种地去，总还有一口饭吃。”他更没想到老丈人边说还边丢给他一本崭新的农村集体土地使用权证。他知道老丈人指的是在老家刚盖好的新红砖房，方圆十里为数不多的新屋。

容义眼眶红了，岳家父子兄弟齐上阵，他觉得自己累死也是应该的，也是值得的。可想而知，凭着这一大家子的干劲，天下哪还有难事？容义承包经营奶牛场，当年就打了翻身仗。

承包奶牛场三年到期后，就被得“红眼病”的碧云天父女以每年多出20万元的价格加价承包。当时他们这一招将容义打得措手不及，又是秦江梅鼓励容义：“在别人屋里架不起自己的棚，我们自己搞公司，大不了这两年白干。爹让我转告你，不要怕，现在青年人都赶广东打工去了，村里的田没人愿意种，他捡了五十亩在种，亏了我们就回家种地去，饿不死人！”

就这样，他们另起炉灶成立容氏乳业有限公司单干，苦熬两年多，公司才走上正轨开始赢利。但碧云天父女收购奶牛场后并未盈利，相反经营状况持续恶化，职工纷纷下岗待业，有的另谋出路，大部分职工先后加盟容氏乳业有限公司。拖到1998年，江水县进行国有企业改制，容义本无意再淌县奶牛场这滩浑水，因老同事纷纷游说他，如果奶牛场落入碧云天父女之手，迟早会将家底败光，大伙下岗后生活都很苦，都盼着他起头主事，容义于是决定联合两名技术骨干承债式收购县奶牛场，县政府同意将奶牛场743.6亩国有划拨土地使用权用于职工安置。可就在容义跟县政府刚签下职工安置框架协议，半路杀出程咬金，十名职工代表跳出联名反对，认为收购价格太低。以碧云天为代表的场部领导也私下找到容义，告诉他可以做通职工工作，如果配合的话，国有资产折价还可以压低，但要求给他们入暗股或给好处费，被容义断然拒绝。

这事没过几天，容义就收到县人民法院的传票，原来是碧丽以侵犯其商业秘密为由起诉容氏盗走其客户信息，索赔500万元。

18

那时候的容婵即将大学毕业，准备去墨尔本大学留学，一边在江海市检察院民行科实习，一边等待入学通知。她清楚地记得刚过完元宵后的一个晚上，平日滴酒不沾的父亲喝得酩酊大醉回来，倒在客厅的沙发伤心哭骂着：“你们要我，口口声声要求我回来收购奶牛场，为什么又要背着我，跟江海百货公司签下承诺书，你们不过就是为了多拿点赔偿，你们早告诉我，我也可以出这个价，凭什么奶牛场又被碧丽加价夺走？”

母亲拿来湿毛巾给他额头盖上，劝他：“不让咱收购，我们不收购就是，把我们容氏乳业做好就是了。”

这不提还好，一提父亲更是痛哭流涕：“老婆，我对不起你啊！我容义无能啊！我们容氏乳业也干不成了。”

母亲大惊：“难道我们的官司也输了？”

父亲痛心地点了点头，说：“我们输了，判赔500万元。这一赔，家里就所剩无几了。”这时他的酒已醒了大半。

容婵非常内疚地问：“爸爸，你上诉了吗？”

父亲心灰意冷，点头又摇头不已。母亲插言道：“别问了，婵，二审也输了。”

容婵急了，哭着对父亲说：“这事都怪我。这些客户实际都是你在承包奶牛场开发的，后来是因为碧丽阿姨他们做手脚，加价夺走承包权，但他们根本没有生产什么，我们可以将实际情况跟法院讲清楚啊。”

父亲拍着她的肩说：“孩子，爸爸不怪你。他们早就设下圈套在等我们钻。不怕贼偷，就怕贼想。防不胜防啊。”

容婵更加内疚，说：“我真不知道谌嵩他妈有这么坏，我太相信谌嵩，以为他们真的因为奶牛场经营不下去，想发展原来的老客户，才敢找你要那两本客户名册。”

父亲说：“孩子，算了。不值得，我也想好了，将公司变卖，赔完这笔500万元，还能剩下些供你们姐妹读书是没问题的。你们到澳洲读书，干脆全家移民过去。”

容婵擦干泪水说：“你们可以算了，我不能算了。”说完，夺门而去。

当晚，在仙丹湖边，在她与谌嵩有着无数美好记忆的湖边，二人发生了激烈的争吵，她绝决地选择离开。在江水县一中，他们初见，那时他多么阳光，多么迷人！他随便往哪里一站都是全场的焦点，而他的目光里只有她的笑靥！幸运地两人一起到上海上大学，她从周一就盼着周末，只要和他在一起，她觉得整个世界都是敞亮的，都是带笑的！外滩是他们经常去的地方，她迷恋地依偎着他，吹着黄浦江上的风，踩着老租界的砖，听他口若悬河地讲陆家嘴的财富故事。连偷偷仰望着他帅气的脸，浓郁的眉，有神的眼，她都会心醉！她曾经以为这一生这一世自己的世界里有他，就每天都会有溢出来的幸福。可是短短几天的时间，她就发现所谓的美好爱情不过如张爱玲所说的一袭华美的袍子，爬满了虱子。那本客户名册，甚至于他的脸、他的眉、他的眼都是一只只爬行的虱子……

夜幕下的仙丹湖，一片漆黑，她高一脚低一脚没命地往前奔跑，身后的黑暗仿佛张着血盆大口的狮子，随时要吞噬自己似的，她告诉自己往前跑往前跑，不要回头，永远不要回头！

其实从家里跑出来后，风一吹，她仿佛清醒不少似的，觉得这一切应该都是谌嵩妈妈使的坏，谌嵩不可能想到会伤害自己，都是大人的事情，跟他们无关。他们的爱是纯洁的，不应该被父辈的恩怨所绑架，不能错怪谌嵩。这样想着，脚步就如同灌铅似的迈不动了，心里更乱得很，就跑到县人民医院家属区找铁杆朋友高中同学林雅静，林妈妈上夜班去了，只有她俩。她没想到一直看好她和谌嵩的雅静听了自己诉说的苦恼后，竟然斩钉截铁地说："分手吧，长痛不如短痛。"容婵感觉好突兀，一时不知该说什么好。雅静起身去了卧室，出来时递给容婵一张化验单。容婵一看，这是一个叫常姝的人的早孕阳性化验单复印件，她满心疑惑地望着雅静。

"这几天我一直在琢磨着该怎么跟你说这个事，这个姓常的我也不认识，但听我妈说她怀的孩子是谌嵩的。前几天谌嵩妈带着一个年轻妹子来医院找我妈做孕检，还说是她快过门的儿媳妇。我妈知道你跟谌嵩好，中午下班回来就跟我说，我一听就急了。我妈拦着不让我跟你说，说你自己迟早会发现，再说也不迟。我就求她下午把化验单复印回来。"容婵一听，脑袋立马炸裂。常姝？天啊！屈辱、愤怒、失望，一股脑儿地往胸口涌来……她没有大哭大闹，而是尽力压抑自己，这是她的教养决定的。当老师的妈妈从来不会大声呵斥她和妹妹，无论她和妹妹做对做错，妈妈永远是温和的。妈妈也从来没有在她们面前有过特别伤心、特别难受的样子，她和妹妹从小就是妈妈贴心的小跟班，她们从来不像隔壁玉兰她们家姐妹那样整天打来骂去，时而山崩地裂，时而呜咽凝噎，时而雷雨交加……

“化验单写着 5 + 孕周，这样算来差不多就是元旦前后的事。”雅静望着容婵紧咬的双唇有些不忍，后悔自己为什么要说出来。

容婵的眼泪终于还是一颗颗如豆子般掉了下来……她别过脸去，盯着沙发侧旁边的水缸里几条游来游去的金鱼发呆……

“元旦前后、元旦前后……”她苦涩地重复着。

元旦放假三天，她是和谌嵩结伴回来的。元旦那天下午，她答应谌嵩给他妈妈送客户手册过去。快出门时，谌嵩打家里电话告诉她，他已到她家门口。她小跑出去，意外发现谌嵩是开着他家的新宝马来的。“才几步路，你还开车？摆阔呀？”容婵调侃他道。

谌嵩笑而不答，替她打开车门，帮着系好安全带，在她的右脸上轻轻弹两下：“坐好啊！”

崭新的宝马车迅疾驶出小区直奔城外，开往仙丹湖景区。

“谌嵩，你搞什么鬼，不去你家吗?”容婵发现路线不对，急喊道。

“是去我家啊，去我家的路，我自己还不知道吗?”谌嵩一边调皮地笑道，一边伸出右手爱怜地拍了拍她的脸。

谌嵩最终将容婵带到仙丹湖南面草甸腹地深处一绿树掩盖下的西式小洋楼前，容婵下车环顾四周，发现周围若隐若现地还有几栋，她第一次知道什么叫别墅，这是她看到的最早的别墅。谌嵩一边敲门一边附在她耳朵边说："我妈说，这是给我们准备的洞房，看你满意不？"容婵的脸一下子就羞红了，她把谌嵩的胳膊抓得更紧了。

容婵跟着满脸春风来开门的碧丽走进宽大的客厅，刚落座就意外发现一个跟自己年龄、样貌相仿的着一袭金色真丝裙的漂亮姑娘从餐厅端着茶水出来，很大气地自我介绍："你好，我叫常姝。干妈叫我过来帮忙的。"容婵赶紧起身，礼貌地点点头。她以前听谌嵩说过一个叫什么姝的姑娘，好像是他妈闺蜜的女儿，从小被他妈当干女儿养的，想必就是眼前这位姑娘了，也就没多想。碧丽很是热情，带着容婵楼上楼下看个不停，边看边说"你们俩还有不到半年就毕业了，毕业证一拿，你们就扯证，先结婚再出国。""容婵，你看看这儿做洞房怎么样？""还要置些什么？你们自己去办？我只负责出钱。"容婵很害羞，不敢答言，不过心里还是很幸福的。谌嵩开心得不得了，总是搂着她一刻也不愿松开。阅人无数的碧丽把一切都看在眼里，极力挽留容婵一起吃晚饭，谌嵩也缠着容婵不让走，容婵也就不好再推辞。

碧丽和常姝精心布置的晚餐很西式也很浪漫，常姝娴熟地打开装潢考究的餐厅餐边柜边上的超豪华立体音箱，循环播放着理查德·克莱德曼的钢琴曲《秋日私语》，摇曳的烛光下，四人边听音乐，边享受着美食，当然浓情蜜意的谌嵩和容婵还不忘撒"狗粮"，谌嵩刀叉不停，切开牛排，又挑比萨，旁若无人地一块一块往容婵嘴里塞。他今天特别特别开心，因为一直担心母亲碧丽反对自己跟容婵在一起，他知道母亲中意的儿媳妇是常姝。从小跟屁虫似的常姝的心思，他最清楚。没有遇见容婵前，他眼里都是常姝，自从高中同学容婵走进他的视野后，他的眼里就再也没有别人了。他更担心心高气傲的容婵跟母亲不对付，所以他曾闪烁其词地跟容婵说起过认母亲为干妈的常姝。但他做梦也没想到，母亲让他去找容婵要客户名单时，容婵竟然二话不说就拿来了，更没想到的是母亲下午还交给他车钥匙，说是给他们洞房都准备好了，并且还是江海市富人圈里都凤毛麟角的别墅，容婵害羞一直没作声，但是她的眼里的笑容已经告诉他答案，谌嵩心里别提有多兴奋了。他一边喂着心爱的人，一边品着法国红酒，享有王冠明珠之美誉的罗曼尼康蒂，一杯接一杯，酒不醉人，人自醉。碧丽虽嘴里不停地说着：嵩儿，好酒莫贪杯，却并不拦他。容婵不让他喝，他就撒娇要亲她的脸，容婵实在不好意思也就不管他了。最后谌嵩自己把自己给放倒了，紧紧抱着容婵不放。碧丽佯装生气道："嵩儿，你也太不像话了"，同时示意容婵跟她一起扶着他进卧室。容婵又恼又羞，硬着头皮搀扶着谌嵩进卧室。谌嵩一挨床就老实了，望着她坏笑。容婵好不容易把他哄睡下，就逃也似的出来了，跟碧丽说天太晚了，要回家。碧丽也没再留她，打电话叫司机过来送她。她想也没想就钻进车里走了。

此刻，她望着游来游去的金鱼像极了元旦那天晚上常姝的细腰，她清楚地记得自己走时，常姝还没走，难道他们……她再也无法克制自己，满脑充血似的，抓起那张化验单就冲了出去……

容婵回家后就病倒了，躺了一个多星期，在江海市检察院实习期也届满了，容婵去收拾东西准备离开，跟指导老师检察官朗忠辞行，说是返沪上学。朗忠见她两眼红肿，神情也有些恍惚，颇不放心，一再追问下，她哭诉自家遭遇的那场官司，其时心里最痛的并不是这场官司，但她能说得出口的也只有这场官司。

听她讲完后，朗忠从办公桌上拿起一本翻毛了边的《民事诉讼法》说："小容，你不要急。这是 1991 年 4 月修订的《中华人民共和国民事诉讼法》，明确规定对民事生效裁判不服的，当事人可以申请人民检察院抗诉的四种情形，还规定人民法院对人民检察院提出抗诉的案件应当再审。也就是说你父亲对碧玉公司起诉他侵犯商业秘密的民事裁判结果不服的话，还可以申请我们检察院监督。也许事情还有转机，你回去跟父亲好好商量商量再说。"

居然还有这样绝处逢生的机会？容婵简直不相信自己的耳朵，她一路飞奔回家。可父亲还是有些犹豫，最终经不住她软磨硬泡，抱着试试看的心态，申请江海市人民检察院监督，没想到江海市人民检察院真的支持监督，向江海市中级人民法院发出再审检察建议，该案后被成功改判。

收到再审判决书时，她和妹妹容娟被墨尔本大学录取的 offer 也恰好到达。兴奋的父亲广邀亲朋大办酒席，一为两个女儿饯行，二为官司改判庆祝，公司得以继续经营。在父亲扬着通知书向众亲朋致辞后，站在父亲身边的她从父亲手中挑出自己的录取通知书当众撕掉。父亲喝道："容婵，你……"

在众人瞠目结舌之际，她掏出一张检察院的录用通知书，对父亲和众亲朋说：“爸，请原谅事先没有告诉您，这也是一份通知书，是江水县检察院的干部录用通知书，我将成为一名检察官！别问我为什么？如果不是检察院，我家的这场官司就不可能赢！当下中国不缺一个留学生，但急需坚守正义，维护公平竞争秩序的检察官，所以我选择留下！”全场一片议论，继而掌声如潮！

原来容婵经历这场家族命运与个人情感交织的变故后，也算是成长许多，她没有想到欺骗与背叛可以包装得含情脉脉，她不再相信所谓至纯爱情，而从再审与一审、二审截然不同的裁判中，她看到了另一种义薄云天的深情，人间至爱已难寻，或许另一种深情更真诚！指导老师朗忠的敬业精神深深打动了她，也影响到她，这场切肤之痛也让她明白一名司法工作者的良知对当事人的命运有多么重要！于是便瞒着家里偷偷参加了检察院的招干录用考试。

听说谌嵩后来也没有出国了，与她分手后即娶妻生女，马上又离异。这些都是别人的故事了，与她无干，她全身心投入办案和各种比赛。繁忙的工作和学习渐渐冲淡了心里的伤痛。如果不是六年后审查逮捕蒋立峰交通肇事案，忙碌的她几乎忘记了谌嵩的存在。她还记得因为坚持不批准逮捕蒋立峰而面临各种责难。比方说，副县长凌虎为此非常恼火，认为在被害人近亲属要求严惩凶手，而碧玉公司上市项目已经通过省地方金融证券办审核，只等上证监委发审会的关键节骨眼上，检察院却不批准逮捕犯罪嫌疑人，这就是没有服务经济建设大局的政治意识，在大会小会上点名批评检察院。容婵则认为不能为追求经济发展总量的数据指标而牺牲法治正义，仍坚持不批准逮捕意见。

19

容婵开完早会后留下朗忠和陆路，问：“你们看到悠悠的新车了吗？”

陆路马上答：“见了，她昨天不还在发朋友圈吗？”朗忠也点头，同时用疑惑的眼光望着上司。容婵说：“大家都看到了，她的车牌……”

朗忠反应快，马上问：“你是不是怀疑到她的 A 字头车牌可能涉嫌虚假诉讼？”

容婵点头，接着说：“按年初工作要点，该准备对全市涉虚假诉讼的案件启动专项评查了。陆路负责提供基本数据信息，师父您负责案件评查和评析，最好能依靠悠悠得到点具体线索，跟踪分析背后原因，在深度和广度方面再拓展一些。”

大家没有反对意见，各自分头准备去了。

中午下班铃声响起，孟梦边伸腰边掐指算着工资到账日子，杨杨知道孟梦又快断粮了，掩嘴偷笑假装没看见，低头匆匆收拾桌上的东西。

孟梦嘟着嘴，正准备厚着脸皮找石新严借钱，却被小石老师批评不会过日子。

悠悠正接听当事人打来的咨询电话，她被吵得听不清对方声音，挂断电话就脱口而出："你们好烦，一天到晚就在讲钱、钱，怎这么小家子气啊？"

孟梦"噌"一下冲到悠悠面前，嚷道："资本家小姐，我们都是自食其力的月光族，不啃爹，不啃娘，你寄生虫一个，开法拉第、穿范思什么哲，吃进口食品，喝咱以前听都没听过的什么大拉菲小拉菲，凭什么？你穿的戴的用的哪样是你自己挣来的？都是你家人挣的，说不定还是昧心钱，你神气什么？我压根就没有正眼瞧过你，你以为穿上什么名牌，你就是个人物了，还成天笑话我们这一身家政蓝，就你这德性配穿这身检察蓝吗？光有一张光鲜脸的你也能穿上这身检察蓝，才是天大的笑话！没有你那有钱的老爸，说不定你比我还不如呢。"

从小到大没受过半点委屈的悠悠被孟梦这一顿抢白，眼泪哗啦啦地就下来了。大家好像都没看见似的，三三两两往食堂走了，悠悠大小姐脾气更来了，在大厅里号啕大哭。常理、陆路她们拐弯出来趴在大厅外的窗户看着，见她哭累了起身，以为她又要点外卖，没想到她锁了大门，竟往食堂去吃饭了。

陆路说："这大小姐今天只怕是被孟梦骂醒了，该我发挥魅力去当安慰天使了！"

食堂里，陆路打好饭坐在悠悠对面，装作不知道刚才的事，有一搭没一搭地聊起买车的事。

陆路叹气说："本人最大的梦想就是挣钱买车，好不容易挣够了钱可又赶上摇号这个鬼政策，真背！小老百姓要圆个有车梦都好难，悠悠我好羡慕你。”

“陆哥，从今天起我不喜欢听这些话了。其实你们心里都瞧不起我，我今天才知道。”悠悠沉下脸，边说边梨花带雨。

陆路早有准备，拍着胸脯说：“妹子不喜欢的话，陆哥以后绝对不说。”

悠悠马上破涕为笑，小声说：“陆哥，你刚才说的车牌的事，我说不定可以帮你。”然后走近对他耳语一番。

陆路不停点头。

下班时，陆路向容婵报告说，悠悠告诉他怎样可搞到江 A 牌，还说星期三带他去黑市看。容婵点头答应并让陆路叫来常理、杨杨、孟梦等人，告诉大家悠悠本质不坏，就是一身“公主病”而已，以后多帮助她。

朗忠晚上回家，发现白阳带男友李季回来了，大家一起闲聊。白阳说：“检察院对民营企业保护特别上心，我代理的涉知识产权刑事案件审结得都很快”。朗月笑着说：“有‘案—件比’逼着，他们有啥法子呢？”李季说：“倒不是说，一定快审快结就是保护，保护民企做起来很不容易，因时因事不同，市检察院确实做得不错。前不久我公司技术员仇志刚那个案件多亏检察院给缓了几天时间，否则我们公司要赔款上千万元。”

朗忠也深有感触，颇为自豪地给儿女们说：“那年，我办理的碧丽公司诉容氏乳业公司侵犯商业秘密案，一审、二审裁判认定容氏乳业窃取碧丽公司客户信息，构成商业秘密侵权。经审查后我认为这些客户信息均是被告的法定代理人在承包经营原国营江水县奶牛场期间开发的，后奶牛场被原告承包经营，但并未约定承包经营期开发的客户信息归属，原告承包后又一直处于歇业状态，没有开发任何客户，也没有跟员工签订保密协议或约定任何保密事项，不构成侵权。于是我院向中级法院发出的再审检察建议得到采纳。幸亏检察院出手，否则被告要承担500万元的赔偿，一审、二审都败诉，他当时万念俱灰，准备变卖家产赔款后移民澳洲。你们看，如果那样还有一个如今每年上缴利税达5000多万元的企业给我们江海市作贡献吗？更重要的是江海市因此多了一位优秀的检察官。”

朗月、白阳齐声问：“爸爸，您太棒了！这位优秀检察官又是谁呀？”

朗忠故意卖关子：“这就不能告诉你们啦。欲知后事如何，请下次记得主动回家吃饭，再一起分享哈。”

白阳说：“谁稀罕，爱说不说？不过下周晚餐提前预订哈。”

20

刑事检察部检察官乐之之正在办案系统专注办案，电脑屏幕上右边小窗口弹出字幕：“你有送案审核未通过。”

乐之之打开一看是江海市监察委移送审查起诉的凌虎受贿案，便抓起旁边的电话机话筒吼：“石新严，凌虎受贿案可是市监察委调查的重大案件，回避其工作地江水县和出生地江背县，指定黄江县检察院审查起诉，有什么不对吗？”

石新严有点莫名其妙，答道："没错啊。"

乐之之冷笑道："既然没错，那送案审核时，你为什么不让通过?"

石新严："哦。我的意见是本案可能还有其他普通刑事犯罪线索，你没有处理意见，建议你重新审查一下?"

乐之之说："我部管辖的是职务犯罪案件，凌虎受贿案中他人涉嫌普通刑事犯罪追究不是我的职责范围。再说你案管办只对交办的程序是否合法审核就可以了，实体问题不是你们该管的，你们也管不了。"

石新严说："之之，你生这么大气干什么?《人民检察院刑事诉讼规则》明确规定发现犯罪线索要移送处理，你不提出处理意见就是违反检察职责办案。谁说案管办只管程序问题?程序、实体、数据质量等都是我们的监管范围。"

乐之之没好气地说："好，好，你们案管办是太平洋警察，管得宽。但凌虎受贿案可是市监察委移送的重大案件，你不让审核通过，延误交办时间，我得向领导报告。"

乐之之放下电话，冲到主任江琰的办公室大嚷道："江主任，市监察委移送的江水县原县委书记凌虎受贿案，我决定逮捕后拟交黄江县检察院审查起诉，案管办送案审核未通过。"

埋头阅卷的江琰抬头扶了扶眼镜框问："为什么?"

乐之之气呼呼地答："说是该案另有普通刑事犯罪线索，我没有提出处理意见。"

江琰闷声闷气道："多管闲事。我找他们去。"

江琰推开石新严的办公室很生气地指责道："案外人是否涉

嫌其他刑事犯罪是办案部门实体审查内容，不是你案管办说了算。”

石新严说：“你们审查不细，遗漏审查事项，我们有职责提醒、督促你们依法履职。”

江琰愈发反感，道：“这是交办案件，我们重点是审查管辖问题，黄江县院会对实体问题进行认真审查，你要这么较真就是干预办案了。”

石新严毫不示弱道：“对不起，江主任，我们不接受、不制造，更不放行次品。请回吧。要不，您跟我们容主任沟通吧。”

江琰更气了，说：“什么意思？拿你们容主任来压我？”

“江琰主任，我向你保证她绝对没有这个意思，但这规矩是我定的，请你谅解。”江琰一惊，回头一看，容婵正在身后。

江琰进也不是，退也不是，只得说：“这样吧，你们更换承办人再审核一次。”容婵轻轻一笑：“行，没问题，我来审核吧。”

21

容婵翻看案卷感觉似曾相识，仔细阅卷后惊讶地发现凌虎受贿竟然与蒋立峰交通肇事案有关联。举报人竟然是该案被害人李海洋的弟弟李海平和妹夫邓刚。原来早在三年前，邓刚就打听到新任县委书记凌虎搬到县武装部住了，就让妻兄李海平夫妇在武装部对面开起一家烟酒店，通过凌虎的保姆打入其住处装上针孔摄像头，拍摄到凌虎在其住处犯下的种种罪行。

李海平那时还在水产品市场打零工，专门给人家装卸货，这活是他干很多行当后定下来的。因为水产品市场是早市，装卸货都在凌晨两三点，天亮就下班了，最适合他这种有家仇未报，每天要盯梢的人干。一般天亮回家补个觉，下午就有空到县委县政府门口听人摆龙门阵，顺便打探凌虎的一些信息。前些年没经验，一直不知道从哪下手。眼看着凌虎官越做越大，李海平心里越发着急。邓刚倒是不急，劝他道："心急也吃不了热豆腐。你放心，这种德不配位的人，位置越高，越会忘乎所以。总有摔倒的那一天。"

2015 年 10 月，凌虎当选县委书记，县里党代会还未闭幕，邓刚就让李海平想办法到县武装部门口找个门面，开个烟酒店。说是凌虎当了书记，马上会搬到县武装部里面住了。李海平按他的吩咐去跟守门的大爷套近乎，散支烟说借个火，一来二去就混熟了。从守门大爷的口中得知现在当领导的都是异地任职，家都在外地，都住在县武装部，因为这里有当兵的站岗，能够保证领导们安全，又有食堂足以保障他们一日三餐的质量，凌虎的家在江海市，但基本上不回家，也基本不吃食堂，配有专职保姆还开着一辆小汽车，爱人偶尔会来小住。

李海平在大爷的传达室里连坐两三个月，一到晚上，就会看到提着东西进，空着手出来的人络绎不绝，就在心里打定了主意，跟妹夫邓刚一商量，就把对面的一个破烂的早餐店出高价盘下来，简单装饰一下开起日杂烟酒店。在大爷的传达室的窗户玻璃一角留下一行字：高价上门回收烟酒，电话2667913。没两天就有电话打过来，生意来了，他上门收的烟酒一般比市价低二成左右，打电话叫他上门收烟酒的倒没有，都是年轻伢子打电话来问，估计是领导的司机或者秘书，晚上送东西到他店里。而他收回的烟酒后又被人以市价买走也是常有的事。在大爷的指点下，他也知道每天从大门进出的车牌号对应的是哪位县领导，慢慢地又把车牌号和司机也对上号了。开张快一个月了，他期待的面孔还是没有出现。

又过了半个月，一个略有姿色的中年妇女来他店里问烟酒价了，他热情地接待她，这才是他一直盼望着的金主、凌虎的保姆。在女人问了价准备离开之际，他抓来一把荔枝往她手上一塞，说："大姐，你有东西尽管放心送我这来，我给你开回收单据。这个刚到的糯米荔枝，来，尝个鲜。"女人接过荔枝就剥一粒放进嘴里，品尝过后赞不绝口，说晚上再联系就走了。

晚上九十点的样子，女人来了，用塑料袋装着三十多条精品烟。李海平点了数，做了标记，然后给她开了30600元的回收单据，却递给她32100元钱，说："大姐，这是32100元，你数数。"女人就故意问："错了吧？给我这么多。"李海平就说："没错没错，大姐，以后咱们就这个规矩。"女人脸上开出一朵花，灿烂无比，哼着小曲儿走了。慢慢地女人到他店里走动频繁，有时是送烟，但很多时候也只是坐坐聊聊天、扯扯家常。

这女人往他店里坐的效应立马就出来了，晚上到他店里买烟酒的人明显多了起来，这样他的资金回笼就快多了。他起先还没明白过来，琢磨半天才知道是什么原因。用守门大爷的话说，这进出武装部大门的人，除了武警，差不多都是县上的体面人，当官的、当老板的，反正没几个咱老百姓。咱老百姓也不知道要到这儿来。也许是这进进出出的人嗅觉灵得很，这女人是书记家的保姆，天天在自己店里坐着，这帮龟儿子莫不是以为自己这家店跟书记还有啥关系？这样一想，他笑得都要喷饭，给邓刚一讲，邓刚表扬他说："二哥，你进步很快啊，不过，最好能迅速打入敌人内部。"

是的，这也是他心焦的地方，他每天都在想这个问题。机会来了，那天女人又来他店里坐，没多久就听到她身上有一串清脆的铃声，女人就慌张地拿出一个黑色新手机接电话："好了，是的。马上来。"这是女人的新装备，李海平恰当地表示自己的羡慕，女人就很受用，得意地说："苹果手机，5000 多块呢。书记夫人送给我的，以后你可以打我这个手机电话。送煤气的来了，我先回去了。"

本来李海平心里很不爽地在想："太气人了，这贪官的保姆也比我们过得好。"但女人最后一句话给了他灵感。他就去几趟煤气公司，然后在店面里挂上"液化气定点服务"的牌子。他兴奋地给邓刚打电话说自己又开辟送罐装液化气的新业务，很快就会有深入"敌后"的机会了。的确，不久李海平就等到了机会，女人让他去"临时官邸"拿液化气罐子，说以后就辛苦他送液化气罐子。这是李海平求之不得的事，这些年他也学会了不露声色，保持一个老实巴交的下岗工人的可怜模样走进"临时官邸"，看到整个客厅靠西墙边就好像超市仓库，全是酒，整箱的茅台、五粮液堆在下面，酒箱上面还有数不清的茅台、五粮液、1573 等白酒和不知名的洋酒，心想真是大贪官，光这一屋子的酒就可以养活多少个下岗职工家庭，可以买断多少个下岗职工啊！难怪他不管下岗职工的死活，他要是只管下岗职工，又有谁会给他送烟送酒呢？女人见李海平盯着墙边酒看，以为他想回收这些酒，就说："领导说这酒要囤着，以后就是啥年份酒了。"

李海平也假装可惜："那就没办法喽。"走进厨房扛起空液化气瓶就走。回到店里他又给邓刚打电话，说已打入敌后，邓刚要他赶紧将房内的结构记住，最好能用笔将屋内的一切画下来。当晚，邓刚来店里，悄悄告诉他说是带回两个针孔摄像头和一台二手手提电脑。邓刚在李海平画的房间内结构图上比画说："将针孔摄像头一个摆放到靠墙的整箱装酒墙上，一个放到卧室通阳台的门框上方。"

临近春节正是下手的好时候，可是一直没有好的机会，虽然女人信赖他，送米送油也经常喊他，但在房间里逗留的时间都是有限。他想老是坐等根本不行，得想个法子，这天女人电话又打到店里喊他去提空液化气瓶子，他进去时女人正坐在客厅追剧追得咯咯笑，他趁机往卫生间一探，好家伙卫生间蹲坑是弯管式的。他再次送满气罐子上来时，借口上厕所时用一卷卫生巾护垫塞进蹲坑的弯管里。第二天早上八点多钟，他果然等到电话，女人在电话求助："李师傅，卫生间堵了，你知道附近有疏漏的没？"李海平就流露出很为难的样子，说："我也不熟悉，再说这大清早的只怕还没起床。"

女人说："这可怎么办呢，着急。臭死人，等下中午领导回来了怎么休息啊，急死了，急死了。”

李海平就说：“要不，我上来试试看。”

女人自是感激不尽。他故意在店里磨蹭到快九点才上去，因为女人每天雷打不动九点出门买菜然后绕到城南公园露天广场听一段地方戏再回来。李海平敲门时，女人正准备出门，引他进入卫生间，问他有办法不？李海平没作声，煞有介事在趴在地上看了分把钟，然后从门口提进来一个小型吸气泵，女人追着问：“行吗？”

李海平就说：“应该没问题，不过要点时间。”女人有点迟疑，马上又说：“那就好，那就好。”

“我要去买菜了，你搞好后替我把门带上就是。”女人接着说。

李海平巴不得她马上就走，故意说：“那怎么行？领导家里可不比我们平头老百姓家。”

女人就说：“李师傅，你是规矩人，才会这么说话，我还信不过你吗？再说领导这会正在县礼堂开会，也不会回来。没事没事。你替我关好门就是。”边说边换鞋出去了。

李海平等女人一走，迅速将两个针孔摄像头在预设的位置装好，再返到卫生间用手将被屎尿浸泡一夜的臭气熏天的卫生巾费力抠出来时，还“嘿嘿”笑了两声。

邓刚经常给李海平打电话，提醒他将每次从女人手中收到的烟都要登记好回收时间和型号、回收单据票号等。

又过了一段时间，邓刚告诉李海平要收网了，将那两个东西想办法拿回来。李海平拿回设备取下内存卡往电脑上一读，我的神！他都不敢看下去，卧室里上演的人戏太露骨，除了凌虎和他妻子外，别的女人还有好多个，尤其让他大跌眼镜的是凌虎连家里保姆也没放过，这女人也是下流得很！更让他瞠目结舌的是那些提着东西和没有提着东西的都是大把大把地送钱，他还看到女人有时会拿着信封进自己的房间，然后又拿出来放回原地，也不知道是干了什么。邓刚看后很满意，让李海平赶紧将店盘出去。李海平立马在一些电线杆、巷子口上留下门面转让的电话，就不断有人打来电话，他不在乎多赚那几个钱，只图快点转手，门面转让的事就不难了，很快就谈妥了。他迅速处理好一切就连夜搬回仙丹湖奶牛场宿舍。

合上案卷，容婵久远的记忆重回眼前，她没想到当年李海洋家人虽接受民事调解赔偿，却一直没有放弃报仇，更没有想到他们不就原案纠缠，而是另辟蹊径以这种方式报仇，老实人被逼急也很可怕。凌虎当时是江水县副县长，是奶牛场改制和对李海洋案善后处理的主要推手。李家认定凌虎是打着推进改制的幌子，捞取个人好处，才有目的有计划有组织地实施报复。容婵对于李海平、邓刚的行为是否应该追究刑事责任在理性与感性之间整整纠结了一夜。第二天一上班就带着石新严向瞿海峰检察长当面汇报。

容婵简明扼要地汇报了当年办理的蒋海峰交通肇事不批准逮捕案和凌虎受贿案指定管辖送案审核情况，瞿海峰听完后便打电话给江琰，叫他赶紧上来。

江琰一进来，瞿海峰就问石新严："小石，刚才容婵说凌虎受贿案指定管辖送案审核最初承办人是你，你的审核意见是什么？”

石新严说：“死者弟弟李海平和妹夫邓刚密谋，偷偷在凌虎住所内装下针孔摄像头，不仅拍摄了其接受请托并收受钱财的画面，还拍摄其与多名女性不正当性关系以及正常夫妻生活。这些不雅视频被四处扩散，造成多名女性的隐私被曝光的严重后果，邓刚与李海平的行为涉嫌非法使用窃听、窃照器材罪，依法应当追究刑事责任。”

江琰一听，急红脖子说：“凌虎受贿800多万元，还与多名女性有不正当男女关系，举报人认为凌虎是其一家血海深仇的祸首，才会这么多年举全家之力分工合作，耗尽心力好不容易将他拉下马，这个时候我们检察机关还要追诉人家，会是什么样的社会效果？老百姓该怎么样看待我们检察机关？”

瞿海峰朝江琰摆了摆手，说：“容婵，你的意见呢？说来听听。”

容婵接言道：“江主任刚才讲的有些道理，也是我纠结的主要原因。但检察官是公共利益的代表，理性客观的职业伦理准则告诉我，邓刚、李海平为报仇而举报贪官，虽情有可原，但其非法侵宅的手段违法，凌虎妻儿的合法权益还有与其发生不正当关系的多名女性隐私权受到侵害，造成了严重后果，涉嫌非法使用窃听窃照专用器材罪。桥归桥，路归路，每个人都得为自己的行为负责。”

瞿海峰在办公室里来来回回地踱步，最后很坚定地对容婵说：“我同意你的意见，向市公安局发出建议追诉李海平、邓刚的函。”

江琰心里极不服气，形之面上，瞿海峰对准备抬脚就走的他说："谁办案谁负责，谁决定谁负责。我决定建议追诉，由我承担一切司法责任，就这么定了。"

话说到这个份儿上，江琰只有服从，回办公室后吩咐乐之之按瞿海峰检察长的意见马上向市公安局发出建议立案追诉的函。

22

江水县新任县委书记任坚雷厉风行，是从简约老家石柱县县长位置提拔上来的，简约以前经常听老家的人说起任坚，听说是官声很好的实干派。果然，一到江水县，就叫简约过去汇报检察院的工作情况。

简约将县检察院近年的工作情况简单汇报后，单刀直入地对任坚说："书记，您刚来可能听到的都是江水县各行各业的成绩，今天我想揭短，就是仙丹湖的矮围问题，湖区老百姓怨声载道，一直在告状。"

没想到任坚竟然说："好啊，我也听到一些声音，你来得正好，敞开谈。"

简约将碧玉公司从 2012 年 1 月起在仙丹湖修建矮围、涵闸，耗时三年建成一条长 6000 多米、堤高 5 米的矮围泥堤，形成了一个面积约为 300 亩的封闭性私家湖泊，从事植树造林、渔业和畜牧养殖、种植油菜等，以及收集到碧玉公司在仙丹湖建矮围不仅影响行洪且在涨水时开闸、退水时关闸非法捕捞水产品和日夜盗采砂石以致严重影响河床安全等违法犯罪问题和盘托出。

末了，简约还补充道："碧玉公司现在可以说是湖区一霸，他们豢养着大量劣迹人员为其水上巡逻，这些人为非作歹，成为湖区公害。"

任坚有些疑惑地问："碧玉公司的老板听说是个女的，怎么也这样？"

简约说："是的，董事长叫谌嵩，副董事长叫段铖，实际控制人是碧丽和她的丈夫段铖。段铖原来做芦苇生意亏得一塌糊涂，与碧玉再婚组合家庭后靠心狠手辣，迅速聚集大量财物。听一些苇场经营户回忆说，早些年的冬天，段铖与外省纸厂派到仙丹湖收芦苇的采购员里应外合，一边将 30 船刚收割已打包的芦苇压在仙丹湖近半个月不发，还在各芦苇场管区搞串联一起压货由他出面交涉，一边给厂方谎报说当年芦苇大量减产，本地政府要求芦苇优先供应云海纸厂，急得跳楼的厂方领导只得派人来与代表各苇场管理区的段铖谈判，最后的结果是当年收购价格上浮 5 个百分点，并约定以后该厂在仙丹湖收购芦苇必须通过段铖。各苇场经营户因为段铖这一闹，给他们带来了利益，他们想都没想就满口答应了。仙丹湖的芦苇从此由碧玉公司统一定价收购，然后装上他们的船，再转运碧玉公司的车，完成一根芦苇从草到浆所有旅程，都统一姓段了。可随着国家对环保的要求日益严格，仙丹湖边的造纸厂陆续关停，芦苇生意萧条，段铖于是动了通过建矮围，将湖洲长期占有、搞其他经营的念头。湖洲管理部门与段铖违规续签了 30 年长期承包合同，原来的合同里面是不允许搞建设的，不知他要了什么手段，把合同条款里面改为经允许可以搞建设。”

任坚一直认真地倾听着，尽量克制自己，最后实在是忍不住了，说道：“中央领导同志亲自部署的扫黑除恶专项斗争在全国各地如火如荼地进行，想不到我江水县竟然还有这样的“南霸天”，县委坚决支持检察机关依法办案。该启动公益诉讼就启动公益诉讼，涉黑涉恶线索该移送就移送，涉及保护伞的，监委和检察机关相互配合，各司其职一查到底。”

简约才从书记办公室出来，县人大常委会副主任彭国先就给他打电话，说省人大代表碧丽在他办公室，请简约过去一下。简约明白是怎么回事，就推诿说要赶往市检察院开会，回来再登门汇报。

那边碧丽一脸铁青地起身离去，彭国先也气得咬牙。

候泉林一大早就走进邓刚律师事务所。邓刚不在，助理对他说：“主任不在，有事可以电话联系。”候泉林说：“不用，等他回来。”

中午快十二点了，邓刚才回到律师事务所。见到坐在接待区沙发上低头看报纸的候泉林，先是一惊，然后问：“你来干什么?”

候泉林抬头并放下报纸，拿起手包站起来冷冷地说：“你已涉嫌非法使用窃听窃照专用器材罪，跟我神气什么?”

邓刚亦不示弱道：“你吓唬谁?”

候泉林继续冷笑：“我不是来吓唬你，而是来帮你的。”边说边从手包里抽出一张公文复印件往邓刚眼前扬了扬："看清楚了吗？检察院建议追诉的函。"

邓刚脸色一下大变，想伸手去接，候泉林"嗖"地收回往包里一塞，对邓刚耳语："你死到临头还嘴硬，知道谁要追诉你吗？别怕，我今天来不是执行任务的，走了。"

候泉林快步走到门边，回头看见邓刚还傻愣在原地，又笑了两声，然后拉门离去。

怡香居内段非跟段铖正在对弈，一旁侍茶的谌嵩手机在振动，他看了看马上走到露台接听。

"候哥，什么事？我在陪领导呢。"

"那对不起，对不起！姓邓的，我已经把他赶走了，这把火应该马上就会往那女人那边烧了。"

"哦。你把握分寸，不到万不得已，不能伤到她。"

"你啊，这时候还……不说你，不说你了。帮我问领导好！"

谌嵩进屋，段非正起身笑容可掬地对段铖说："爸，这盘应该差不多了吧？我得走了，下午还有个常委会。"

谌嵩马上拉开门候着，段非走过来，双手拍着他的肩膀说："老二，你跟老爷子继续吧。对了，现在意识形态强调比较多了，对一些敏感案件，群众还是蛮关注的，现在网络水军也不得了啊。"

谌嵩心领神会，说："哥，你慢走。我明白。刚猴头打电话来了。"

段非哈哈一笑："明白什么？我可什么都没说啊。"

谌嵩马上嬉笑着作打脸的样子说："是的，哥。"

23

邓刚在办公室呆坐了好一阵，才迅速收拾些东西直接开车赶往城东水产品市场。来迟一步。刚想打方向拐弯进水产市场窄巷子，就看到有警车从里面冲出来，他倒吸一口气。手机信息提示音再次响起，是妻子李芙蓉的信息："快走。"

邓刚急忙在附近找了一个停车场将车停下，抽出手机卡换上新卡。世界之大，似乎已无他邓刚的容身之处，他有些悲怆。这十五年来他们一大家子居无定所，颠沛流离的日子并不陌生。当年他和妻子李芙蓉带着才半岁的幼子敏敏准备南下深圳去投奔同学，为着省两张车票，李芙蓉找到专门从河南拖生猪到深圳的同学哥哥，想搭人家便车。同学哥哥满口答应了，夫妻俩在国道边拖着大包小包，抱着儿子等了大半夜，终于等来从河南廾过来的同学哥哥的车。同学哥哥将李芙蓉母子安排进驾驶室，然后打开车厢后面，示意他爬上去。原来同学哥哥在车厢尾部留下一个铁栅栏没有装猪，里面铺满纸箱壳，放了一床旧被单，一看就明白这是留给他的。他心里有点过意不去，同学哥哥很实在，一边扶他爬上去，一边说："少装一头猪不碍事，也就百把块钱。你们家的事我们都晓得，也帮不上别的忙。"他蜷缩在又臭又闷的货厢里二十多个小时，满心感激地坐到深圳。儿子的嗓子已哭哑，下车后他们赶紧打开儿子的尿布一看，屁股全是红的，还磨破了好大一块嫩皮，那份心痛刻骨铭心！原来五十铃的货车驾驶位实在太窄，除李芙蓉母子外，还有一个押车的男子。李芙蓉一个不到三十岁的少妇，抱着幼儿正襟危坐二十多个小时，儿子尿哭了不舒服，她也只能左手换右手，右手替左手哄着，摩擦中小屁股磨烂了，哭得更凶，直到哭累了睡着了。他们夫妻还算好，怎么说到深圳后也是在写字楼里工作，李海平两口子和大嫂梅艳芝就不那么幸运了。

李海平夫妇一直在江海一带打工，拖过板车、拉过油渣，烧过电焊，什么苦活、脏活都干过，后来女儿黎黎要上小学了，他们便留守在县城一带，李海平在建筑工地打短工、到水产品市场做装卸工，玉英就用竹篮子挑着水果满县城吆喝着卖。那时为争一个好点的落脚点跟同行争吵打骂也是常有的事。有段时间她在县文化局前坪拐弯处落脚，感觉生意比别处好些，准备长驻。哪知一个星期不到，那天快收摊时就被两个男的以刚买的苹果有烂眼为由找碴儿，对她大打出手，她被倒拖几米远，头皮破了被缝十几针，手肘和脚踝磨得血肉模糊。玉英挨打后一声不吭，海平问起，她只说自己是小不心摔倒的。她是个明事理的人，知道自己一家还有大仇要报，不能因为自己有什么差池坏了男人们的大事。自那以后她的流动水果担担就不敢再在一个地方久待。再后来他们找到盯梢目标，盘下一家烟酒店。烟酒店转手后，敏敏成绩好考到市一中，所以他们又跑到江海市城东水产品市场卖菜。这个家里最能忍耐吃苦最多的是大嫂梅艳芝，她将儿子新新交给妹妹看着，自己一直在跟踪蒋立峰，独自在异乡做家政、保洁，因为她从来不说，所以家里人谁也不知道她到底受了多少苦!

三年前，他们就掌握了凌虎的全部罪证，考虑到黎黎、新新、敏敏他们尚在高中、初中，怕影响他们，加之希望一击即中，他们就一直忍而未发。敏敏去年已到新加坡念高中，今年新新和黎黎也都上了大学，而且最近所发生的事确实已让他们忍无可忍，所以……亲情是支撑他们走过艰难岁月的唯一力量，他们相信只要亲情在，再苦再难，也会过去。

他站在路边，将万千思绪慢慢收拢招下一辆出租车，上车后问司机："去不去云漫山?"

见司机摇头，马上又问："给你2000块，去不去?"

司机犹豫一下，答道："行吧，先给钱。"

他便从包里扯出一大沓票子给对方。

第二天清早，出租车将他送到云漫山脚下。他一路步行上山，傍晚暮色四合之际，才拖着酸痛的双腿迈进烟雨笼罩的天台山古禅寺方丈室。年轻的方丈一边给他沏茶，一边双手合十："阿弥陀佛，回头是岸。"

邓刚接过茶，有些愠怒道："我是你亲哥!"

俊朗的僧人面无表情："出家之人，六根清净。"

弟弟不认他，也没赶他，邓刚想着就姑且在这世外尘土待着吧。家里的事暂时也管不了。

昨天他到水产市场的那会儿，李海平妻子玉英正在租住的房里做坛装剁辣椒，卖小菜的档口邻居急急跑来拍门说李海平被警察带走了，她骑上电动单车就往派出所赶。

途经云海大学校门时，远远看到往对面图书馆走的正读大一的侄子李新新，她大声喊住：“新新，新新。”

“婶婶，你怎么来了？”

“你叔出事了，快坐上来。”

婶侄俩刚到城东派出所大门口，一辆警车就驶出大门。玉英将电动单车往车棚边一停，急跑进值班大厅问讯，警察告诉她：“李海平刚刚被送到第一看守所，这是刑事拘留通知书，你们是他家属，签收吧。”

玉英一屁股坐在地上，撕心裂肺地捶胸顿足：“老天爷，你瞎了眼啊！我老李家到底得罪了哪路的阎王啊？老大被杀，十年枉死无人问，现如今老二平白无故又被抓，老天啊老天，你怎么就瞎眼啊，叫我们怎么活啊？”

李新新惊愕地抱住她：“婶婶，你是说，说我爸是被人杀死的，是真的吗？”

玉英迅即止住哭，欲言又止，一会儿肯定地点点头说：“是的。新新，你也不小了，可以告诉你了。你爸当年是我们单位改制时被人害死的，到现在凶手还逍遥法外，那时你还小，你姑你叔说不能让你受刺激，我们都没跟你说。”

值班民警喊来管事模样的人出来，劝玉英：“大姐，地上凉，你请起，到我办公室坐。”

玉英侧目怒视并不领情：“你别猫哭老鼠装好心，我老百姓家人命关天的冤案，你们不管，贪官偷人收钱不犯你们的法？老百姓拍他个举报视频，就犯了你们的法，喊抓就抓，这叫什么天理啊，我的个老天爷啊。”边说边号啕大哭！

那管事模样的人蹲下身子，放低声音对玉英说：“大姐，我跟邓律师熟。你们一家的遭遇在江水就听说过，我本人是非常同情你们的，可市检察院监督我们立案，我们也是没办法。”

“江海市检察院？”玉英将信将疑，停止了哭泣。那人见起到效果，继续说下去：“当年老太太绝食而终的事，我们听了都很震惊，特别难受。我们已向检察院报捕，可人家不批捕，我们就只有放人。当年我们还是坚持移送起诉，后来是法院说那人疯了不审理，我们公安这边是做到仁至义尽了。市检察坚持要追诉老李的就是当年不批捕蒋立峰的那个叫容婵的检察官，她现调到市检察院了。”李新新两手拳头在握紧。

玉英两眼怒睁，拍拍大腿准备起身，说道：“又是那个妖精婆，阴魂不散。我们走到哪，她还跟到哪了？”

那人赶紧拉住玉英的手说：“大姐这话按理我不该说，你可千万别冲动。容婵现在是市检察院案件管理办公室主任，管着全市检察机关的办案质量，倒不是故意冲着你们来的。”

“她还是市检察院案件管理办公室主任？”脸上已红一阵白一阵的李新新急促地问。等不及对方回答，撒腿就往外跑，发起电动车就要走，被迅速追赶出来的玉英和民警死死拦住。“新新，你要去哪里？”“年轻人，冲动是魔鬼！”

“新新，我老李家的希望都在你身上，供你读大学是指望着你有出息，莫作蠢事，都怪我，没管住嘴。”玉英边说边狠抽自己耳光，一下、二下……

李新新双手死死钳制玉英的右手，哭道：“婶婶，你别……你别折磨自己了。你放心，我不会胡来，我送你回家，真的。”

目送着李新新和玉英远去，那管事模样的人拿出手机打电话："候局，没事了，人走了，应该会去找市检察院的办案检察官了。"

李新新载着玉英回到她租房的门口。玉英打开门，对面墙边柜子上放着两幅老人像。李新新走进房间凝视着照片问玉英："婶婶，刚才警察说奶奶是绝食而终的，我爸被人杀死的，我叔又被抓了，这一切到底是怎么回事？"

玉英长叹一声，说："新新，坐吧。我今天都告诉你。但你得对着爷爷奶奶遗像发誓不要干傻事。"新新机械地点了点头。

简约召开检察长专题办公会议研究如何落实县委书记任坚的指示精神，会上宁智勇、检察官助理蒋迅信心满满，并汇报说他们最近又收集了水务局、林业局等单位不履行行政职责的证据，还发现段铖、谌嵩及其手下人长期逼迫附近苇场签订承包经营合同，有的一直抗争，有的敢怒不敢言等情况。吕斌生只埋头记着各人的谈话内容，并不发言。

夕阳西下，校园的大草地上，李新新跪地不起，仰天大笑道："李新新，你是孬种！天大的孬种！"继而放声大哭。间或有一两个路过的同学侧目，他浑然不知。

自他记事起就觉得自己家跟别人家不一样，大人们不愿意谈过去，他也不太知道过去的事，也很奇怪为什么他们一直没有回老家，尤其是每年的清明或上元节，母亲和姑姑、婶婶他们都会拿出爷爷奶奶和爸爸的遗像哭得死去活来。死亡不是每一个生命的自然终结吗？为什么他们家对待死亡以如此惨烈的方式表达？他不敢问父系的亲戚，就问小姨。哪知一向温柔的小姨也会很粗暴地回答："问这么多干什么？该你知道的那天，自然就会知道。”他就一直想逃离家里这种沉重压抑的气息。如果不是婶婶告诉他，他对父亲对自己一家的血海深仇还会继续一无所知，为此他非常悲伤！非常挫败！

24

碧丽在花房里间苗，太阳有点大，被扯掉的一堆堆多余的花秧，蔫不拉几地躺在土边。段铖给她端来茶杯，劝她：“歇会儿，种花种草是怡情养性的，没见过你这样比做生意还上心。”

碧丽笑答：“老头子，我是个劳碌命，18 岁站柜台学做买卖，累得我啊够呛，58 岁退下来学种花草，比以前还上心，这花啊草啊可娇贵了。你看我这南国牡丹，长势多好。今年全市女企业协会的‘花卉秀’我又可出奇制胜了。”

段铖说：“老太婆，一个花卉大赛就把你乐成这样，跟你儿子说下，或者还不用跟儿子说，余靓出个面就行了。”

碧丽白了他一眼：“不能这点小事也麻烦儿子儿媳。我要比就比真本事，企业家加上市领导亲属的背景也就我一个，全江海市谁不知道，谁还不给个面子啊？可我是真要让大家看个新鲜，没在意那个什么奖。”

段铖手机响了，他摆手说：“好，好，你说的都对。”低头一看，是吕斌生的信息，迅速浏览一下便转发给段非了。

散会后，简约刚到办公室落座，瞿海峰检察长电话就打进来了，问他：“准备马上动手？”简约如实答：“是的。”

“凡事急不得。心急吃不得热豆腐。明天下午到我办公室来面议再说。”简约不敢相信瞿海峰的话。

第二天下午，简约有些忐忑地走进瞿海峰检察长办公室。市检察院行装处处长一脸愁容地起身离去，连简约迎面跟他打招呼都没听见。

简约更加不安，瞿海峰边给他沏茶边漫不经心地说：“市检察院办公楼年代久远不适用办公需要，急需搬迁，本来跟市长段非约好明天上午到院里来开现场办公会，解决用地问题。昨天下午给你打电话的前五分钟，接到市政府秘书长电话说，领导临时另有公务，现场办公会推迟。上午又接到任坚书记电话，说是市委通知他到省委党校学习三个月。”

简约一听坐不住了，霍地站起来，说道：“这是什么意思？”

瞿海峰将他肩膀轻轻按下：“瞧，这公诉人的火爆性格又来了，当了检察长得学会控制情绪。”

简约欲言又止，瞿海峰笑着说：“办公楼要建，黑恶也一定要扫！扫黑除恶专项斗争，为什么说是斗争，说明它的复杂性和艰巨性！既然是斗争就得讲究战略战术。不就三个月吗？正好磨刀，小伙子，磨刀不误砍柴工。道路是曲折的，前途是光明的。有党中央做坚强后盾，有人民群众坚决支持，黑恶必除，我们必胜。”一向温文尔雅的他突然转身一拳捶在办公桌上。

停顿片刻，瞿海峰注视着年轻的下属说：“为什么你的每一步，都被对方盯得清清楚楚？你得思考这个问题，留意身边人，从今天起学会做隐功，明面上要放下，等书记回来再说。你现在还是代检察长，不可冒进！”

正说着，简约手机在振动，是任坚书记来电话了，说他要去党校学习，简约听出话里还有话：“三个月很快的，一切回来再说，有事多跟瞿检汇报。”

简约回到院里就将宁智勇叫到办公室，让他停止手头工作。宁智勇很不爽，说：“简检，你年轻正直，我们都盼了好久，就想跟着您这样的领导干点事出来，刚开头就收尾让人笑话。听说是市院办公楼因我们这个事被搅黄了，要挨处分是吧？我去，我去找市院领导去。”说完就走，简约大喊：“回来，不许去！”宁智勇老大不乐意地站在门口，良久叹口气说：“简检我听您的。不去了。”说完头也不回地走了。简约心想：瞿检啊瞿检，您真是料事如神啊！这消息传得多快。

宿舍里，李新新躺在床上，正在下载 App 准备递交江海市检察院“检察开放日等你来”网上申请。屏幕显示申请成功时，李新新哼哼冷笑两声。

学校外的菜市场内，李新新在一摊点买了一个大煎饼，在一个食杂店里买来一把水果刀。

李新新随着人流走进江海市检察院案管办受理大厅。憨态可掬的安安在门口引导“欢迎光临”。来人啧啧称奇，站在大厅中央的容婵面对参观者微笑鞠躬，用手中的遥感笔点亮身边大屏幕，解说：“各位来宾，欢迎大家来到案件管理办公室，我是主任容婵，各位所处的位置是我们的案件受理大厅。案件管理办公室是检察机关的业务管理枢纽，所有进入检察机关的案件都从这个入口被分配到各位检察官，所有从检察院办结的案件均经这个出口审核后流转到下一个办案单位。”

接着容婵话锋一转：“同时这里也是检察机关的数据中心。”她后退两步，摁下大屏幕左侧的按钮，刚才的大屏幕往左侧移开，现出一个大大的环形电子数据墙：江海市检察机关大数据平台——大数据画像。

人群中有人惊呼：“太高级了！”

李新新跟在人群中，冷眼察看周围的一切。容婵说：“我的讲解即将结束，各位有什么疑问可以现场向我提问。”

机器人安安也奶声奶气开腔：“请问有什么可以帮您？”不少同学走上前有的跟容婵合影，有的跟安安合影。众人三三两两走出大厅。李新新才从大厅右侧角落走向容婵，常理以为他要和容婵合影，便拿出手机帮他们照相，喊他们靠近点、靠近点、再靠近点。突然她看见李新新从背后抽出一把刀朝容婵左腰捅去。常理急喊：“容主任，小心。”说时迟，那时快，旁边的悠悠腾空一脚朝李新新右手肘踹去，众人还没反应过来，两人就滚倒在大厅地上，紧接着叮、啪的一声接一声，手机和带血的水果刀滑落在地。待大家反应过来时，容婵左侧腰部已全是血，站在受理前台的石新严、易甘馨他们被吓蒙了，朗忠拿出手机拨打120。冲进来的法警迅速将李新新制服，李新新指着蜷缩在地上呻吟的容婵对众人痛哭道：“大家不要相信她，她是个坏人，我爸被人杀了，她不批准逮捕罪犯。我叔为了报仇，跟踪贪官十年拍了贪官收钱玩女人的视频，好不容易举报成功将贪官抓了，她却要公安机关把我叔叔也抓坐牢了。你们看看，检察院维护的是什么公平正义啊？”

救护车很快到了，大家手忙脚乱地将容婵抬上车，易甘馨、常理扶起倒在地上的悠悠，要她也一起去医院检查，悠悠坚持说没事没事。易甘馨真诚地说：“悠悠，姐姐今天才认识你。了不起！”

常理揽着悠悠的肩说：“危难之处方显英雄本色。悠悠你这个样子，姐喜欢！”悠悠很不好意思地说：“我以前……”

杨杨她们也跑了过来，拉着悠悠的手说：“从今以后，你就是我们最可爱的小妹妹！来，我们送你去医院。”

江海市人民医院急诊抢救室的红灯一直亮着。

朗忠等人守在门口，终于门打开了，容婵被推了出来。艾广马上迎上去问：“医生，怎么样？”有些疲态的医生说：“脾包膜破裂，幸好抢救及时，已没什么大碍了。”

妇产科医生林雅静刚结束上午的门诊，脱下白大褂准备下班。才拿出手机就吓一大跳，一篇推文《检察开放日案管办主任容某遇刺，疑办案不公被报复》阅读量已达 10 万+。再往下翻看：凶手为云海大学大一学生李某，称其父早年被害案系容某所办，疑容某放纵犯罪，趁检察开放日混入江海市检察院受案大厅对容某行刺，容某遇刺受伤被送往江海市人民医院抢救。

她迅速拨打内线，查到容婵病房后直奔而去。

病房里容婵已苏醒，脸色因失血过多有些苍白。林雅静问容婵：“是那个孩子行刺的？”容婵点点头。这时两个公安民警进来。容婵赶紧说：“他还是学生，以后的路还很长，给他取保候审吧，千万别刑事拘留。”

一旁的林雅静摇头又叹气："你啊你啊。"

林雅静手机铃声响起，便走出病房接听。

"林医生，你没在医院啊？"

"在，你在哪里？"

"我在你办公室门口。"

一路小跑回到办公室，林雅静远远看见办公室门口地上蹲着的梅艳芝。

梅艳芝见她跑过来，扑通一声跪倒，声泪俱下："林医生啊，不得了啊，我家又遭大灾了，没得活路了。孩子他二叔上周被抓了，刚刚孩子又被抓了。你是好心人啊，求求您，帮我喊喊冤啊！"

林雅静把她拖起来，有些生气地说："这是医院，要安静安静，到处都写着静字，没看见吗？我只是医生，我能帮你喊什么冤？这次你家新新做得过分了，未必也有冤啊？"

梅艳芝有些懵，说："林医生，新新是靠您这十多年资助才读的大学，您不是常说新新是好孩子吗？我以为您会帮他的。"

林雅静答："新新是好孩子，这话我以前是说过，但这次他不是。有一件事今天我必须告诉你，这十多年资助新新的也不是我。"

她走进办公室打开保险柜拿出一个大资料袋，抽出一叠票据给梅艳芝看，严肃地说："我是受人之托，以我的名义进行资助的，资助人每次将钱转给我，我再转给你的，这是银行流水单和转账凭证，你看看吧。"

梅艳芝接过单据翻了又翻，半信半疑道："容嬋。林医生你是说资助我们的这个人叫容婵?”

林雅静坚定地点头:“是的，容婵，也就是被新新刺伤的容婵。她现就在外科楼1206病房，合适的话你可以去看看她。”

梅艳芝沉默了一会儿，不停地说:“我们不知道啊，不知道啊。”马上又说:“我老公惨死十几年，凶手至今逍遥法外，这是天大的冤情啊!从南到北，从东到西，为了跟踪凶手，我跑了多少路，她知道吗?她的这些恩抵不了我的冤啊!新新做得不对，可她当年也做得过分啊!”

继而又还是哭:“新新还年轻，今后怎么办呢?”

林雅静拍拍她的肩说:“容检察官真的不是坏人，只是你们不了解而已，我也不想劝你接受她。不过新新可能下午就会回来，你们还是等待司法机关的依法处理吧，再别冲动行事。”

梅艳芝一边抹眼泪一边走了。

25

谌嵩办公室铃声响个不停，坐在宽大老板椅上的他不想接听，放在办公桌上的手机也在振动。他将电话线掐断，又将手机关掉。双眼一闭靠在椅背上。

秘书杨恒又在敲门了，见半天没有动静，就推门进来了。小心地报告说:“谌总，候局在找您。”

谌嵩大吼:“告诉他滚，不要在我面前再出现。”

杨恒赶紧缩头转身，一边说："候局说那女的没啥大碍，我派吴燕芝去医院看了，刚也打来电话说脱离危险了。"

约一刻钟，杨恒又进来了。将自己的手机给谌嵩递过去，谌嵩一见又吼："出去，出去！"杨恒轻轻耳语："段市长电话。"谌嵩一愣，赶紧伸手去接。

"老二啊，不就一个女人嘛，女人啊，不要看得太重，跟换衣服一样。"

"哥，你站着说话不腰痛，我就这件衣服，比不得你可以开服装公司。"谌嵩哭丧着脸说。

"好啦好啦，让她吃点苦头，也是好的。电话该接还是得接，老太太在找你，赶紧回电话！"

谌嵩打开手机一看，电话短信、微信留言铺天盖地来了。"儿子，你在哪里啊？悠悠出事了。""哥，悠悠受伤了，你快来市一医院。""老二，我和你妈到医院了，悠悠没什么危险，你到哪里了？"

他脑袋一嗡，直冲车库。

赶到病房，碧丽、段铖和段岚母子都在。碧丽张口就数落他："你哪像个当爹的？好在悠悠命大，祖宗保佑！"

悠悠倒没事一样，还闹着要跟郑力玩双杀游戏。谌嵩才想起问："悠悠，你怎么啦？"

碧丽更气了，压着怒火问："你真不知道啊？"

谌嵩老老实实地点点头。段岚赶紧地将他拖到一边："容婵的事你也不知道？"

谌嵩一脸木然。段岚见他还是云里雾里似的，便责怪他道：

“哥，你是烧坏脑子了吧。听说悠悠是救容婵受的伤，虽无大碍，但老太太心里那个气啊。”

谌嵩一拍脑袋，说：“确实，太烧脑了。”

段岚背对悠悠站着，用眼示意谌嵩压低声音说：“容婵的病房右拐第一间就是。”

谌嵩充满感激地拍了拍段岚的肩膀。碧丽在身后喊他：“谌嵩，你跟医生说说看，我想让悠悠转到贵宾客房住。”

悠悠一听就闹，道：“不要，不要。我就住这里，我一点事都没有，你们都回去吧，让我姑给带点好吃的来就行。”

谌嵩总算清醒似的，对大家说：“听悠悠的吧，也就是一点皮外伤，我在这陪她，你们都回去。”

段岚抢白他：“你能陪多久？走吧走吧，还是我来。”

段铖发话：“就这样吧，我们待在这也没用，暂时让她姑留这，我看还得找个护工。”

悠悠尖叫：“不要，不要护工，我真的一点事也都没有。”说完就从床上弹起，手边的点滴管带动滴瓶一晃一晃的。

碧丽喊：“小祖宗，你躺着躺着，都依你，都依你，不请就不请。”

悠悠噘着嘴巴说：“奶奶，你总说什么都依我，实际上你们还是只顾输出自己的诉求，根本不听我们小辈的。”

碧丽赶紧转口：“小孩子乱说话，谁教你的？”

悠悠淡淡地说：“这还要谁教吗？我也是 21 岁的人了。大家来看我，我很感动，可你们只关心我伤得怎么样，不问我怎么受伤的，或者说心里怪我怎么会受伤？”

一屋子的人短暂沉默。郑力举起拳头说："我支持妹妹的观点。我提议让见义勇为的小姐姐给我们分享一下她的英雄事迹吧。"

碧丽有点恼："郑力，你起啥哄，妹妹要静养。"

段铖扯扯她衣袖，然后说："我也支持。悠悠你给我们说说吧。"

悠悠望了一眼奶奶，就眉飞色舞地将大厅发生的事好好渲染一番。郑力一脸充满崇拜地看着悠悠，给她竖起一对大拇指。

谌嵩随一大家子人从病房里走出，快进电梯时，接到一个电话，对众人摆手说："你们先走，我接个电话。"

他在电话里跟对方说了两句话，就右拐回去。大约三四分钟后，有捧着鲜花的快递小哥朝站在容婵病房外长廊里的谌嵩走来，谌嵩让他将鲜花送进病房，自己仍站在长廊里。快递小哥很快就出来了，跟他打招呼说："送到了，再见!"谌嵩在长廊里走来走去。

病房里容婵刚从麻醉里醒来，手术伤口正在隐隐发痛。快递小哥进来时，她示意他将鲜花放在床头柜边，看到是曾经非常熟悉的香水百合，便轻声地问："谁送的？你拿卡片给我看看。"

小哥抽出卡片给她看，卡片上没有落款。只有曾经熟悉笔迹写的两行字："天下三分明月夜，二分无赖是扬州。"

她强装笑颜，故意轻松地道："没有落款人，小哥你就帮我把它扔到门口吧。"

小哥面有难色，说道："打电话订花的人就在门口。还是先放您这儿吧。我走了。”

容婵没有再作声，目送着小哥开门出去，她双眼就一直费力地望着那两扇安静的门板，一动不动。

大约过了十分钟，她两眼感觉很累很累，就眯上眼又要入睡似的，这时听到门被轻轻地推开了，但是她已经睁不开眼了。

也不知过了多久，她的意识又回来了，右手很踏实很温暖。慢慢地睁开眼，她如触电般地抽回自己的右手！原来谌嵩坐在床边，双手正抓着她的右手。她别过脸去，不敢再看那张曾让自己万分迷恋的脸，因为那深潭似的双眸里已蓄满一池春水，随时都要溢出来。

“婵，对不起！”多么熟悉的声音，她的泪一下子就被催出来，枕头上片刻就湿掉一大片。

“听泉林说，凶手已被刑事拘留了，你安心静养吧。”他的话迅速把容婵带回现实，理性立马占了上风，她冷冷地说：“谢谢你来看我，也谢谢悠悠救我！请回吧！”

谌嵩正在犹豫着，走廊里由远及近传来急促的脚步声，然后病房门就被拉风似的打开，紧接着一个高大的男子扑面而来，边走边急急地轻呼：“容婵，容婵，你没事吧？没事吧？”

他旁若无人地冲到床铺前，俯下身子一把抱着容婵的头，带着哭腔喊道“容婵，你告诉我，你没事吧，你是不是没事？”

“简约，你别这样，我伤口痛。”容婵的声音很温柔，脸上已是红霞万朵。

谌嵩愣在那儿，定睛一看来人是简约，简约刚才的一番表现已远超普通的同学之情，想到这，他内心一阵接一阵地绞痛着，悠悠所说的一直跟容婵在谈恋爱的钻石王老五难道是他？谌嵩不敢再想下去，也不想再想下去。她还是她，他也还是他，留下已没有任何意义，他步履蹒跚地往门外走去……

沉重的脚步声提醒着简约房间里还有人，他起身一看，背影已消失在门口了。他低头望着容婵湿掉一大半的枕巾，疑惑地问："刚才那人是谁？他吗？"

容婵点了点头。简约轻轻放下容婵，疾步追了出去。

两个男人在电梯间相遇了，简约很不客气对谌嵩说："同学，请你以后不要再来刺激她、伤害她了。"

谌嵩很生气地回道："你有什么资格跟我说这样的话？凭什么？你说。"

"凭着我 27 年真情守候她的心。"简约斩钉截铁地说。

"别把自己包装得如同情圣一般，我怎么听说某人也是离过婚的。哈哈……"谌嵩夸张地假笑着进了电梯轿厢。

"你放心，我一定会照顾好她的。"简约冲着他的背影坚定地说。

回到容婵的病床前，简约孩子气地对她说："容婵，你一定要好好的，答应我！"

简约更黑更瘦了，容婵看在眼里，含着泪水答道："你也一样，也要答应我！"

简约点头起身，转背站到窗户前，夕阳正西下，外面的草地依然是绿茵茵的，可满庭的绣球花开始走败，有些难看了，几株石榴也收了花，满园都是绿，深绿、浅绿、嫩绿、新绿……层层叠叠。

容婵一时忘记了自己的伤痛，默默地注视着熟悉的背影，他的干练、成熟、担当、魄力远在同龄人之上。下去任职的短短几个月好像消防队员一样到处扑火，处理各种艰难险急……他面前摆放着一副千斤重担，他要抉择挑还是不挑？维护社会公平正义是检察官的天职，她相信他肯定会担当，但这副重担太重了，远超出一名基层检察院检察长的正常荷重。他现在是代理检察长，还要面临年底县人大代表大会选举的压力，树敌太多，肯定不利于顺利当选！但是目前这种处境，如果换了自己，也只能如此。明知山有虎，偏向虎山行！

朗忠一进屋，妻子白心悦就问："那孩子怎么样了？"朗忠不明就里，随口说："什么孩子？"白心悦说："就是今天到你们大厅行刺的男孩，要对他提前进行心理干预才行。"朗忠苦笑道："好事不出门，坏事传千里。"

白心悦笑着说："一早就传开了，隔壁单位的事，总是传得快。"

朗忠答："白庭长，管好你那个少年法庭就可以了，检察院的事就不劳你操心了。东城区院未检工作做得较好，应该会开展这些工作。"

白心悦自嘲："也是哦。涉及未成年人的事，我总免不了要管点闲事，还爱好为人师。"

夫妻俩刚吃完饭，正收拾碗筷。朗月回来了，白心悦嗔怪道："什么风把你刮回来了，也不提前报个餐？"

朗月往餐桌上瞄了瞄，摇头说："不用啊，我吃过了。跟几个同学在附近聚餐顺便回来看看。坐会儿就走。"

白心悦没听见似的，还是径直走进厨房，片刻端出一大盆樱桃出来，一个劲地催儿子吃。

朗月挑一颗边往嘴里塞边问朗忠："爸，你们容主任今天遇刺了？"

朗忠面无表情答："是。不过已算晚间新闻了。"起身往客厅里走，朗月紧跟着，边走边问："你们大厅今天的场面应该很惊险吧？除容主任还有谁受伤没？"

朗忠用奇怪的眼神盯住儿子说："有啊，一个小书记员救容主任时受了点轻微伤，你小子什么意思？我可告诉你有些花花肠子，是动不得的。"

朗月抓起两颗樱桃，一颗一颗往嘴里扔，故意含糊着说："朗大人，您想多了。我走了，妈。"

白心悦从厨房追出来时，儿子已关门出去了。她转身对朗忠责备道："你就这一个儿子，怎么总跟仇人似的？"

朗忠生气地大声说："这小子只怕中邪了。"

26

一大早，江海市检察院检察长瞿海峰正主持党组会，简约电话打了进来，他按下免提接听："瞿检，李海平非法使用窃听窃照专用器材一案，县公安局已于前天报请逮捕，我院承办人经审查认为李海平构罪但情节轻微，拟决定不批准逮捕。”

瞿海峰坚定答：“好。你院依法办理，及时向社会发布信息。”

未等他按下电话，政治部主任谢拓说：“瞿检，今天容主任被刺的事已经在发酵了，若只由江水县检察院公布办案信息，市院不发正面回应的通告，只怕舆情会再度升级。”

瞿海峰环顾四周，问：“谢拓的意见怎么样？大家也谈谈。”

分管案管办的副检察长林诗然接话：“2004 年年底容婵办理的蒋立峰交通肇事案，她认为事实不清、证据不足不批准逮捕，是否构成错案还有待查证。容婵她业务能力精湛，讲政治，顾大局，秉公执法，是值得信赖的同志。我们检察机关办案要主动接受舆论监督，不是一有舆情就视为洪水猛兽自乱阵脚。建议静观事态发展，暂不发声。”

大家有的附和，有的小声交头接耳。

瞿海峰敲了敲桌子，清清嗓子说：“我倾向于诗然同志的意见，暂不发通告，看看反映。涉检舆情在互联网时代不是什么新鲜事，更不必如临大敌，要适应这种新常态。谣言止于智者，要相信人民群众的眼睛是雪亮的。”

他停顿一下，说：“不过对容婵 2004 年年底办理的那起交通肇事不逮捕案件，市院检务督察局要尽快启动个案督察，查明容婵是否有违反检察职责行为。”

众人都惊诧一片，面面相觑。林诗然有点激动：“现在容婵人还在医院里躺着，这样是不是令干警太寒心了。”

她没说完就有电话打进来了，是公安局管刑侦的副局长许达的声音：“林副检，容婵伤情鉴定出来了，是轻伤一级。还有一个事必须跟你们通报一下，初步调查得知凶手李新新是靠容婵检察官资助13年才上的大学。”

林诗然疾步离开座位边走边说：“这剧情反转得太让人意外了。没搞错吧？”

“不会错，刚才我们办案同志对他进行教育，他自己现在很后悔，我们准备应被害人容婵要求对他采取取保候审并马上将情况向社会公众通告。王局指示我们，提前跟您电话通报一下。”

林诗然连声说：“谢谢许副局，谢谢！”

林诗然回到座位上，将许达的意思跟与会同志一说，大家议论纷纷，坐在林诗然旁边的谢拓慷慨激昂：“原来是恩将仇报，我认为容婵人品过硬！我们一直不知道她在资助贫困学生，更不会想到资助的是被害人儿子，还被对方所伤，若不是被刺还真没人知道。这样的同志组织应该给她撑腰啊，要弘扬社会正能量。瞿检，这时启动督察可能不是时候啊！”

瞿海峰起身，推开玻璃大窗，横穿江海市区的银水河尽收眼底，转身对同事们说：“法者，平之如水也。对内对外，对人对己都要一碗水端平，这才是正义。信任不能代替监督！越是这样，我们越要强化内部监督！”

简约昨晚连夜赶回江水县检察院，一边是心上人遇难，一边是全院工作，他只能舍弃一头。只能在工作的间隙不停地给她发微信。

中午下班时候，容婵正在跟简约聊微信，病房门被推开了，朗忠、常理、易甘馨等人笑闹着进来了。大大咧咧的艾广往容婵面前一站，张嘴就说：“容主任，您这光荣受伤真的值，说不定就能成就一段姻缘。”容婵赶紧用手掌盖住手机屏幕，脸上飞来一丝红晕。朗忠没注意到容婵表情，假装生气地对艾广说：“管管，你怎么总改不了见风就是雨的毛病？”常理眼神秒捉到容婵的面部表情，打一个漂亮的响指对她坏笑：“容主任，难道好事成双？”

容婵正在窘迫中，朗月捧着一大束鲜花进来了，艾广快步迎上去，接过他手中的鲜花，故意摇头晃脑地左闻闻右嗅嗅，问朗月：“我怎么觉得你这花是从拐角那个房间带过来似的，大伙看看是不是？”朗月双手合十：“不敢，不敢，打死我也不敢。”常理笑嘻嘻地说：“你有啥不敢的？一直看着你长大的容阿姨光荣受伤了，你没有想到第一时间来送花，却跑到别的病房去了，这是什么情况？说说嘛！”

见朗忠噘起嘴站在一旁，易甘馨打趣道：“朗哥，你心疼儿子钱了吧？好贵的花喔，这一买就要买两束。”

容婵这才明白过来，原来朗月是去探望悠悠，两个小年轻微红着的脸，恰好被大伙逮个正着。

简约没有想到因为江水县检察院没有批准逮捕李海平，网上负面信息、质疑声音更加铺天盖地，不少声音说检察院这回知道理亏了，要追究容婵的错案责任。他急得直跳，忍不住又给瞿海峰打电话：“瞿检，网上信息对市院对容婵都极为不利，是不是可以回应一下？”

瞿海峰却一口回绝他：“清者自清，浊者自浊。我们相信容婵，更要相信人民群众的眼睛是雪亮的，不必去管。”简约还想争取，说：“瞿检，有不少网民在刨李家遭遇，可能……”

瞿海峰打断他的话说：“可能什么？多暴露些信息并不是坏事，检察机关是法律监督机关更要有主动接受舆论监督的自觉。”

那些网暴消息果然第二天就直线下行，三天后基本上消停，简约心里暗暗佩服瞿检，想着这互联网信息来时似有洪水凶猛之势，但的确如瞿检所说只有鱼的记忆，不出三天就没人关注这事了。江水县公安局、城东公安分局的通告接连发出，容婵资助李家一事被披露，舆情迅速反转，网上骂声一片，全部转骂李新新一家。李海平夫妇在水产品摊位进进出出时，只要左右邻居拿起手机，他们就感觉有人在背后议论他们似的。

27

夜幕降临，容娟在病房里给姐姐削苹果。容婵望着床头柜上的鲜花出神，容娟问她：“又在琢磨案子？”容婵点头。容娟激她：“你惦记那些破案子，这次连命都差点没了。老爸昨晚一宿没睡。我不明白当年他为什么让你干政法，咱家又不缺那几个钱，出院就辞职回家算了。”容婵没理会她说什么，接过她手中的苹果，双手握着左右旋转，仿佛在打方向盘似的。突然她挣扎着爬了起来，对容娟说："我们换下衣服，我要开你车回办公室一趟，你在这躺下。"

容娟不同意，生气道："刚才你们单位的人还来宣布对你搞什么督察，他们都这么不仁，你还热脸贴上人家冷屁股。"

容婵哄着妹妹，一边动手解她的衣服："娟，我是公职人员，忠实履职是法定义务。你知道这孩子父亲被害的案子是在我手上办的，十多年了，凶手逍遥法外，这孩子还小，一心想着杀父之仇，这回一定是不甘心。这十多年来我一直没有放下这起案件，当年这孩子他姑李芙蓉的那一鞋板时时在打我的脸，她质问我，我们一个活人不见了，你告诉我们事实不清、证据不足就把凶手给放了，你说他不是凶手，那真凶又是谁？找不到真凶，你当什么检察官，当什么检察官？你一个检察官只会摇头说不，不能点头说是，要你有什么用？无数次夜深人静之际我都在扪心自问：我凭什么当检察官？我配当检察官吗？"

"这个案子是我的心结，刚才突然有点灵感，求你了好妹妹，让我回办公室去看看，最多两个小时我一定回来。晚上医生不会来查房了"说着说着，她眼睛有些湿润了。

容娟拗不过她，极不情愿地换下衣服。一边说："姐，有个事我一直想问你。"

容婵说："你说嘛，什么问题？"

容娟道："谌嵩的女儿在你单位做书记员你知道吗？"

没想到容婵平静地回答："知道，就在我们部门。"

容娟大叫："啊？那你可要格外小心了，姓谌的没一个好人。”

容嫜不以为意，笑着说：“哪有那么多坏人？再说你姐是轻信坏人的人吗？”

容娟欲言又止。

容婵开着容娟的豪车，在市检察院大门口被保安拦下。容婵探出头，亮出自己的执法证。保安认真看了下，走出岗亭对她说：“容主任，对不起，你暂时不能进办公区？”

容婵质问：“为什么？”

保安答：“我们接到检务督察部的通知，你已被立案督察，暂停职务，在被督察期间不能进入办案区。请配合我们的工作。”

容婵懊恼地收回证件，靠在车座后背上做了两次深呼吸，极为懊恼地打转向灯掉头。

病房里常理在给容婵汇报，说：“我们对全市涉吞食异物的嫌犯罪犯进行大数据比对筛查，目前在检察环节的有 79 例，数字触目惊心，这些人主要为毒品犯罪、盗窃犯罪，年龄偏大，30 岁以上的将近七成，50 岁以上过半。还有一个最重要的情况是有约 30 人主要在仙丹湖一带流窜活动。”

容婵脱口而出：“常理，重点对这 30 来人在仙丹湖的一带活动继续调查核实，深入到老百姓当中去调查。”

周六清早，银河边风光带，李季和白阳晨跑结束。白阳对李季说：“作为研究企业刑事合规的律师，我再次友情提示你公司跟碧玉公司的融资合作项目不合规，还有涉刑事犯罪风险可能。”

李季不以为然："你们做律师的，跟医生一样总喜欢危言耸听。再说是碧玉公司主动跟我们合作，它在全市经济的分量你又不是不知道。你说的也许没错，放在别的公司真说不准会有什么事，但人家是碧玉公司，要动它不是那么容易的。有人不是说过吗？法律其实是一张网，大鱼可以破网而出，小鱼可以漏网而逃。"

白阳叹气道："你呀，不撞南墙不回头。"

李季说："你这话跟我说说就可以了，千万别跟我哥去说，他本来就胆小得很，我好不容易说服他。你一说，他肯定得改变主意。如此一来，三和就是死路一条。你是不知道我们做实体企业的有多难，高科技实体经济更不要说了。这融资瓶颈，一分钱都难死英雄。我必须赌一把，容娟姐这回也被我说动了，愿意瞒着容老爷子为我们提前承兑提供担保，这多不容易。你说的都对，我也都知道，但我别无选择，一百多号人问我们要工资，他们每人背后还有一大家子要生活。搞企业不容易，真的。就是有蹲班房的风险我也要去试试，只要挺过目前这一关，公司就有救了。"

话到这个份上，白阳不好再说什么了。

不知是迫于舆论压力还是为了使李新新得到从轻处理，梅艳芝最终还是带着儿子来央求林雅静："林医生，孩子和他叔昨天都被放回家了，他叔是人家检察院不批准逮捕的，新新是容检察官请求公安机关给取保的。"

林雅静说："我只问一句，你家新新这回到底错了没？"

梅艳芝答："错了，这回是错了。我们全家都知错。网民也说了，举报贪官没错，但是把人家两口子的事也拍了，就不对了。人家爱人又没犯罪。容检察官没错。我们没脸见她，您带着我娘俩跟容检察官认个错吧。”

林雅静本不想再搅到这个事里，但拗不过梅艳芝，只好带着她们母子到容婵病房，正好碰上检务督察部萧冰和阮炜两人在找容婵谈话。林雅静跟二位低声说明来意后，示意梅艳芝进去，梅艳芝怯怯地走近容婵，不停地鞠躬被林雅静拦住，“你有话说话，行这么大礼干什么？”

梅艳芝用手肘抵一旁呆站着的儿子，李新新木然地说：“容检察官，我认错。”

容婵听了很不是滋味，真诚地说：“不要说认错不认错的事，也不管你们今天来找我的真实目的是什么，我都能理解。新新你不要有心理负担，我跟办案警官已一再表示对你的谅解，相信处理时会考虑这些。我这还有事，请你们先回吧。”

梅艳芝还在犹豫时，萧冰盯着她说：“我们还想找你了解下情况。跟我们去趟办公室好吗？”

梅艳芝点头表示同意，然后跟着萧冰他们走了。不一会儿，她折回来站在门口，冷冷地说：“容检察官，桥归桥，路归路。我老公的那个冤案，你们还是没帮我申啊！”

容婵迎着梅艳芝的眼光说：“没错，我明白。”

刚从隔壁病房过来的悠悠小声嘀咕：“那个案子不是诉到法院去了吗？她应该找江水县检察院或者法院呀！找公诉人和承办法官啊。”

容婵给悠悠解释道：“她哪分得这么清呢？再说原公诉人辞

职好几年了，她上哪找去啊？司法责任是终身追究制，我是该案的审查逮捕承办人，就得为自己当年作出的结论终身负责。”

江海市检察院五楼会议室正在召开检察委员会。萧冰、阮炜正在汇报蒋立峰交通肇事审查逮捕案的督察结果。

萧冰汇报告：“案发时间为凌晨两点左右，道路口的二妹砣饭馆内，被告人蒋立峰与远房亲戚段铖一起劝说被害人李海洋支持县政府对奶牛场的改制和上市，酒后驾驶段铖的东 B43444 凯美瑞轿车载李海洋回奶牛场宿舍，途经杨家岭坡段下坡时未减速，导致车速过快，车辆冲入仙丹湖，坐在副驾驶位上的被害人李海洋溺水身亡。”

萧冰接着说：“当时县公安局法医室尸体检验鉴定结论认为死亡原因就是交通事故溺水死亡，其口鼻出血是溺水死亡的特征，脸上和左锁骨有轻微挫擦伤，应该是撞击造成的。交通事故责任认定书认定蒋立峰无证酒后驾驶刹车失灵的小汽车导致交通事故发生，应负事故的全部责任。被害人李海洋为乘车人，不承担事故任何责任。公安机关认为蒋立峰违反道路交通法规驾车，因而发生交通事故导致一人死亡，负事故的全部责任，构成交通肇事罪，并于 2004 年 12 月 2 日提请江水县检察院对其批准逮捕。当时县院承办人容婵认为该案谁是肇事司机证据存疑。容婵认为事实不清的理由有三点：一是打捞上来的凯美瑞轿车方向盘有一枚残缺油污指纹印疑似死者李海洋的，故她认为不排除蒋立峰辩称的有李海洋驾车的可能性。容婵的阅卷笔录摘录蒋立峰在交警大队交代的第一份问话笔录中说是李海洋驾车，但我们督察时查阅案卷档案没有看到这第一份笔录的。

二是小汽车是从湖心被打捞上来的，不排除小汽车坠入湖心之前有受到外力撞击的可能。三是蒋立峰神情恍惚，供述前后矛盾，其供述内容真实性存疑。”

阮炜补充汇报说：“当时公诉阶段承办人也跟容婵交换过意见，也认为该案证据疑点比较明显，只是当时县政府那边要求维稳压力大，蒋立峰后来表示认罪，供述稳定，被害方也接受赔偿，才敢起诉的。”

与会者都认为容婵当年作出的不逮捕决定没有明显错误，不违反检察职责。

瞿海峰检察长最后总结发言，说道：“我同意各位对容婵作出不批准逮捕决定无明显不当的督察处理意见。但提请大家注意的是此案至今悬而未决，一直在县法院处于中止审理状态，且从最近发生的两起刑事案件来看，当年看似平息的涉检信访矛盾，其实并没有化解。被害人一家不仅没有接受调解，反而埋下了复仇的种子。这种证据状况的案件怎么能提起公诉呢？我们任何执法不规范都是一张攥在当事人手中永不过期的汇票，随时要求你兑现公平正义。市院案管办和第一检察部要督促、指导江水县检察院迅速依法办理这起挂案。”

第三章　昨夜圆非今夜圆

28

容婵接到江海市检察院检务督察部的督察结论后，当天就提前办理了出院手续并直奔办公室。打开保险柜，她抱出厚厚的一叠资料，边翻边记。

手机上有简约的微信进来，她秒回一个笑脸。这时门口传达室打来电话，说有人找她。

容婵意外发现在 12309 接访室等她的竟是从医院里逃跑的宁香妹。一问才知她是被微信朋友圈牵动到这里的。因为容婵那天在受案大厅被行刺的事持续在微信朋友圈里发酵，几小时不到就全霸屏了。那天在江背县牛角镇李家冲二组的棉花地里劳作一上午的宁香妹从地里直起腰走到田埂上，边收拾家伙，边用拴在右手腕上的毛巾使劲地擦汗。看着一垄垄青翠欲滴的庄稼，她忍不住手痒掏出手机准备拍照发个朋友圈。不看则已，一看吓了一大跳。她认出朋友圈里那个被刺伤的检察官，就是前段时间找她的女检察官。她的手有点发抖，对着还埋头在地里干活的男人说："我回家做饭去。"就急匆匆地往家赶，坐在灶屋木板凳上，心乱如麻。

当年的她年轻不谙世事，老板娘打发她走，她二话没说就走，但心里也在犯嘀咕，总觉得当年在二妹砣饭店里可能有什么秘密似的，否则抠门刻薄的老板娘吴燕芝不会舍得出三个月的工钱给她。她没有想到吴燕芝出钱的目的竟然只是让她辞工走人。更没想到时隔十多年，检察官还在找她，自己又莫名其妙地挨打，多年未联系的吴燕芝又从天而降，之所以来找她，意图很明显，就是让她闭嘴。她越发觉得吴燕芝让她不开口，绝对有不可告人的秘密。她被男人拖回家后，一想起那个找她的女检察官，就觉得良心不安，有时夜里还会被噩梦惊醒。此刻那个看着面善的女检察官居然会被一个案子的当事人的儿子刺杀，好可怕。如果吴燕芝让自己不说出的事也跟什么案子有关，岂不更可怕，她不敢想下去。她越想越怕，转念又想是祸也躲不掉，决定再去找下那位女检察官。可男人防贼似的整天看着她，怕她偷跑回城里。终于机会来了，男人被邻居邀去亲戚家帮忙建新房，每天早出晚归。那天男人前脚离家，宁香妹后脚就出门了，跑到城里来找容婵，想看看她到底怎么样了，顺便找她问问自己的事是不是也跟什么案子有关。

宁香妹见容婵并无大碍，心就放下了，然后颇有些内疚地将提前出院的经过全盘倒出。

容婵没想到宁香妹会主动来找她，还提供这么重要的情况。抓住宁香妹粗糙的大手说："大姐啊，太感谢你了。"

宁香妹有些扭捏地说："这有什么好谢的。我寻思着你是办案的，十多年都在找我，肯定是很重要的公家事，先前我是有些怕。怕自己沾灰，可看到你被人打伤，心疼着呢。我们女人苦，免不了要被男人欺负。我家那砍脑壳的男人经常打我，男人打女人不只是皮肉痛，而是心里痛，他们欺负我们打不过他们，我看到打你的也是男的，为着公家的事被男人打心里更憋屈。人不能光想自己，我想兴许说出来，会对你办案有帮助，我怕你破不了案又被别的男人打。所以就瞒着男人跑来找你。”

容婵被宁香妹这番朴实的话语暖到了，欠身对宁香妹鞠躬，倒把对方吓着了。宁香妹一边不停地搓手，一边略显紧张地说：“我先前也不知道吴燕芝为什么要给我钱，现在我知道了，就是不让我张嘴说话。她出这个钱有点黑，这钱我都带来了，我不要。求公家莫处理我，我男人要是知道我把钱也交了，还被公家处理，会打死我的。”

容婵意识到宁香妹的紧张，便尽量压制自己的情绪，平和地对她说：“以前你知情不举的行为是错误的，要对你进行批评教育。不过这次你主动检举揭发他人妨害作证的犯罪事实，值得肯定。你带来的这钱先予以扣押，我们依法处理。放心吧！”

宁香妹千恩万谢地走了。看着这朴实农妇的背影，容婵有些感慨：“一个人的高贵与否不在于拥有金钱多少，也不是社会地位高低，而是要看他是否有一颗善良而勇敢的心。宁香妹勇敢地站出来给陷入困局中的她带来一束明亮的光，这光指引着她继续前进，宁香妹证实了碧玉公司以贿买、威胁等方式妨害证人作证，吴燕芝为什么会出现，是不是受段铖指使？碧玉公司极有可能与那起人命案有干系！”

江水县县委书记任坚临近春节才从市委党校学习回来，还好在县里两会之前赶了回来。2019 年元月 21 日，江水县人民代表大会选举现场，大会主持人宣布县检察院检察长提名人选简约获得高票通过，将依法报请市检察院提请市人大常委会批准时，任坚深深地吸了两口气。

自从遇刺事件之后，容婵明显地感觉父亲已老，有些唠叨她和容娟的婚事了，也更怀旧。容娟跟李唐同居多年，只是不愿结婚，说是要玩。她理解父亲的心情，眼看又到春节，亲戚聚会，父亲会更加不开心，便劝妹妹收心结婚算了，容娟就反问："你要孝顺，怎么不自己行动?"容婵被气恼了，说道："我连个男朋友都没有？怎么结?"

容娟："姐，这话不对，你不是没有，是你自己不想承认，不有一个十多年的现成备胎在那里吗?"

容婵知道她在说简约，其实2015年春节，简约正式向她求婚了，她也答应了并约好春节过后的三八节就去扯证。可就在三八节的那天中午，已请好假准备去扯结婚证的她突然觉得有些不甘心并喝了一大碗白酒，昏睡了一下午。他就陪她一下午，此后二人都再也不提结婚二字。那年6月他就申请去援疆了，一次下乡又意外摔倒致右腿骨折，她赶过去看他，见面第一句话就是："我们还是结婚吧。"他说："你同情我吗?"从此，她也不敢再提结婚二字。两人就这么不咸不淡地彼此守望着。没有特别的怦然心动，只有工作上的默契与体谅。

简约下派到江水县检察院任职后，她明显地感觉简约有比以往更强烈的愿望希望再续前缘，特别是上次自己受伤，简约比任何时候都更在意她，一有空就赶到医院，好几次都是深夜了往病房里站一会儿又连夜赶回江水县或者跟她视频几分钟。

但自己还是不敢正面迎接这份感情，也说不清为什么，其实自己也很痛苦！那天十五年没谋面的谌嵩也出现了，原以为早已心如止水，可一听到那熟悉的呼唤，还是会流泪，理智又一直在告诫自己一切都已过去了！所以她非常苦恼！

妹妹这么一提，容婵不知怎么的泪水就在眼圈里打转，她自己也不知道是为什么，倒把容娟给吓住了，不停地道歉说对不起，对不起！

29

春节过后不久，在江海市高新区会展中心的小会议室，谌嵩代表碧玉公司的控股子公司玉成开发有限公司与三和公司签署长期购销钢材的框架协议，约定玉成开发有限公司长期向三和公司提供钢材，三和公司申请银行承兑汇票用于支付货款。谌嵩和李唐各自签完字后，在双方代表一起合影留念时，容娟提前离场。在会场外找到自己的车后，她给李唐打电话："亲爱的，我今天感觉特别不好，心里七上八下的，老担心容氏集团提供担保的事会被老爷子发现，没别的事，我就先走了。"

李唐有点内疚地说："难为你了，真是对不起啊！谌总的碧玉公司和银行关系好，在他的建议下，银行的人非要你给我担保，目前实在太难，连累你了。对不起！"

容娟说："下不为例。"

常理带悠悠去调查病犯和吞食异物未收押未收监的嫌犯罪犯情况，才到湖区就后悔了。因为老百姓开口闭口就骂碧丽老妖婆，骂段铖是段贼，谌嵩认贼作父。悠悠一直默默地听着，并不作声，跟在常理后面向当地老百姓调查情况。悠悠到案管大厅这段时间，她自己在慢慢改变着，姐妹们看着她一天天走向成熟稳重，越发喜欢她。常理本来不想带她来，可悠悠自己坚持要来。常理中途想让悠悠回去，悠悠说："姐，我受得了，你还受不了吗？若不是跟你来这一趟，我根本不可能知道这些闻所未闻的事。你看老百姓都咬牙切齿地说我爷爷段铖豢养有三名打手，这些打手以免费提供麻古为诱饵养着大量劣迹人员做护湖队员在水上巡逻，吞食异物的30多人有八成在此之列。"

常理点头："是啊，你能有这个态度我就放心了。这些人公然违法犯罪，的确令人发指。如那个王大顺长期在自己开的小卖部里贩卖零星毒品无人过问，造成了恶劣的社会影响。"

谌嵩签署完协议，心情特好地到母亲家吃晚餐，没见到女儿，就发微信问："出差回来没？"

哪知立即就收到了她的微信质问："没回！我正想问你问我奶奶，从小到大你们在我面前都是一副道貌岸然的样子，没想到你们在老百姓眼中不是妖就是贼，这一切到底是怎么回事？还有我的生母到底是谁？"

谌嵩看了很生气，懒得回复。

坐在对面优雅地喝官燕的碧丽问："悠悠多久没回家了？"

谌嵩马上答："她这段时间工作忙，让她住宿舍过点苦日子不是坏事。"

碧丽说："人说富不过三代，我们这种人家最怕子孙不成器，我们家悠悠还算懂事。世纪海棠的王总家那个妹子哟，爹娘前世欠她似的，不说不说了。"

悠悠一天到晚接各种快递电话，她生怕进进出出又被容婵逮住，便等到下班后一起去取件。这不，中午休息时刚将大包小包拎进大厅，杨杨在身后就大喊大叫开了："悠悠，你干脆包下一个快递公司算啦。喏，我帮你拿回来的快件，哪里来的？好奇怪怎么没有填寄件地址？"

悠悠接过一看果然是。拆开一看是一本精装影集，里面有母婴合照和婴儿单照。杨杨又在大呼小叫："悠悠你小时候多可爱，像洋娃娃，你妈也漂亮，像那时候的国际章，有范儿!"

哪知悠悠抢白道："你会不会说话？谁说这是我了？自作聪明。"边说边将影集往桌上一掷，然后噔噔往外走了。

杨杨噘着嘴说："莫名其妙。"

悠悠冲出案管大厅，坐在机关大院的凉亭里抹眼泪。妈妈，这个世界上最温暖的称呼，于她只能是奢望，从小到大她没有见过自己的妈妈，全家人对谁是她妈妈这个问题都讳莫如深，小时候她老追着姑姑或者奶奶喊妈妈。她也问过父亲，妈妈在哪里？谌嵩总是没好气地说：告诉你上万遍了，她死了，不要再问了。从小学到高中，她最怕别人知道她从小没妈妈。尽管一向吃穿用度高调，但平心而论她的性格还算温婉，不过只要有人提及这块隐痛就会立即点燃她的情绪爆点。刚才她看到影集第一反应就是可能与妈妈有关，也猜到婴儿可能就是自己。

但被杨杨一说破，她的情绪立马失控。此刻她流着泪想给姑姑段岚发信息，打了几个字又删除了，默默地往办公室走。

元宵节后的一天，朗忠站在容婵办公室门口好一会儿，才敲门，容婵喊了几声“进来”朗忠才迟疑地推门进去。

“怎么啦？又是哪个基层院起火了？”容婵一边给他倒茶，一边问。

朗忠摇头。

“没有火情，你这表情怎么还如此凝重？”容婵将茶水放在他面前，示意他坐下。

朗忠端起茶杯，轻轻开启杯盖，用嘴不停地朝着杯子吹气。

“你要是真没事，会赶我这儿喝茶来了？”容婵忍不住又激将朗忠。

朗忠放下茶杯，说：“容主任，我遇上难事了。”

“什么事？说嘛！”容婵催促他。

“刚才自动评查系统里弹出一条消息，东城区院办理的一起民事审判活动违法监督案件有涉嫌票据诈骗犯罪和虚开增值税专用发票犯罪线索。”朗忠尽量用平静的语气在汇报。

“你初步审核一下，再转为重点评查案件，不就可以了？一直不都这么操作的吗？”容婵有些不解地说。

“这起民事案件的原告是农业银行江海市东城区支行，被告是三和公司，第三人是容氏集团。”朗忠低着头望着茶杯说。

“呵呵，就因为这个，让你很为难？”容婵轻笑两声。

朗忠不语。

“师父啊，你秉公处理就是。这是办公室，是办公事的地方，为公就不可言私。你放心，我会主动向领导申请回避的”容婵稍微缓和语气说。

“容主任，谁也不会怀疑你会护短，只是担心你对自己对家人严苛过头，不过这样可能也会有失公允。”朗忠由衷地说。

“你别给我戴高帽子。持掌公器，就得公而忘私，这是一名公职人员最基本的操守！”容婵回应。

“容主任，我懂。只是这起案件的确特殊。从我初步掌握的情况来看，可能是民营企业三和公司融资难，为不使资金链断裂，病急乱投医，听信谗言才误入歧途的。”朗忠解释说。

“师父，您也别解释了。本案涉及三和公司，跟你我都有些关系，我没记错的话，三和公司的二当家李季是白阳的男友吧，虽不是法定回避事由，但瓜田李下的，还是建议你也回避评查，交给易甘馨吧，她会严格按照评查程序办理的。”

朗忠起身，对容婵说：“谢谢。这样挺好，我就没压力了。”

悠悠自从收到那个影集后，就有做福尔摩斯的想法，她要将自己的身世之谜揭开。自己的妈妈是谁？爸爸毫无疑问是最有发言权的，但她也知道爸爸一定不会告诉她。所以她决定采取迂回方法，从爷爷、奶奶、姑姑他们那里打开缺口。悠悠很快发现她们的警惕性极高，一个字都不吐。她想解铃还需系铃人，决定集中火力攻老爸。爸爸的书房总是锁门状态，他在书房必从里面上暗锁，他不在书房必是外面有明锁，所以她猜其中一定有她想要的东西。她现在变成了地地道道的乖乖女，一下班回家，就待在家里陪老爸。她摸准了爸爸心理，喜欢听她讲单位上的事，尤其是有关容婵主任的事，他特别喜欢听。所以，一回家就给他播报江海市案管大厅一日要闻：什么常理又被江琰怼，容婵为她讨说法，江琰回头道歉啦。这期间她还学会了做家务，给她家做事的家政阿姨卫姐很奇怪，这大小姐怎么一下变得这样懂事，饭前饭后都会主动帮她一起搞卫生。因为悠悠发现要进入爸爸书房唯一的办法就是进去打扫卫生。她经常帮卫姐打扫卫生，自然有进爸爸书房的机会。不过爸爸的规矩是他不在书房不能进去打扫卫生。

机会还是有的，而且很快就来了。那是周六上午，悠悠跟卫姐在家里搞大扫除，爸爸在书房看书，她趴在地上擦木地板，在爸爸右脚边的书桌抽屉夹板的地面上静静地躺着一张照片。悠悠不动声色地捡起后迅速放到了自己的拖鞋里，趁着清洗擦地毛巾的机会，溜进卫生间，从拖鞋里抽出那张照片。我的神，悠悠的下巴都要惊丢掉了。原来照片上有亲密情侣，男主是爸爸，爸爸怀里那个甜美的小女生却像极了她的上司容婵。

爸爸跟容主任？难道自己是……？悠悠不敢想下去了，刚好卫姐在门外喊，问她地板油放哪了。悠悠将照片藏好后马上应声出去。回到书房，她将照片退回原处，但心里的疑问再也退不回去了。她笃定爸爸跟容婵之间应该有一段轰轰烈烈的故事，要不，爸爸怎会一直未娶还那么喜欢打听容婵的事，典型的中老年含蓄爱情，但他们是一对的话，自己又是从哪里来的？她百思不得其解。不过自从见过容婵年轻时的甜美模样后，悠悠觉得眼前的容婵也不那么讨厌了。人一旦改变成见后，眼前人就会慢慢变得光鲜了。天真的悠悠有时在想如果爸爸真的跟容婵走到一起是不是也会很好？有次望着容婵的背影，她的脑海里突然闪出一个念头：妈妈。这念头一闪，让她寝食难安了好几天，越想越觉得很有可能自己就是容婵所生。要不，爸爸为何会让她报考检察院，还乐此不疲地要知道她的点点滴滴，别人又为何要寄那个影集，是不是在提醒自己妈妈就在眼前？

30

县法院以李亮军认罪认罚及其家属自愿代为赔偿20万元为由，对其以妨害公务罪判处有期徒刑六个月。兰梅将判决结果告诉宁智勇、蒋迅。没想到宁智勇说：“算了算了，怎么判都行。这个事小，我现在没心思抠这个小事，还有一大摊子的事在等着我。碧玉公司肯定有问题，不只是公益诉讼的问题，可能还涉黑涉恶。等着新账旧账一起算。”

兰梅一惊：“啊？不可能吧。这么有名的公司，而且……”

宁智勇说：“一切皆有可能。人民群众的眼睛是雪亮的，也是最伟大的。我们现在与当地老百姓打成一片，紧紧依靠群众，才能听到我们平时在办公室不可能听到的奇闻趣事！有村民说碧玉公司每年都以水上派出所条件艰苦为由给他们赞助款，为掌握进入湖区人员的身份信息，一次性给水上派出所300万元，让其开通人口信息系统查询功能。凡进湖区游玩的，必先经他们过筛子式的核查一番，发现有可能对他们不利的人员一律拦截。听说上次游江书记来，都是这么搞的。想找书记反映情况的几个村民在半路就被拦截，他们认为态度好的，送回所在村组。他们认为不顺眼的，就直接送到水上派出所被‘看活牛’。”

兰梅还是不敢相信：“还有这种事啊？”

宁智勇说：“我也不想相信，但事实就是如此，很残酷。比如碧玉公司的采砂船日夜开着，村民告诉我一条船开一小时差不多就赚一万元黑钱，县里矿产办从来不管。”

兰梅：“真是无法无天，黑恶不除，家国不宁！扫黑除恶，人人有责，有刑事案件线索随时叫我们，全力支持提前介入。”

宁智勇说：“正好有事跟你商量。你知道水上派出所与护湖队有千丝万缕的关系，不掐断这条关系链，我们公益诉讼调查取证寸步难行。不入虎穴焉得虎子，村民建议我，由检察官扮成村民跟他们一起去外湖捞鱼，肯定可以看到，水上派出所是怎样包庇段家手下的烂仔欺压残害百姓的，我们只要掌握这第一手资料就好找突破口了。你能不能支援我一个同志？我部里就四个人，各人手上都有丢不开的活，出现‘人工荒’了。”

兰梅说：“没问题，让新来的黄江去吧。他是外省选调过来的，没有人认识他。”

宁智勇：“好的，太感谢了。”

第二天，黄江跟两个村民一起去外湖捞鱼，他将执法记录仪绑在装鱼的竹筒篓子上的内壁网眼处，再用活动的旧布罩在外面。他们一下水，果然渔具就被护湖队的收缴了，还被绳捆到水上派出所罚跪，要他们交罚款。两个村民不从，其中一个要他们出示罚款手续，黄江假装胆小怕事，抱着空鱼篓子一声不吭，悄悄将旧布掀开。派出所民警模样的人出来吓唬：“快交快交，领导回来了至少罚五千，还得送到山上看守所去，一人一千交钱走人，也不立案了。”

黄江给两位村民使眼色，各人交钱走了。

宁智勇、蒋迅和兰梅打开黄江拿回来的执法记录仪，宁志勇肯定地说：“这人绝对不是水上派出所的，辅警都不是。”

黄江不解地问：“他们明明着警察服?”

兰梅说：“小黄，宁主任说得对，他们不是民警。他们穿的不是警服。制式警服必须有警衔、警号、胸徽、臂章等警用标志。你看他胸前警号只有五位数，还都一样，与警察的编号位数不符，且应当是每人一个编号不重复。辅警的工号位数、还有肩章也不对。所以这人绝对是冒牌货，说不定就是护湖队的人，平时就一起演双簧，不仅给碧玉公司充当看门狗，不让老百姓近湖一步，还借机向老百姓敲竹杠。”

蒋迅说：“他们沆瀣一气，不仅欺压残害百姓，还严重破坏人民警察形象!”

兰梅说：“水上派出所也有严重的问题，纵容他们胡作非为，还为他们提供方便。这种不作为比个别混账警察乱作为更可怕啊!”

因为黄江“演技”较好，宁智勇和兰梅决定让他再跟几个村民一起假扮盗采砂石的与护湖队再次去交锋。他们几个人偷偷将船开进仙丹湖中东南角矮围附近，刚停靠稳，果然一下就被段家的“马仔”驱赶。以前就听村民说这些马仔要么是从牢里出来的，要么是吸毒的，没人敢惹。黄江就指挥村民再次靠近，哪知从水里一下冒出七八个壮汉，老鹰抓小鸡似的，将划桨的冬阳大哥拖到水里，黄江和另两位大哥纵身下水，潜水奋力往西北方向游去才得以逃脱。冬阳大哥后被抓到水上派出所，最后通知他婆娘交去1000元才被放出来，小木船被打得稀烂，拖回来就完全散架了。

万达广场的咖啡馆里，悠悠急匆匆地推门进去，找到正坐在角落里写东西的郑力。一挨凳子坐下，悠悠就抓住他正按鼠标的手问："哥，你是不是我亲哥？"

郑力一头雾水地摇头："不是，我不是你亲哥。"

悠悠恨恨地瞪他一眼，郑力马上改口："姑奶奶，是、是，胜似亲哥。就是亲哥，你又哪里着火了？哥哥帮你灭。"

悠悠道："这回不是灭火，找你干一票大的，破一起惊天悬疑案怎么样？"

郑力这回来兴趣了，说道："看不出来啊，到检察院的日子不长吧，就长本事了，还破案呢？"

悠悠神气地答："那确实。"

郑力朝她脸上故意左看右看，一边摇头说："不对，你破案不该找我啊，你该去找那个小公安啊！"

悠悠沉默一会儿，说："这事我不能找他。"

郑力问："为什么？"

悠悠说："这回要破的是我身世之谜的大案。我跟他是认真的，我怕他……"

郑力有些不爽，说："他一个小公安，你好歹也是碧玉公司的第一千金，怕他什么？"

悠悠加重语气补充道："我怕他知道我的出身。"

郑力问："你是怕他以后吃软饭？他真敢欺侮你，不还有你哥我吗?"

咖啡送上来了，悠悠搅着咖啡幽怨地说："哥，你别自大了，我没去检察院上班前跟你一样，优越感好得不行。以为自己什么都有，什么都能得到，现在才知道我们除了钱，用我同事的话说，还不是自己的钱，除此之外我可是什么都比不上人家。他们过的市井百姓的日子其实好幸福，比方说朗月他爸爸是检察官，妈妈是法官，妹妹是律师，一家人好有爱，人家看中的并不是物质金钱。他爸是我同事，经常在办公室跟我们说年轻人找对象结婚最要紧的是看对方父母是否婚姻幸福，你明白了吗?"

见郑力默默地合上电脑盖板，悠悠继续说："论金钱财富，你我在别人眼里好似含着金汤匙出生一样。其实呢？我没妈，你没爸。这个家除了钱，我也不知道还有啥好炫耀的，像是个联合国，又似一个难民营。奶奶离婚，爷爷离婚，你爸妈也离婚，我从一出生就没见过妈。似乎好一点的是段誉，父母双全，其实更惨，他就是因为受不了他爸妈的人格分裂才一心出国的。看起来你大舅，也是我大伯的家庭幸福得很，其实不是。因为我有次无意中听到奶奶跟姑姑闲聊，说：你大嫂余靓啊还真不懂事，这么大的领导身边哪会没美女围着转的，我一听就明白是怎么回事了，我不好意思听下去了赶紧塞上耳机。你不觉得我伯母已经很会秀了吗?"

郑力点头，又问："你说得很对，怎么今天就突然想起这个了，前 21 年干什么去了？”

悠悠说：“我前 21 年也在找啊，你记得吗？小时候你总欺负我，最狠的一句话就是，找你妈去呀？”

郑力抬手搭在她肩上，说：“你也没亏啊，每次都会说我不理你了，我找姑姑去。于是每次我都得挨一顿好揍。好啦好啦，要哥做什么，上刀山下火海都没问题。”

悠悠这下笑起来了，凑到他身边，二人便低声耳语起来。好一会儿，郑力声音大起来说：“你刚才讲的，哥都听进去了，我们兵分两路，争取一个星期破案，你盯你上司的反应，我负责从我妈、外婆还有二舅这边去找线索。”

常姝中秋节前又回国了。魏凯丽在机场接到她就问：“下定决心了吗？”

常姝有些不高兴：“你每次都逼债似的，讨厌死了。”

魏凯丽开怀大笑：“你也就我这个死党了，小心把我骂跑了，再没人听你讲故事。我也是为你好啊，你看你每次回来都偷偷摸摸见不得人似的，哪有见个亲生女儿也这样怕三怕四的，真不知道你这些年是怎么混的？”

常姝有些不好意思，语气放缓说：“是啊，我这一生真是失败，年少不懂事。100 万元将自己整个人生都买断了，搁现在 100 万元算什么呀？”

魏凯丽不认同她的观点，对着反光镜说：“别得了便宜还卖乖，20 年前 100 万元是什么概念，我们是想都不敢想啊。你享受了，今天又反悔了，这就是你自己的问题了。”

常姝理了理波浪卷头发，答道：“人啊，一生都在找自己。

年轻时不知道自己要活成什么样？因为没钱，以为有钱就有一切，年纪大了，因为没有青春没有亲情，才明白世上最无用的就是金钱。选择金钱就要失去亲情爱情！”

魏凯丽马上又调侃她：“哟哟，还成哲学家了。说真的，这次勇敢点直接去找悠悠，多大个事嘛。”

常姝马上摆手说：“别，别，老太婆跟我有约在先。上次你寄那个影集就把我吓得半死，好在没什么事。”

魏凯丽反问：“那你回来干什么？”

常姝声音有点哽咽：“远远地能看着她就行了。”

车里安静了，直到进入酒店地下车库，魏凯丽才边停车边说：“姝啊，老太婆不准你看孩子，没有说不准孩子看你对吧？”

常姝点头答：“是的。”

魏凯丽停好车，打开后备箱将常姝的行李取下，一边说：“你这一趟趟的无用功，看得人心里不好受，这事交给我吧。我来想点办法。”

常姝走过来紧紧地拥抱魏凯丽，眼眶含泪说：“谢谢，丽姐。”

悠悠早上开车快进机关大院门口时，有位身着光鲜艳丽的中年阿姨远远地招手停车。她以为是要问路的，放下车窗玻璃问：“阿姨，您要去哪？”中年阿姨一听有些蒙，待反应过来后朝她车窗内扔一张纸条，就笑着走了。

悠悠展开纸条一看是“你想知道自己亲生母亲是谁吗？想知道请致电 1997832XX49。”她想也没想就拿出手机拨打这个号码，一下就接通了，是个女声，她再抬头往前看刚才那个阿姨正在一边往前走一边接电话。悠悠问："您就是刚才拦我车的阿姨吗？"

对方答："是的。想见面吗？"

悠悠接着说："我们中午见面吧。具体地方我等下发信息给您。"

中午下班铃响起，易甘馨第一个伸直腰站起来问："亲们，今天出水芙蓉三十周年店庆打折最后一天了，有人要中午去逛的吗？"

艾广第一个响应："我去。"常理也说："要去要去。"易甘馨就问："地铁、公交、滴滴，我们选哪样？"

还在埋头录案子的悠悠突然想起早上跟那个阿姨有约，心想就到出水芙蓉附近吧。于是抬头说："坐我车吧，我刚好要去那里办点别的事。"

在食堂匆忙扒几口饭，悠悠开车将几个小姐妹拉到市中心的出水芙蓉购物广场 A 座。姐妹们下车时，悠悠说："亲们，购物凭证记得给我留下。"

常理问杨杨："悠悠让我们给她将购物凭证留下，是不是想拿它去开购物发票？"

杨杨点头说："是的，悠悠经常这样。她说可以帮她家公司合理避税，有钱人家的小姐也抠门。"

常理道："这可不行，什么合理避税，分明就是偷逃税收，涉嫌虚开增值税专用发票啊。"

杨杨有点怕，赶紧说："那怎么办，我们以前都给几回票了，常姐你们哪个给她说说，否则，她下回还找我们要，说不定她的同学朋友也都这么给票了。”

易甘馨赶紧插话：“有办法。我正在评查一批虚开增值税专用发票案件，真的涉及碧玉公司下面的子公司，有被告人供述称惯常的操作手法就是将那些销售钢材给散户的建材经营部作为媒介，碧玉公司将卖给散户的货挂在受票公司名下，然后堂而皇之地给这些受票公司开具销项发票。我们可以乔装带悠悠到实地查访一下，说不定还能起到现场教学的效果。她只是性格娇宠点，人不坏，也还算善良，不用我们直说她应该就会明白用意。”

31

悠悠将车停到 B 座地下车库，坐直升电梯至一楼，折进洗漱间。在化妆间里仔细地补上妆，对照镜子看了又看，这时她觉得胸口跳得慌，双眼闭上，双手护着胸口，嘴里念念有词：“轻松，轻松，谌悠悠，你悠着点，悠着点。”

悠悠太紧张了，她一个上午都是在这种紧张中度过的，马上要见到妈妈了，能不紧张吗？妈妈长什么样？妈妈到底是谁？上午她特意到容主任办公室两趟，没有发现她有任何异样，她们从办公室出来时，容主任还在三楼会议室参加检察委员会，看来她可能不是自己的妈妈。她怀揣着扑跳不停的心走向出水芙蓉 B 座的旋转宫里，推开预订的包厢卡座，好失望！坐在那里的还是早上拦车的阿姨。

魏凯丽搅着咖啡，对悠悠说："我叫魏凯丽，是你的亲生母亲的闺密，她叫常姝，现居美国。"

见悠悠不太相信的样子，她又说："我能找到你，说明我对你的身世很了解的。对吧？"

悠悠反问："那她自己为什么不来找我？"

魏凯丽说："你母亲很爱你，但因为当年你奶奶跟她有约在先，终生不得见你。所以她不能来见你，委托我来看你。"

悠悠将信将疑："我前不久收到一本影集，是她寄的吗？"

魏凯丽答："也算是你妈寄的吧，她委托我给你寄的。不过那本影集你一定要收好，别让你家里人发现了。想见你妈吗？"

悠悠低声说："太突然了，我还没想好。"

魏凯丽答："行吧，什么时候想见她就找魏姨吧。"魏凯丽将悠悠送到观光电梯口，目送着她下行几层才转身回到包厢。远远地看到常姝坐在刚才悠悠的座位上。

"姝，你也太胆小了，刚才装着跟我偶遇，打个招呼也行啊。"魏凯丽埋怨道。

"不说了，就当是见了吧。谢谢你，凯丽。"常姝强作欢笑道。

来的路上经不住魏凯丽的劝说，她也心动了，见一见悠悠。不过终归还是怯弱。她在心里自我安慰：凯丽是不知道碧丽有多狠！她若知道的话，可能比我还不如。她不敢见女儿，除了与碧丽有约之外，还因为自己父母，不想让年迈的父母再为自己担惊受怕。仙丹湖命案发生的那年圣诞节她回国度假，发现一直在碧玉公司打工的父母双双辞职赋闲在家。她当时就很纳闷，以为是自己与谌嵩婚变，父母觉得尴尬才这样的，仔细一想又不是，毕竟他们分手已经多年，要说尴尬早就尴尬了。她当时就问过母亲，母亲言语间有些搪塞，没有正面回答她的问题。直到临走前的一天晚上，父亲走到她房里，一边给她打包行李，一边小心地试探着问她："姝，你在国外这么多年了，是不是也可以再考虑下个人问题了。"

"爸，您别操心了，我一个人挺好的。再说国外跟国内不一样，没有人关心你的私生活的。"常姝以为父母又要催婚，应付着答道。

"这天远地远的，见一面都不容易，一人在外，凡事小心就行，只要你自己开心，我和你妈也不劝你了。"常姝有些意外。父亲接下来的话更令她诧异。

"只一件事，我和你妈不放心，你一定要记住：以后别跟谌家有任何瓜葛、来往！没什么事，也不要老想着回家，我和你妈都挺好的，只要你过得好，我们的日子就安稳。"

"为什么？"常姝问。

"谌家人狠毒，他们是什么事都可以干得出来的，保护自己最好的方法就是远离他们，切记切记！"父亲说了这番话后没再张口，仔仔细细地将收拾好的包检查一遍就出去了。

以后她每次回国，父母亲都要将类似的话对她叮嘱一遍又一遍，这话听多了，她开始怀疑父母在担心什么，但父母一直都不愿说是为什么。直到两年前父亲病重弥留之际说出那个令人心惊胆战的原因后，她才知道碧丽和段铖一家有多可怕！

跟魏凯丽分手后，悠悠就给郑力发语音信息："哥，案破了，你请我吃大餐吧，我心烦得很!"

两人在一家泰国菜餐厅里碰面。郑力问一脸不开心的悠悠："破案了你怎么还像有人欠你八百万似的，要好好庆祝才是啊。"

悠悠答复："庆祝个什么呀。我知道亲生母亲是谁了，但是不能告诉任何人，可我还是忍不住告诉你了，哥，你知道吗?我心里很难受，很难受。"

郑力这时英雄气概十足："悠悠，你这就对了，要不，我怎么是你哥？怎么破的案，说来听听。"

悠悠说："也没啥科技含量，没啥好说的。"

郑力故作高深地分析道："你亲生母亲来找你了，说明你那上司肯定不是你妈，但是你爸对她一往情深，要不你爸为什么让你进检察院打工，肯定是想跟她再续前缘的。"

悠悠说："你把他说得跟情圣似的，如果真是这样就太好了，搁以前我可能也会信，但现在就不一定啦。说了你也不懂。谢谢你的陪伴，走吧。"

宁智勇与蒋迅将手头的事停下来，在食堂吃饭被同事老庹调侃："两位勤劳的打工人，怎么这些天只看你们干饭，不见你们干活了?"

宁智勇苦笑："老庹，你别哪壶不开提哪壶，好啵?"

老庹并不知趣，反而扯着嗓子说："智勇老弟啊，不是老哥好为人师，有些事，你还是要先弄明白个理，再动手，省得一拳头打出去，收也收不回，既伤人又伤己。"

蒋迅到底年轻，性子急，张口就来：“老庹，您既想指点迷路英雄，就别拐弯抹角了，有话直说。”

老庹望了望四周，吃饭的人三三两两都走了，也就剩下他们仨了。他喝了口汤，用餐纸擦了擦嘴，压低声音说：“你知道现在外面的人怎么说我们吗？说这检察院在反贪反渎转隶出去后，虚火很旺啊，为刷存在感到处乱窜，仙丹湖也敢碰，这个马蜂窝捅得……可怎么收场？真是病急乱投医！”

蒋迅脱口而去：“走自己的路，让别人去说吧。”

老庹掩着嘴笑道：“老弟你现在是走自己的路，要让别人无路可走哦。”

埋头吃饭的宁智勇放下筷子，听老庹继续说：“我们干刑事检察的直接对立面就是杀人越货的罪犯，查办职务犯罪的直接对立面是腐败官员，老百姓对他们深恶痛绝，也是显而易见的，所以一直顺风顺水。但是公益诉讼不一样，督促行政机关履职，以维护国家利益、社会公共利益，若行政执法不当的这些理不说清、不说透，要得到支持可就难啰。这道理，你懂的。”

蒋迅不以为然，说：“他们不履职不作为还有理啊，懒得跟他们费口舌。”

宁智勇边收拾碗筷，边对老庹说：“懂了，与君一席饭，胜读十年书。伟大领袖曾教导我们，政治嘛，就是要把我们的朋友搞得多多的，把对手的人搞得少少的。释法说理很重要，说得通四两拨千斤，说不通，寸步难行。”

以前跟宁智勇、蒋迅打成一片的村民不时向他们打探情况，宁智勇很苦恼。被老庹这一开导，就决定瞒着简约继续暗中调查。

说干就干，宁智勇私底下也通过同学、朋友、熟人接触湖区的底层老百姓继续收集线索信息，得到很多意外的收获。比如，他同学的妻妹在县水利局办公室工作，跟他反映谌嵩手上有张“不影响行洪”的证明。当时段铖来找局长开证明，局长让她起草，她坚持不写，段铖就自己打印这张证明文稿，局长让她开锁拿公章后自己给盖上章的。凡有人质疑，碧玉公司就拿这张不符合公文格式的证明做挡箭牌。

那日在史保利家的渔船中又听到曾在碧玉公司小食堂做饭的大嫂反映：从十多年前开始，大年初一段铖、碧丽夫妇从不陪他年迈的老父老母，开几百公里山路的车去凌虎老家陪着过年，每年清明也都陪着凌虎祭祖。前几年却是戏剧般反转过来，凌虎每年初一不陪父母，而是陪碧丽和段铖一家了。因为什么啊，因为段家小子比他的官要大，谁的官大，谁就是老子！而且每次到仙丹湖芦苇场调研，凌虎都必到公司食堂吃饭，从不愿意到管理区吃公务接待餐。当时船上有老乡说：打凌虎这样的“老虎”算不得什么，凌虎背后还有“虎”，要打掉他背后的“大老虎”，仙丹湖一带的妖风才会刹得住！

32

悠悠刚到办公室换好制服走到自己的工位边，陆路就过来，神秘地把她拉到一边说：“想出去透风吗?”悠悠不知他葫芦里卖的什么药，有点茫然。陆路不由分说地拖着悠悠走到大门口的一小货的车边。悠悠见常理也在车上招手，就跟着上车了。陆路驾驶小货车往江海市高新经济开发区方向开，快到大货站路口时，坐在副驾驶位上的常理指着路边停靠着的一排大货车对陆路小声地说："慢点，慢点。目标已出现。"

陆路会意，靠边将车停了下来。陆路下车，常理扔给他一件工装，示意他假装揽活前去搭讪。

大货车一字排开，好家伙，有三四十辆。陆路沿途慢慢踱着，一辆辆车一路打量过去，时不时地也上前问下司机要装货工不？发现在大货车车门把手处，都极隐蔽地贴着一张又小又旧的标识，三五个车辆一致，再三五个车辆又换了一种标识……

陆路慢慢走到头车。头车司机正伸着脖子往前张望，头车和后面几辆车的标识竟是"碧玉"。他点了根烟递给"碧玉"司机，司机冲他"嘿嘿"两声，继续往前焦急地探望。顺着他的目光看去，前面有个矮小男人攥着一摞凭单急跑过来，熟练地瞄下车门把手处，问多少？司机答：3 吨。矮小男人用笔在单据上刷刷画了几笔，撕下交给司机。司机发车前行。矮个男人继续往第二辆走去……

陆路回到车里，对常理说："不只是碧玉公司，还有大成公司、宝山公司。我再去探探。"

悠悠将车慢慢往前移。陆路和常理一起下车，走到最后一辆车的驾驶室门口，陆路给司机点烟，常理赔着笑说："我们两口子刚从朋友手里转了这台小货车，想到大货站来拉点货挣点外快。我们看到前面有管事的在发什么票似的？不知道是什么行情，大哥您给指点指点？”

司机一听，狠抽一口烟说：“要拖货到大货站里面去找，里面是啥行情我也不懂。不过我们这都是钢材店老板长期雇的，从大货站拉货回县上去的。”

陆路瞅着他车门把手处，又朝那越走越近的矮个男人边努嘴边追问：“大哥，谁不想发财啊，指条明路呗。”司机这时哈哈两声，神秘兮兮道：“噢，你问这个。问了也没用。我们这些钢材是拖回去卖给乡下私人建房的，不用开票。仓库的伙计就让我们把货挂在正规公司名下，帮哥们攒点烟钱。钱不多，一车货就一张老人头。”

矮个男人快步走了过来，瞟一眼陆路和常理，问货车司机：“你认识他们？”司机摇头。常理赶紧上前回话：“我们夫妻俩刚转了这台货车，想问大哥哪里有货拖？老板您这货拖吗？”

矮个男人皮笑肉不笑：“我这货是有，可给谁拖不归我管。你到大货站货流中心去看看吧。”

陆路和常理假装感激，千恩万谢地走了。

陆路跳上车，悠悠就将车发动，一脚油门就踩到了市区，将车靠边停下，小脸吓着煞白，小声喊道：“我的妈啊，吓死宝宝了。”陆路对常理坏笑：“媳妇儿，你演得真像。”常理也笑得直喊肚子痛。看到悠悠心事重重的样子，两人立马止住笑。

回到院里，常理他们就一起向容婵汇报说：“碧玉公司将卖给不需要专票的散户的钢材挂在那些受票公司名下，为这些公司虚开进项专票，这些受票公司拿着虚开的这些专票到税务局申报抵扣，国家税款就这么流失了。我们今天实地察看了一下，这虚开产业链还蛮长的呢。”

容禅不停地点头，说：“好，非常好。你们在评查分析报告中将今天的实地查看情况一并带上，要就税收方面提出社会治理类检察建议。涉及犯罪线索的移送市公安局经侦总队。”常理点头说：“好。”

悠悠跟在大家后面走出来，又折回容婵办公室，怯怯地说：“容主任，我今天跟常姐、陆路他们实地查访以后才知道我们家的公司涉嫌虚开专用发票，以前我自己还帮他们收集过票，我错了。”

容婵笑了笑，对悠悠说：“知错就好，知错能改善莫大焉。以后可千万注意，穿着这身制服，就得对得起这份组织信任，要带头遵法、守法。”

33

星期六中午，市图书馆一楼的止间小书屋，吧台前排着小队。

容婵推门进去，习惯性往右侧角落小方桌一瞅。西餐和甜点、咖啡、水果都已上齐。简约正从右侧书架上取下一本书准备坐下。

容婵轻轻挪开椅子，取下桌上的便条写下一行字：怎么知道我出院了？

简约扬了扬手机，发了个微信表情包：心有灵犀。

容婵装作没看见。继续与他笔谈：找县公安局痕迹师颜丽了吗?

简约回复：还没有，我想自己先理清思路再去。他拿起容婵面前的刀叉递过来，挤着眼睛示意她用餐。

容婵接过刀叉的手停在半空，眼睛直直盯着吧台边。简约沿着她的视线望去，一戴着太阳帽和大墨镜的中年男子拥着一个十五六岁的女孩在点单，他们的身后不远处侧面有一保洁大姐，正背朝吧台站着，不时用余光打量着他们的一举一动。

简约用手在容婵眼前晃了晃，容婵轻声对他说："对不起。"立马就起身走了。

容婵退到一楼大厅正对止间小书屋的开水间站着。约五六钟后，她看见那中年男子拥着女孩提着打包的餐盒从书屋出来往大厅外走，保洁员模样的大姐也不紧不慢地跟在后面。

简约草草吃了点食物结账出来打容婵电话，说是在停车场。他跑到停车场，远远看见容婵在追刚才那个保洁员模样的大姐，他赶紧跑过去。

容婵站在保洁员后面，目送一辆白色奥迪开走，轻轻往她右肩一拍："梅姐，他是谁呀? 你盯他这么久，怎不拦住他?"

梅艳芝惊恐地回头，见是容婵，不停地用右手抚前胸："容检察官，你吓我一大跳。"

她停了一会儿，但接下来的话令容婵瞠目结舌："他就是蒋立峰啊!"

容婵一时不知该说什么了，梅艳芝有些轻蔑地说："你们不是说他有精神病，没有受审能力吗？他不仅娶妻生子，还买车买房了。绝对是他，错不了，我已经跟踪他很多年了。他夏天出门戴太阳帽，冬天出门戴假发。这回是送他闺女回来奔她外婆的丧，可能还会让闺女转学到江海市一中，因为要在户籍地参加高考。”

容婵问：“那你怎么没跟我们办案部门联系？”

梅艳芝说：“我也是前两个月才敢确定的。他后来又出过一次车祸被毁了容，报应！脸上缝了十多针，不仔细看认不出他就是蒋立峰。四五年前我娘家远房表侄在北江一家公司当货车司机，从同事口中得到小道消息说公司副总以前在老家有案底，现在用的是别人的身份证。我这些年就一直在北江他们公司那边做保洁员，盯梢这个人和他身边交往的人，发现他私下交往的人说话的口音就是江水的，前两个月还发现他老婆带着岳母过去治病，老家去看的人很多。我可以打包票这个叫徐凯的人就是蒋立峰。他脸上有颗血痣，错不了。”

容婵有些相信了，马上打简约电话。简约立马闪到她面前：“在这！追吗？”

容婵双手一挡，说：“不追！去交警大队。”

梅艳芝也着急地说：“你们可千万别惊动蒋立峰，万一他又跑了，那我这些年费了这么大劲儿可就白折腾了。”

容婵答：“你放心吧。”

简约已将车开到面前，两人立即前往江海市交管局，简约问：“怎么查，车牌号记住了吗？”容婵答：“没记，但拍下来了。”一查，汽车并非在徐凯名下，而是一家汽车租赁公司的。

星期一大早，梅艳芝就等在容婵办公室门口。

她一进门，就从工作服口袋里掏出一个笔记本，封面上写着“告慰亡灵”，容婵见了心情一下子沉重起来。梅艳芝将笔记本递给容婵，恳切地说：“容检察官，我这里记录了他家房子、亲戚、车子和孩子上学的一些信息，如果您用得着的话，就复印一份给您。”

容婵喜出望外，将材料复印完后，将笔记本郑重地还给梅艳芝，真诚地说：“梅姐，对不起！我们工作没做到位，让你一家受苦了！”

梅艳芝一听，眼泪刷刷地就下来了。好一会儿，她才勉强收住一脸的悲伤，握着容婵的手说：“容检察官，您一定要亲自去查啊。一定得把他抓住啊！”

容婵边点头，边别过脸去。以后隔三差五，梅艳芝都会到容婵办公室报到，少则一刻钟，多则个把小时。

容婵开完检察委员会，急急赶往机场。在自助取票机前等候，前面的时髦背影转身离去时，漂亮的大眼睛忍不住在容婵脸上盯了几秒钟，热情地喊：“容姐姐！”

容婵马上认出她，惊喜地喊：“小白，是你？”

小白大方点头笑盈盈地说：“容姐姐，你出差啊？”

容婵边刷身份证边说：“是的，去西安。”

小白看着屏幕说：“巧了，我们同一航班。我来帮您人工选座，就选到我旁边怎样？”

容婵说：“好啊好啊。”

一上飞机，二人就聊开了，容婵得知小白刚从英国留学回来创业，忍不住问：“你去英国留学该花了不少钱吧?”

小白咯咯笑道：“姐姐，你是在怀疑我骗你吧？我家是很穷，不可能供我留学，但我的的确确在英国待了两年。”

容婵：“不好意思被你看出来了。我的疑问一直都在。”

小白的回答差点惊掉容婵手中的咖啡：“我找段非借了100万元。”

容婵冲口而出：“小白，不可以，绝对不可以！你会毁了自己!”

小白用手轻轻拍了拍容婵的肩：“姐姐，您放心！我是找他借钱，我写了借条，约定利息，五年借期。我不是找他要钱，当然我也用了点小手段。您放心，我不会再乞怜别人来关照我的人生了!”

“什么？你还用了手段？小白，你到底是借还是要啊？可不能胡来?”容婵还是有些急。

“段非老奸巨猾，会轻易给我一百万元？我说借，他肯定不信，只会以为我是找他要钱，我花再多口舌解释也没用，重要的是我只想快刀斩乱麻，所以就动了点小心思。”

小白竟咯咯笑了起来，附在她耳朵边说：“当年我在妇产科门口找了一个大肚婆，用一张老人头换了一个尿杯，然后得到一张早孕化验单。您不知道我去段非办公室时，他当时有多开心，以为我愿意回头了，又想把身子凑拢过来。我‘刷’地将事先写好的借条拿出来，放在他面前，他见我认起真，马上警觉起来：‘小白，我倒小看你了，有备而来啊!’他脸啪地拉下来，我也不理他，将化验单移到他面前，他可真的是变色龙，腔调缓下来说：‘不急不急，有话好好说。’我说：‘我不要你的钱，只想向你借钱，不多，就 100 万。’别看这些敛财贪色的官，平时高高在上，一旦授人以柄，就如惊弓之鸟，任人摆布。”

容婵啼笑皆非，感觉这个小白太促狭。

小白看穿她的心思，慢慢地说：“姐姐，您心里可能在瞧不起我，没关系。这是您的自由，但您想想看在一个不讲规则的无良官员面前，凭什么要我一个女孩子去死守规则，我白纸黑字写的是借条，借他的合法收入，五年借期，我没有要他去贪污受贿。不要认为我的做法有什么不道德，或许这钱原本就应该是属于我们的一份，只是那些有钱有权的人胡来破坏了正常的规则与秩序，我们才会这么穷，他们才会那么富。我借用这笔钱不过是给自己争取一个发展的机会而已，我去英国的学费开支是大头，剩下的作为创业资金，我是学金融的，读书那两年我做了些稳健的理财产品，三年不到我就全还他了，姐姐，我是不是很棒？”

容婵一边点头一边飞快地在脑海里盘算着，故意漫不经心地问小白：“段非是分期还是一次性付给你的？”小白很骄傲地回答：“当然是一次性的，直接打到我的工商银行的卡上。”

容婵又问：“是用他自己的账号付的吗？”

小白说：“那我就不清楚了。不过我还钱的时候，都是打在他提供的账户，我记得很清楚一共有两个账户，但账户名字我忘记了。”

34

在咸阳机场与小白分手后，容婵就给常理编短信：“请到工商银行查询夏小白银行账户 2016 年 8 月左右是否有一笔 100 万元现金进账流水和这个账户近三年的大额资金支出。”

容婵到酒店刚住下，常理电话就打进来了：“流水打出来了，2016 年 8 月是有一笔 100 万元进账，付款方是碧玉公司下属的子公司碧净发展公司。近三年 20 万元以上的资金流出有十多笔，其中有四笔打到一个叫余靓的人账户，其余均打在一个叫莫湘龙的账户。”

容婵不敢相信自己的耳朵，说：“常理，你确信刚才讲的每一句话都是事实。”

常理答：“主任，你不信吗？我拍图发微信。”

“别，我信，全信。”容婵笑个不停。

容婵兴奋得在房间里转了好几圈，脑海里迅速构图：2016 年 8 月，夏小白向段非借款 100 万元，段市长让碧玉公司下属的碧净发展公司给钱，她连本带利分十几次还了，但段市长并没有将从碧玉公司借的钱归还公司，而是进了叫余靓和莫湘龙的人的个人账户。她做梦都没想到三年前的一次多管闲事会带来今天的意外收获。

原来夏小白的妈妈是帮容娟做家政的秀禾姐。那次容婵在妹妹家吃饭回家时，秀禾姐讨好地送她出来，眼泪汪汪地求着容婵："大姐，您是检察官，能不能帮我一个忙，劝劝我家丫头。"容婵丈二和尚摸不着头，在秀禾姐抽泣声中了解了个大概。原来秀禾姐之前在段非家里干过保姆，跟段妻余靓还有点转折亲。段家对保姆比较苛刻，本来她做了几个月就不想做了，可那时她的独生女儿小白大学快毕业了，想做公务员，她想着自己和老公都是农民，日后还要找段非帮忙给女儿找工作又忍着做了下来。寻思很久她还是跟余靓说了，对方倒也爽快，没费多少时日，就告诉她，说安排她女儿小白在江水县招商局工作，并警告她不要让小白见着段非。她肯定是答应的，也不愿让女儿见他。

但这小白心思太活泛，自己到处说跟段市长有亲戚关系。话传到县长凌虎那里，有次凌虎特意带副县长和她一起到段非办公室汇报工作，段非一见着小白就盯着看，所谓工作汇报是一句话都没有听进去，只说明天让小白送个书面报告来就可以了，凌虎会意地走了。后来不到三个月，段非就当了市长，小白紧跟着就到市招商局上班了。段非老婆得知一切后，破口大骂将秀禾姐赶出来了。她气得都要晕了，恨不得马上将女儿抓回来。第二天，找到小白连掴几耳光，小白说她知道错了，发誓再不招惹段非。秀禾姐以为这事也就完了。可前两天女儿给她信息说同事们都在说些风言风语，可段非不肯分手，老让司机找她。

秀禾姐说到这儿，咚地一声跪下泣不成声地说："这不成器的东西这时才知人言可畏，说不想活了，闹自杀好几回了。我自己没文化开导不了她，就求助容总。容总说她不想管闲事。我没办法了，只好求检察官大姐，您一定得帮我。”

容婵觉得很为难，看着秀禾姐一把鼻涕一把泪，只好硬着头皮应承下来。

第二天下午，容婵与小白约在了市招商局旁边的星巴克，咖啡厅内客人有点多，只有吧台边的长桌上还有一个空位，但被人占了。容婵打了小白的电话，有接听声音是厅内发出的，循着声音望去，刚好是从空位旁边高脚椅子上转过一张青春明艳的脸，想必就是小白了，她招了一下手，小白马上转身跳下，小跑到门口甜甜地叫声：“姐姐好！”

容婵本想直奔主题，将原省体育局局长、某报社总编落马后与其有染的那些女孩或女人的结局和一些办案感悟给小白说说，又感觉初次见面就谈这些，警示教育似的，很不礼貌。没想到小白倒坦诚地说：“姐姐，我妈找您来，我当然能猜出她希望您给我说些什么，我们素昧平生，您可能也觉得不好讲，是吧？”

容婵这时感觉对方不是想象中的俗气人。又听小白说：“真的，您不必为难自己，我们随便聊下吧。您能来，我很感激，也特感动，现在愿意这样管别人的闲事的人是稀缺了，现在还能这样真正关心扶助别人的还真不多了。”

容婵笑着问：“小小年纪，怎么就阅尽沧桑似的。”

小白说：“现实如此啊！这段时间感受更深。现在的人他不关心你，但不代表不消费你。这些天我就这样被人消费着，作为茶余饭后的谈资。我妈让我来见您，是因为她说您是检察官，我想了想，有些事我先跟您说了可能也好，以防万一。”小白这么一说，容婵反倒感觉她行事举止还有些气度，不是她原来想象的一心攀龙附凤有胸无脑的嫩粉。小白接下来的一番说更令她瞠目结舌，直毁“三观”。

“我从小就是学霸级的，父母长年在外打工，所以在村里人眼里就是‘别人家的孩子’，我考到上海知名大学，父母感觉非常荣耀，可他们不知道我在大学里是多么抬不起头，同寝室的同学穿的用的擦的，我从来没见过，问都不敢问一句。从小学到高中，我都是同学老师眼中的明星。可到了上海的大学，我突然跌停，成了一棵无人知道的小草。除了学习成绩依然是年级前列，可以安慰一下自己外，什么也没有。但周围的同学们都不看重成绩，只看谁‘脱单’脱得早，只看谁的男朋友出手大方阔绰，成双成对出入校园的同学，处处撒‘狗粮’。大三的时候，一个老挂科经常找我给他补课的男生向我抛来绣球，我半推半地就答应了，我们恋爱了，后来他说注意我很久了，觉得我跟其他女孩子不一样，身上还有难得的质朴本色。交往中他给了我许多连室友都没见过的高档衣服鞋帽，手机提包都是进口的，他也有商业头脑，在上大学时就与别人合伙开了一家计算机公司，我还知道他父母在广州办厂，生意做得很大，全球有 70 多个国家在销他们家产品，那时我以为自己遇到金主，灰姑娘的故事在自己身上续演。可是我错了，临近毕业要考虑工作方向了，他父母明确表示谈朋友可以，嫁娶不行。个中曲折我也不想说了，小说影视作品中类似情节多了去。一个字不就是我穷吗？我盘算一下在财富上我和父母做十辈子也没有办法比过他们家了，所以我就一心想做公务员出人头地，走进这个队伍发现太难熬了，没钱没权的小办事员到处受挤兑，就是楼道里做卫生的阿姨也得罪不起，因为他们说不定就是哪个副局长、科长的七大姑八大姨之类的转折亲。也是一时鬼迷心窍，想走捷径，以为得到领导的另眼相看就能被提拔重用。不说了，说多了都是泪，这些天我想透彻了，琢磨着名利场上的游戏规则，不就是资本套牢权力、权力再生资本吗？有钱有权的人可以为所欲为，凭什么我就该命如草芥？我是穷，但我有能力有学识有智商有青春，凭什么他们就可以享受改革开放带来的所有红利？不是社会主义大家庭吗？而我、我的父母，我的父老乡亲至今还是住在几十年没变的小村子里，我的父母起早贪黑为城市服务，城市给他们什么吗？他们这些年打工后积攒下的钱还不够前男友给我买的背包的钱。我前男友一家还是创业的商人，有自身奋斗努力的成果，可段非他们又凭什么？凭着这个位置！听我妈讲他老婆天天跑银行存钱，权力是摇钱树。”

小白的咖啡喝完了。容婵叫服务生过来给她续杯，小白摆摆手：“不要了，好酒不贪杯，咖啡亦是。”

容婵问：“以后怎么打算呢？”

“辞职，脱胎换骨！”小白斩钉截铁地说。

“为什么？你爸妈会同意吗？”容婵很意外，想起秀禾姐求助的眼神。

“为什么？我小的时候就听奶奶说，人贵有自知之明。本来混进这个队伍就动机不纯，一时脑残，又给自己的人生画了这么个污点，配做一名公职人员吗？已经辞了，没给自己退路。”

小白眼光有些飘移、有些迷离。“姐姐，您别担心我。我闹自杀是演给我爸妈看的，让善良的他们不阻挡我辞职。我只有表示不想活了，他们才不会逼我再做公务员，否则他们会百般阻挠我的决定。谢谢您，再见!”

当年容婵感觉这个叫夏小白的女孩让人捉摸不透，一方面在义无反顾地打破传统的思维观念，另一方面又似乎仍在坚守着某种东西。没想到三年后会在机场再次碰到她，这个不太靠谱的新新人类让她看到了青春叛逆、思考和强大的自我修复能力。

35

容婵和谌悠悠赶到北江市某区房地产交易中心。“没有记录?”容婵皱起了眉头，追问道，“我这里还有房屋坐落的大致位置，麻烦您再查查。”业务员输入后，页面上却显示出了一个陌生的名字——汪淑娴。容婵念着陌生的名字，心跳慢慢加速：汪淑娴、汪静娴?梅姐的本子里记载的信息是蒋立峰的妻妹叫汪静娴，这不对啊?悠悠说：“有什么不对，汪淑娴与汪静娴说不定是堂姐妹。”

容婵：“是的，蒋立峰妻子叫汪佳，他妻妹的堂姐妹也就是汪佳的堂姐妹，与他们还是有亲戚关系。”

悠悠将翻开的购房合同递给容婵：“主任，您看，虽然合同上是汪淑娴的签名，但这个电话号码，与留给房地产交易中心的联系方式是一样的。”

容婵一看如获至宝，轻轻拍着悠悠的肩说：“进步很快啊，对你要刮目相看了。你做事还是很细心的啊！这个号码有点眼熟。签约时间2006年3月23日，差不多是蒋立峰交通肇事案中止审理后约一年时间。”

悠悠惊呼：“他还是一次性现金付款的呢，他有钱吗?”

容婵没有作声，但心里打一个大大的问号。

北江佳欣水产品公司草坪外，容婵拿出一张照片问一佩戴工作牌的年轻男孩道：“请问这位叫蒋立峰的副总办公室是几楼?”男孩看了照片，迟疑一会儿答：“他是我们单位的，不过叫徐凯。”

容婵一直悬着的心终于落地了，蒋立峰还在这里，的确已改名叫徐凯。

她打开手机用天网查询佳欣公司的基本信息，没什么有价值的线索。下午她又去了趟北江市工商管理局查询纸质登记档案。终于，功夫不负有心人，一条信息跳入眼帘：2006年3月首次登记的股东信息：凌长顺，57岁，东海省江水县长铺镇古峰村王冲组务农。两年后凌长顺名下的股份被转让他人，此后又被多次转让。

容婵持介绍信到佳欣公司人事部。接待她们的小姑娘挺和气的，快人快语道：“我们徐总，他很低调也很谦虚，工作挺勤快的。一开始是我们这里的搬运工，后来成了储仓部经理、公司副总。”

翻开档案一看，蒋立峰从看守所取保候审后不到一年就到了这家公司，几乎没有间断过工作。在单位的每次体检表上，精神情况一栏都写着“正常”。

第二天，容婵带着报告，来到精神病医院询问专家。从专家的分析中，她已经大致确定目前蒋立峰完全具备民事行为能力和受审能力。

易甘馨向容婵汇报最近对一批虚开增值税专用发票案件以及东城区那起民事审判活动监督案件的评查情况，说是案件重大疑难，建议提请员额检察官召开联席会议研究讨论。容婵点头答应。

下午，容婵召集部门的检察官开会。易甘馨率先汇报说：“这是一起审判活动违法监督案件，原告是农业银行江海市东城区支行，被告是三和公司，第三人是容氏集团。银行起诉三和公司，容氏集团作为第三人应诉，法院判决三和公司败诉，容氏集团承担保证责任，但法院开庭时没有通知容氏集团。江水县检察院以审判活动违法为由对其发出检察建议。但经过评查发现碧玉公司涉嫌帮助三和公司骗取银行承兑汇票而为其虚开增值税专用发票，并收取咨询费谋利。碧玉公司的控股子公司玉成开发有限公司与三和公司签订虚假的购销钢材合同，玉成公司在没有实际销给三和公司钢材的情况下，开具钢材销项税专用发票给三和公司，实际这些钢材都是玉成公司的各营业部销给不需要增值税专用发票的散户。三和公司根据这些进项税专用发票向银行申请承兑汇票支付货款。玉成公司拿到承兑汇票后贴现，再扣除手续费通过私人账户转付给李季的个人账户。

三和公司财会人员将个人账户转入公司的对公账户用于资金周转和归还往期银行欠款。容氏集团为三和公司在农业银行的承兑汇票提供信用担保。持续的滚动操作，三和公司拆东墙补西墙，累积银行欠款有 1580 万元未能归还。银行遂起诉三和公司。”

接着容婵介绍道：“最先在这起民事审判活动监督案件中发现涉嫌刑事犯罪线索的是朗副主任，他向我汇报时，我考虑到本案相关当事人跟他和我都有关联，所以决定由易甘馨进行评查。刚才小易汇报的基本案情，跟朗忠副主任的初步判断也基本一致，请大家结合上次易甘馨、常理他们乔装实地走访城郊那些钢材仓库和营业部的情况进行系统思考，再慎重发表意见，为承办检察官提供参考咨询。”

大家讨论的意见非常一致，都认为三和公司因资金短缺，为获取流动资金，通过虚假的货物购销合同，接受虚开增值税专用发票到银行申请承兑汇票，虚开的增值税专用发票也被三和公司申报税务抵扣，三和公司涉嫌虚开增值税专用发票罪和骗取票据承兑罪。从目前的证据分析，碧玉公司涉嫌为他人虚开增值税专用发票，大家都赞同易甘馨提出的将涉嫌刑事犯罪线索移送市公安局经侦支队和建议第三检察部将三和公司纳入企业合规试点单位培育。

众人都散开后，朗忠跟在容婵后面走进她的办公室。

“容主任，这个案子我认为您也应该回避处理才好。”

朗忠对容婵说。

容婵浅笑两声，说：“师父，我已经报告诗然副检了，她认为在这起案件评查中，我无需回避。您还是不放心我会公正处理此事吗？"

朗忠摇头道："哪儿的话，我还是以前的观点，不担心你会徇私，只怕你严以律己过头，那也可能不公平啊！还有你现将三和公司涉罪线索移送市公安局，容娟那里你怎么交代？"

容婵收敛笑容道："师父，您当初是怎么教导我的？不总是说要秉持公正与良知执法吗？您不是说公正和良知不是说在嘴上，而是刻在心里吗？"

朗忠道："是啊，是我说的。可我担心你。"

容婵严肃地说："师父，我感谢您对我的信赖。所谓执法公正和良知不就是在自己私利与社会公义或者局部利益与整体利益冲突时的一种理性选择吗？"

朗忠使劲点头，用钦佩的目光望着她说："知易行难，一般人很难做到知行合一，但你做到了，你口口声声叫我师父，为师不如你啊！"说完转身走了出去。

容婵刚到办公室，桌上的电话就急促地响起。她轻轻拿起话筒，对方劈头盖脸就是一顿宣泄："你手机是干什么的？怎么不接电话？"

容婵拿出手机一看，一连有17个未接电话，其中13个是容娟打的。她赶紧道歉说："真是不好意思，手机调到静音啦。"

容娟不听解释，单刀直入道："李季在公司会议室被市经侦支队带走，说是涉嫌虚开增值税专用发票和票据诈骗。听人说这线索是你检察院移送的，我就想问问是谁干的缺德事？"

"是我决定移送犯罪线索的。怎么啦？"容婵直接回答道。

“好啊，容婵，你就大义灭亲吧。人家三和公司已主动申请了498万元进项转出，对抵扣的税款进行补缴，客观上没有造成税款的流失，为何还揪住人家不放？”容娟生气地质问。

“什么揪住不放？三和公司虚构交易骗取银行承兑汇票，涉嫌虚开增值税专用发票和骗取票据承兑，依法应追究其刑事责任，这是职责所在，请你不要干扰我的工作！”容婵义正词严，果断挂了电话。

下班后，容婵破例没有加班，直接开车回到父亲家里。刚进屋还没落座，容娟就回来了。容义很开心，望着两个宝贝女儿哈哈大笑：“今天是什么风将两朵姐妹花一齐吹回来了？”两姐妹很尴尬，齐说：“巧合，巧合而已。”

家里阿姨很快就将晚餐准备好，容义走到书房边喊两个女儿吃饭。没想到两人在里面激烈地争执，尽管她们的声音刻意压得很低，但他越听越着急，用拐杖使劲敲门。

门打开了，两姐妹一前一后走了出来。

容义大声喝道：“容娟，你自己说是怎么回事？”

容娟答：“我不太清楚，我姐比我清楚得多。”

容义气得直喘气，容婵赶紧去扶他。容义一把将容婵推开：“不关你的事，我要她自己说。”

容娟还想耍赖。容义指着她说：“你不讲是吧？你也没脸讲。那我替你讲，你的男朋友李唐公司资金周转困难，为骗取银行承兑汇票维持公司运转，接受谌嵩的馊主意，跟碧玉公司的子公司签订虚假的购货合同，然后他们没安好心地给三和虚开专票，银行根据假合同、假专票为三和开具承兑汇票，碧玉公司贴现后扣除手续费，再通过私人账户转到李唐提供的私人账户，三和公司入不敷出，不能如期归还银行欠款，我们容氏集团因承担保证责任，成了冤大头帮三和公司归还欠款本息合计1900余万元。是不是这么回事？”

容娟点头，但依然嘴硬：“爸，您是董事长，我是公司总经理，按照公司章程，3000万元以内的投资借款我是有权审批的。您老何必如此大动肝火，况且是我姐胳膊往外拐，才造成这不利的局面。”

容义胸脯剧烈起伏，半天说不出一句话，他缓缓移到沙发边，两手乱摆不准容婵她们靠近，然后用尽全力对容娟呵斥道：“你糊涂啊！钱财受损事小，我容氏失节事大……”话没说完，他就栽倒在沙发扶手上，昏迷不醒，容婵和容娟都吓傻了，嘶声地喊：“爸、爸……”

救护车很快就来了，医生初步诊断说是脑溢血中风。容义被送到ICU病房抢救一天一夜后与世长辞。

父亲的突然离世，容婵整个人像被掏空了似的。她不吃不喝，将自己反锁在父亲的书房里长跪不起。简约不放心容婵，从出事那天起，下班后就从江水县检察院赶回市区，在容家客厅一待就是半夜，书房的门紧闭着，他看在眼里，痛在心里。他明白生死离别的苦，唯嚼过才知真味，无人能替代，最终还得靠她自己走出来。他能做的就是默默地守护着她，相信这无声的陪伴会给她力量。

容婵确实是没能过得了自己心头的坎，她无法原谅自己：明明知道容氏集团是父亲的命根子，却不曾关心过容氏集团的发展，除了这次站在道德的制高点指责容娟不守正创业外，其实自己对容氏集团任何经营行为都漠不关心。如果自己平时多关心一点，多提醒妹妹容娟合规经营，又何至于让容娟犯下如此大错！没有妹妹容娟的糊涂，又何至会让爸爸丧命呢？容氏集团作为自家企业都没有提供合规服务，何谈为其他非公经济提供有效服务呢？

容娟也内疚不已，她一遍又一遍地整理父亲的遗物，读着父亲的日记。

那里面的字字句句都在诉说着父辈创业的艰辛，泪水透过发黄的纸张，穿越到二十世纪八十年代的江水县国营奶牛场，追寻父亲母亲的风华正茂和筚路蓝缕。

第三天，简约有事不能回市区，便给容娟打电话解释，并请她照顾好容婵。这时阿姨走过来提醒容娟说，容婵整整三天没吃一点东西，这样下去会出事的。

容娟挂断电话，合上泛黄的笔记本想了想，便使劲地敲书房的门，见容婵依然不肯开门，她扑腾一声在门口跪下，痛哭流涕道："姐，你出来吧，爸妈都走了，就剩下我们俩了。爸爸的日记让我明白了很多道理，我们一家三代人奋斗几十年的商誉被我毁于一旦，我是容家的罪人，对不起爸爸妈妈，也对不起外公和你。姐，你出来吧，我知道错了。爸妈望着我们，我们这样子，他们一定会不放心的。"可门依然紧闭！

"寻常三五夜，不是不婵娟。及至中秋满，还胜别夜圆。清光凝有露，皓魄爽无烟。自古人皆望，年来又一年。"容娟沉思良久对着紧闭的门吟诵起来，她吟着吟着仿佛回到了风华正茂的父母身边，回到了那有月的晚上一家人吟诵咏月色的温馨时刻，更加声泪俱下。

门慢慢打开了，容婵出来了，也在吟诵那首“昨夜圆非今夜圆，却疑圆处减婵娟。一年十二度圆缺，能得几多时少年。”

容娟起来一把抱着容婵，哭喊道：“姐，你别念了，别念了，声声断肠。我错了。”

容婵沉默一会儿说：“娟，我是检察官，手握公器，必须心怀公义，必须公而忘私，否则就是监守自盗，就不能维护社会公平正义，也不配维护社会公平正义！身为公职人员、身为共和国检察官，我有自己的底线和原则，也请你理解。”

容娟含泪点头：“姐，我懂了，真的懂了。以前的确不懂。就如我不懂爸妈的老土爱情一样。以前我一直以为爸爸妈妈之间没有真正的爱，只有恩情。这两天我看完爸爸的日记才明白他们才是真爱，是势均力敌的真爱！”

容婵点头说：“是啊，真正的爱是彼此成就，不是谁多谁少，而是你需我需的恰到好处。在他们创业初期，爸爸负责生产和技术，妈妈负责市场开拓营销，几乎所有的单都是妈妈拿下的，他们既是生活上的亲密爱人又是事业黄金搭档。爸爸说他们共同创业的二十年，也是他们彼此深爱的二十年，更是他最后悔的二十年，因为他没有照顾好妈妈，让她积劳成疾，不到六十就撒手走了。他们的爱写在彼此的心里，尽管妈妈走了这么多年，爸爸还天天坚持跟她在日记里对话，真是难能可贵！你跟李唐是恋爱关系，你这样放弃原则地帮助他，我认为并不可取。”

容娟点头，突然又说“我们两姐妹的爱情似乎都与家庭利益紧密相关，我刚才看爸爸日记里写到碧玉公司起诉我们家侵犯他们的商业秘密那场官司，你后悔吗?”

“不后悔。这场官司一审、二审，法院判碧玉公司赢了，幸亏检察院监督成功，执行回转。没有检察院的监督，我们家积累的那点资产支付赔偿款后也就差不多了。我当时就想，幸亏我在检察院实习，还能想到找到检察机关，如果我不在检察院呢，又会怎么样，所以我没有选择留学而是选择留下。”容婵回忆道。

“没有这场官司，你和谌嵩也不会劳燕分飞吧?”容娟追问。

容婵摇头说：“我跟他不是一路人，那次不分，以后也会分，总之不可能殊途同归。其实以前妈妈经常跟我讲，恋爱可以自由自在，但婚姻一定要门当户对。我当时认为妈妈虽当过老师但也有落后思想，不以为然。后来因为办案多了，阅读别人人生的机会也多，在那些悲剧、惨剧里才明白门当户对，不能肤浅地理解为社会地位、金钱财富相当，而是指灵魂和精神上相当。说得新潮一点，就是两个有趣的灵魂相遇才是最美爱情，恰好爸妈的文化背景精神追求都极相近，他们的婚姻大抵就是最美的样子。说得通俗一点就是一床被子底下不盖两样的人。我们的家庭和谌嵩的原生家庭在精神层面上讲完全不对等，一个人没有后天修为的话，年纪越大就越会往他原生家庭的精神层面回归。所以啊，现在爸妈不在了，这些话你也要听。”

稍顷，容婵又问妹妹：“你明白爸爸那天为什么说你糊涂吗?"

容娟说:"不知道。"

容婵告诉她:"爸一辈子商海搏击几十年,意识到你和李唐是被谌嵩洗了脑,往对方精心设计的圈套里钻,因此生气的。"

容娟瞠目结舌,好一会儿才说话:"不至于吧?谌嵩他为什么要这么做?冲我,还是冲李唐?"

容婵肯定地回答道:"不是你,也不是李唐,他是冲我来的,确切地说是冲我这个检察官手中的职权来的。还记得在医院你问过我,是否知道他女儿在院里当书记员的事吗?也是他精心设计的鬼把戏,也是冲着检察权来的。他们想尽办法拖你们下水,然后企图通过你们用亲情来绑架和裹挟我,逼我拿原则做交易,明白吗?"

容娟总算明白过来,羞愧难当地说:"姐,我太任性,也太不知深浅,我以后一定遵纪守法,违背原则的事不做,违背良心的钱不赚。我以后绝对不会让私事来干预你的公事!"

容婵将妹妹揽在怀里,感慨地说:"傻丫头。我是你姐。以前听人说父母是挡在自己与墓地之间的一道屏障,没有什么感觉,现在才明白。父母尚在,只知来处,感觉死亡离我们遥远,父母远行,方知归途,才知生命只剩归途。"

这话又把容娟的泪点击穿,姐妹俩又抱头痛哭好久。

夜色很深了,容娟披衣走出房间,跪在父亲的灵前恸哭,忏悔不已:"爸爸,您一辈子秉持守正创业,经常告诫我们不能做一丝丝亏心事,将名节看得比生命还重,可我将您和妈苦心经营的公司声誉踩在地上蒙羞。我对不起您,也对不起妈妈,更对不起姐姐！您放心，立体生态农业项目我会接力做下去，仙丹湖是外公和妈妈安息的地方，遵照您的遗愿，明天我和姐姐也将您送回故乡，陪伴在他们身旁……呜呜……”

36

容婵姐妹按父亲生前遗愿，将容义护送回他的第二故乡江水县。偌大的追思厅里庄严肃穆，因为恰逢周末，前来吊唁的人络绎不绝。

郊外公路上，谌嵩驾车，坐在副驾驶位的悠悠望着窗外向后飞驰的村庄、田园，越看越不对劲，问：“爸，您这是要带我去哪儿？是往归云山吗？没搞错吧，这大清早的，您要带我去殡仪馆吗？”

谌嵩点头，说：“是啊。昨天不说好了吗？你今天听我安排，你以为5000元一天的小费那么好赚啊？”

悠悠脑袋“嗡”了一声响，嘴巴噘起老高，说道：“您是亲爹吗？大好的周末，您骗女儿来殡仪馆，什么意思嘛？”

谌嵩微笑道：“你不是一直怀疑自己的身世吗？今天我带你出来，就是要找个地方告诉你一切的，恰好有个朋友的父亲追悼会也在这边召开，所以就把你一起带过来了。”

悠悠不再作声，一路向前。父女俩停好车，往追思厅走去。

刚进大厅，追悼会就开始了。

悠悠万分惊讶，没想到那着一袭黑裙致悼词的人竟然会是容婵，她压低声音对谌嵩说："她是您朋友？为什么不告诉我？真是大骗子！"

谌嵩眼光死死盯着容婵，毫无表情地说："她妹妹是我朋友，她不是。"

容婵伤心过度，数次失声，悠悠看着有些心疼。举目四顾，大厅里没有一个同事，想想又觉得自己可笑。以容婵的性格，她肯定是不会让同事们知道的，她似乎跟谁都是淡水之交。平日的朴素低调想必就是为了不让别人知道自己出身于富豪之家。悠悠脑海中冒出每次容婵逮住她穿制服的画面，感觉脸上有点发烧。

悠悠跟在谌嵩的背后，随着蠕动的人流围着水晶棺跟遗体告别，慰问家属。

容婵和容娟姐妹俩神色悲戚，跟来宾一一握手致谢。容娟身后还站着搀扶她的李唐，而容婵单薄的身子强撑着立在那儿，好像随时都会倒下去似的。在她背后不太显眼的角落里站着的简约，双眼死死盯着她的背影，仿佛随时准备要冲上去扶她一把。当谌嵩和悠悠一起走到她们的面前，容婵熬得通红的双眼写满诧异，没看谌嵩，盯着悠悠轻问："你？"悠悠指着谌嵩道："跟我爸来的，容主任您节哀！"

悠悠握紧容婵的手，她的憔悴令人心疼。

父女俩一回到车上，悠悠就问谌嵩："爸，你别骗我了，说说跟容主任的故事？"

谌嵩还是面无表情地说："没故事。"

悠悠嬉皮笑脸："我姑和奶奶都说你这个大众情人，实在是天下第一薄情男人，除了对我，没对一个女人动过真心，四十多岁了，还不找个人成个家。不过，我今天觉得她们说得不对。您跟容主任一定有故事，刚刚在她哽咽发不出声时，您把我的手都握痛了。"

谌嵩未置可否，点开一首邓丽君的《甜蜜蜜》：甜蜜蜜你笑得好甜蜜，好像花儿开在春风里……在哪里，在哪里见过你，我一时想不起，在梦里，梦里见过你……

悠悠感叹道："爸，你们那时候的爱情啊，好纯好美啊！给我说说嘛。"

谌嵩冷笑道："我有爱情？谁说我有爱情？悠悠，爸爸什么也没有，除了你。"

悠悠继续纠缠道："哼，你就装吧。"

追思大厅内站在容婵背后的简约，谌嵩一眼就看见了，刚才那撕心裂肺般的绞痛又卷土重来，他异常粗暴地吼道："闭嘴！"

悠悠没再与父亲搭话，到了市区就直奔郑力学校图书馆去找他。

郑力从图书馆出来，悠悠递给他一杯茶颜悦色。郑力揽住悠悠的右肩膀，开心地边吮茶边说："不错，知道孝敬你哥了。有啥新情况，赶紧汇报，我还有一个讲座要听。"

悠悠说："你可不可以帮我去见下她？"

郑力问："她，谁呢？"

悠悠腼腆地说："就是……就是我的生母。我想知道她跟我爸到底是怎么回事？”

郑力有些为难的样子说：“你不是说她在美国吗？我怎么见她？对了，你说过她在曼哈顿，叫段誉找她不是更好？她还不会起疑心。”

悠悠说：“可以考虑，不过我实在不好意思再跟第二个人开口说这事。这种事说一次，我把自己的心撕裂一次。”

郑力又拍了拍胸脯，说：“交给哥哥我吧，谁叫我是你哥呢。包在哥哥身上。放心！”

容娟将李唐送到市公安局大门口，鼓励他走进去。看着他迈进大门，容娟掏出手机打电话：“姐，我送李唐来投案了。”

容婵答：“嗯，好样的。”

星期三早上，头上套着假长发的悠悠戴一副宽脸墨镜，跟在陆路后面，刚走进西城区车辆管理所办理大厅，就有大嫂走过来递名片。悠悠摆摆手，大嫂便知趣地走开了。

不一会儿有辆印着法院字样的警车停在了车管所门外，两名穿法官制服的人和年轻哥哥下车。

悠悠小声告诉陆路：“灵雀子他们来了。”

陆路不紧不慢地蹭到他们身后，高个年纪大点的法官拿出一沓法院文件，陆路用眼瞟到是民事调解书、民事裁定书、协助执行通知书等。

他们走到最左侧“暂停服务”业务窗口，将各自的证件和相关资料递进去。

约十来分钟后，看着法院车辆离开，悠悠从等候区才闪身出来。陆路问：“这就算完了？”

悠悠说："差不多了，大概两个星期，车管所的就会办理过户，买车人会将收购的二手车报废，这样他就是有户无车的人，可以购车上牌。"

陆路跑到暂停服务的窗口，看到里面一中年资深美女正埋头刷手机，她右手肘边有份江海市西城区人民法院《协助执行通知书》写着：原告陈某某与被告王某某民间借贷纠纷一案（2018）海民初字第1421号民事裁定书已发生法律效力，根据《中华人民共和国民事诉讼法》第217条的规定，请江海市西胡同车管所协助执行以下事宜：将被告王某某（身份证X30……）名下雪佛兰（车牌号为海A35＊＊＊）小型普通客车一辆过户到原告陈某某（身份证X89……）名下。离执行通知书稍远点露出了执法证复印件，陆路悄悄拿出手机压着玻璃窗檐将它们拍下。

他们俩在大厅蹓达一阵，十点左右暂停业务的牌子被取走了，显示正常办理业务状态。

第二个星期三上午，陆路和悠悠又去了一趟车管所，差不多也是九点钟，灵雀子他们又来了，还是两个法官但上次那矮子没来了，换成了一个女法官。他们径直往暂停业务窗口走去。十点左右暂停业务牌子也被取走了。

37

明天就是国庆长假了，市检察院案管办依然一片忙碌。常理问：“长假有人加班吗？约起。”

朗忠笑着答：“还用约吗？”

大家便你一言，我一语边调侃，边说着加班的事。只有石新严一个人没有搭腔。

她正盯着政法跨部门大平台在比对敏感数据，突然她发现一起错填案卡信息的案件，大声嚷嚷：“气死我啊，气死我了。”对面的艾广问：“小姐姐，又是哪位的智商得罪了你？”

石新严：“江水县院吕斌生，吕斌生副检察长，他什么意思啊，会办案子吗？这样的案件被宣告无罪，竟然不抗诉？还不填录真实的案卡信息，无罪，却填录有期徒刑 10 年。法院的案卡信息是无罪，判决书上也载明是无罪，执法良知哪去了？”

艾广说：“好歹人家也是副检察长啊，别这么损人家。也许是因为领导办案，判了无罪不好意思，怕你评查就填录有罪判决。”

石新严张口又说：“领导怎么啦？入额院领导是关键少数，更要从严监管。”

约两分钟后，石新严惊呼：“管管，这个案子蹊跷得很呢。你猜对了，因为无罪判决是重点评查案件，一旦填录无罪信息，评查系统就会自动检索推送。他应该是故意将无罪判决填录成有罪判决，避免我们评查。我看他不只是不想让我们评查，压根就不想抗诉。你过来看看。”

艾广边起身走过来边说：“不可能吧？”

石新严边点鼠标边比划说：“怎么不可能？你看这判决裁定审查表登记的收到判决时间是2019年9月10日，检察官吕斌生审批时间却是2019年9月20日，刚好压着抗诉期节点。”艾广一看果然如此。

石新严又喊：“管管，有问题，真有问题。你看这审查表的创建时间是2019年9月10日，与检察官助理的签署意见是同一天，也就是说收到无罪判决的当天检察官助理就在办案系统内制作了判决审查表并提出不同意判决的意见，检察官吕斌生为什么等到抗诉期最后一天才签批同意判决意见？”

艾广思索一会儿说：“石姐，他之所以最后一天才签署同意，这中间是不是不想让助理知道？吕斌生的前助理是老黄，好像就是那段时间退休的。”

石新严答：“可能啊，我们看看他的助理在系统中使用UKEY签名的最后日期是哪天？在这，9月10日。管管，你真的是个神，怒赞一个！”

艾广：“不敢当不敢当。你再查一下，还有关联案件没有？”

石新严边敲键盘边说：“亲，太爱你了，真的有一个关联案件，莫湘龙运输毒品案被作存疑不起诉。今年9月12日，江水县检察院对莫湘龙宣布存疑不起诉决定。”

艾广说：“此事非同儿戏，赶紧得报告给容主任。”

容婵听了石新严的汇报，二话没说直接埋头进入办案系统巡查，几分钟后抬头对石新严说："不仅吴国平运输毒品被判无罪不抗诉异常外，关联案件莫湘龙在江水县检察院被作存疑不起诉亦值得质疑。你将两起案件并联评查，尽快拿出评查意见和处理建议。"

简约刚进办公室，宋一清就走进来汇报，说："简检，市院案管办的通报又来了，我院副检察长吕斌生办理的吴国平运输毒品案涉嫌故意错填案卡信息，经市院主要领导批准，该案及其关联案件亦被作为重点案件评查。"

简约接过通报，快速浏览一下，说："接受评查，我们一定按市院案管办要求做好配合工作，通知吕检本人端正态度支持评查。"

第二天早上，简约刚到办公室，就听到院门口有很吵闹的声音传来："吕斌生，办冤案，无罪人，劳力丧；有老母，要赡养，检察院，须赔偿。"抬头往院大门望去，见有七八人聚在一起相互推搡着，声音应该是从一辆小四轮车后厢里立放着的旧音箱发出来的。

他一边听着，一边心想："这顺口溜编得还蛮押韵。"

"咚咚"案管办主任宋一清敲门进来，接着报告说："简检，现在外面闹事的人叫吴国平，就是市院案管办最近通报的那个无罪案件的被告人。"

简约说："按正常程序依法受理，尽快提出处理意见，下午就提交检委会研究决定。"

一个星期后，江水县检察院检察委员会会议室，简约在主持会议研究讨论吴国平运输毒品申请国家赔偿案，宋一清在汇报案情：此案发生在2019年7月8日，当天中午被告人吴国平、一个叫“清总”的人和市政府司机莫湘龙三人一起在江海市解放路边上的“人间有味”茶餐厅的包房里“打K”。

下午两点半左右，莫湘龙打着呵欠说：“我要去江山市。”

清总就说：“刚好有事要去趟江山，搭你的车一起去。”

莫湘龙说：“可以，不过我困得很，最好找个人代我开。”

清总遂将还歪在沙发上睡觉的吴国平摇醒，问他：“等下开车去江山可以不?”

吴国平点头答应。

三点左右，莫湘龙从单位开车过来，交由吴国平开车，清总坐副驾驶位，莫湘龙坐在后排说要睡觉。

小车出城后准备上高速，吴国平见卡口边的一排警车的警灯在闪，有七八个警察站在路边，问：“还走高速吗?”

清总没有作声，莫湘龙在后排懒洋洋地说：“走国道，我要睡觉了。”

傍晚六点半左右三人到达江山市。躺在后座的莫湘龙也醒了，指示吴国平将车开到江山市一机关宿舍，将车上几袋米扛到传达室。而后吴国平继续开车驶出小区，开到了城南路六方塘小区内。

吴国平将车停靠在路边，打开车门从后排座位上拎着一个松垮的帆布双肩包出去。莫湘龙还在睡觉，清总则在驾驶座休息。大约一个小时后，吴国平扛着鼓鼓囊囊的背包打开车门进来，坐在副驾驶位，莫湘龙仍坐后排跟清总说话，清总开车出城，沿省道往江水县开。

大约晚上八点十分，车驶至东城区与江背县交界的苍山铺子地段时，突然从岔路口驶上一辆警车，飞驰十几米横在路中间，吴国平大喊：“停车、停车！”

清总紧急踩住刹车，车轮因与路面摩擦卷起一股股浓白烟。说时迟，那时快，清总、莫湘龙打开车门翻地几圈逃跑了。从警车上冲过来的三名民警将开门欲跑的吴国平按倒在地，将其抓获，并起获了副驾驶位的双肩背包。

一民警当着吴国平的面将双肩包打开，从中搜出四大包红色药丸状东西，还有散装的一包白色晶体状物。另一民警拿出计量器调整归零后，将红色药丸状东西放上去称量，显示为236.23克，又将散装的晶状体物称量，显示有36.78克。

“吴国平于当日被刑事拘留，2019年7月17日被逮捕，几天后就移送我院审查起诉，同年8月2日我院对吴国平以运输毒品罪提起公诉，2019年9月5日法院承办人口头建议我院撤回起诉，我院不同意，9月10日法院对吴国平以事实不清、证据不足为由宣告无罪。在该案开庭的前几天即2019年8月27日，莫湘龙投案，公安机关对其报请逮捕，我院仍是批准逮捕。我院于2019年9月12日以事实不清、证据不足为由对莫湘龙作存疑不起诉，同案犯清总至今在逃。这两起案件的公诉承办人都是吕斌生副检察长。”宋一清一口气汇报完毕，又补充道：“这两个案件流程都走得好快，像在赶着做什么似的。”

简约说：“刚才一清主任将案情汇报得很清楚，下面是自由讨论时间，请大家紧扣这次会议的主题对吴国平提出国家赔偿申请是否支持进行充分讨论并发言。”

专职委员戴葵发言：“法院既拟宣告无罪，有必要通知检察院撤回起诉吗？既通知撤回起诉，为何又急忙作出无罪宣告，有些蹊跷。这其中是否存在故意使有罪变无罪的可能？如果存在这种可能，还给予国家赔偿，岂不是将国家当成冤大头吗？承办检察官应当对本案是否事实清楚、证据确实充分作出明确的判断，所以建议对本案事实证据进行全面细致审查后再提交审议。”

刑事检察部主任兰梅说：“我完全同意戴委员的意见，同时还要补充一点，国家赔偿申请人吴国平在归案后做过两次有罪供述，但被逮捕后却翻供，他被逮捕前后供述内容完全相反，其中必定有讲假话的情况，不可能全真。那么是否要考虑《国家赔偿法》第十九条第（一）项规定的‘自己故意作虚伪供述’的国家免责情形？以此进一步还要考虑其有罪供述是否是刑讯逼供或者诱供所致等等。而从刚才的口头汇报来看，上述问题均没有提及，所以也建议将上述问题核实清楚后再议。”

轮到专职委员王奇兵发言时，他的话锋完全不同：“我们现在讨论的是国家赔偿案件，不是起诉案件。所以要考虑的是是否符合国家赔偿案件的要件，而不是讨论是否达到起诉证据标准。本案中吴国平被我院作出逮捕决定，但被法院生效判决宣告无罪，符合《国家赔偿法》第十七条第（二）项规定的情形，应依法给予赔偿。”

后面发言的委员们没有提出新的意见，要么跟王奇兵的意见一致，要么是同意兰梅的意见，意见较为分散。简约最后对讨论情况进行综述后，发表了自己的意见：“戴葵、兰梅、奇兵同志的意见都有见地，都是从不同角度在反向审视当时办理的这起案件中值得思考的地方，其他同志也从各个侧面又进行了细致的推敲，我个人也感觉这起案件办得不清不楚。当然作为检察官不能用情绪代替理智，要理性地分析本案是否符合国家赔偿的构成要件，是否存在国家免责情形，奇兵和兰梅的观点刚好是正反两方面，启发我们进一步思考。鉴于大家的意见较为分散，且部分事实并没有查清，今天的议题暂不做结论，请一清同志认真审查后再提交审议。”

简约的意见很出乎大家的意料，但都没有作声，于是各自揣着不同的心思走出了会议室。

回避本次会议的副检察长吕斌生正在办公室审阅文件，手机信息提示音就来了，他回了信息便靠在皮质座椅上小寐。

不一会儿又有手机短信进来，他有点烦了，看着手机短信：“领导，最近诸事不顺，500 元一天的工资我还想赚，我‘老娘’也想赚，这活明天还有得干吗?”他想把手机砸了，回复一句：“再闹，抓人!”对方果然消停了，没有再回话。

38

太阳收起了最后一丝余晖，江海市南郊的云鹤休闲农庄的灯光渐次亮起，紫藤花架下的茶桌边，碧玉公司副董事长段钺正在与人通电话：“王院长到了吗？好的，我就来。”

月亮如慵懒的少妇已慢慢爬到紫藤花的间隙里，段铖沿着长长花架下的石板路往东走到农庄水库旁边一幢二层木屋前双手抱胸站着。夜色朦胧中依然看见助理小毛领着两男一女边走边说笑着朝他这边走来。听声音他知道来人是江水县法院副院长王文阳、江水县法院刑一庭副庭长胡霞、江海市公安局副局长候泉林。

来人走近了，段铖只跟王文阳握了下手，并无多少客套就抬手示意大家往屋里走。穿过一楼前厅过道，下三级木质台阶就是跃层的大厅，对面整扇墙都是外推木窗，窗外就是粼粼波光，星星点点的光倒映在水面上，给人以迷离视感。厅中央有一条长长的美式木桌，桌上铺着精致的印花台布，桌的长边配有碗筷、刀叉和餐具，旁边是考究的檀木坐椅和麻布靠垫。木窗下是一排排自助餐锅，正中位置的餐锅上方的墙壁上有一醒目的标牌：自助餐区，扫一扫自觉交费。旁边配有微信识别图案，整个大厅弥漫着轻缓婉约的钢琴曲《夕阳箫鼓》，循声望去厅东角是一架大大的钢琴，一长发飘肩的年轻姑娘着一袭白裙背对着众人沉醉演奏中……

王文阳走在最前面，笑着对段铖说："段总，讲政治。有头脑，佩服！佩服！怕我们吃霸王餐，还搞微信支付哈。各位可得自觉交伙食费。"说完用手机扫码微信支付 10 元钱。这时有年轻女侍者递给他一精美的瓷盘，引领他往前取餐。他看到锅下方菜牌"土匪片肝"欲继续往前走，侍者停下来，笑而不语，轻轻启开锅盖。他往里瞧瞧，就哈哈笑出声来："好，片肝好。"跟在后面的人看着他取出三块鹅肝加烤苹果片，也哈哈大笑。

众人一路走过去，在菜牌名“勾芡粉丝”的锅里舀出一碗官燕，在菜牌名“豆腐脑汤”的锅里盛上蜜汁雪蛤……

待大家取餐落座后，段铖在每人面前放一瓶农夫山泉瓶装矿泉水，然后挨着王文阳坐下。候泉林打开瓶盖，用鼻子嗅下，抿嘴偷笑。胡霞见他笑，也去拧盖，发现根本不用拧，盖子是松的，闻到一股浆香，故意问：“这水能喝吗？”

已埋头在品尝“土匪片肝”的王文阳昂起脸说：“在私人会所接受宴请，吃‘一餐桌’肯定是违反中央八项规定的，但我们今天是在郊区农村的农庄里自己交费吃自助餐，喝一瓶矿泉水应该不违规吧？诸位看呢？”

助理小毛接话最快：“不违规，肯定不违规，自己交钱吃饭，一瓶矿泉水都不能喝？肯定能喝。”

段铖颇有些自得地说：“到我老段这里，怎么会让各位领导违规呢？放心喝吧！”

大家都附和着说能喝，于是就真的放心喝了，放开喝了。

很快几瓶产自茅台镇的“农夫山泉”就喝得所剩不多了，段铖起身欲再去取，王文阳将他扯住：“你这农夫山泉是不错啊，可今天不是来喝矿泉水的，等下还有事，改天有空再放开肚皮痛饮一回。吕斌生呢？怎么还没到？”

段铖说：“从江水县检察院到这儿，少说也得四十分钟，赶上堵车就更不好说了。放心，就是晚上十二点他也会来的。”

王文阳压低声音说“老段，你怎么想起让吕憨子去玩这把火？”

“这回莫赖我，是吕憨子他自己瞎搅和的，说是一石二鸟。

反正清总换个装，就是知名企业家在外游荡着，莫湘龙死扛着，吴国平的案就是疑案。市院案管办在评查，这边申请国家赔偿也给他们施加点压力。也不是真的要什么国家赔偿，他说只是想吓吓刚从市检察院派下来的幺儿检察长，看这嫩娃怎么收场？摆不平的时候，他再出面和稀泥，也借机给那个容嬷嬷施压。”段铖解释道。

“不过从他角度想也是不甘心。他当年可是红透半边天的乡党委书记，就是想快点晋升副处级才求着我跟段非说好话，调到县检察院任副职的，哪知板凳一坐十年冷，本来眼看是媳妇要熬成婆了，可天上掉下这嫩娃‘一把手’，他的老东家凌虎又出事了。这吕憨子心里肯定恼火得很，且这娃还没以前蒋正声那老鬼好糊弄，生得很，也硬得很。他现在还担心日后自己在班子里夹不到菜。他是乡委书记出身，又没办过一天案子，还入额，没被整成吕员外也算是厉害啦。”王文阳嘴上这么说，可心里尽不屑：死吕憨子，一副作死的相。

县法院办理吴国平运输毒品案的副庭长胡霞这时在想着自己的心事，当时合议庭评议时审判员吴力认为构成运输毒品罪，审判员邓婴之认为基本证据存在，建议检察院提供法庭所需的证据，继续补充完善证据体系应该可以下判。员额制改革后庭长不审批案件，所以胡霞就抱着卷宗过来问他：“王院，你看？”他问：“检察院意见？”胡霞答：“公诉人是吕检，他是领导，还是请您跟他联系。”他对胡霞说：“你是承办法官，你跟他汇报就是，说建议他们撤诉。”

胡霞跟吕斌生打电话，吕斌生说是否撤诉要提请检察委员会研究才能决定。王文阳听明白吕斌生的话中有话，他想了想就让胡霞抓紧报请本院审判委员会研究。当然胡霞明白他的意思是趁院长武邵峰同志在市委党校学习这个空档上会。审判委员会研究之前，王文阳给大部分审判委员会委员都介绍了一下大致案情和证据不足情况，并“顺便”提一下检察院想撤回起诉，正等着上检察委员会研究。审判委员会正式讨论研究吴国平运输毒品案时，程序走得很快，胡霞将案情才汇报完，就有委员直接提问：“跟检察院交换过意见吗？”王文阳马上补充汇报检察院准备撤回起诉，只是还没有开检察委员会会议。又有委员说检察院都准备撤诉了，说明这个案子的证据肯定不足，同意宣告无罪。于是一片“同意”“同意”声……然后吴国平就被宣告无罪了。

胡霞呈判决书给他审核时，还有点担心：“检察院应该不会抗诉吧？”他心里发笑，女同志做事就是炸糊，不会谋划，这事他早想好了。因员额制改革了，检察院是否抗诉的决定权已下放给检察官，吕斌生作为入额院领导，完全自己就能决定。嘴上却说：“依法抗诉是检察机关的法定职责，抗与不抗是他们的权力，你管不着也挡不住，何必操这个心？”结果检察院真的没有抗诉。

可今天上午他正准备去政法委开会，却被胡霞堵在了办公室门口，小声汇报说那个运输毒品的吴国平正在县检察院“发神经”似地嚷嚷要国家赔偿，怕节外生枝就急着找他。他一听就觉得胡霞又大惊小怪了：“会有什么节外生枝？毒品犯罪又没被害人闹，怕什么？”见胡霞不作声，他抬脚往外走，快到电梯口时，又听着胡霞急着小跑过来喊：“王院、王院。”他头也没回，加快脚步直接进了电梯。

“今天碰到鬼了，围着你这个破山庄转了三四圈，硬没找到入口，才两个月没来，这外面怎么挖成这样了？”是吕斌生的大嗓门在门外喊，段铖起身去迎客，王文阳等人也停下筷子、刀叉。吕斌生走到厅中央，环视四周：“呵，段总你真是敢教日月换新天啊！这儿原来不是兰亭和竹趣吗？怎么一下子变成自助餐食堂了，还要微信扫码交费，你这么大的老板不嫌害臊？”

王文阳起身将他拉到右边坐下：“说你是憨子，还真没冤枉你，中央八项规定抓得这么严，你还惦记着兰亭和竹趣？你不知道现在叫官不聊生吗？段总能10块卖给我们点新鲜土菜吃已经很不错了！小妹，给他搞点土菜来，快堵堵这张烂嘴。”众人一阵哄笑，段铖又抱出几瓶“农夫山泉”每人面前放一瓶，吕斌生见到侍者送上的食物眼中一亮，许是肚子真饿了，也不搭理王文阳了，全力以赴地对付那些片肝、粉丝之类的去了。

见各人都心满意足地打着饱嗝，段铖让演琴钢琴的姑娘和侍者都撤下。王文阳问吕斌生：“听说吴国平精神出了点问题？”

吕斌生不解地望着他：“没有吧？今上午我跟他聊了，正常啊！”

王文阳还没开口，胡霞就冲出一句：“他脑子没毛病，精神又不障碍，他跑去要什么国家赔偿？”

吕斌生不以为然：“你们法院认为证据不足，已判决他无罪，证据不足被错误逮捕，他当然要申请国家赔偿啊！”

王文阳问：“他这一闹，怎么收场？你那个嫩娃检察长啥意见?”

吕斌生：“今天没有议下来，要承办人再分析是否真的是证据不足，然后再议。”

胡霞明显有些紧张：“瞧瞧，我说嘛，不能掉以轻心。现在承办人是谁?”

吕斌生：“胡法官，看把你急的，现承办人是宋一清，你放心，以宋的水平看不出什么花来，清总没有到案，证据还是那些证据，翻不了船。老夫这点把控能力还是有的，能有什么意见?”

胡霞急不择言：“吕检，现在是员额时代了，谁办案谁负责，谁决定谁负责，跟以前不一样了……”吕斌生听了很不高兴，不过生气归生气，胡霞的话倒还提醒了他，万一宋一清怕自己吃不消这个案件，有可能将案件直接交给嫩娃检察长决定。不行！得想办法切断这种可能。

一想到这，吕斌生就很不痛快，虽然今天下午的检察委员会他回避了，但情况他都清楚，眼看计划就要实现一半了，无论赔还是不赔，他认为都成功一半，他意料不到的是这嫩娃竟然会按下不表。

上次在高尔夫球场回来后，他就一直琢磨着段市长段非的话，看得出领导很不喜欢简约这个不知轻重的娃娃官。他就想着在领导面前表现表现，治治这个嫩娃娃，让他明白在江水县检察院到底该听谁的。市检察院案管办揪住他不放，令他很不痛快也很害怕，便想着先搅浑一塘水再说。

他又有些怨恨段铖：“段总，当初劝你给段市长说说，你还说嫩娃不碍事……”

段铖两眉一挑：“吕憨子，你自己搬起石头，砸了自己脚，怪得了别人？你自己脑子进水，总以为别人脑子都跟你一样进水。”边说边将目光转向候泉林：“候局你那边有什么异常没有？”

候泉林一直没有参与讨论，有一口没一口地喝他面前的“农夫山泉”，懒懒地答：“暂时没有。”

段铖又问：“你们的物证保管室都竣工验收了吗？”

候泉林说：“验收了，已全部投入使用了。对最近10年积存的涉案物证进行全面清理，很多部门保管不善，遗失了不少，现在也没办法了。以后实行数字化管理，尤其是政法跨部门大平台中的涉案财物保管系统启用，可以杜绝涉案财物遗失情况。”然后意味心长地对段铖说：“你就放心吧。”

段铖会意，朗朗一笑：“在座的都是政法机关的领导，我是一个小老百姓，全靠你们这些领导给我们民营企业保驾护航，你们信息化手段越强，对我们老百姓保护越有力度，我能不关心吗？”

胡霞不知道他们在谈什么，她还在纠结吴国平的无罪判决，又问吕斌生：“莫湘龙的不起诉决定是你们院作的还是市检察院做的？”

吕斌生：“我院作的存疑不起诉。”

胡霞又问：“莫湘龙会要求国家赔偿吗？”

吕斌生觉得这个女人很烦，语气有些不好了：“我怎么知道呢？”

说完附在段铖耳朵边咕噜一阵，段铖移开脸问他："确信有这个把握?"

吕斌生郑重点点头。

段铖就站起来打哈哈："时间不早了，还有兴趣学习一下108 号文件吗？你们刚好四打四相，我在旁边抓鸟。"

没人吱声，段铖便往跃层通道转角处的楼梯上走去，其余四人一路紧跟着上到二楼。段铖在进门的树根状茶桌边坐下煮茶，四人则径直走到自动麻将桌前落座，习惯性地打开胸前的小抽屉，见有厚厚一扎老人头静静躺着，就轻轻关上，都喊"洗牌""洗牌"，然后就传来了"嚯嚯啦啦"和牌声……

上次检察委员会开后的几天里，简约脑袋里都是吴国平案的一连串疑问：莫湘龙的身份是市政府专职司机，他为什么要先逃跑再投案？本院给莫湘龙作存疑不起诉决定是在法院对吴国平无罪判决后三天，这是巧合还是有意安排？为什么收缴到的吴国平的手机会遗失？为什么法院口头建议检察院撤回起诉后又急于宣告无罪？吕斌生为何不对无罪判决向法院提出抗诉，为何直到现在都没有向自己来说明情况？

正在苦思冥想之际，容婵来江水县院实地督查数据质量了。简约将容婵请到办公室，说："真的希望你们尽快拿出评查意见，供我院检察委员会讨论案件参考。吴国平案我们开过一次检察委员会了，议而未决，有上级院评查把关，我们决策会更有信心。"

说完从旁边打印机纸盒里抽出一张白纸递给容婵。她接过一看，纸上画着方块结构图，还写着：清总运输毒品有罪不究？

吴国平有罪判无？对莫湘龙该起诉而不起诉？

容婵轻声对他说：“放心，我会派最强的力量来评查这两个案子。我还是有点担心你周围，一定要小心再加小心。”

简约深情地望着她的双眸，郑重地点了点头。

39

陆路在对全市103辆非法转让江A牌照个案进行专项监控后形成了详细书面报告交给容婵。容婵在组织大家讨论时，问陆路：“谁做记录？”

陆路答：“我。”

容婵问：“悠悠呢？”

陆路说：“她说以前不知道这A牌转让里面还这么黑，更没想到她爸的车队长干的都是糗事，以前还以为他挺能的。她不愿意参加后续的工作了，说是不好意思想回避一下。”

容婵点头说：“那好。我们开始吧。先说明一下，前段时间陆路跟着悠悠跑了两趟车牌黑市，跟踪发现了车管所与黑掮客之间的非法转让江A车牌黑产业链，涉嫌虚假诉讼。朗忠对类似这样的虚假诉讼案件专项评查发现全市以非法转让江A车牌和优先受偿为目的的虚假诉讼较为突出。陆路写了一个书面分析报告准备提交院党组，大家讨论一下还有哪些需要修改完善的地方。”大家就你一言，我一语地展开了讨论。

易甘馨抢先发言道："恶意规避法律过户，是无效的民事行为。这些黑中介在钻政策空子，因为《江海市小客车数量调控暂行规定实施细则》规定，因法院判决、裁定发生财产转移的已注册登记的小客车不适用摇号政策。这些不法分子就想着以虚假诉讼来规避摇号，法官参与实在令人气愤，还严重损害了司法公信。"

朗忠接腔道："不论是买车人与卖车人还是买车人和黑中介签的'办理车辆指标手续'协议或者假的借款协议，都是以合法形式掩盖非法目的，恶意串通，损害国家利益，所以这些协议自始就无效。行政主管部门应依法撤销通过欺骗取得的'车牌过户'，并做出行政处罚。构成虚假诉讼的，依法应追究其刑事责任。"

常理感叹："这条产业链真够黑啊，整个就是'包办'的过程，有人包写'假起诉状'，有人包'假应诉'，开庭时提供'假证据'，最后做出'假裁决'……若只是一起两起案件，可能法官不知情，也难于发现，但是这样批量的假案件出现，说明里面有大问题，这也不是个案监督能解决的问题，建议迅速报告院党组解决如何监督的问题。"

石新严冲着常理一顿抢白："你说话喜欢绕弯弯，我给你把天窗打开吧。我严重怀疑这些法官可能被收买，其行为已经涉嫌《刑法》第399条所规定的枉法裁判罪，在民事审判活动中故意违背事实和法律作枉法裁判，情节严重的，处五年以下徒刑；情节特别严重的，处五至十年的有期徒刑。无利不起早，渎职的背后可能还涉嫌受贿。按《刑法》的规定，应该在枉法裁判罪与受贿罪中择一重罪，予以处罚。”

容婵让大家别争论了，安排陆路抓紧修改报告，尽快上报院领导。

大家将报告讨论稿纷纷收起，准备退给陆路集中销毁，常理合上讨论稿时又瞄一眼，突然她发现什么似的，指着附件中一辆江 A60173 别克小车牌照非法转让信息问陆路：“悠悠回避的是不是这个？原车主是段铖。”

陆路点头：“是的，段铖是她爷爷。这车 2018 年 11 月通过虚假诉讼转到徐梅名下，徐梅半年前将该车卖给江水县荣光汽修厂，但自己将车牌留下成为了有牌无户人员，三个月前买了新车上了江 A60173 牌照。”容婵听到二人对话后，将已放在陆路手里的材料又抽了回来，翻到附件看了又看，马上拿出手机发信息。

朗忠一边听着，一边顺手翻看这辆车的照片和牌照，也说：“等等。”随后，他疾步冲向办公桌，打开电脑，点了几下，就听见在喊：“容主任，快来！”

容婵跑过去一看，屏幕上有一张放大的照片，夕阳下道路口老树椏边有一辆崭新别克车被红红的阳光照得熠熠生辉，一身着蓝布印花棉袄儿的村姑靠在车边，一手搭在额前，一手扶着车顶棚背对车头站着，向远方眺望。车牌清晰可见“江 A60173”。容婵惊讶地问：“哪里来的？”朗忠说：“2004 年冬天的一个傍晚，我和我爱人在道路口随意抓拍的，抓拍有好几张，选最好的这张取名为《远眺》保存了下来。”

容婵脱口而出“真是天网恢恢！”

简约接到容婵信息后，马上赶到江水县荣光汽修厂。到厂里就问工人半年前收没收过别克车？工作人员说有点印象，是不是真的有得他们自己去看。

简约在烂车堆里终于找到了别克车，赶紧拍照发给容婵。

容婵回复说：“立即跟县公安局物证室颜丽联系一下，让她提取车身油漆做微量元素检测。”

简约问：“这时作检测还有用吗？能跟什么比对？当年不是说公安勘验很粗糙吗？”容婵说：“别急，颜丽是县公安局技术科痕迹师助理，她当年提取了沉水的凯美瑞车把手边的油漆样本，以她的行事做派，应当会保存下来。你赶紧去找吧。”

简约一边“啊”一边掐了电话，往县公安局赶。

40

容婵与简约在公安民警的配合下，没费多少工夫就在佳欣公司会议室将正在开会的蒋立峰带走了。

没想到蒋立峰不仅没有反抗，还说道：“我等你们好多年了，我受够了。”

简约问：“你的意思是我们没有早来。”

蒋立峰点头说：“是的。我度日如年，这是一笔良心债。我宁愿坐牢。”

简约将兰梅发给他的那段视频打开给蒋立峰看，问：“这是不是你?”

蒋立峰摇头，说：“不是。我也不认识他。”

容婵冷笑道：“既有今日，何必当初。现在也不晚，为何不自首?”

蒋立峰痛苦地摇头：“人在江湖，身不由己。我日夜盼着有被警察带走的这一天，只有这样，我才能说出来，才能得到解脱。”

蒋立峰的确没有骗人。他下岗后无所事事流连于牌馆赌博，欠下巨额赌债。他的前妻余丽芬系段铖远房表妹，见段铖傍上富婆碧丽，便劝说想南下打工的蒋立峰找到段铖混口饭吃，也好就近照顾他们母子。蒋立峰知道婆娘是想将自己拴在身边，怕他外出打工不给她生活费，心里有些嫌恶，可想到儿子跟着她可能会有上顿没下顿，自己现在是下岗工人，再也输不起了，也就一而再，再而三地容忍，都顺着她，跟着她去找段铖。段铖一副突然发迹的样子让他也很不舒服，可人在屋檐下，不得不低头。段铖就让他帮忙临时开车，哪知一脚迈出后，悔之晚矣。

李海洋在碧玉奶业股份有限公司创立大会暨奶牛场 743.6 亩国有土地使用权挂牌出让和合作开发框架协议签订仪式之前，分头找到在家工友，希望兄弟们为了给子孙后代多留一块土地，齐心协力阻挠碧云天父女的计划。大伙也都答应一起保地。

次日的创立大会在原仙丹湖奶牛场行政楼的四楼大会议室举行，副县长凌虎发表热情洋溢的讲话之后代表县政府签订合作协议，按照议程安排，宾主合影。拍照地点定在行政楼前坪。

凌虎一行人走到前坪，当凌虎指着绵延起伏的草甸与碧玉和星辉证券公司投行部经理交谈时，突然从四面八方窜出拿铁锹、锄头等工具的上百名职工，冲到行政楼前将立着的挂牌仪式广告牌三下五除二给打倒了，有人打着横幅喊“保地保地，天经地义”“牛要吃草，人要吃饭，钢筋水泥不下蛋”，还有人拿脸盆、铜锣在敲敲打打的，震耳喧天，碧丽和客人们从来没有见过如此混乱的场面，本能地往行政楼里钻，碧云天赶紧吩咐手下跟上，照顾好客人，返聘的场长许青山带着保卫科长、各车间主任往人群中挤，企图拦住往前冲的职工。

人群中有人倒地，有人哭喊，场面眼看失控，一身珠光宝气的碧丽不停在打电话，老谋深算的凌虎镇定地站在前坪一直不动声色地远远看着。这时由远及近传来阵阵尖利刺耳的警车鸣叫声，紧接着三辆警车开进行政大楼前坪一字排开停下，十多个身着警服的年轻男子打开车门冲出，以凌虎等人所站位置为中心迅速围成一个保护圈，骚乱的现场迅速安静下来，有人在说：“公安局来了？”有人答：“公安局来了你就怕了？”

副县长凌虎踱着方步，笑眯眯走近人群，接过工作人员递过来的喇叭，对着人群喊话：“工友们好，我是分管工业的副县长凌虎，大家有什么意见可以跟我反映，我们一起坐下来谈，有事好商量。原国营奶牛场改制是县政府常务会议集体研究决定的，改制方案是经过江海市国有资产管理局审批的，对方案是否符合中央、省里面相关政策规定，是作了严格的审核把关的。请工友们放心，奶牛场改制是依法依规进行的，是符合国家政策的，请工友们相信县委县政府一定会努力做好全体职工的安置工作的，但是这需要政府和企业、职工相互理解，相互支持，共同努力才能完成，所以请工友们支持改制、投身改制！”

这时人群中有一中年男子拼命往前冲，快到凌虎跟前时，被奶牛场保安拉住，他一边挣扎一边质问：“您说奶牛场改制方案是符合国家政策的，请问是怎么个符合法？国家政策文件明确规定，国有企业改制方案必须提交企业职工代表大会或者职工大会审议，充分听取职工意见。你们是怎么做的呢？奶牛场改制时都没有经过这些程序，不能算数！”

话音刚落，人群中又是一阵骚乱。凌虎不慌不忙，转脸厉声问碧云天：“云天同志，有这回事吗？”碧云天心里叫苦不迭，硬着头皮回答：“是的，是的，当时时间太紧了，没来得及全部听取意见。”

凌虎很生气：“乱弹琴，群众利益无小事，规定这个程序是干什么的啊？是要保障我们工友们合法利益的啊。奶牛场改制需要我们全体工友共同参与，我们要充分听取和尊重全体职工的意见，但每个人的意见都听取和记录有难度，这样吧，我建议工友们今天先回去，推选十个代表来，明天上午九点到场部行政楼四楼会议室与我们县委、县政府领导和厂领导见面，工友们，你们看，好不好？”

没有人答话，碧云天就扯着嗓子在喊：“没有反对，那就是同意啊。县长发话了，大家赶紧回去推选代表，记住明天上午九点，代表们到场部行政楼四楼会议室开会。大家散了，散了。”人群开始三三两两地散去。

散会不久，工友们都聚到三分部负责人李海洋家里开会研究推选代表，李海洋提醒大家按三个层次来处理这个问题。其一，明确明天谈判的目的和内容是要保奶牛场土地不能变性，不能用于房地产开发。其二，要求改制企业应该分给职工股份，由工会代持，要求改制企业提供就业机会，县委县政府要对此作出承诺。其三，十名代表人选条件、名额如何分配等要认真推敲。推选的代表不仅要熟悉企业改制的一些政策，还要能说会道。另外推选的代表要有代表性，各方面的意见都要收集考虑，老中青三代都要有。建议各分部推一个固定代表，其余四名为公选代表，由六个分部的人海选产生。大家都同意他的意见，于是各自分头再去开会。

下午三点不到，十名代表都选出来了，李海洋自然名列其中，他又召集代表们开了碰头会，做了分工。商定开会时大家都要发言，涉及政策法律方面的发言由李海洋、禹厉、蒋立峰负责。

第二天，李海洋跟另九名工人代表在早上八点四十就赶到了奶牛场行政楼四楼会议室，见会议室大门还是紧锁着，以为走错了，大家都说没错。快九点时，有人来开门了，碧云天、碧丽等人稀稀拉拉地走过来。碧云天告诉大家道："县长很忙，临时处置一起突发事故去了，特别交代我向你们转告他的歉意！半小时以内肯定会到，请大家耐心等等。"

李海洋听了，也没感觉有什么不对，就在会议室耐心等着。碧云天手机铃一响，身子就迅速弹起，边接电话边往外走："好，好，我就在前坪等您。"碧丽等人也马上冲下去。几分钟后，碧云天等人簇拥着凌虎走进了会议室。

会议由碧云天主持，先是请职工代表发言，然后是凌虎讲话。

李海洋第一个发言，主要提国有企业改制后职工利益如何保护意见，凌虎一看就是昨天要冲到他面前的那个人，李海洋刚发言完，凌虎就非常和蔼地问："海洋啊，你对企业改制政策研究很透嘛！没记错的话，昨天是你向我开炮的吧？哈哈。"县长这么好的记性，又这么好的兴致，会议室的人也就发出一阵恭维的笑声。只有李海洋没笑，他心里在嘀咕：这是唱的哪一出啊？他极力平静翻腾的内心，答道："感谢领导记得。"

接着其余九个代表陆续发言，李海洋越听越觉得不对劲。昨天对好的台词一个个都没有说，禹厉没有讲奶牛场国有土地为什么不能转性问题，事实上仙丹湖气候环境适合奶牛育种、养殖，这样的天然条件不说海东省找不出，就是全国也不多，这样的天然资源用钢筋混凝土去破坏，会对不起子孙后代！蒋立峰没有讲改制企业要继续经营奶制品，因为奶牛场自创办至今也算百年老字号，江水谣酸奶和仙丹湖牌奶粉是驰名商标，这些无形资产不能丢了，关键是将核心技术一代代传承下去，不能让老师傅们失业，更不能让他们的手艺失传；也没有人强烈要求改制企业让职工持有股份，保证职工，尤其是技术工人继续就业，没有人要县委县政府对此郑重承诺！小伙伴们难道都集体反水了？不可能啊，他们大部分是自己平时关系就很铁的哥们，而且一直在为职工利益奔走呼号的啊，怎么会是这样？

带着纳闷，李海洋继续听着，越听到后面越觉得不对劲，黄良先竟说："感谢县委县政府领导关心，能听我们一线工人对企业改制的心声，倍感激动，我们完全拥护县委县政府的决定，并会带头做好工友们的思想工作，我的发言完毕。"

李海洋强压着内心阵阵涌上来的冲动，听见凌虎还在讲话："奶业振兴是国家战略目标，江水县国营奶牛场成功改制和整体开发对于改善县域经济结构、打造县域经济品牌和提高仙丹湖景区品位都具有积极作用。碧玉公司一旦上市，作为其子公司的碧玉奶业公司也是借船出海了。奶牛场成功改制引进实力企业碧玉奶业对于我们江水县来说只有赚没有亏啊，工友们一定要用长远目标来看待这个问题。奶源对于奶产品质量至关重要。我们仙丹湖这一带特别适合奶牛育种，但这块产业我们一直没有做起来，一直沿袭传统养殖管理模式，碧玉奶业将从北美、欧州引进良种公牛比如北美帅哥，打造自己的奶源基地……"

李海洋再也听不下去，"嘣"地站起来："凌副县长，您今天百忙之中找我们来，是要给我们职工解决问题的吧？您不能回避核心问题，就是奶牛场土地性质能不能改变这个问题！你说碧玉奶业将如何如何，我也暂且相信，但我只问一个问题，别说改制后，就说碧云天父女夺回原奶牛场以来，他们养过一头奶牛吗？"

碧云天大声斥责："李海洋，你放肆！坐下。"左右坐着的蒋立峰和禹厉亦应声而起，一人一手拍压在他的左右肩示意他坐下，李海洋双肩使劲一甩，将两人的手掀翻，然后移开椅子，抓起面前一个茶杯往地下狠劲一砸："你们这帮王八羔子，祸国殃民！共产党是工人阶级领导的先锋队，我就不信，没有为我们工人说话的地方，等着瞧！”然后，他大踏步就往会议室门口方向走去。

碧氏父女交换了一下眼色，此时会议室门外有一双眼睛在密切注视着室内的一举一动，此人就是段钺，蒋立峰前妻余丽芬的远房表兄，一个因做芦苇生意亏本欠下不少债务，为逃债与老婆假离婚的外乡人。就在昨天职工闹事后，段钺毛遂自荐向碧丽承诺可以摆平此事，交换条件是碧丽帮其取得仙丹湖周边芦苇场的承包经营权。因碧云天已被确诊为肝癌，碧丽急于靠其父亲在最后的生命里帮她拿下这块地，抢在《证券法》大修改之前提交证监委审核通过其上市申请。二话没说就答应了合作。

因与蒋立峰沾亲带故且他又有求于己，所以段钺第一个就找蒋立峰，打算用10万元人民币买通其倒戈。见蒋立峰态度坚决，段钺就拎着10万元找到了余丽芬，要她想法让自己的男人反水。余丽芬左手接钱，右手就拎钱到赌场还赌债去了，一夜豪赌后她眉开眼笑地回来了。蒋立峰本想质问余丽芬是不是收了段钺的钱？可看她坐在床沿一边用手沾水一边点钞票的样子感到阵阵恶心，也就没再说什么了。余丽芬背朝着他喊：“他爸，起来，起来，昨天我这发财手，不可思议，不可思议，我包里有10万块动都没动一下，钱就源源不断地往我包里钻，小赢了2万多。”他听腻了，转背过去。可听她说：“老娘总算时来运转了，从此金盆洗手不干了，这些票票就是我的亲老娘，再不赌了！他爸，我再也不赌了，咱也去买个二居室套间住住。”蒋立峰当时心里一软又原谅了她，只要她肯戒赌，好好过日子，什么都可以依她。蒋立峰侧转身望着天花板长叹一声，默许妻子收下巨款，也默许自己的良心去喂狗了，于是才会出现开会现场的那个局面。

在会场目睹一切的段铖会后马上又找到蒋立峰，要蒋立峰帮忙想办法将李海洋约出来喝酒，蒋立峰起先也不愿意，还提出会将那10万元退还给他。段铖威胁他退钱可以，自己嘴巴不把风说不定就将他曾收钱的事抖出去了。见蒋立峰马上软口，段铖又再三声明绝对只是喝酒，绝对不提改制和保地这档子事。他只是想给李海洋介绍邻县职工改制后得利的做法，这年头只要自己过得好就行，谁也不是菩萨，没必要普度众生。蒋立峰拗不过，只好答应。当晚段铖、李海洋、蒋立峰等人是在道路口的二妹砣土菜馆喝酒，李海洋被灌了很多酒，始终不答应段铖提的让他放弃保地并给予10万元补偿的条件。

见李海洋要走，段铖将车钥匙交给蒋立峰，说："天太晚了，你们开我的车回去吧。"蒋立峰接过钥匙，与李海洋一前一后往段铖的凯美瑞车边走去。李海洋似醉微醺的状态，抢过车钥匙自己开车，蒋立峰马上拉开副驾驶室的门坐了进去。

李海洋开着车，在山路上走成S线，险象环生，蒋立峰酒醒大半，多次提出要自己开车，李海洋都不让，吐着满脸酒气摆手说："立峰，我一点都没有醉。你放心坐好……坐好就行，就行。你那个老表他不是个东西，真的不是个东西。"

蒋立峰有点心虚："海洋，你别太敏感，他也是受人之托，收不收购跟他没关系。"

李海洋将方向盘往右一打，车身颠了一下，蒋立峰身子一歪，吓得不轻。李海洋借着酒劲又开骂：“立峰，你以为今天这鸿门宴我看不出来？他一个做芦苇生意的，听说欠了一屁股债，为躲债还跟老婆假离婚，跑去跟碧丽当副手，能干什么好事？他眼里肯定只有钱，连老婆孩子都能骗的人，哪里还会有良心？”

说话间，李海洋脚踏油门，加速冲上杨家岭陡坡，过了这个长坡，坡下就是仙丹湖，奶牛场的职工宿舍就在湖对面的盆地里，不远了。这时突然有一辆别克车加速从右往左赶超过来，说时迟，那时快，正欲下坡的凯美瑞被重重剐蹭一下，蒋立峰惊叫：“反光镜。”话音未落，反光镜不见了，李海洋急往左打方向，可小车好像一头暴怒的小狮子，疯了似的直往仙丹湖冲去，于是悲剧发生了……车子上下剧烈震动，车前挡风钢化玻璃瞬息碎了，蒋立峰眼冒金星，脑袋被震晕。

当他有意识的时候，发现四周都是冰冷的湖水，漆黑的夜色吞噬了一切，不远处隐约有挣扎的黑影，一下就没声息了。尽管他从小在这湖里浪，练得一身好水性，可寒冷的湖水透过旧羽绒服贴在身上非常刺骨，手伸不开，脚划不动，强烈的求生本能支撑着他，蹬腿、再使劲蹬腿……全身力气很快就被耗尽，他以为自己要死了，就要死了，又心有不甘，如灌了铅的两腿又本能地蹬两下、蹬两下……也不知道在水里挣扎了多久，居然还是摸到湖边了，爬上岸就没命地往家里跑，将漆黑而可怕的夜色，抛在身后。

他没命地往距离最近的父母家跑，掏出钥匙想开门，可两手抖得厉害，总不听使唤，便用头使劲往门上撞。门开了，睡眼朦胧的父母被他惊魂未定的样子给吓坏了。他爹对着他的额头上连哈三口气，轻斥他妈："还不快给孩子找身干衣服来，傻站着干嘛?"

他妈急忙抱来一堆衣服，他爸将门把带上，催促说："快换上，快换上。"

稍顷，他爸端来一盆燃得很旺的木炭火进屋，掀开被窝让他钻进去。递给他一条干毛巾，说："把头发擦擦，我去看你娘把姜汤熬好了没?"这时他才想起还有李海洋，掀开被子就往外走，他爸一把拖住他："到底出了什么事了？你要去哪?"

他哇的一声痛哭起来，语无伦次："呜唔……没了，没了，海洋没了。"他爸将他拖到床上，死死按住他，接过他妈递过来的姜汤说："你坐下坐下，喝完这碗姜汤，再好好说。"

他刚接过碗，就听见"咚咚"有人在擂门，越擂越急。"蒋立峰、蒋立峰"是李海洋弟弟李海平的声音，"咣当"一声，他手中的碗掉在地下，他妈将门才打开，李海平就冲到他面前，揪住他衣领问："我哥呢，我哥呢。"他木木地说："掉湖里了。"

"啪啪"李海平朝他脸上连扇了几个耳光，声声清脆。他爸拉住李海平："大侄子，你打够了吗？你哥生死未卜，你现在打死他，也不起任何作用啊！先去找你哥要紧。"李海平一听，拖起蒋立峰就往外冲。

李海洋的尸体才被打捞上来，蒋立峰就被赶到的县公安局的刑警候泉林和他的同事抓走了。

县公安局当天就以交通肇事罪对蒋立峰进行了立案侦查，蒋立峰被抓到派出所后，原本吓傻了的他一下子清醒了，大喊冤枉。候泉林和同事只低头做着笔录。不大一会儿，一脸阴冷的警察对他宣布刑事拘留决定书，他几乎歇斯底里大闹道："你们还有没有王法？我又没开车，怎么是我肇事？"民警就答："你冷静一下，除你自己以外，还有谁或者谁有可能对案发前后的情况有所知晓？"他摇头。

这时审讯室的门被推开，段钺走了进来，示意候泉林他们出去。候泉林面有难色，段钺低声对他吼："我是来帮你们破案的，凌县长那里等着你们的结果呢？"然后就一把将候泉林和同事推开了。

段钺一脚踩在他座位的扶手上，狠狠地对他说："你没开车，谁看见了？你说没开车就没开车？"不等蒋立峰回答，就从口袋里掏出一张纸递给蒋立峰。

他接过一看，是余丽芬的笔迹："老公，你听二表哥的安排。他不会害我们的，他刚给我送来 10 万元帮你跑关系。你一定要听二表哥的安排。"

蒋立峰疑惑地问："丽芬让你来的？"

段钺道："是的，她刚跑来找我，求我把你捞出去，我说捞人可以，问她准备出多少钱摆平这事？她支支吾吾半天说没钱，上次那 10 万元全输掉了。"

蒋立峰一听，额上的青筋就要暴出来。

段钺右手往他左肩膀上重重一拍，说："你摊上这么个婆娘也是你的命，估计这 10 万块又被那些赌友截走了。"

蒋立峰两眼发红，怒吼道："你到底是什么意思？明明知道她会去赌，为什么还要给她钱？"

段铖冷笑道：“我这 10 万元不是送给她赌博的，是用来堵嘴的，堵你这张喊冤的嘴。”

蒋立峰沉默了一会儿，轻声反问道：“我若不答应呢？”

段铖说：“你不答应就不答应，跟我半毛钱关系都没有，等着把牢底坐穿吧。”

蒋立峰硬着喉咙说：“李海洋的死跟我没关系。”

段铖直起身，两手居高临下地搭在蒋立峰的双肩上，说：“兄弟，也活该你倒霉，李海洋的老子现在在重症监护室，李家老老小小十几号人披麻戴孝地堵在县政府凌虎副县长办公室门口。你家老汉和老娘被李家亲戚和那帮讨债的赌鬼‘看活牛’，走到哪，跟到哪。”

蒋立峰语气有些担心：“他们把我爹我娘怎么啦？”

段铖答：“现在还没怎么样，以后会不会怎么样呢？这可就没人给你保证了，谁让你是这起命案的最大嫌疑人呢。”

停顿了一会儿，段铖道：“马上市里要开两会了，县上维稳压力很大，凌副县长发话了要对你快捕快诉，绝对不允许出现李家到市里省里信访的现象。领导知道你家赔不出一个子儿，找到碧家父女替你出钱消灾，尽快将事压下来。你就识相点跟着办案同志走下程序吧。我答应了丽芬，怎么说你还是我表妹夫，我不会袖手旁观的，等被害人这波信访摆平了再想办法给你在检察院搞个不起诉或者到法院判免刑，哪怕是缓刑也行。”

蒋立峰扭头过来问：“碧家凭什么替我出头？就凭你是我亲戚？”

段铖附在蒋立峰耳朵边说：“告诉你吧，碧玉奶业股份有限公司申请上市，下个月就要上证监会的发审会了，不拿下奶牛场，他们的募集资金投向项目就有大问题。而碧云天患肝癌晚期已快不行了，比谁都急着要拿下奶牛场的地，出现这档子事，李家天天这样闹下去，碧玉奶业上市就会黄了去。政府也不好向上头交差!”

蒋立峰这会儿总算明白是怎么回事了，就说：“你今天来就是要我认下这个黑锅，让政府和公检法里一些糊涂官办下这个葫芦案噻。”

段铖马上答：“只要你答应，丽芬拿去的那10万元就是你们的啦。”

一听到这个名字，蒋立峰就皱眉。当初娶她时，只因奶牛场正式女职工少，年轻的更是稀有，只图她是吃国家粮的，其他倒没怎么考虑。哪知……哎，不去想吧。他垂下头思量着。

段铖趁热打铁道：“你一个下岗工人，有钱才有脸，无钱无脸。到哪去捡十万二十万呢？别死脑筋了。”

蒋立峰隐约感觉李海洋的死有些蹊跷，不过这会儿他突然有新的想法。许久他抬起头对段铖说：“我考虑好了。但这谈判条件得由我提。行不?”

段铖喜出望外，催他说出条件来。

蒋立峰就说：“第一，我要与余丽芬离婚，她以前和以后的赌债都与我无关。第二，她拿走的钱不能算在我头上。我一分也不会要，但是我再婚要买房你得给我出钱。第三，我今后的工作你们得管。就这三条。”

段铖面有难色，说：“你这条件有点高，后两条还好说。这

第一条怎么弄呢？”

蒋立峰说：“她是你妹子，你总有办法。”

说完这话时，蒋立峰仿佛看到余丽芬哭着闹着不愿意离婚的样子，心里很是悲凉。俗话说，妻不贤，夫遭祸，真是不假。他感觉自己是一步步被余丽芬拖下水的，现在还要不明不白地背黑锅，否则自己坐牢不算，父母和儿子还不得安生，算啦算啦，人穷志短，面皮也没人稀罕。下岗工人能有口饭吃，有份工作养活儿子就行。

当晚蒋立峰就被送到县城边上的看守所，他以为余丽芬会跟自己磨上一阵子，然而他错了。第二天清早，段铖就赶到山上看守所会见室里，告诉他余丽芬满口答应。他二话没说，转身离去，没想到余丽芬在他落难时会是这样。他又安慰自己，终于解脱了，更重要的是她承诺所有赌债都与他蒋立峰无关了，就算净身出户也算了大挣了几十万元。

说是解脱也是自欺欺人，因为李海洋几乎每天都会在梦里来找他，质问他：“你怎么游上岸的？那车子有什么问题吗？”他的精神近乎崩溃，尤其是被贴上犯罪嫌疑人标签后，他发现亲朋好友都对他敬而远之，这才明白前妻为何那么爽快地答应跟他离婚了。因为她和周围的人一样都认为李海洋是他杀死的，是被段铖买通杀人的，即便不是故意杀人，也是他开车肇事将李海洋搞死的，要不为什么李海洋死了，你蒋立峰没死？抑郁狂躁从此缠上他。

法院裁定中止审理后，段铖没有食言，让他去北江新办的佳欣公司上班，在那里他遇到同乡汪佳，隐名埋姓结婚生女，过了几年安生的日子，但一直不敢轻易回老家。

若不是在段强的安排下，沈四“外逃”至北江佳欣水产品公司里当保安时，他可能会继续会自欺欺人地过下去。原来这沈四喜欢喝酒，酒一喝高就吹牛。自以为没事了，一吹牛就将他那天“怼”检察院办案人员的事讲得神乎其神，这时保安们投来崇拜的眼神让他心魂荡漾，更加满嘴跑火车，以至于佳欣公司上上下下都知道了他的“英雄事迹”，化名徐凯的公司副总蒋立峰自然也听到了。眼看着段家父子的势力越来越大，昧良心的事干得也是越来越多，他越来越怀疑李海洋的死可能不那么简单，十有八九与碧家或者段铖有关。这怀疑让他很痛苦，也很挫败，更令他恐惧。这些年尽管他没在牢里坐着，但也等同于在“服刑”，因为熟人朋友都认为李海洋的死与他脱不了干系，自己隐姓埋名背井离乡，行尸走肉似的活着，人不人，鬼不鬼的日子堪比“社会性死亡”。他比谁都迫切希望知道李海洋的真实死因，可是越怀疑是段铖干的，他就越害怕，害怕段铖的心狠手辣会用到自己身上。刚好岳母去世，女儿要回原籍地参加初中会考，他不想回来，但又渴望回来探个虚实，于是就回来了。

容婵和简约从羁押蒋立峰的当地看守所出来，天已经完全黑下来。秋意渐浓，晚风已有些凉了，简约顺手将自己的春秋制服搭在仍穿着夏季制服的容婵身上，一股暖意弥漫在容婵的心间，她低头独自享受着并不回应。二人沿着长长的下坡台阶默默并排而行，月光透着左边山林浓密的树荫洒在石阶上，与橘黄的路灯浑然一体。行至半坡，见左边山体有一石壁依稀有石刻痕迹，简约打破沉默道：“千年石上古人踪，万丈岩前一点空”。容婵马上接力吟出“明月照时常皎洁，不劳寻讨问西东。”简约伸出俩大拇指说：“你真棒！”两人相视而笑，所有的言语都尽在其中。两人又击掌齐喊：“加油！加油！”

容婵刚才一直在想，蒋立峰的供述解开了自己心头多年的疑惑，她为自己多年的坚持而感到欣慰，但蒋立峰吐露的真相更为可怕，这不是一起简单的交通肇事案，极有可能是蓄意杀人的恶性案件，也不由得倒吸几口凉气，她清醒地知道后续的路会更为艰难！看来简约也跟自己一样早就看到这一层，所以才会不约而同地想到让自己心里的明月照耀起来，一灯除诸暗，这份默契更令她心意荡漾，更相信有良人相伴，只问耕耘不问收获，循着先贤开辟的道路勇往直前，一定会将黑暗、乌云驱散，还世间一片清朗！

41

容婵马不停蹄地赶回检察院，还没来得及放下行李，办公室电话突然响了起来。她抓起话筒，简单地回答“梅姐，我马上要去开会了，徐凯就是蒋立峰，我刚把人带回来。”

“好啊好啊，我没听错吧！”电话那头的梅艳芝也瞪大眼睛，提高嗓音再三确认。

梅艳芝放下电话就跑到亡夫的墓地，站在李海洋的墓碑前，她想要说的话太多太多。十几年来，即使在最煎熬的日子她也一直在坚持，一次次的碰壁，逐渐积累的压力，突然间就消散了，她反而有点不适应。站在那儿不停地流泪，这泪是对亡夫的滴血告慰，也有对容婵的愧疚……

美国曼哈顿的一偏僻街道的中餐馆内，快打烊了，老板娘常姝开始收拾桌椅板凳。段誉吃完炒粉后主动收拾好自己坐的桌椅，常姝用赞许的目光望着小伙子，诚恳地说："谢谢!"无意中看到小伙子放在桌上的手机屏保，惊奇地问："这女孩好漂亮啊？你女朋友?"段誉答："嗯，国内的女朋友。叫悠悠。"常姝故作不经意地答："噢。"

段誉从中餐馆出来，回到宿舍就给郑力、悠悠发起视频聊天。"接上头了，打下铺垫扯了个谎说悠悠是我女朋友，还让她看了悠悠的照片。"段誉说。

"'段皇爷'就是'段皇爷'，不愧是江湖高人，做事靠谱!"郑力赞道。

"什么靠谱，我比'段皇爷'大好几岁，怎么可能是男女朋友嘛?"悠悠着急地嚷道。

"姐，你弟弟我没那么弱智，我可是挑了你四年前的照片。放心吧，不会露馅的，你就放一万个心。她要是真有怀疑，我就说姐弟恋得了，姐，你也还没那么老，自信点好不好?"段誉坏笑着说。

"你别自作聪明了好不好？她是见过我的。你骗不了她。"悠悠着急地说。

"悠悠，你别着急，好吗？她是否相信你是'段皇爷'的女朋友并不重要，她不信就不信，怀疑更好，能让她把自己的故事引出来就可以了。让她对段皇爷的女朋友感兴趣就行。”郑力故作老道地说。

悠悠想了想也是，便没有再作声了。

一大早，梅艳芝就等在江海市检察院的大门。看着容婵的车驶进办公楼。容婵也看到她便放下车玻璃打招呼。梅艳芝深深向容婵鞠了一躬：“容检察官，我家案子终于破了，真的太感谢您了！”

没想到容婵说：“对不起，梅姐，我还是当年的判断，蒋立峰不是真凶！我上午还有紧急会议，不能跟你细说，暂时失陪了。”

梅艳芝一下子跌到了冰窖里，追着容婵的小车在后面喊：“容主任，为什么，为什么？”旁边的保安马上过来劝说。梅艳芝失魂落魄地拖着沉重的脚步离开检察院。

瞿海峰、林诗然等院领导听完容婵和简约对蒋立峰案的分析判断后，接着又看了案管办常理对吞食异物嫌犯罪犯数据分析和全景画像，瞿海峰未等副职发言就拍案而起：“黑恶不除，民无宁日！涉仙丹湖资源受损公益诉讼案和蒋立峰交通肇事案的相关纠错工作同步推进，速战速决！”

会后，林诗然又召集容婵和简约、常理、乐之之等直接经办人开了一个小型碰头会，要求各自将手头掌握的线索再梳理再分析，不得放过任何一个疑点。

容婵和简约分别组织各自的下属开展工作，两天后两个小组在林诗然办公室再碰头，大家综合分析发现所有这些线索最后都指向碧玉公司和段铖、碧丽、谌嵩等人。

容婵在整理这些材料时五味杂陈，凡涉谌嵩的每笔犯罪资料都令她痛心痛肺，往事如潮涌！然而将全部涉案资料看完后，靠在皮座椅的她却是出奇的平静，直到此时此刻她才真正看清现实中谌嵩的样子，完全不是记忆中她迷恋的那个谌嵩的样子。或许谌嵩原本就是今天这个样子，不过是自己用虚幻将其美化成初恋时的纯情模样！或许少女情怀总是诗，带着对爱情的向往将自己理想中的幻彩放投放在自己心仪的人身上，所谓的爱恋不过是自己用理想加工的幻觉而已。这么多年过去了，虽然跟他决裂分手，其实还是心存幻想，不曾真正地放下。直到今天才发现他真实的一面原来满目疮痍，感谢这段经历让她明白自己真正需要的是什么。想到这里，她竟然有些庆幸！简约的微信恰好又至，约她星期四再去江水县提审蒋立峰，她甜蜜地笑了。

第四章　只留清气满乾坤

42

星期四那天，容婵和简约提审了蒋立峰一下午，从江水县看守所出来天色已暗。容婵跟简约道别正准备独自驾车回市区，接到朗忠电话说梅艳芝提了两桶汽油在受案大厅要自焚，让她赶紧回院里。简约也听了个大概，见容婵脸色不对，拉开后座车门，钻了进去。警车呼啸着往江海市方向前进……

原来梅艳芝不愿相信，也不敢相信容婵那天在市检察院大门对她说的话，她回到家里，食不甘味，夜不能寐，天天就往江水县检察院跑，要求江水县检察院建议法院恢复庭审，迅速结案。

星期四这天下午，她又来到江水县检察院案件受理大厅，法院的一名书记员正好来送文书。前台受理员接过文书看，在自言自语："蒋立峰交通肇事案，同意检察机关撤回起诉，这份裁定跨越刑诉法两次修订，法院同意我院撤回，真不容易！"梅艳芝一听，如五雷轰顶，二话没说就出去了。

大约下午四点多，极度激愤的她竟提着两桶汽油往江海市检察院一楼案件大厅门口一放，保安冲过来想阻拦她。梅艳芝拿出打火机："你们哪个敢来拦？我马上点火。"

见保安停步，梅艳芝对冲出来的朗忠喊："叫容婵出来，叫容婵出来。"朗忠说："容主任下乡了，有什么事跟我说，我一定跟容主任汇报。"

梅艳芝不信，轻蔑地说："别跟我玩花招，叫她出来，她是不是不敢？你告诉她，五分钟内必须出来，否则我们同归于尽。"因大厅门口临街，路过的行人见门口放着两个汽油桶都好奇驻足，人越围越多。

经保安左劝右劝，梅艳芝好不容易扔下打火机，却一屁股坐在地上，从双肩包里拿出一块写满大字的长幅白布往地上一摊，接着又拿出一个小小的蓝牙音箱摆在地上。然后起身，将长白布沿着受理大厅的大门口一字摊开，路人纷纷靠近，有人在轻声念白布上的字，梅艳芝将白布理好后，点开自己的手机音频，又打开音箱再双腿盘地而坐，一言不发。小音箱里传出的女中音就在空中回荡，凄婉低沉，催人泪下，虽音色纯正不是梅艳芝本人的口音，但句句声声都是白布上书写的内容："各位大哥大姐停一停，且听女子我来诉冤情，女子我叫梅艳芝，娘家是那江山县黄屋坪，嫁的老公是国营奶牛场挤奶工。1997年县上说要把企业来改制，实际是让老板买地建房换票子。我男人李海洋和工友祖祖辈辈都是奶牛场边人，他们只见奶牛吃草能下奶，不见房子能下崽。一代毁土建房，二代游手好闲，三代骂爹骂娘，四代人心惶惶。我男人和工友为给子孙后代保地保口粮，不让碧玉公司搞房地产，跟政府领导起冲突，却晚上被人喊去把酒灌，坐车回来掉到湖里，可怜我男人不识水性见阎王。公公一听脑充血，送到医院动不得。政府息事宁人给赔50万，婆婆说我拿她儿命来换钱，伤心绝食七日亡。我计划之外怀二胎，惊闻晴天霹雳伤心绝，产下死婴好悲切……十年跟踪有多苦，家里过节只有清明节，好不容易逮得凶手蒋立峰，检察院又说作案不是这个人，你们给我说一说，他们这是包庇还是怎地……”围观者个个动容落泪，窃窃私语，有人要冲进大厅，被赶来的保安阻挡。

受案大厅里气氛很紧张，见易甘馨在拨打110，悠悠便冲到门口，对梅艳芝说：“这位姨，若我没看错的话，您那天去医院看过我们容主任吧？”梅艳芝上下打量她一番，说：“是啊，那又怎么样呢？”悠悠说：“没怎么样，我只是很奇怪您这位姨怎么翻脸比翻书还快呢？”

梅艳芝将脸一拉，对着人群喊：“你检察院里的人说话都这么大嗓门吗？你一个小姑娘也吓唬我老百姓是吧？你让大伙给评评理，是不是？”人群突然就嗡嗡起来，七嘴八舌地就议论开了。

悠悠并无退意，冷笑道：“您说我嗓门大就想把我吓住是吧？姑娘我天生嗓门大，要怪只怪我爹妈，别怪检察院。这位姨，您到检察院有事说事，没事坐在休息区看个报，喝口茶啥的都可以，您提两桶汽油来干什么？吓唬谁？这楼里除了我们工作人员外还有好多办事的老百姓，我们是啥都见过的，也不会被吓怕的。老百姓可不一定啊，您这不是要吓他们吗？”人群里就有人高声附和：“就是就是。”

梅艳芝双腿往地上一屈，额头就如鸡啄米似的往地上撞，人群里有人起哄了，高喊：“小姑娘你这嘴也太不饶人了，少说两句会死啊!”悠悠一惊，也往地上一蹲，用双手死死将梅艳芝的额头托起，咔嚓，一声脆响，钻心的疼痛向悠悠袭来，源于大拇指指节处。她咬牙挺住，但仍不“嘴软”：“这位姨，您到底想干什么？您要见的容主任现在江水县山区，听说您要自焚，正以100码的速度赶来，这样赶路是很危险的啊！您不信，大家也不信，是吧？朗主任，你的手机呢？跟容主任视频聊天呐?”朗忠拿出手机跟容婵联上视频聊天，视频画面里能看到容婵坐的警车在盘山路风驰电掣般掠过一个又一个山头，有群众喊：“太快，太快了，危险！危险！慢点，慢点。”

梅艳芝终于抬起头，看到悠悠额头在冒豆大的汗珠，又盯着她的右手，大拇指处已红肿得像一个大菜包，就没有再闹了。

悠悠咬着牙站起来，对众人说：“我刚问过这位姨，她前阵子去医院看过我们容主任，是因为什么呢？我们容主任被她儿子在这个大厅里刺伤了，那又是为什么呢？就是因为我们容主任当年办理她老公被害的这个案件没有批准逮捕犯罪嫌疑人，我们容主任当年认为这个案子就没有查清，这十五年来，她就一直在查，从来没有放弃过，现在她在江水县还是在查这起案子。我们是办案的，这不错，可每起案件，我们都不在案发现场，都是事后去寻找证据，有的案件证据一下子就全找到了，有的案件它的一些证据就是找不着。就好比小朋友拼拼图，有时哪块掉了，我们就得不停地找，也有总找不着拼块的时候。办案子得靠证据，有时这证据找不到我们就不能下结论啊。”

人群里有人说：“有道理，小孩拼拼图哪一块掉了都不行。

我孙子就这样，哭啊闹啊，就是找不到，还得帮他找啊。不容易，不容易！”

悠悠见大家情绪慢慢平复了，故意漫不经心地说：“我们容主任平时不太爱笑，可心里头还是热乎的。这位姨的儿子也就是上次电视报道用刀捅我们容主任的那个小伙子，他上学都是容主任给资助的，她资助了十几年，虽不算太多，但至少说明她人心不坏。”

人群如炸锅般，有些人抬腿想走。一直站在最内圈的一个非常时髦的姑娘走到梅艳芝跟前说：“大姐，只能劝你了，人家检察官仁至义尽了。”

这时，简约与颜丽赶到，他们急忙拨开人群走进大厅。颜丽告诉大家：“我是江水县公安局的痕迹师颜丽，有两份最新的鉴定意见需要告知被害人近亲属，该意见可能会影响十多年前那起交通肇事案件的定性和最终处理。其中一份是水中打捞上的凯美瑞小车方向盘油污拇指印经鉴定是死者李海洋的，另一份是小车驾驶室右门前方刮擦处提取物，其中混合有小车本身油漆和另一辆江 A60173 别克车油漆，说明两车可能相撞。”

简约接着说：“只要我们从报废车辆信息中找到江 A60173 小车原车主，案情很快就会真相大白，当年以交通肇事定性的案件很可能是蓄意故意杀人的恶性案件，请大家耐心等待。因尚在侦查阶段，相关案件细节不便公开，但本案杀人真凶不是蒋立峰这一点是肯定的，蒋立峰在本案中实际也是被害人，出事后他第一次就交代是李海洋开车，但此后他被人用 50 万元收买并加威胁而改变口供，涉嫌伪证罪。真凶为不使罪行败露，买通司法败类，为‘杀手’开脱各种罪责，等待他们的必将是法律的严惩！”梅艳芝听得将信将疑，人群里又再次炸开了锅，继而爆发雷鸣般的掌声！

风尘仆仆的容婵也走进大厅，一眼看见她进来的简约退到人群背后，将她悄悄拉到一旁，十指紧扣，二人相视一笑，眼里都是幸福！

悠悠临危不惧，特别是在梅艳芝以头撞地时她及时出手致大拇指骨折的事，容婵事后才知道。她和大家一样对这个平时毛手毛脚的小姑娘是发自内心地喜欢起来了。自从上次大厅里小姑娘舍命救她时，大家就觉得小姑娘本质不坏，可能是家庭环境使然，才浑身上下都有小姐的缺点。这次小姑娘受伤的事，全院上下都传遍了，赞不绝口。瞿海峰检察长也过问此事，还亲自到医院慰问悠悠。悠悠见领导同事这么关心自己，很感动但并不开心。她没有告诉家里人，而是骗他们说自己出差，连郑力也没告诉。不过这给朗月时间和机会。朗忠起先还不高兴，在常理和石新严他们半开玩笑半当真的劝说中态度才有所好转，白心悦知道这事后对他也是一番数落：“你也太不相信自己的儿子了，我们儿子是什么样的人，他就会找到跟自己一样的人回来。你瞎操心干什么？合不合得来，他们自己最清楚。看人不能只看外在，要看心，这心地怎么样？只有你儿子有发言权，难道你能代替儿子去恋爱？”妻子的话说到这份儿上，朗忠也觉得自己对儿子干涉过多，也反思自己可能对悠悠成见太深，的确不该瞎操心。

段誉又走进常姝的餐馆。常姝热情地从吧台后面出来热情地打招呼，吩咐店员快上菜，见店里客人不多，就坐对段誉对面跟他道家常。她问：“你女朋友怎么没来美国读书？”

段誉答：“她来美国做交换生，读完就回国了，她母亲在美国，而她爸妈离婚了，所以他爸不想她长待美国。”

常姝心里有些惊喜，又有些失落道：“我也有一个女儿在国内。”

段誉做出很感兴趣的样子问：“是吗？阿姨那也一定有故事对吧？”

常姝喊店员：“拿酒来，小段，你今天陪阿姨喝两口行不？”

段誉爽快地答道：“好的。”

常姝醉得一塌糊涂，一会儿哭一会儿笑，跟段誉说着她的故事……

43

江海市检察院检察委员会会议上，石新严汇报完吴国平运输毒品案，提出了自己意见：“吴国平申请国家赔偿的运输毒品案经评查认为，法院以事实不清证据不足为由宣告无罪是错误的，江水县检察院未在二审抗诉期内对该错误判决提出二审抗诉是错误的。”

主持会议的瞿海峰检察长将目光移离胸前的升降式电脑屏幕，投向石新严，问她：“你的理由呢？”

石新严答："我认真地审查了原案案卷，发现吴国平有一次供述和莫湘龙的供述中都提到了一个细节：他上车后边整理背包边说今天这东西格外香，坐在后座的莫湘龙答确实香。而原案判决书的证据摘录中没有二人关于该段气味的对话。而这段对话充分说明在当时车内狭窄空间当时弥漫的是麻古香味，因为新鲜麻古有香味，结合三人供述他们当天中午都吸食了麻古，说明清总回到车上后三人都知道车上已有麻古，一审判决认定吴国平主观不明知是错误的。"

瞿海峰追问道："这么关键的细节证据为什么会被忽视？我院提起公诉后对这份无罪判决进行审查时为何未发现错误？"

石新严说："法院判决没有采信这一细节，有可能是承办人对新鲜麻古有奇特香味这一物理特性不清楚，也许有其他原因，我不能妄加猜测。公诉人在审查判决书时居然也没有发现判决错误，确实有些不可思议。还需要报告的是容主任让我们对关联案件莫湘龙运输毒品存疑不起诉案亦进行评查，承办人同样是副检察长吕斌生，经评查这起存疑不起诉案件也存在处理决定不当的问题，属于应起诉没有起诉。"

容婵发言："本案经过我办检察官联席会议讨论，一致意见是本案事实清楚，证据确实充分，吴国平、莫湘龙、清总等人构成运输毒品罪。对法院宣告吴国平无罪一案应当按照审判监督程序进行抗诉。对莫湘龙的存疑不起诉决定，应依法撤销。莫湘龙依法可能判处十年以上有期徒刑，为确保诉讼顺利进行，建议先对其逮捕。本案中江水县院检察环节承办检察官、检察官助理可能违反检察职责，建议由市院检务督察部启动督察。"

委员们几乎一边倒地支持案管办的评查意见，但轮到党组副书记、副检察长白磊发言时，他沉吟良久说："我原则上同意大家意见，但有一个情况可能要跟同志们报告，听说莫湘龙以前是市长段非的专职司机。"

这无异于一枚重磅炸弹，会场里议论纷纷。

瞿海峰轻轻敲了两下会议室圆形桌面，说道："继续开会。在原则问题上绝不能含糊，我同意大家的意见，以审判监督程序抗诉吴国平运输毒品案和撤销对莫湘龙的存疑不起决定，对莫湘龙决定逮捕。对相关人员启动执法督察可等法院判决之后再说。白磊同志刚才讲的情况也很重要，我会后马上去市委向游江书记进行全面汇报。请各位注意今天的会议内容不得外传。"

游江书记听完汇报后送瞿海峰检察长到电梯口，边挥手致意边说："老瞿啊，市委坚决支持检察院工作，有困难随时找我，可以随时给我电话。对在办理大案要案中能吃苦、敢担当的同志要多关心多爱护，他们是国家的宝贵财富！"

回到市检察院，瞿海峰检察长就电话指示简约，根据法院判决对吴国平进行国家赔偿。简约一时没反应过来，瞿检说："怎么？又转不过弯啦。"

简约马上说："明白。"

根据简约的安排，宋一清一个星期内就将赔偿事宜办妥。

又到周末，吕斌生、王文阳等人一边打高尔夫球，一边贬损简约："熊样，败家子，这么赔下去，江水县检察院要被他赔光。"

王文阳说："这20多万元真的赔给吴国平那烟鬼？"

吕斌生说："那当然，要不然呢？"

王文阳说："也是的，也该给他的。"吕斌生从屁股裤里抽出钱包拿出一张卡给王文阳，嘿嘿干笑两声，说："吴国平的银行卡在这，二一添作五，你到柜员机上去分期分次取出10万元吧。"

王文阳问："这行吗？"

吕斌生答："没什么行不行的。吴国平水里屙尿自己明白，肯定不敢说这事。再说尾数都给他了，也足可以堵他的嘴了。"王文阳一边收下银行卡，一边说："吕憨子啊吕憨子，你可一点也不憨啊。"

星期一清早，上次在江海市检察院门口劝走梅艳芝的那个高调时髦女郎走进江海市检察院案管办受理大厅，交给前台值班的杨杨一封告状信，说是请他转交给容婵主任，还说自己就是那个被有功夫的检察官小姐姐当街抓走的汤二发的亲妹妹汤细姑。

容婵当时正在检察委员会开会，快十二点才散会，回办公室，就接过杨杨送进来的告状信，一口气读完。下午一上班就往瞿海峰检察长办公室走。

瞿海峰检察长听完她的汇报后，沉吟半晌："这个叫汤细姑的举报称段非生活糜烂，玩弄女性并吸毒，此事太过突然，也非同小可。你有什么处理建议？"

容婵答："如果只是玩弄女性和吸毒，不过是违反生活纪律和作风纪律，根据党纪政纪处理和治安处罚即可，我担心远不止这些。”

他站起身，点头说：“是啊。你刚才还说到有一个叫夏小白的女孩向段非借钱 100 万元，系碧玉公司的下属子公司碧净发展公司提供的，但后来夏小白还的钱又没有回到这个公司，而是部分进入余靓银行账户，部分进入一个叫莫湘龙的银行账户，这些账户都是段非提供给夏小白的。是吗？”

容婵点头称：“这莫湘龙可能是段非以前的专职司机，就是江水县检察院做存疑不起诉处理的莫湘龙。至于余靓是谁，我就不清楚了。”

瞿海峰告诉她说：“没错，这个莫湘龙就是段非的司机，而余靓是段非的妻子。在两局转隶之际，我院就收到不少这方面的举报材料，举报称段非妻子余靓和他的司机是其敛资积财的左右口袋，因我们检察机关对此已经无管辖权了，就将这些举报材料均移送到纪委监委了。”

容婵恍然大悟：“莫湘龙是段非收钱的口袋，二人早已是利益共同体，难怪江水县检察院办理的那个莫湘龙运输毒品事实清楚、证据确实充分却被存疑不起诉，这其中可能有外力干预的因素。”

瞿海峰习惯性地双手抱胸站在窗前，俯望前方的银河水，严肃地说：“上次检委会审议决定启动司法工作人员相关职务犯罪调查，你给唐建打电话，让他来一趟。”

约五分钟后，第五检察部主任唐建进来。

瞿海峰问：“进展怎么样？”

唐建答："还算较快，外围基本扫清了。江水县院副检察长吕斌生和县法院副院长王文阳、刑一庭副庭长胡霞涉嫌徇私枉法非常明显，市公安局副局长候泉林也陷得较深，但昨天我们发现一些反证材料，正准备全面梳理后再向您汇报，总之情况比较复杂。"

瞿海峰拿起办公桌上的香烟盒子，从中抽出两支，扔一支给唐建。

瞿海峰将含在嘴上的烟连"叭"几口，又深深吸一口，才拿下烟搁在烟灰缸边沿，然后严肃地对两位下属说："我市有史以来最大的反腐大战即将拉开序幕。还记得前年给转隶到监察委的同志们送行时我说过，检察机关始终是中国法治建设的重要参与者，始终是反腐败斗争中的重要力量。两年来的司法办案实践充分证明了这一点，接下来的反腐败斗争更能说明这一点。同志们，加油吧！"他信心满满的话语鼓舞着容婵和唐建，他们坚定地点了点。

从瞿海峰办公室出来，容婵就接到朗忠电话，他说："调取了最近一年汤细姑的银行账户，都没有什么大额转账收入。"

容婵不敢相信，忙问："怎么可能？你等下，我想起来了，汤细姑是曾用名，她户籍信息登记上的名字叫清欢。你用清欢的名字再查询一次或者直接用身份证号码查询。"

快下班时，朗忠回来了，对容婵说："你预测得没错。"容婵"噢"地应一声，拿着银行提供的清欢的资金流水一看，资金来源与夏小白那笔借款一样，的确印证了之前自己的猜测：蒋立峰交通肇事案、吴国平运输毒品被判无罪案、莫湘龙运输毒品案、汤二发脱逃案等似乎都在指着一个方向。周五晚上，等见到从江水县院回来的简约，她将自己最初的思考和盘托出。

简约听完，就想起李海平从看守所出来就直奔县检察院找过自己的事。

原来在李海平进看守所的头天，就有牢头问他哪里的？他说江水县湖区的。牢头两眼一亮，想出去吗？他问怎么出去？牢头说让你家属给我上1000元监票可以不，答应就告诉你。李海平答没钱。牢头说拉倒，李海平转念一想就说："1000就1000，消息怎么出去？"

牢头说："你写一张条给你堂客就行，其余不要管。"

李海平写了张条，牢头就给他一条细铁丝，示范他吞下去，出去以后有事找余哥并告诉他电话号码。

他接过铁丝看了看说暂时不敢，明天再说。牢头后来也没问他了。李海平明白此事非同小可，就直奔简约而来。

容婵说："如果我们预判的这个方向是对的，你院的公益诉讼调查可能只能搁下，这些涉刑事犯罪的根根绊绊不斩除，下一步是没法走的。"

简约答："是啊。我们面临的是一张很大很大的网。水上派出所容忍护湖队的人横行霸道是渎职，从刑事拘留到看守所这个环节吞食异物逃避刑事处罚可能由来已久，必须彻底根治！"

容婵颇为感触地说："唯有拼尽全力往前冲，否则就会被网所缚。"

简约深情地注视着她，点头回应。

44

仙丹湖怡香居内客厅里，碧丽跟段铖一边喝茶，一边聊天。

碧丽气急败坏地说："容家那个大丫头心真狠，她爹尸骨未寒就让妹妹送李唐投案自首。那姓蒋的隐姓埋名这么多年也被她追捕回来了，这都是冲着我们碧玉公司来的，得有点防备才行啊，老头子。你跟老大说说吧。"

段铖道："老太婆啊，当初就是你，硬要拆散她和谌嵩。如果娶回来做了儿媳妇还有今天这么多事？"

碧丽说："你尽翻老皇历。这小妮子拧得很，娶回来也未必留得住。不说这些废话了，我寻思着人无远虑，必有近忧。我马上得去趟美国，房子车子什么都得提前考虑。"

段铖思索一会儿，说："你这个考虑倒有必要。尽早去吧。"

忙碌一周的容婵想起周六是父亲的生日，星期五快下班时便给容娟打电话，想跟给她商量明天一起回仙丹湖。容娟没有接听，直接挂断了。

约过个把小时，容娟才回电话过来，说是市委游江书记一行刚刚在她的农庄视察，对她的两馆一厅规划很感兴趣，书记说她有思想有作为，将精准扶贫与乡村振兴、传统农耕文化三篇文章都做好了，一石三鸟，了不得！

听到妹妹那么兴奋的语气，容婵很为她高兴，也更加思念父亲。妹妹说的两馆一厅规划是父亲多年的夙愿，他想在仙丹湖景区之外打造一个农耕博物馆，用传统农业技术种植水稻、养鱼、喂猪、酿酒以及抢救一些濒临失传的传统手工技艺等。他还想建造一个乡村图书馆，让乡亲们和来仙丹湖的游客有一个灵魂栖息的地方。一生酷爱民乐的他更想有一个属于自己的民间音乐厅，多年前他看到一些音乐人在仙丹湖边发呆就有这个想法，他收集数万张民乐光碟，就是为这个民间音乐厅准备的，可惜！哎，不去想不去想！

容娟也知道她是为父亲明天生日的事而打电话，就说自己这段日子天天都待在仙丹湖，就是为了早日实现父亲的遗愿，想尽量往前赶工期，邀她也过去参观一下。

容婵第二天清早就驱车前往仙丹湖，简约也接到了容娟的邀请。一个上午，容娟带着他们俩在工地、农业合作社、田间地头到处转，容婵发现仙丹湖一带变化很大，完全不是记忆中湖区的样子。简约不停地夸容娟的立体农业开发思路好，有文化品位，又有市场前景。尤其走进那个生产“最美诗词”印花粑的农业合作社，简约的手机就没停过，这边一张，那边一张，远景一张，近景一张，不停地拍照。这家合作社生产的手工印花粑是仙丹湖一带的传统糕点，以前过年过节或遇红白喜事才有的一种地方特产，主料是籼米与糯米，不同于糍粑，也不同于月饼，但又兼具二者的特点。因为粑粑需在木制印模里造形出来，传统印模图案有花鸟虫鱼和福禄寿喜等文字，做出来的印花粑是典型的文化产品，乡土文化气息特别浓郁。负责这家合作社的小荞小麦两姐妹都是容婵父母早年资助的贫困学生，她们大学毕业后在深圳广州打工几年后决定回乡创业，便双双投奔到容娟麾下。她们一回来就动员几个建档贫困户成立这家合作社，然后按照容婵的思路将合作社的产品收购再统一策划销售出去。年轻人思想活跃，她们将这印花粑开发成文化产品，既有按传统的图案文字出品的，也有新开发的诗词粑系列，全部在线上销售，年轻的父母特别喜欢“最美是唐宋”系列，听小荞介绍说这款产品生意好得不行。容婵心里猜想难道是一边吃粑，一边教娃念诗？知道中文专业出身的简约对传统文化有天然的癖好，就故意拎起一盒《墨梅》递给他，开玩笑说：“这是你最喜欢的一首诗，支持一下扶贫车间扫个码，怎么样？”

简约接过礼盒，念着上面的诗句：“吾家洗砚池边树，朵朵花开淡墨痕。不要人夸好颜色，只留清气满乾坤。”转头问小荞：“这一盒装了28个还是30个？”小荞答：“30个，每个粑粑上印一个字。不贵，20元一盒。”

简约拿起手机就扫码道：“真的不贵，我小时候最喜欢最想吃的就是这个东西了，那时候家里穷，福禄寿喜都难得吃，现在连墨梅都可以全吃了，真是幸福啊！”看着简约夸奖时的正经表情，容婵她们笑得够呛。

接着负责讲解的小麦领他们到研学工场，一群泥猴似的小学生正好奇地跟着大娘大嫂们在学习印花粑工艺，有的趴在灶头看着花奶奶在调和又白又稠的酿粉，有的站在搅拌机边观察搅粉，有的直接坐在操作台上学着大嫂们的样子将湿粉泥嵌进印模里，然后将木模往台上一磕，“叭”地一声响，成形的印花粑就脱落掉在台上，孩子们便欢呼雀跃，然后又边做边问：“你的《鸟鸣涧》做完了吗?”“快了，你的《静夜思》呢?”“我的《杂诗》新鲜出炉，君自故乡来，应知故乡事。哈哈……”

简约一边看，一边使劲鼓掌道：“难怪游江书记感兴趣，你们的创意太好了！孩子们在玩中学，学中玩，真正做到了寓教于乐。太棒了!”

容娟深有感触地说：“我是在父亲走后，才真正地走近他，才发现他是一个地地道道的中国农民，很有思想的中国农民，当我真正决定沿着他的道路走下去的时候，才发现其实做好农事是需要真学问的。这个研学工场的作用并不只是为了让孩子们学几首唐诗宋词，而是要让他们在每个节气里都能体验到真正的农活农事。”

简约笑哈哈地说：“真正地从娃娃抓起啊!”

“整个仙丹湖的产业规划是畜牧业、农业立体开发和乡村旅游三驾马车并行发展，要实现从田间、车间、市场直达的一条龙产业链。比方南甸的高粱、北甸的黑芝麻就是生产印花粑的原材料基地……”容娟充满憧憬地继续介绍道。

容婵在父亲墓地长跪不起，简约好不容易将她扶起。容婵在心里默默地告诉父亲：妹妹变了很多，皮肤明显晒黑许多，没有了往日的娇气，留洋的她完全能接地气了，身板也更结实，两馆一厅已破土动工，传统水稻已在试验，酿酒房很快就能投产，鱼塘、猪圈都修葺一新，也许秋后就有成果了……

侯泉林周五下班就驾着他的那辆旧斯柯达驶出市公安局大

门，才从绕城高速出口朝海东省与西河省交界方向高速路走，便有电话打进来，说：“候局，我刚看到你的‘房车’了，又赶钓去？”

候泉林笑答：“是的，不比你，儿孙满堂，富甲一方，我孤家寡人一个，两天周末不赶钓，还能干啥？等着后天给你带新鲜翘嘴鱼回来。”

候泉林离婚后便迷上野钓，车上常年带有帐篷、炊具、户外装备、被褥等，那辆旧车也被朋友们戏称为“房车”。他以“独钓寒江”的微信名加入一个叫“野趣”的发烧友微信群，周末便集结到户外野钓。

晚上九点多，候泉林还在三省交界的悬壶山南麓的半山腰转。

不时有钓友打电话进来，问他是不是迷路了？要不要打搜寻电话？

候泉林答：“不需要，找得到路。”

钓友说：“好，我们在金竹溪边，已烧起三堆篝火，等着你。”

候泉林将手机关机，然后把车停在山路宽敞处，下车往一处豆大的亮点走去。

走近一看，是一处旧木屋，他轻轻敲门。

门打开了，迎接他的是一张黝黑的中年妇女的脸。

候泉林问：“大姐，往紫鹊石怎么走？”

妇女说：“那还有蛮远。”

候泉林问：“你家有男人在吗？”

妇女说："我男人下山到我娘屋帮忙砌屋去了。"

候泉林问："大姐，麻烦你给我比画一下去紫鹊石的路行不？"

妇女说："我晓不得画，我让我屋里女子给你画画吧。"

候泉林朝对方点了点头。不一会儿，一个年轻俊俏妹妹出现在了门口，递给候泉林一张图纸。候泉林接过图纸朝对方笑了笑，闲聊两句就走了。年轻妹妹站在门口，一脸凝重地目送候泉林消失在无边的夜幕中。

约半个小时后，沿着崎岖山路攀爬的夜行者候泉林终于闻到了一股浓烈而刺鼻的味道。循着味道又前行十分钟，看到前面山崖边一毁弃的溶洞口前堆放着很多柴草，他用耳朵贴近柴草，隐隐约约听到有嘈杂声从洞里传来。

候泉林打开手机，分享位置共享后又马上关机。

周日晚上快十点了，瞿海峰突然接到游江书记的电话，说就仙丹湖围湖别墅一事临时碰头开一个短会。他放下电话便驱车往市委大院赶。一进屋就看到监察委主任李正清、市委政法委书记尹立凡、副市长兼公安局局长谈远早到了。各人分别介绍了各家掌握的线索情况后又充分讨论了下一步的工作方向和建议，不知不觉三个多小时过去了，游江书记抬腕一看手表，时针指向凌晨一点，赶紧说："时间不早了。我对今天会议做个小结吧。初步判断这是我市自新中国成立以来最大的一起涉黑腐败案，以商买官，官商勾结，以商养黑，以黑护商，碧丽、段非家族红黑两道通吃，在江海市尤其是仙丹湖一带称霸一方，为非作歹，残害百姓，涉嫌组织领导黑社会性质组织犯罪。段非作为我市党政主要领导生活腐化，大肆进行钱权色交易，在他的包庇纵容下，以碧玉公司和碧丽、段铖、谌嵩等人为首的黑社会性质组织得以坐大成势。这个黑社会性质组织是严重影响我市政商环境的“大毒瘤”，也是阻碍仙丹湖违章别墅整治的最大绊脚石，必须坚决铲除，无论付出多大代价都必须铲除。此瘤不除，市委围湖别墅拆违计划无法推进，仙丹湖老百姓无法安宁。省委明浩同志已在我市的内部专报做了批示，即日成立专案组。同志们要提高政治站位，在站在‘两个维护’的高度来看待这次专案行动，铲除这个“大毒瘤”，既是践行习近平法治思想，也是以实际行动贯彻落实习近平生态文明思想。大家还有什么要补充的吗?”他用征询的目光扫视大家。

短暂沉默后，游江书记又说：“我现在口头传达省委明浩同志的密电指示，专案组由省委统一指挥，两级部署，主犯由省委监察委立案调查，省检察院、省公安厅配合，其余案犯由江海市委牵头查办，监察委、检察院、公安局在各自职责范围分工合作，你们各家会后立即报告各自上级单位，马上行动!”

五人起身，准备离开会议室。刚走到门口，游江书记又将瞿海峰和谈远叫住：“你们两家单位前期作出了巨大贡献。没有你们前期的工作，市委无法形成那个机密专报。你们都以实际行动最大限度地在支持国家监察体制改革，龚玲同志在跟我交接时就特别提到我市政法队伍是一支特别能战斗、有担当、不怕牺牲的政法铁军。反复交代我要持续关注转隶时一批线索处理问题，说是一些重要的线索在市委的领导下，你们一直在配合监察委共同经营，非常好！反腐败斗争必须由党委统一领导下，政法各家分工合作，才能形成最大合力。我完全赞同她的观点，到江海工作的这段时间，我也深刻地体会到了这一点。下阶段我们将面临更艰巨的任务，各家单位办案首要注意的是办案安全。既要防止办案事故的发生，更要防范和保护好我们干警的人身安全。前段时间检察院的容婵同志就因公负伤了，海峰啊，这样的事绝对不能再发生。谈远，你那边也要注意，尤其是在秘密战线工作的那个同志，他是踩着钢丝在跳舞，一定要保护好他。还有物建的线人也要保证她的人身安全。”

45

第二天早上八点半，市委大楼十一层大会议室的常委会议上又在审议仙丹湖违章别墅整治问题。李正清同志正在发言："那些手续齐全的别墅，最初并未纳入整治范围。目前这个方案考虑比较成熟，对政府违法违规审批的五证俱全已建已售别墅，如果没有破坏生态的，可以保留，但对生态造成严重破坏的还是必须拆除。可以考虑采取市场化运作的方法，依法评估，依法补偿，依法拆除。”

其他常委也依次作了发言，表示原则上同意通过该方案。市长段非一直没有参与讨论，也没有发言，精神有些萎靡，正打着哈欠。

游江书记看了一眼段非，轻描淡写地说：“这项工作从我来江海的第一次常委会就开始研究，一直到现在，进展较慢。今天这个方案总算上会了，是要赶紧了。这些天，在座各位的朋友圈疯传仙丹湖审批手续齐全的违建别墅，其中有用红线圈出的十多栋别墅，好像还有湖心的怡香居。”

段非本来对此一直是持反对意见的，对这个屡屡上会讨论的议题窝火得很，但省委省政府的督办催办通知在，不能说不同意，就准备发表一个态度上支持，但具体方式方法上暂时保留个人看法的意见糊弄过去。没想到游江书记直接将火往他身上烧，他必须明确回应，硬着头皮说：“没有不同意见。”

游江书记总结说：“那好，今天会议很成功，常委们形成了一致意见。原则通过这个方案，市政府赶紧抓好落实。强调三点：一是市委对仙丹湖环境整治的决定不可改变，二是违法审批的证章齐全的已建已售别墅，如对生态造成严重破坏一律拆除，但要根据现在的市场价格开始评估。具体方案是由市政府委托评估公司公平评估，签订回购协议并给予业主合理补偿。对未竣工验收、未交付使用的建筑，按在建工程的评估价进行补偿。三是监察委对违法审批行为立案调查。”

游江书记今天会上专门对怡香居点名，谁都知道这样做直接针对的就是段非。从会议室出来的人心里都在猜：这是什么信号？

段非的状态特别不好，回到办公室更加哈欠连天，赶紧钻进卫生间。好一阵子才出来，精神倒振作不少。秘书给他端来一杯热茶，他正准备去接。桌上的手机急促地振动起来，一看是谌嵩便将电话挂断，端起了茶杯，心里在一遍又一遍复盘刚才常委会上每位领导的发言，尤其是游江书记的发言。桌上的手机又急促而顽强地响起，还是谌嵩的。他接听了，问：“老二，什么事？”

“咣”一声，他手上的茶杯掉在了办公桌上，水溅得全桌都是。秘书闻声冲进来，段非强作镇定地说：“没事，没关系。”但秘书明显看到段非的手一直在抖得厉害。

好不容易挨到下班，推掉所有的应酬，段非急急忙忙赶到家里，余靓也刚进屋。难得见他这么早回家，余靓赶紧吩咐家政吴大姐快做饭洗菜，今晚她要亲自炒菜。

段非看到余靓在厨房里忙活，几次想叫她，可看到她那幸福的样子终于还是忍住没叫。

饭桌上堆得满满的都是段非喜欢吃的家常菜，余靓拿出一瓶红酒要开，段非轻轻问一声：“余靓，我们大概有十一年没有这样吃饭了吧？”

余靓的眼泪一下就掉了出来。她赶紧笑着背身过去拂拭，段非轻轻拉她坐下，自己接过酒瓶继续将酒打开，给她满满倒一杯，也给吴大姐倒一杯，再给自己倒一杯。余靓特别兴奋，连喝好几杯酒下肚，脸上的红晕不知是酒醉还是心动。段非心里特别不是滋味，对于妻子余靓他谈不上有多少感情，他娶她时看中的是她的家庭以及她其他各方面条件都比自己要好。事实上自从跟她结合后在继母的帮助下，自己仕途就一路顺风顺水，周围的朋友同事都说余靓旺夫，所以他虽然在外面彩旗飘飘，却从来没有想过要跟她离婚，他以为这就是对她最好的回报。在这种心理优势支配下，当余靓成为一种摆设，一种叫

“段夫人”的符号时，他从来不曾有过任何愧疚，但是今天他突然觉得有些愧意，这个跟他有十九年婚姻的女人在自己仕途亨通时只是摆设，或许以后却要终生背负……想到这儿，他草草结束晚餐，进了书房。

余靓泡一杯茶给他送来。他让余靓坐下，从公文包里拿出一张美国护照递给她，神情严肃地说：“这是你的因私护照，我想办法帮你从单位拿了出来，签证也办好了，还有机票都在这，明天一早你就去美国给儿子陪读。”

余靓一愣，继而大哭：“段非，你这是什么意思？要赶我走，准备让哪个狐狸精上位，你给我说清楚？不说清楚，我不走。”

段非刚才的内疚一扫而光，非常嫌恶地骂道：“神经病，你又来了，走还是不走？”

余靓继续哭诉：“我跟你这么多年，操持你家里大大小小的吃喝拉撒……”

段非知道接下去的台词会是什么了，马上制止她：“不要嚎了，实话告诉你吧。龙伢子被抓了，你走还是不走？”他把下午谌嵩电话里告诉他的情况简单地重复一遍。

余靓整个人僵住一般，好久好久才回过神来，轻轻地问：“老太太知道吗？”

段非点头答：“知道。让你去美国就是她老人家的意思。她还在夏威夷。我下午跟她的微信聊天记录在这，你看看吧。”

余靓不再哭闹，默默退出书房。段非整晚都呆坐在书房，没有出去。

第二天，天没亮，余靓推门进来，紧紧地抱住男人，很压抑地哭了一阵就拖着大大小小的行李箱出门走了。家政吴大姐开车送她去机场。段非没有去送，站在书房的玻璃窗前看着自家的车驶出小区大门，他流下了悔恨的泪水……

其实段非对碧丽与父亲的结合一开始也是不太接受的，父亲骗母亲离婚时，他正上高三，从情感上他恨父亲，更恨让母亲输掉婚姻的第三者碧丽。他的少年和青年时代都是在家庭残缺的屈辱和阴影中度过的，对条件优渥的女性有天然的排斥和报复心理。成绩优异的他考上名校后，发誓要让父亲后悔，要靠自己的努力让母亲和妹妹过上好日子，但大学毕业的他被分配到省政府机关秘书科工作后，才发现从农村走出来的小伙子在省城跟周围同事相比没有任何优势可言，找对象结婚，也绝对喊不起价。他内心是矛盾的，他依然恨那些各方面条件好的女孩子，同时又有意识地接近她们，希望以她们为桥梁改变自己的命运。他与余靓走到一起，多少也是因为这种心理因素在起作用。如果不娶余靓也许他的人生会是另外一番样子。余靓的母亲是小学老师，父亲是在省政府机关后勤服务中心的副主任上退休的，余父虽只是副处长，官不大，却是实实在在的实权实惠职位，他对官场运行密码更是烂熟于心。余靓是省内不知名专科学校的毕业生，但不影响其进入省直机关工会当干部，就充分说明了她父亲职位的实用性。当初余靓将段非带到家里去时，阅人无数的副主任看到男孩天庭饱满，地廓方圆，内心一喜。可听说是个体户的儿子时，拿着的竹筷悬在空中半天，颇有些尴尬。从那以后，二人不说分也不说合，拖了两三个月。

有一天，余靓突然提出要结婚。这是段非求之不得的事，但想起准岳父那双悬在半空中的尴尬竹筷，段非不敢相信余靓的话是真的。小心地问：“靓，你父亲会同意吗？我们两家地位相差实在太悬殊了。”

余靓敲了敲他的脑袋说：“你放心，是我爸同意了，我才跟你说的。”

段非还是不敢相信，说：“我不敢相信。”

余靓就做出生气的样子，说：“人家巴心巴肝地对你，什么话都给你讲，你却对我怀疑这怀疑那，不相信我就算了，还不相信我爸。”

段非赶紧表白：“我不是这个意思，我没有瞒你什么啊。”

余靓问：“好，那我问你，碧丽阿姨跟你是什么关系？”

段非脑袋一轰，赶紧说：“没什么关系，真的没什么关系，她，她是我爸现在的妻子。真的，没什么关系，我跟她没有共同生活过一天。我对天发誓。”

余靓扑哧一笑：“看你紧张的。还说没关系，不就是你继母吗？”

段非两脸涨得绯红，无措得不敢再说一句话。

余靓走上前双手勾在他脖子上，温柔地说：“非，这次真得感谢碧丽阿姨，是她亲自向我爸提亲的，我爸才答应我们的婚事。我们得好好孝敬她老人家。”

段非实在不知该答好还是不好。对于这个叫碧丽的女人，他从来就没有接触过，只是在母亲的哭诉里和舅舅舅妈的谩骂里听到过。也是在自己婚事里，他才见识到继母在资本和人脉方面的运作能力。

段非恋爱受挫的消息不知怎么就传到了碧丽耳朵里，其实也不用传，段铖知道也就等于碧丽知道。某天余靓父亲陪省政府机关事务局领导一行要到江海市政府调研考察，碧丽知道后就跟她的铁杆麻友市政府接待处处长提出让市政府给企业一个出力的机会，邀请省里领导到企业考察，顺道到公司食堂就餐。接待处长也是求之不得，表面客套一下这事就敲定了。

省领导在公司参观考察一番比较满意，最满意的是晚餐，接待是高规格的仙丹湖鱼全席。

酒过三巡后，碧丽一手端酒杯，一手提着分酒器走到余靓父亲面前说："今天这是官方接待，我还是叫您余主任，其实我希望在不久的将来，在非官方场合，叫您一声亲家公。"

余靓父亲一听，两眼茫然，一桌子的人也都盯着他俩看。碧丽将自己的酒杯斟满后，对余靓父亲说："犬子段非在省政府政研室干文字秘书工作，与贵千金余靓谈朋友也有两三年了，现在年轻人想玩，我和老伴催问过孩子两次，说什么时候登门提亲，他老说加班事多，以后再说。余主任啊，这是我们礼数不全啊，还请您大人有大量啊！"

余靓父亲马上反应过来，赶紧说："哪里哪里。这孩子我见过，是我的错，是我让孩子先干事业的，再说结婚早一年晚一年也不打紧。"

碧丽爽朗一声大笑道："一家女百家求，您既然发话，晚两年就晚两年吧，都听您的。亲家啊，不是自夸，我家段非这孩子特老实低调，生怕自个配不上余靓，老说我们是个体户出身，余靓家是处级干部家庭，门不当，户不对的。我家老段就批评他，亏你还是大学生呢，都什么年代了还说这些，人家父母都是有素质的人，不会看重这个，我们是商人，但实诚。”

这番话说得余副主任坐不住了，赶紧起身举起酒杯一口喝下，一桌人都啪啪鼓掌后，七嘴八舌地起哄调侃他：“余主任，这就是你的不对了，挑了这么个有才又多金的女婿，也不说一声。今天是跟亲家母演双簧吧？”

“余主任，亲家母家大业大，这么能干的女婿肯定前程无量，你就真沉得住气？不搞个三盅全会什么的？”

“余主任，碧玉公司是省内知名企业，你可别把亲家当一般个体户看待啊！”

这顿晚餐自然宾主尽欢，余主任酒足饭饱后回到下榻的宾馆就给妻女打电话，借着酒劲笑骂女儿老婆，可句句都是开心。

当然最大的赢家是碧丽，那段时间正是她的人生低谷，前期她费尽九牛二虎之力，想让碧玉百货公司上市，最终功亏一篑，因为涉嫌业绩造假被举报而未能通过最终审核。她的父亲也因公司上市失败而病情加重，不久就离世了。碧丽痛定思痛，觉得自己之所以未能成事就是因为没有依靠，没有权力为自己站台。所以，她迅速选择与段铖结合的目的就在于此，她要培养一个“权杖”！这次算是牛刀小试，促成继子婚事，不仅改善了继母子关系，最重要的是她如愿以偿地向外界传递了两个信息。一是她碧玉公司有人在省政府工作，不比一般民营企业。二是省政府文书秘书段非家里不缺钱，也还是有些资源的，组织可以放心使用，领导们可以大力栽培。

段非经历此事后，对继母感恩戴德，自此结成了坚固的“母子结盟阵线”纵横官场商海。余靓更甚，对碧丽从来都是妈前妈后地伺候，对段非的生母却从来不闻不问，在筹备婚礼时还反复交代段非，她只给碧丽敬茶，改口叫妈妈，不同意段非生母出席婚宴。理由是亲戚朋友现在都只知道段非是碧丽儿子，突然又冒出一个妈出来，惹人闲话。段非也未置可否，但最终其生母确实没有出席亲生儿子的婚礼。

46

仙丹湖的湖心别墅怡香居内，段铖戴着老花镜在市政府的官方公众号里看到仙丹旅游区管委会发布了针对别墅拆除的补偿公告。他将眼镜取下，吩咐一旁喝茶的谌嵩给余靓打电话问是怎么回事？谌嵩迟疑地张嘴：“段叔，别问了。我哥我嫂子遇到小麻烦了。”

段铖不相信，问：“什么麻烦？你哥你嫂子能有什么麻烦？”

谌嵩不敢再作声。恰好段岚进来，附在他耳边小声说了几句，段铖脸色大变。好一会儿才问谌嵩：“你妈这次去美国怎么待这么久？”谌嵩答：“是啊。应该后天会回了。”

段岚跟她爸耳语的是段非原来的专职司机也就是她的表弟莫湘龙在云南被抓了。

没错，莫湘龙两天前在猎头的带领下准备逃往缅甸，深一脚浅一脚地穿行于滇缅边境的密林里，此刻他比任何人都后悔为什么要与段非有交集。很不幸，这次他没有跑掉，被扮成山民潜伏在此多日，盯梢一起走私毒品大案的缉毒民警发现，将其当成接货员给抓住了。有如惊弓之鸟的莫湘龙第二次落入警方之手，以为在劫难逃，归案后就如鲠在喉，不吐不快，将自己知道的一切一切全部悉数倒出。

莫湘龙是段非生母的亲侄子，原是浪荡子一个。段非发迹了，跟继母碧丽走得很近，反倒将自己的生母给忘了似的，莫湘龙父亲也就是段非舅舅一家对此颇有微词。随着段非职位的不断升迁，他在外面拈花惹草的绯闻就不断，余靓感觉自己地位岌岌可危，让她很不放心。她深知公婆在这一点上是绝对不会站在她的立场考虑的，而面对官位已比自己父亲高过三阶的丈夫，她娘家已是无力对抗，这时她才突然想起要保住这条婚姻大船还有一块压舱石，那就是段非的生母。虽然段非跟生母没有什么来往，但作为妻子，作为母亲，她深知没有哪个儿子真的会对自己的生母恩尽义绝的，所以在段非母舅开口为儿子求职时，便也乐得做顺水人情讨好段非的母系亲戚。表面功夫还是做了不少，至少是软磨硬泡让段非同意了，可他说："你怎么折腾我不管，但这事的前提是不能影响我与孩子奶奶的关系，不能影响孩子爷爷与奶奶的关系。"难为余靓又是好一番周旋，才没让婆婆碧丽起疑心，最终同意由莫湘龙给段非当专职司机。

作为表嫂，余靓告诫莫湘龙，跟着表哥，就要保护好表哥一切，尤其是身体，别让人给算计了，现在家族里老老小小几十号人都靠表哥这棵大树撑着，保护好表哥就是保护这个大家族的利益。莫湘龙不傻，小鸡啄米似的频频点头。他知道自己的饭碗是表嫂给的，得应付她，但表嫂怎么说也是依附表哥的，表哥才是绝对得罪不起的主。因为以前他见了派出所的民警、乡上的干部都得点头哈腰。现在不一样了，得知他是表哥司机后，县委书记、县长们对他都客气三分。

日子久了，莫湘龙这个浪子也恋上了权力，脑子整天贼转琢磨怎样让夹在表哥表嫂之间的自己不两头受气，唯一的办法就是让他们都离不开自己。很快机会就来了，那段时间段非跟一个叫小白的女下属纠缠不清，搞得满城风雨，听说大领导还在民主生活上点名道姓批评了他。段非不得不收敛一些，莫湘龙看着下班就无精打采往家走的表哥，心里明白过惯了每天有人投怀送抱的他离不开女孩子，便试探着跟段非说溜冰的女孩子放得开，玩起来更撩人，也没有这么多麻烦。段非听了没有作声，过了个把星期的周五在下班回家的路上，段非主动问他："龙仔，你上次说的溜冰场在哪里？"莫湘龙一下还没反应过来，反问："溜冰场？哪个溜冰场？我怎么不记得了。"

虽是表弟，但毕竟自己是市级领导，段非不好再解释，赶紧说："不记得就算了，随便问问。"

莫湘龙待段非下车后才明白他问的是自己上次说的"溜冰"的女孩子。很可能段非不知道自己说的"溜冰"是指吸食冰毒。下班时，段非一上车，莫湘龙就说："市长，我周末打听到了有家溜冰场设施很不错，正好是我朋友开的，他一直想请市长赏脸吃个饭，问您今晚上有空吗？"

段非想也没想就答："好啊。"

莫湘龙说的晚餐地点设在江海市最繁华地段的临江高档住宅楼江天一号的一楼中楼会所内。

莫湘龙领着段非走了进去。这是由上下两层打通改造的超大豪华居室，仿苏州园林式的空中花园有小桥流水，花木浓郁，临江还有观景房，与之相连的九曲回廊内的宫灯、红木花架、古琴、字画点缀得恰到好处，又有《梁祝》古筝余音从另一端的内厅飘出……

段非饶有兴致地边走边看边听，对莫湘龙的朋友清总说："清总，你这真是别有洞天啊。"

清总有些拘谨地搓手道："哪里哪里，领导有雅兴的话，以后多来指导，放松放松。"

用餐是日本料理，没有闲杂人员，只有段非、莫湘龙、清总和一个作日本侍女打扮的妙龄女孩。三个男人在装潢考究的榻榻米上盘腿而坐。那女孩虽双膝跪地，但依然掩饰不住"前有阳台后有花园"的凹凸有致身形。段非跟清总看似在聊他公司二期工程投资项目，两眼余光却一直在女子薄如蝉翼的和服上扫荡。女孩的样子清纯古典，精致小巧的鹅蛋脸上略施粉黛，明如皓月的双眼却有些冷艳，但女孩只是一味布茶、夹菜、斟酒，并无多话，偶尔浅笑，亦不露齿。

四人用餐却醉翁之意皆不在此，故而很快收场。起身时，清总毕恭毕敬地对段非说："条件有限，慢待领导了。"

段非意欲未尽的样子，说："哪里哪里，挺好挺好，吃好了。"

清总便指着女孩对段非说："让冷香陪领导到花园走走，散散步、消消食怎么样？我刚好还有点事要和龙哥商量。”

段非假装生气：“你跟我的司机商量事情，让我一个当市长的等他？你们这不是反了吗？”

清总赶紧双手合十道：“我说错话了。不敢，不敢，打死也不敢！小冷是我公司的行政副总，日本早稻田大学毕业的高材生，正好负责二期项目投资。让她代我再详细跟您汇报一下。”

段非微微一笑，忍不住又朝冷香的脸上多看两眼，大手一挥道：“好吧，好吧，客随主便。”

冷香领着段非从回廊往观景房边走边说：“我们二期投资立项的报告压在计委有些日子了，请市长过问一下。”段非点了点头并不搭腔。

冷香推开观景房门，请段非进去，反手轻轻将门锁扣上。在橘红色宫灯映照下，段非看此房坐北朝南，南面临江全是落地玻璃，东头的中式书桌上有笔墨纸砚，西头放有博古架和两个立式青花陶瓷瓶，错落有致地摆放了些字画古玩，不知真假。特别醒目的是北面靠墙放有一张偌大的红木罗汉床，中间茶几上有架琵琶。站在落地窗前鸟瞰，但见江面灯光灿若星河，屋内灯光暧昧迷离，明月余晖落在冷香温顺而精致的脸上显得颇有古典韵味，段非脱口而出：“当时明月在，曾照彩云归。”冷香含羞低头不语，转身走向罗汉床边，抚起那架琵琶，玉手轻挑，一曲《春江花月夜》便浸漫心脾……悠扬的曲子和着她曼妙的身段在跳在舞，段非心头为之一醉，问她：“你在日本留学，就学了这个？”女孩浅笑，低头抚弦不答。段非痴痴地看着她，慢慢地他看着她的眼在变，在变，不再是冷，而是艳，是花，是暖，是电，是一触即燃的烈火……他感觉自己身上某些器官也在蠢蠢欲动，一步步走向那电，走向那火……

曲子戛然而止，茶几被挤到东头床角落，琵琶摔在地上。段非心急火燎地去扯她身上薄如纸张的和服，哪知她按住他的手，玉腿一抬，四仰八叉就半躺在宽大的罗汉床沿上……

这对活宝一直纠缠到凌晨时分才恋恋不舍地分手。段非差不多是东倒西歪地走出这楼中楼的，一上车就沉沉睡去了。一连几天，段非都如没有缓过劲来似的，搞得莫湘龙也战战兢兢的，因为担心段非不满意怪罪下来。

又到周末了，段非下班一上车就说："小龙，你朋友那个会所不错。"

莫湘龙心中的石头终于落了地，心领神会，马上答："承蒙市长看得起，清总这几天担心死了，生怕没伺候好领导。说您有空随时可以去，他随时安排。"

段非说："行啊。替我谢谢他。你嫂子这几天刚好出差，明天上午陪老爷子老太太打高尔夫，下午去他那吧。"

段非与冷香从周六吃完中餐后就又腻在一起，直到星期一凌晨。

从此，段非的心思都在那个叫冷香的女孩身上，一停止手头的工作，他就想她，特别地想要她。因她在床上的那个味儿是他从来没有尝到过的，尽管他以前睡过的女人无数，不过因大多是有求于他的，碍于身份关系在床上都是他主动的多，像冷香这种并不多见。自从跟冷香在一起后，他看妻子余靓胴体如木乃伊般难受，毫无欲望。而后，段非车上多了球鞋和打网球行当，说是要加强锻炼，平日里也多听到他说养生之类的话题，周一到周四忙完公务就回家。尽管夫妻已无闺房之事，余靓心中也还有些窃喜，以为他收心了。莫湘龙心里明白他是在养精蓄锐，一到周末只要没有特别重要的公务安排，段非都会雄赳赳、气昂昂地走进清总那个楼中楼会所，在冷香的温柔乡里浸泡一番再拖着软绵绵的双腿出来。

这样的日子持续约半年就过春节了。2018 年春节假期才过，段非就想去清总那儿，却听说冷香春节回老家结婚了，已跟新婚丈夫出国定居，手机微信全换了。当然，清总的二期投资项目立项批文也拿到手了。段非当下心中不悦，任凭清总怎么解释，他对站在一边说是接替冷香工作的女孩小满，正眼也没瞧一下，就拂袖而去。

段非有大半年没再提楼中楼，后来因为两任书记交替，且游江书记一来就盯上仙丹湖的围湖别墅，段非对从北京空降下来的新任书记还摸不清底细，也不敢太造次，暂时忘记了楼中楼的那档子事，有时也去找找以前的几个旧相好，感觉还是下属或有求于自己的女人安全些。

2018 年很快就要快去，春节又来临了，莫湘龙眼看市长渐渐淡忘楼中楼，担心自己在其心目中的份量也会有变，便在段非与余靓清早争吵后甩门而去的某个上班途中，适时进言：“市长，时间过得好快，这冷香姑娘出国也快一年了吧，其实会所那个小满跟冷香还有几分神似呢，不仔细看还发现不了呢。”

段非不作声，稍后说：“开车，再说吧。”莫湘龙不再作声，心里明白有戏。

2019年一个草长莺飞的周六下午，莫湘龙载着段非往仙丹湖的怡香居，刚进围湖别墅区，远远就看见路边独栋别墅花园里一个身着汉服的年轻女孩在如瀑布般的紫藤架下一边荡秋千，一边旁若无人地玩自拍。恰好有民工骑摩托车迎面而来，莫湘龙轻按两下车喇叭，年轻女孩闻声侧身，一张妩媚略带仙气的脸深深嵌入了段非的心窝，余靓也看到了，随口一声："小妖精这身汉服打扮还蛮有味。"莫湘龙用余光瞟了瞟那张楚楚动人的脸，未露声色。

一大家子刚吃了中饭，段岚就在楼上喊："三缺一，嫂子快来。"余靓拿着小坤包急着上楼去，段非知道碧丽和谌嵩他们在催余靓打麻将了，他破例没有陪段铖下棋，说要到湖边转转，莫湘龙会意，紧跟其后。二人开着车沿湖绕一周，莫湘龙试探问："市长，刚才进来时，我看到前边那个紫藤花园很不错，我们把车停在这儿，到前边走走。"段非打着哈欠说："行吧。"

待段非下车，莫湘龙告诉他那栋有紫藤的别墅是清总的，他妹妹清欢刚从国外留学回来，不愿与哥嫂同住，上星期才搬来独住的。

说话间二人到了紫藤花园边上，汉服女孩不见了。莫湘龙打电话问："欢欢，你在家吗？"

欢欢娇声娇气地答道："龙哥，我在二楼画画。"

莫湘龙道："我可以进来看你画画吗？"

欢欢爽快地答："好啊好啊，智能门禁，你刷脸就能进来。"

段非跟着莫湘龙上到二楼大厅，推门出去就是临湖大露台，一把大遮阳伞下，身着工装的妙龄女孩戴着大边宽沿太阳帽，一手托着调色盘，一手挥毫，闻身后脚步声，喊道："龙哥，咖啡机里有现磨咖啡，你自个儿招呼自己吧。"她手中的笔并未停下，仍自专注画画。段非站在她身后，放眼一望，远山如黛，蓝天白云醉卧碧波，有说不出的妙处。再看清欢手中画笔灵动而又雄浑，着色大胆新奇，明看是西洋画风，但远近高下回环往复间又有中国山水画的虚幻空灵。段非大学时选修山水画课程，略懂些皮毛。清欢画得专注，他看得也出神，连莫湘龙送来咖啡，也没顾上。在清欢左右开弓，频繁交替画笔时，他默契地接过调色盘，间或也点评一两句，可清欢并不答他，一心只在画上。约半晌工夫，总算大功告成。清欢却调皮地吹着口哨，说："收工，四点半啦，本小姐游泳时间到，失陪了。"

清欢送他们下楼，在门玄关处博古架上见有一盒围棋，段非便问："清欢小姐还会下围棋？"

清欢答："业余。大哥一定是高手。"

段非答："也是业余。"

莫湘龙见缝插针说："欢欢，有空跟领导切磋一下？"

清欢说："好呀。不过今天不行，我要游泳。"

莫湘龙不死心，又问："晚上呢？"

清欢答："也不行，晚上七点还有一场游泳。"

段非说："别打搅清欢小姐了，改天再约吧。"

第二个周末因为要到省城参加一个外商洽谈项目，段非没空去仙丹湖。转眼到了周四，一大早，段非上车就跟莫湘龙说："后天下午，帮我约你那个叫欢欢的朋友下棋。"莫湘龙心下大喜，赶紧点头。

周六下午，段非与香艳棋手清欢在紫藤花架下对弈。平心而论清欢的水平还算可以，但敌不过段非。第一盘没费多少工夫，段非就赢了。第二轮才开始，三五两下又被段非吃了一大片白子，清欢红唇紧闭，秀眉深锁。段非望之犹怜，故意走错一子，清欢心里明白，迅速反攻，旋即化危为机，轻松获胜。一旁的莫湘龙看不出道道，直说："市长这局可惜了，可惜了。"清欢娇声道："龙哥，你偏心。不服，我们再来一盘。"她望段非的眼里尽是秋波，这等百媚千娇，风月老手的段非怎会不知呢？第三盘，段非又不显山不露水地"输"给清欢了。棋是输了，但二人眉目之间什么都说了。清欢意犹未尽，突然尖叫一声："啊！四点二十了。对不起，本小姐游泳时间到，送客，送客了。"

段非说："看来游泳是欢欢小姐的最爱了。在哪游泳？远吗？让小莫送下你？"

清欢咯咯笑道："不远，不远，就在楼下。我哥从湖里直接引水进来的，地下这层就是室内游泳池。对不起，要催客了。"

段非一连三四个周末都跟清欢对弈，莫湘龙在旁边看，起先只觉得清欢的水平越来越高，段非的棋艺越来越糗，没赢过一两盘。后来看段非每每输棋都不恼，二人眉目之间却越来越纠缠，也就明白差不多了。

清明节后的那个周三晚上，段非原定去省城开会，下班时接通知说会议改期。莫湘龙问段非："市长，送您回家吧。"

段非点头，马上又说："去紫藤花园游泳。"

莫湘龙将段非送到紫藤花园门口，知趣地说："市长，我明天早上七点准时来接您。”段非摆摆手让他赶紧走。

段非刷脸走进清欢家，直接到达地下层游泳池边。整个地下层金碧辉煌，明亮的灯光之下全是水世界。宽阔的游泳池里只有一条美人鱼在游来游去。

段非坐在池边沙滩椅上，边喝咖啡边欣赏池中之物。她身上妖艳的比基尼紧贴嫩白肌肤，时而自由泳，时而蛙泳，时而蝶泳，在水中变幻莫测，看得人眼花缭乱，很难坐怀不乱。这会儿又是仰泳了，胸前那两朵牡丹花随波一荡一漾，他的身体就有些按捺不住，脱掉外衣长裤，纵身一跃扎进水中。美人鱼见他下水，游得更快更灵活。眼看他快追上她，她一个反转往回游去，二人在水中追逐嬉闹了半个多小时，段非终于一把揽住她的细腰，比基尼上的手感却出奇地舒服，灯光突然暗了下去，轻音乐徐徐响起。他立在水中拦腰将她抱起，可两个掌心全是热浪，腾出右手往她两腿间一摸，天啊，哪有什么比基尼，原来一丝不挂，全是彩绘而已！此刻那一双勾人心魂的媚眼正直勾勾地在撩他。段非呼吸立马急促起来……第二天，莫湘龙七点准时到，劳累至极的段非却直到十点才醒。

段非彻底迷上了清欢，自此每个周末必到仙丹湖。坐在湖心岛上别墅麻将房里的余靓，做梦也想不到在她和牌的时候，自以为已盯得很牢的男人段非正趴在另一个女人身上！当然她没去想老公每次神清气爽地从家里出来，为何到了仙丹湖参加完家庭聚会后总是一路昏睡到家，因为她没有发现任何异样。

倒是莫湘龙不久就发现了异样。段非不再只是周末去仙丹湖了，只要晚上没有重要的应酬他都会去，有时连中午都要去，而且无论待多久出来，都不像以前那样两脚打摆子了。

再后来他又发现有时段非进去时，清欢家里还有其他女孩，不断变化。这时莫湘龙有些担心段非，并有些后悔了，毕竟段非是他的亲表哥。他决定找清欢谈一下，哪知清欢毫不在意，还嫌他多管闲事。说这些女孩都是她在国外的同学，比较开放，在国外这根本不算什么事，段非也喜欢玩“双飞”，有什么不好？玩“双飞”，不喝点奶茶助兴没什么意思。还说她们也只图他长得帅，比国内一般男的生猛，又不图他的钱和权。莫湘龙明白段非陷进去了，他原本只想投其所好，让他玩有点刺激的，没想到段非在清欢的唆使下打K、嗑“果子”助性，玩起“双飞”！

不久段非自己也意识到了危险，下定决心不去找清欢。可是可怕的事出现了，没有K粉和果子，他有些精神不振，有时在台上讲话也想打哈欠。

段非坐在后排车座上，对莫湘龙说：“龙仔，我完了。怎么办？”

这一问倒把莫湘龙问住了。段非是市委副书记、市长，天天要上电视，没精神怎么行。必须先应急找到货源才是，这对他来说倒不难。以前一起混的吴国平听说就是干这一行的，他找吴国平要了两回货，当然不敢说是段非要的，只说自己吸。萎靡不振的段非接过莫湘龙递过来的东西，如获至宝，毫不避讳地在车里就吸食。末了很舒服地伸了伸懒腰，神清气爽地问：“龙仔，你这东西是哪里来的？”

莫湘龙答：“您放心，一个老朋友那里拿的，告诉他是我要吸。”段非答： “好。拿货时还是要注意，跑得多了难免会出事。”

段非的话，莫湘龙听明白了，老是一包一包地找吴国平拿的确是不安全。于是就跟吴国平商量干脆进一批货，吴国平说莫湘龙要的量他供应不了，整个江海的货进出都卡在他的上线东家那里，莫湘龙要这么大的量需要直接找他“东家”，但答应跟他牵线与东家面谈。

吴国平、莫湘龙、清总贩卖运输毒品案就是在这种背景下发生的。那天中午莫湘龙应邀走进吴国平定点的茶楼，做梦也没想到吴国平介绍的人竟然是清总。他很是惊诧：“清总，您不是做化工原料的吗？”清总笑道：“没错啊，我就是做化工原料的。”莫湘龙读书少，没听明白。吴国平就低声告诉他：“现在那玩意儿都是人工合成的。”莫湘龙似懂非懂，也不管它了，直奔主题问：“怎么拿货？”清总问：“你这是长期还是临时拿货？”

莫湘龙想了想，说：“算临时，不过以后肯定还会拿。”

清总说：“一次拿货价肯定比长期拿货价要高。第一次来算我送你的，以后再说。”莫湘龙不同意，坚持说要给钱。吴国平也帮清总说很多好话，劝莫湘龙接受清总的美意。莫湘龙就顺水推舟了。

清总又说：“不过你要的量大，本市今天供不了，要等后天，若要得急，可以带你带江山市调一下货。”

莫湘龙想起段非的交代，有些犹豫，更怕夜长梦多，好一会儿才下定决心说：“今晚去。”本来是说走就走的，临走时又想了下，回市政府找个理由让行政处给换了台车，怕万一有什么意外，开着领导坐骑说不清楚。越是担心出事，最终还真就出事了。莫湘龙算是灵泛，跑得也还快。但是公务用车在邻市被拦截搜出毒品，怎么说也是个大事。段非在莫湘龙给他打完电话报告个大概后，就赶紧给游江书记打电话称有紧急事情要当面汇报。

段非知道在这种情况只要主动检讨自己，说些作为领导干部对身边管教不严的话，再不等书记开口就说出处理意见，书记一般都会同意。

游江书记放下段非的电话，在房间里走来走去。然后跟副市长兼公安局局长谈远和市检察院瞿海峰检察长分别通了电话，问清情况放下电话，段非就在敲门了。

段非猜的没错，游江书记没有难为他什么，他提出趁莫湘龙在逃，立即开除其公职，免得其归案时还有公职人员身份，同时请求组织给予他自己行政记大过处分。游江书记沉思片刻，望着他说："暂时这样处理吧。还好，这小子不是登记在册吸毒人员，否则这舆情会闹上天去。"

段非心里"咯噔"一下，打了个冷战。

段非速战速决，三天之内就把莫湘龙开除公职的手续办妥了。他让谌嵩每月给莫湘龙固定打入 5 万元，条件是不准在江海市出现。办妥这些之后，莫湘龙主动投案了，具体诉讼环节的事，段非倒没有过问多少，也不需要他亲自过分，吕斌生和王文阳是他肚子里的蛔虫，知道该怎么办。

简约他们的动静被吕斌生都通报给了谌嵩，他们以为检察院已经决定给吴国平国家赔偿了，应该不会有什么枝节，但为保险起见要一直待在云南瑞丽的莫湘龙出逃缅甸。魔高一尺，道高一丈。万万没有想到莫湘龙最后还是栽在了边境缉毒警的手里。原来瞿海峰检察长按照游江书记指示，第一时间就跟省检察院检察长叶子印同志进行了汇报。叶子印检察长指示瞿海峰坚决服从市委统一调度，还亲自给游江书记打电话，称省检察院已按照省委的部署，已经与云南检方衔接协作办案事宜，云南检方又与当地警方及时对接，为莫湘龙的归案撒下了天罗地网。

47

余靓过安检后在贵宾室候机时，被等候在此的江海市监察委的工作人员直接带走了。

她不知道半个月前，她的继婆婆碧丽也是以这种方式被两名公安民警带走的。不过碧丽没有余靓老实，当时气焰非常嚣张地对民警说："你们知道我是谁吗？我是省人大代表，你们报请省人大常委会批准了吗？"

年轻民警说："碧丽，请你端正态度。我们现在告诉你，在对你开展抓捕时就已报请省人大常委会批准对你执行刑事拘留措施。报请和审批的手续都在这儿，你可以看一下，还有什么问题吗？"

碧丽懒得搭理他们，气呼呼地在刑事拘留执行联上签上了自己的名字。末了她问民警："这刑事拘留通知书，你们会寄给我儿子还是我老头子?”

民警答:“你儿子跟你老头子不是住在一起吗?有区别吗?”

碧丽的语调一下子就高昂起来说:“有区别,寄给我老头子的话,直接寄公司地址就行,若要寄给我儿子,可能有两个地址,一个是市……”

这时一位领导模样,年约四旬的女警迅速贴近她,轻声说:“您的家庭情况,我都知道,但其他人不知道,请您注意维护市领导形象。”

碧丽马上缩口,朝女领导讪笑两声。

当晚,碧丽被送到省看守所临时羁押,入所体检手续办完之后,女领导和一男民警对她进行刑事拘留后的首次讯问。碧丽从小到大的字典里就没有一个怕字,但这次不同。因为一进审讯室,女领导便亮出她的警官证,碧丽看到背面的人民警察证职务一栏上赫然写着“省公安厅党委委员、副厅长”。在机场被拦时她以为那些执法的都是本地公安民警,心里想现在随你们怎么着,等会儿看你们怎么收场?她不相信在江海市还有谁不知道她与段非的关系?刚才那女领导不是说知道吗?知道了怎么还不放行?未必他们还以为自己是假冒的?所以她一直在心里冷笑着,坐等着他们来跟她解释,来道歉,可是几个小时过去了一点动静也没有,直到警车将她送到省看守所时,她才感到有点不对劲,心里开始有点慌乱。现在审讯她的竟然是省公安厅的副厅长蓝咏,意味着今天抓她是省里的意思,段非是江海市市长,但也归省里管,难道段非跟游江前段时间不睦,被省里盯上了?想从她身上打开缺口,再找段非?也太不可能啊，若找段非麻烦，应该是监察委的人才对啊？而且审讯她时压根就没提与段非职务有关的事，只针对非法捕捞水产品的事问来问去。这捕捞水产品的事前几年都是段铖在搞，这两年主要是谌嵩在弄，她几乎没有挨过边。所以她就推得一干二净，心里也释然一点。可被关到监舍时，看到管教干部把门一关，房间很小，环顾四周空无一人，从未有过的恐惧感顿时窜上心头。她转念一想自己若没什么事，儿子谌嵩不就有事了吗？她开始后悔刚才说自己什么都不知道了。不行，不行，她得跟领导讲清楚，求领导放过她儿子，她儿子谌嵩什么都不知道。她呼叫管教民警说自己还有话要跟蓝咏副厅长反映，要见蓝副厅长。

接到省看守所打来的电话，蓝咏正在江海市公安局主持专案组碰头会，马上便宣布休会，返回省看守所。

“我与老头子是再婚家庭。我儿子从小听我的话，非常孝顺，所有的错都是我的错，我们母子都听段铖、段非父子的。蓝厅长，求求你们能不能网开一面，放过我儿子？”碧丽像完全换了一个人似的，一进审讯室就在不停地求蓝咏。

蓝咏严肃地说：“这个要求我可能答应不了你。”

碧丽双腿一软，马上跪地，哭诉道：“蓝厅长，我求求您。都是女人，求您看在我是一个女人，一个母亲的份上，我可以检举揭发段铖、段非父子的一切罪行，只要你们不动我儿子，我什么都可以配合警方去做。我被刑事拘留的事求你们暂时别告诉我儿子，他们都以为我去了美国。”

蓝咏思考片刻，对碧丽说：“你的请求说得很清楚了，起来吧。有些可以考虑，有些不可能考虑。至于你被刑事拘留是否告知家属一事，我可以马上请示有关领导再给你明确答复。”

蓝咏是省公安厅副厅长，但这次到江海来执行任务的身份却是中央扫黑除恶专项斗争专家组成员，她马上将情况分别报告副省长兼省公安厅厅长黄明河和中央扫黑除恶专项斗争办公室，24 小时内要不要给碧丽的家属送达刑事拘留执行通知书一事最终到达了还在主持省委常委会会议的明浩书记面前。明浩书记散会后叫省委政法委书记成志远、监察委主任万华留下，又喊黄明河一起到小会议室，讲完情况并当面听取几位下属的意见后，得出了一致意见即从目前掌握的情况分析，碧丽家属可能大都涉嫌刑事犯罪，应她的请求暂时不送达通知，更有利于侦查工作需要，避免跑风漏气。且这是她自己提出来的，应该没什么执法风险！慎重思考后明浩书记决定，考虑到犯罪嫌疑人碧丽的要求，暂时不通知其家属。

深夜，还在一线指挥的蓝咏接到指示时，心里还是觉得有点不踏实，连夜又召集专案组的同志研究如何贯彻落实好领导的指示。有同志一进来就说，“24 小时内通知家属是《刑事诉讼法》明确规定的，虽说是犯罪嫌疑人自己请求暂时不要告知其家属的，但空口无凭，若日后她不认这个账，反过来说我们办案程序违法怎么办?”这话说到了蓝咏心坎上，她就是担心这点才召集大家来研究的。马上又有同志说，“这很好办，明天清早审讯时，让她就这个问题写个承诺或者情况说明之类的不就可以了吗?”

蓝咏不赞同，说道：“此法不可取，如果碧丽恰好就打了这个主意，你想她会如实写吗？审讯室不是 24 小时不间断同录吗？将刚才审讯录像回播一下看看。”

技警迅速打开视频系统回放，果然有碧丽求蓝厅长不要将刑事拘留决定送达家属的内容。

蓝咏看完便说：“记录的是整个的办案过程，这样也就放心了。提醒大家注意的是，碧丽请求不要将刑事拘留决定送达其家属的真实动机是否如她自己所说的，不一定啊！所以大家千万不可掉以轻心，要严格依照法律规定开展工作。遇到特殊紧急情况要及时报告。”

最后她一一安排部署了派专人保管碧丽的手机，让她定期与家人保持通信联系，以免打草惊蛇等细节问题。忙完这一节，天已放亮。新一天的战斗又要开始了，她想靠在会议室的椅子上小眯一会儿，开会的同志们关好灯后轻轻离开了。

这一夜，碧丽通宵未眠，一遍又一遍地回忆着曾引以为傲的人生经历。

碧丽在段铖眼里算是金枝玉叶，对于二十世纪五十年代出生的他们来说，吃国家粮长大的人的优越感是天生的，段铖不过是个吃农村粮的个体户，并且是负债累累的个体户。但碧丽不傻，她是精明的商人，而且算得上是天才的商人。她最大的天赋就是会盘算。她十八岁参加工作，面临在县里招干还是到市百货大楼站柜台的抉择时，她选择去市百货大楼当售货员，见世面。上班没多久就跟总经理的儿子好上了，然后谈对象结婚。很快就转干，一路顺风顺水。尤其是公公提拔到市商业局当局长后，她三年两跳，参加工作不到十年就成为百货大楼的副经理。后来公公退休，利用价值不大了，在市一中教书的老实丈夫不再是她眼中最亮的星，渐渐地也不再是她碗里的菜，夫妻间矛盾不断，最终以离婚收场。这时候的她，作为全省最年轻的市百货大楼经理，已是非常成熟的商场女杰。后来百货大楼改制，她作为最大的自然人股东，凭着低价折股国有资产几乎零地价取得了百货大楼那块地的国有土有土地使用权，开发了江海市第一栋商住两用楼，并轻松地捞到了人生第一桶金。再后来是奶牛场改制收购，不过比不得在百货大楼，这里复杂得多，遇到的阻力也格外多。碧丽急于在《证券法》修改前上市，更需要在其父亲有限的生命里拿下这块地。这时恰好有位想给本地大企业晨风纸业供应苇草的外地小商贩段铖瞅准了她内心的焦虑，直奔她办公室谈合作，两个各取所需的商人当时一拍即合。外界对其不甚了解的人还以为碧丽是病急乱投医才马上答应。段铖人品不好，碧丽父女的所作所为也不为正道人所齿。当时有很多人等着看她引狼入室，然后上演狗咬狗的好戏。可是大家失算了，碧丽自有她的狠劲，说是做生意买卖看跌不看涨，她看中了段铖的狠和恶，更看中段铖的附有资产——当时段铖的长子段非，名校研究生毕业后在省政府办公厅秘书班里是正科级笔杆子。碧丽在成功收购奶牛场后马上盘活这一有巨大潜值的资产，她看中段非身上有自己儿子谌嵩所不具备的潜质，在段非准岳父犹豫段非这个体户儿子的身份标签，该不该将女儿嫁给他时，碧丽及时出手，为继子赢得婚姻，也为自己打通政商互联之道，此后与亲家联手用自己的商业资源和人脉关系名正言顺地以母亲名义为这个继子成功运作，帮助他从副处长、处长、副市长直到市长。

段非娶妻余靓当年就产子段誉，人生从此一路开挂。有了岳父的软实力攻关和继母的金钱开路，2005 年年底他就在处级干部竞争上岗中胜出，时年 31 岁，成为省政府办公厅最年轻的副处长。碧丽自从有了在省里当副处长的儿子后，见人谈事不再如以前那样只有金钱输出，而是慢慢学会利益交换。作为精明的商人，她越来越熟稔于用权力去撬动和交换利益了。一向自信满满的她回过头再看以前那动不动就要拿钱砸才能办事的日子，竟觉出自己的可怜来。很快，她发现那些靠一捆捆的钱砸来的生意不过都是小本买卖而已，哪有这权生钱来得快，来得猛！也算企业干部出身的她顿悟这世间最挣钱的买卖其实只有一样：让权生钱！只有权才可以生出无限多的钱……所以她不遗余力地为继子段非的仕途铺路架桥！2008 年段非才由副处转正，碧丽就为其下一步到江海市任副市级领导谋划了。机会真的是给有准备的人的，2011 年年底，段非从省政府政研室下派到江海市任副市长，为他的进步没少费力的还有岳父，这一年也心满意足地在副巡岗位上退休，这段政商联姻一时被传为佳话。现实就是教科书，而碧丽是这门课的天才学员，自 2008 年继子当处长后，碧丽的腰杆挺直不少。起初她自己也没有意识到，常务副县长凌虎是第一个打电话给她报喜的，语气也不再是看似客气的官方表达称她碧总，而是改口叫碧姐。一直仰其鼻息的她立马就捕捉到了这一微妙的变化，这变化令她亢奋不已，也特别受用，其中深意自然心领神会，从此两人便以姐弟相称。既然是姐弟，那凌虎就是省政府政研室一个正处实职领导干部的老娘舅，既然是老娘舅，外甥段非哪有不管他仕途晋升的道理？在段非的斡旋下，不久凌虎就从常务副县长的位置挪动到县委副书记任上，这县级领导班子别看都是副处，不同位置就是不同台阶，从普通副县长到县长，中间绝对不是去掉一个副字那么简单，更不是一步之遥，而是得跳好几步，少则两三步，多则五六步，能不能跳得成功也还有很大的不确定性，不少人即便退休也不能走到顶，这一步一个台阶，道道多得很。就说这常务副县长吧，虽然也是县委常委，但在党委序列里还是排在副书记之后的，凌虎挪板凳似的坐到副书记位置，下一步就坐等县长位置了。凌虎能这么快到走到这一步，段非功不可没，所以他叫碧姐叫得也更勤更甜了，完完全全以小弟自居，对碧丽言听计从。碧丽不需要对他点头哈腰了，相反她心里想什么，作为小弟的他早就想到了，不用等她张口就啥事都给张罗好了，美其名曰为民营企业做好服务，是人民公仆的天职！投桃报李，相互借力，段非到任江海市不久就解决市委常委，此后一年一跳并于2015年10月当选为市长。凌虎也就同频共振似的于2013年初当选为江水县人民政府县长一职，2015年下半年出任县委书记。

段铖对这个后妻更是佩服得五体投地，他知道论盘算，还是碧丽厉害，别说自己，就算两个儿子都加上也赶不上她。情商极高的段非当然知道自己目前拥有的一切都是继母助攻的结果，更知道该怎么回报继母，于是“母慈子孝”，二人在联袂合作之中各取所需，段非的仕途在一路高歌猛进的同时，碧丽的生意圈也越做越大，碧氏商业帝国涉足苇草、地产、水产品、采砂矿等领域，生意越做越顺，尤其是段非当了副市长、副书记、市长之后，碧丽更不用费什么心，抛头露面的事再也不用做了，她每天的工作就是出去遛个圈，跟朋友们喝喝茶，回家养养花，接听一些电话就差不多了，这是后话，暂且不表。

天亮了，碧丽思绪越来越乱：段铖有他儿子段非管着，多大的事也应该不会有事，倒是自己的儿子格外令她担忧。马上又自我安慰：儿子只是孝顺，没有干什么坏事，只要自己顶住，儿子就是安全的。只要自己显得配合点，求求领导应该不会很难，在段非发迹之前，自己不都是这么干的吗？

瞿海峰在市公安局开完专案组调度会回来就召集容婵、唐建和简约开紧急会议，传达专案组的最新调度方案："根据省委的最新指示，为配合省监察委行动，我们所有的行动方案都必须提前实施。江海市和江水县两级检察机关必须服从省委政法委牵头的专案组的统一部署安排，一切行动听指挥！根据上午调度会精神，检察警力兵分三路：容婵、易甘馨、常理为一组，从答复汤细姑的实名举报切入，深挖其情夫大毒枭清明的贩卖毒品和拉拢腐蚀党政、司法机关工作人员线索，以策应第五检察部的司法工作人员职务犯罪侦查和市公安局捣毁以清明为首的特大跨国走私、运输、贩卖、制造毒品团伙。唐建、赵立平、胡海军为一组，负责追捕王文阳；简约、宁智勇、蒋迅为一组，负责追捕吕斌生。有什么困难会上尽管提，没有什么就散会，马上行动！容婵你等下再走。"

瞿海峰交给容婵一张光盘，又低声对容婵说："这张光盘用完后就得还给我。下面我要讲的你全部记进脑子里，且只能记在脑子里。你能行吗?”

容婵肯定答:“没问题。”

简约从会议室出来,就接到了县委书记任坚的电话,让他赶紧到县委常委楼参加紧急会议。简约一听就估猜可能与仙丹湖涉黑案有关,等他三个小时后赶到时,会议估计已经结束,于是就报告书记说正在市检察院开会,瞿海峰检察长已传达省委明浩书记和市委游江书记关于就仙丹湖问题成立专案组的指示。任坚在电话里对他说:“既然上级的指示你都知晓,一切行动听指挥,按市委统一部署开展工作,有情况随时报我!”简约坚定地表态说:“书记您放心,保证出色完成任务!”

江海市检察院 12309 信访接待室里。容婵让易甘馨对时髦光鲜的汤细姑宣读书面答复后,问汤细姑:“你对检察机关将你控告段非吸毒品的线索依法移送公安机关有什么意见吗?”

汤细姑答:“有。我看到网上对你的报道说你秉公执法,有职业洁癖,为追求公平正义,天不怕,地不怕之类的,那天在大厅里也听说你是先进典型,没想到真正接触后却发现原来是草包、假典型!”

容婵并不生气,笑着问:“你这话从何讲起?”

汤细姑说:“我以前听说贪官归检察院抓,他段非是市长是官员,你为什么不管,还踢到公安局去?”

易甘馨抢着答:“你举报的是官员吸毒,这是违反治安管理处罚法的治安案件,依法由公安机关受理。以前国家工作人员贪污贿赂犯罪由检察院立案侦查,但国家监察体制改革后,检察机关对国家工作人员贪污贿赂以及非司法机关工作人员的国家机关工作人员渎职犯罪没有管辖权。2018 年《刑事诉讼法》确定检察机关对司法工作人员相关职务犯罪案件有管辖权。所以目前检察机关只对司法工作人员实施的徇私枉法等 14 个罪名可以立案侦查。你还有什么意见吗？”

汤细姑：“你们公检法怎么分工我不管，我老百姓只管有冤有处申，我哥被人杀了，他虽然不算是好人，但也是一条命，我希望政府给我们家属一个说法。”

容婵说：“汤女士，你哥的事等会儿我会给你一个满意的答复。我们先聊你举报的事吧。”

汤细姑说：“好吧。”

容婵说：“段非以前不吸毒，认识你之后才吸毒的，对吗？”

汤细姑的声音一下被打压了下来，答：“是的。”

容婵追问：“他为什么要吸毒？”

汤细姑沉默。

容婵又问：“你以性能力引诱他溜冰，是吗？”

汤细姑并不怯场，没好气地回答：“你怎么不问我，为什么引诱他吸冰？”

容婵和颜悦色地答：“正好。你说吧，我听着呢。”

汤细姑便一五一十地将前因后果交代得清清楚楚。

汤二发这人一世混球，但他亲妹汤细姑自幼会读书，从小学到高中，从未退出过班上前三名，他那耳背老娘在田里刨食，供不起细姑上学，就东家借西家凑，靠借款维持细姑学费，可进项总比出项少，欠债越来越多，像雪球越滚越大。因儿子品行不端，名声不好，他老娘越来越难借到钱，细姑的学费越来越难筹，那次贩毒被捞出来后，段肠子（段强）说将老底都给他赔光了，也不愿再借给他钱。眼看高二上学期快开学了，细姑的学费还没影儿。汤二发看到娘急得喉咙发痒，就寻思着到哪下手搞点钱来时，多长时间不待见他的清总却主动找到他，说准备资助几名贫困家庭成绩好的女孩子上大学，听说他妹妹读书成绩好，问要不要资助。汤二发小鸡啄米似地不停点头，他几番千恩万谢，清总都没有理，靠在老板椅上抽雪茄不说话。汤二发抬脚准备回去给妹子报信时，清总突然问他："二发，你以为天下有掉馅饼的事吗？"汤二发惊倒，结结巴巴地问："清总，你的意思是……是说……刚才的话，它不算数了？"

清总放下雪茄，硬着喉咙说："算数，不过有一个条件。"

汤二发忙说："别说一个，就算百个、千个、万个都行，只要清总肯资助我妹子上学。"

清总将老板椅转向墙角，背对着汤二发说："条件是你妹子从上大学起就得服侍老子三年。肯答应的话，日后她想出国，我继续供。"

汤二发声音也有些发颤："这……"

清总淡漠地说："不勉强。"

汤二发额头上冒出细细一层汗珠，两腿有点抖，说话又开始结巴："清总，我……回去跟……妹子商量……商量。"

清总悠地转身过来，挥手说："好吧。不过我要的可是原装货哦。"

汤二发不知该怎么开口跟妹子说这事。憋了两三天，兜兜转转又回了趟家，一进门就故意大声跟低头做饭的老娘说："我认识一个老板资助了很多贫困生读大学，我想拿细姑的成绩单去找找他，兴许也能资助细姑?”他耳背老娘大嗓门喊道：“你个挺尸的，有这样好事你还不去找？赶紧去啊。”在隔壁厢房看书的细姑走出来，问汤二发：“哥，是真的吗?”汤二发一本正经地说：“当然啊。听说成绩好的还可以资助出国。”细姑转身回屋捧出一摞奖状证书，兴奋地对汤二发说：“哥，够了吧?”汤二发使劲挤出一脸假笑说：“够了够了。我妹子这么棒，老板肯定会资助。等我消息啊。”

汤二发带着妹子的照片又找到清总。

“你妹子还蛮漂亮嘛，你怎么就没个人相？她同意我的条件了?”清总拿着细姑照片瞧了又瞧，爱不释手。

汤二发实话实说：“我还没敢跟她说。我妹子性格是吃软不吃硬。反正上大学还早，到时候我替您想办法。”

“那好，一言为定。你敢跟我玩什么花花肠子，小心你的猪头!”清总一边将细姑的照片收好，一边警告汤二发说。

细姑一直被蒙在鼓里，以为遇到了好人，更加发奋努力，如愿考上了省城一所心仪的大学。从没有出过远门的细姑是清总亲自开车送她去省城的，汤二发告诉细姑：“从今天以后清总就是你亲哥，要晓得感恩。清总人好，手脚宽，哪里都是朋友，到了省城有什么事找清总。”得知资助自己上学的恩人居然又帅又富，单纯的细姑心里喜滋滋的，连忙点头。

细姑到了大学校园，才知道自己有多土多穷，室友们穿的用的她都从来没有见过。不过半年不到，她的自卑和失落就一扫而光，因为几乎每到周末，清总就会从天而降，带她出入高档商店、私人会所。只要是她想要的各种时装、化妆品，每到周末都能实现。单纯的羔羊哪是老狼的对手，她很快就被攻陷了。在清总处心积虑的调教下，细姑不只是从姑娘变成女人，还由一心幻想爱情的女人变成冷血的“炮灰”。她是在大二时才知道清总真名叫清明，对外头都宣称是做化工原料生意的大老板，也知道自己不过是清总控制的棋子，棋子还不只她一个，还有冷香，也如她一样出身贫寒，靠他资助完成了国内大学本科和国外硕士教育，然后帮他去围猎贪腥的官员。

除她和冷香外，清总资助的贫困生也很多，作为成功企业家，谁会想到他有这等卑鄙！细姑跟冷香谈得来，可冷香多次向她流露生不如死的念头，她都没当回事。

2018 年农历大年初一打开手机，她被吓出一身冷汗，收到了冷香生平最后一条短信：天国会很干净，我喜欢。永别了，细姑！

冷香在老家服毒自杀！细姑坐在床上呆若木鸡，好好的一个人怎么说没就这么没了！狐死兔悲，便推醒身边还睡意正浓的清总。“晦气，大过年，讲这些干吗？”清明很生气。细姑也想起在老家曾听老人们说过大年初一遇到这种晦气事是不能说的。挨到元宵节后，她跟清明说想到冷香老家去看看，清总不让，还警告她闲事不要管得太多。对清总的冷血和残忍，她是清楚的，所以不敢再提。细姑说 2018 年开年不吉，结果从头到尾都难过。7 月份，亲哥汤二发被抓，她起先还没当回事，因汤二发在看守所进进出出也多，套路都熟，也不觉得有什么稀奇。直到汤二发被市检察院直接送到省人民医院，她也没怎么在意，后来看到段肠子（段强）总在找清明，好像比以往任何一次都急，她才上心这个事。国庆前后，汤二发又让牢友带话给她，要她求清明和段强将他捞出来，否则他就是死路一条。这个哥哥虽从来没让娘和自己省过心，但毕竟是一奶同胞的兄妹，况且父母都不在了，这世上唯一的亲人也就是他了。细姑就使出浑身解数，百般迎合讨好清明，缠着他把汤二发给捞出来。清明答应是答应了，但汤二发一直没有被捞出来，汤细姑愈发担心二发凶多吉少。汤二发开庭的那天，她也在场。律师拂袖离席时，她急得要哭！休庭的间隙，她冲到审判席围栏边，二发压低声音对她说："等哥回家过年！"她有点丈二和尚摸不着头了。大约三四天后的一个晚上快 11 点时，清总接到一个电话后对她说："二发从牢里逃出来了，想见你一面。你赶紧到绕城高速云海出口等他，会有人跟你联系。"

她赶紧开车出城，可是等到凌晨三点来钟，都没有见到人。她忍不住给清总打电话，得知行动有变，汤二发搭别人顺风车往南方走了。

第三天就得到消息说汤二发在南方落网，不久又得知二发在被送到县看守所的当晚就暴毙了。

细姑接到县看守所通知去处理汤二发后事。入所体检表显示血液酒精浓度达到 260mg/ml，尸体解剖结果显示胃内有头孢和酒精。跟着清总多年的细姑对汤二发的死因已猜得八九不离十了。

她一回来就找到段强，很干脆地说："我哥是死有余辜，若国家判他死刑，我一滴眼泪都没有，但他这样不明不白地死了，我不甘心。君子报仇十年不晚。”段强很轻薄地对她：“你又没有枪，拿什么报仇？你以为肉蛋是子弹？”

细姑冷笑道：“走着瞧吧！”

年头冷香的死本就给细姑极大的刺激，年尾亲哥汤二发又死了，她几乎要崩溃！这些年，她目睹了清明、段强等人将坏事干绝，将好人整死的残酷，她无法沉默，她要爆发，她要报仇！冷香死了，小满不合段非的口味，清总的项目又停摆了，正为物色什么样的新人才符合段非胃口而发愁。被段强奚落的细姑就跟清总说她有办法，想去试试。清总不相信。细姑说：“你只管跟姓段的司机说我是你亲妹妹清欢，住仙丹湖就可以了。”清总将信将疑，在她饱满的胸部上搓一把，浪笑道：“本来就是亲妹妹，来，亲妹妹。”

果然化名清欢的细姑没费多少工夫就将段非拉下水，还引诱他吸毒，走上不归路。

未等汤细姑讲完，容婵问她：“为什么要这样做？”

汤细姑恨恨地说：“他们段家害死了我哥，不光是害死我哥，他们这一家从老家伙段铖到段强，还有这个贪官色官段非没有一个好人，靠着这个大贪官，他们在仙丹湖一带将坏事干绝，小女子我是替天行道。”

容婵正色道：“你替天行道？怎么个行道法，你给我讲讲看？”

细姑说汤二发从小就是段强的跟屁虫，二发肯定是被段强害死的，而冷香是被段非和清总害死的。段强得势是因为有贪官堂兄段非，所以这笔账最终要算都得归到段非和清总头上。

但清总心狠手辣，警惕性极高，自己尚不是他的对手，但看起来位高权重，呼风唤雨，其实很可怜很可笑又很可恨的段非，她是完全可以拿下的。这个人靠他继母发迹，不过也是他继母手中的棋子而已，为满足他继母对财物的欲求，他努力地表演，努力地升官。他不知道吗？他知道，只是有些人天生就是小人，天生就是自私的人。放纵私欲的人其实是最贫穷的人。段非就是如此，他除了手中的权力之外，什么都没有。围在他身边狩猎的人很多，这些人看起来个个对他点头哈腰，其实心里都在打他的主意，不过是撒点饵料满足下他的私欲，然后让他盗用手中的权力给这些人回馈巨额的非法利益。因为太过好色，他对周围的人并无太多防备之心，最容易下手。不过相比清总，他更可恨。清总的恶，别人一眼就能识破，惹不起可以躲得起，破坏力有限。但他不同，他掌握着很多资源，手握大权可以左右很多人的生死，他的坏更具有破坏性和不可控性。他若不出卖手中的权力，他段家人及狩猎他的人就没有那么多作恶的机会，他用公权力兑现个人私欲，受害的是无数无辜老百姓。这种人窃取高位，本身就是国家和人民的罪人，留他何用？

容婵没想到这汤细姑还有点思考力，还不是那种良知完全泯灭之人，其情可悯，其行可悲，不无惋惜地说："细姑，你这行道，可是非常道啊，你选择的是用犯罪手段引诱他人吸毒，也触犯了刑事法律。公安机关尚未掌握你的犯罪事实，你还可以选择主动投案。回头是岸！"

汤细姑情绪一下子激动起来："你们这是执的什么法？我哥和冷香被人害死没人管，我控告贪官，倒有罪，要把我抓起来？

难怪那位梅大姐要骂你，她的儿子要用刀杀你，你活该，知道吗？”

容婵平静地对汤细姑说：“不要激动。你哥没有死，被看守所医生及时救活了。我们这里有张记录他最近三天活动的光盘，不信你可以看看。”

说完示意常理播放光盘。视频里一身囚服的汤二发对着镜头说：“细姑，你哥我还活着。你要听政府的话，配合政府破案，我这条命暂时由政府救回来了。段强一家和那个清总太黑心了，他们说是给我接风，用冷空调把我吹感冒，劝我吃很多头孢，还放肆劝我喝酒。我不知道吃了感冒药后不能喝酒，更不知道喝了会死人。他们想让我自己这么喝死，还不背杀人的罪名。幸好及时被抓着送到看守所，干部救了我。我是自己主动要求配合干部破案的，要抓住段家的老贼小贼，还有那个清明一伙。小妹啊，我罪大恶极，当年奶牛场那个案子，段老贼让段强找我，要我开车把蒋立峰他们的车子撞到湖里去，我罪该万死！最终也活不了几天。可你还年轻，又有那么多学问，要相信政府，帮助政府做事才有出路，人生路还长。爹娘都走了，我也快走了，你要好好做人，每年记得给爹娘和我上炷香，哥就知足了。算哥求你了，回头是岸。”

汤细姑又是惊喜又是悲痛，喜的是不争气的哥还没死，悲的是自己受过这么多年的高等教育却没能为家族争光，反而也跟哥哥一道沦为罪犯。自己还不如冷香有骨气，一死谢天下，保留一丝名节。

容婵仿佛看穿她心思似的，又轻声说道：“为保护你哥的人身安全，也是为了整个侦查工作的需要，当天公安机关就秘密将你哥转异地羁押，但封锁了消息。通知你到看守所并告知你汤二发死因，不过是公安机关将计就计而已。哦，顺便告诉你一下，你的闺蜜冷香也没有自杀。她在发现以清明为首的特大跨国走私贩毒团伙的犯罪行为后十分痛苦，就主动向公安机关揭发清明贩毒以及强迫他人吸毒，强迫妇女卖淫的事，公安机关及时为她提供了人身保护。她现在已被公安机关定为特殊情报人员，目前正奋战在秘密战线上。”

容婵的这番话在汤细姑死灰般的心里投下了一束明亮的光。她抬头用明艳的眸子说话：“容检察官，谢谢你。我明白自己该选择什么了，凡是我知道的，我全部交代。”易甘馨打开手提电脑，开始记录。

细姑随即陷入了回忆中，当时细姑略施小技就轻松将段非这条鱼给钓上了，然后就想着怎样玩弄他最解恨。她被清总强迫吸毒后，对生活早就没抱什么希望了，一心只想着复仇。她知道女孩子“溜冰”之后性欲特别强，段非既然好色就让他尝尝“色字头上一把刀”的厉害吧。她没想到那厮竟然强悍得惊人，为速战速决，她邀人一起跟他玩，不断给他变花样，并很快就引诱他也“溜冰”。她也如实向清总报告战果。清总就说：“最毒妇人心，没想到你比我还手狠。现在这段非就是一条狗了，随你我怎么使唤了。”

细姑冷笑道：“哪里，都是你教导得好。”

细姑当然知道最毒的蝎子还是他。他授意细姑以劝段非戒毒为由，不再给其“供货”。段非无法只得要莫湘龙出面找毒品。很“巧合”的是莫湘龙通过吴国平找到了清总，清总就自导自演一出“蹩脚”的戏，将行踪信息故意暴露，引起了警方出动然后导致莫湘龙被抓。

这一笔账他拎得很清，算准段非要出面摆平此事。只要段非出面，就有把柄落在他手上，他随时可以敲段非“竹杠”，不怕姓段的不给他们办事。果不出所料，他和莫湘龙从车上跑掉，吴国平被抓。段非比死了亲爹还着急上火，很快就将事情摆平。他因为手上有莫湘龙等人的案底，段非反而还怕他三分了，他要段非办事，只要段非有点不乐意就说自己想要去自首，段非就二话不说马上给办了。其实他也只是吓唬段非的，他也不想把段非吸毒的事抖搂出去，那样的话肯定会见光死，段非这么大的一个官员吸毒被外界知道了会是什么后果，马上撤职，查办！这是他不愿看到的，他希望看到的是有职有权的段非被自己控制，这样吊着玩很过瘾，其利用价值空间之大无法想象。然而他算计来算计去，就是没有想到细姑会玩出火，以为她只是帮他吊着段非玩玩而已，哪知她是要报仇雪恨，去举报段非。

容婵让易甘馨将笔录打印出来，交汤细姑仔细阅读修改后，递给她一盒印泥要求摁手印。细姑一边摁印，一边低头饮泣说：“检察官姐姐，你们送我去自首吧！我希望一切重新开始！”

容婵很欣慰地答道：“你有这种想法很好。我马上联系警方来接你。”

半小时后，朗月和一名女警进来将汤细姑带走了。容婵没想到汤细姑转身走了几步，回头又朝自己深深鞠躬道：“谢谢你，检察官姐姐！”

48

在县看守所，刚被抓捕归案的段强在审讯室里负隅顽抗，一副死猪不怕开水烫的样子，拒绝交代任何问题。

朗月让同事摁墙上的警铃，马上就有管教民警过来，帮助他们调试挂在墙上的视频系统。段强抬头一看，吓得半死。视频里正是汤二发在监舍里吃中饭的镜头，还用手朝他扬了扬。

朗月问段强："认识他吗?"

段强不语。

朗月接着说："你可以不说，但他会说。你应该没想到他还没有闭嘴，居然还活着吧?"

段强还是沉默，但呼吸明显有些急促。

朗月故意不理会，从自己的手提电脑里调取几个视频给段强看。

见到高速公路卡口、喝酒、劝吃感冒药等视频，段强知道一切都完了，原来自以为神不知、鬼不觉的事，其实自己早就被监控了，否则这些资料不可能调得这么齐全。他的双腿开始有打颤，嘴也没有往日利索，只说："我认罪，我服法，我知道的全招。"

段强讲述着往事。当年段铖一心想要攀上富婆碧丽，想着在碧丽最棘手的事上助把力，将奶牛场职工闹事的火压下去。

他低估了李海洋他们，没想到李海洋骨头硬，孤军奋战也要抗争到底。他明白用钱解决不了硬骨头的，除非……

在2004年冬天的仙丹湖事件中，段铖将表妹夫蒋立峰拉下水后，又找自己正混社会的堂侄子段强帮忙。鬼精的段强贼眼一转，说："叔，你现给我找的新婶娘是富婆，也不缺钱了，这事咱家人干不合适，我给你找个人吧。"

段铖明白这小子不是省油的灯，以为是借着别人的名头跟他要价了。问："怎么干是你的事，说，多少钱，开个价？"段强伸出两个指头，段铖拦腰砍价，说得也直白："就10万元，你那一份叔就不给了。"段强想了想，点头说："行。谁让我叫你叔呢？"

段强找的人是从小就整天跟在他屁股后面的发小汤二发，二人臭味相投，游手好闲。

段铖承诺给的10万元直到蒋立峰被法院中止审理后才兑现，差不多是2006年春节那段时间。但这笔钱在段强手里又捂了快两年，直到2008年春节前他才给汤二发。段强自己的说法是汤二发这小子不靠谱，有些爱显摆，怕他拿钱到处乱说。再说当初让汤二发干那个事时，他也没有承诺汤二发什么，汤二发也从来没问他要过报酬之类的，所以也不必急着给。直到周围的人差不多快要忘记仙丹湖那起命案的2007年年底，才敢给汤二发这笔钱。事实也证明段强对汤二发的把脉还是很准的。从来没见过这么多钱的汤二发拿到10万元现钞，整个人都笑傻了，梦想一夜暴富的他，转眼就拿着这钱跟人合伙到云南买"果子"，两趟下来又挣了几十万元，汤二发便到处显摆，风光了好几个月。可第三趟就出事了，因车在瑞丽口岸被边防民警给拦下来而案发。

大约是在2008年下半年的国庆节前后，汤二发被云南警方移送到江海市禁毒支队时，他妹妹汤细姑就牵着他又聋又瞎的老娘拿着刑事拘留通知书找段强要人，说他老汤家就这一根独苗，人是段强带坏的，只找段强要人。

段强“出道”早，十七岁那年因为打架被判过刑，知道一些道道。他找到当时法院给他指定的援助律师，问可以代理不？那援助律师现已是江水县知名律师，摇头说：“我帮不了你，罪重罪轻，我可以辩护。你要捞人，我办不到。我的代理费起价20万元，你考虑考虑。”

段强从律师事务所出来就骂：“你这个要钱的鬼！20万元不包人出来，你做梦吧。”

可骂归骂，回家远远又看到汤二发的娘和妹妹在家门口守着，无法就只好找段铖。段铖一听就很生气。

段强说：“叔，你生什么气？这事都是你和我婶与二发的事，我一个闲人，闲吃萝卜淡操心，只给你传个话，你不把他给捞出来，我管不了他，他会不会跟干部乱说话了可就难说了。”

段铖气得半死，对着段强的背影狠狠地说：“要捞可以，没钱总不行吧？你让他拿100万来，否则免谈。”

段强一边拉门，一边转身对段铖冷笑：“叔，你真是名不虚传的狠角儿，汤二发这几个月都白忙活了，全给你挣了。”

段铖也哈哈冷笑：“没钱免谈。”

一个星期后，段强拖着两个大行李箱走到段铖办公室，将门一关，打开密码锁，一沓沓人民币亮晃晃地刺着段铖的双眼，段强说："叔，你点点。"

段铖皮笑肉不笑，拍着段强的肩膀说："大侄子，看不出，挺有能耐的嘛。"

段强答得很干脆："搞不搞得到钱是我的事，捞不捞得出人是你的本事。我走了。"

段铖心里骂："小兔崽子，你还将我的军。"

其实那天他是想用100万元吓退段强的。一来这贩卖毒品的事的确是伤天害理，二来他也不过是碧丽手里的一颗棋子。他一个负债累累的人跟她结合其实是说不起什么话的。这要捞人的事，还得她出面，少不得又要挨她的训斥。没想到这段强倒当成真，还真拖来100万元，这两行李箱的钱简直是个烫手的山芋。

段强那天从段铖办公室一出来就直奔汤二发家。问二发妹妹："细姑，你家有钱吗?"

细姑没好气地说："我家要是有钱，母猪都可以上树。你故意寻人开心吗?"

段强压低声音问："你哥平时在家喜欢待什么地方?"

细姑说："吃了睡，睡了吃，喜欢待什么地方？床上呀。"

段强自言自语："床上，床铺上。走，看看去。"

他到汤二发的那张旧高低床上左瞧右瞅，还爬到床底下看了很久，失望地拍手站起时，细姑拍了拍脑袋："强哥，你去阁楼看看，最近他每次进屋都会上阁楼。"

段强跟着细姑爬上阁楼，除一个上锁的笼箱外，都是破烂不堪的杂物，笼箱上的一把光滑的新锁，引起了段强的注意，他要细姑找来钳子，三两下便将锁扣拧开。

打开箱盖，果然是钱，一沓一沓的钱。细姑不敢相信，尖叫："我哥他挣……"挣字还没出口，嘴就被段强死死捂住了。

他小声骂她："叫死，你会把你哥叫死的。闭嘴!"

细姑赶紧缩口，段强示意她将钱一沓沓拿出来清点。两人猫着腰在阁楼忙了好半天，总算点完了。段强说："我这里一共34.2万元，你那里多少?"

细姑轻轻地答："33.4万元，这钱交给法院，可以保我哥的头了吗?"

段强摇头："不行，要100万元，还差30多万元。"

细姑很担心："那可怎么办?"

段强交代她："你就不要管了，我自有办法。你要管的是这里的钱，千万别让别人知道你家有钱了，这钱一分都不能少啊，一个角都不能少啊，还有这消息万万不可泄露出去，否则你哥就完了。"

段强回头又去找那知名律师，律师以为他想通了，说要签委托代理合同，就20万元也不加价了。

段强知道他误会了，就说："我这朋友家里穷得很，才干这个事的，第一回就出事了。我刚在你们律师事务所进门地方看了，代理咨询、了解所涉罪名等业务有5万元钱就够了，我给他出这5万元，请您帮我到山上去见下他，告诉他我在想办法，让他写一个纸条，把他的东家或者东家的伙计名字电话写上，你帮忙给我们带出来。”

知名律师赶紧起身说：“算了算了，你这桩代理我不做了，你这是妨害作证。请走，不送。”

段强的如意算盘落空，出师不利，很是懊恼地走进电梯，电梯下行到15层停住，有人进来，电梯缝隙里竟然又看到有律师事务所的牌匾。他到一楼后赶紧上行至15楼，果然有家新开的律师事务所，他跟一个年轻的小伙子没费多少口舌就谈妥了，而且价格只有2万元。段强从那栋写字楼出来朝知名律师所在的楼层仰望一下，骂着：“你不变猪，我还不吃肉?”

第二天，年轻的律师就给他打电话，告诉他要的内容，说不能写条。段强不依：“那不行，你再去，让他画个乌龟写上王八汤二发。”

第三天，年轻律师果真就给他带来“王八汤二发”的画来了。段强找来大头针在纸上扎了一排又一排的细孔。

段强按年轻律师从汤二发处要来的电话号码，跟那人约了在江海市一家茶楼见面。

段强到茶楼的卡座刚落座，就有年轻小伙子挑帘进来问：“朋友，你怎么知道我的电话号码?”

段强不答话，从口袋里拿出那张王八汤二发来，递给对方，对方拿着那张纸对着灯光数数一排排的大头针孔，一排针孔数代表一个号码。一会儿，对方朝外打了个响指，一位蓄络腮胡子的中年男子进来，段强知道这回进来的才是真主。小伙子将画还给段强后退下。络腮胡子问：“找我什么事?”段强说：“要粮。”

络腮胡子问："多少？"段强伸出右手掌做出"六"的姿势。

络腮胡子冷笑："抢吗？"

段强赶紧说："我自己也给他准备这个数。"

络腮胡子凑近身子问："哦，请律师吗？"

段强说："不请，律师没什么用。我在想办法捞人。"

络腮胡子点头："要这个数，懂行。可我凭什么相信你呢？"

段强说："凭我可以将这'王八汤二发'搞出来。多个朋友多条路，你看着办。"

络腮胡子握着段强的手说："行，暂且信你一回。一个星期内我要见到真人'王八'汤二发，否则……兄弟就别怪我对不起了！人在江湖飘，不讲诚信就挨刀！"

段强一拳打在餐桌上，说："大丈夫言必信，行必果！小弟半点失信，甘受大哥处罚，千刀万剐在所不辞！"

那会儿为着汤二发的事，段铖翻来覆去想了一个通宵，觉得还是要跟碧丽通气。凌晨五点多，碧丽一醒来，他就跟她讲这事。碧丽一大早的不好发脾气，也不吭声。

保姆喊吃早饭，碧丽在衣帽间里喊："我上午去趟江水县政府办，你等下也问下段非给人家吕斌生说了话没？"

段铖知道她这是同意办事了，响亮地回答："好嘞。"

碧丽到凌虎办公室一坐，凌虎给公安局的一个什么人打了个电话，就说没关系了，也就一两天的事让她回去等消息。起身的时候，她顺便说一句："书记啊，我家乡的那个乡党委书记吕斌生这小伙子人不错，进不了政府班子，让他到检察院去，接个班也可解决副处嘛。你这有困难，我让我家那小子给市里领导说说，也给你减轻点担子。”

凌虎大笑：“我的碧大姐，你真是智多星，这乡党委书记异动的大事是书记管着的，我决定不了。不过只要省里领导有指示，肯担担子，我一定做好服务。”

碧丽说：“你是县委副书记，可以当一半的家还不止，推荐权、决定权都有。书记那里我再汇报去。”

晚上碧丽回家在吃晚饭的餐桌上跟段铖和谌嵩说：“老段，你明天取五万块钱给小嵩，让他给他同学候泉林送过去。”

谌嵩不解，问：“为什么？”

碧丽一边给儿子夹菜，一边说：“公安局在搞福利房套改，候泉林分了一套，可是拿不出钱来。大约三万多块钱，你给他送过去五万元应急，四万算借，一万元算你的贺喜礼金。”

谌嵩说：“一万元礼金也太多了，我结婚的时候，他才随200元的礼。”

碧丽说：“知道。你一个大男人翻什么陈谷子烂芝麻，你结婚是什么时候的事了？上十年的事了，物价飞涨你不知道啊？段叔的一个朋友犯案，正好在泉林手上，你什么也别说，帮不帮忙在他，若是帮忙，这一万元的礼金还真不高，听说这次泉林马上要到调市公安局去了，前途不可限量，你妈我从来不做亏本的买卖。对了，老段，法院副院长王文阳是你老乡，以后该走动还是走动一下。人都是讲感情的，走走就亲近了。”

汤二发不到一星期就从看守所出来了，不过也吃了苦头。

汤二发进去第二天就听同监的人说挨他睡的家伙出去了，说是吞了铁丝就可以出去。他就问：“为什么你不吞？”那人一脸的不屑地看着他："你以为想吞就能吞啊？我也想啊，谁给你铁丝呢？进来不都脱光检查了吗？"

汤二发咽了一下口水，不敢再开腔。他本来也就没想这事了，可那天来一个律师说段强在想办法捞他，他心里就又活泛了，天天梦想有那么一根铁丝。

没多久这梦想就成真了。星期三那天放风的间隙，突然有个家伙在他胳膊上蹭一下，塞给他一根铁丝。下午，汤二发就吞下去，然后就被紧急送往医院抢救，因医院取不出来，原被决定刑事拘留的汤二发就被取保候审出来了。

段强在医院门口接上汤二发，领他理个发，换了一身干净衣服，同他一起到了江海市上次那个茶楼，跟上线络腮胡子一见面，汤二发就好比见亲爹还矫情地说："清总，我以为再也见不到你了。"

清总冷冷地说："知道了，这条道上以后没你的事了，干点别的吧。"

清总撕下仿真胡须，转脸对段强说："兄弟，你那天说得好，多个朋友多条路。从今天起你就是我大哥，以后你有什么用得着小弟的，一切都听你吩咐，有事还得请大哥罩着小弟。"

清总从此不让汤二发沾毒品生意的边，并认下段强作大哥。段强也乐意，段铖说那100万元没用完，还退给他50多万元，段强拎了30万元给清总送去，清总死活不要，说是孝敬大哥的，以后麻烦大哥的事多了去。段强拿着这50多万元人都笑晕了，他也享受到权力的魅力了。

渐渐地他也明白了自己的这江湖地位和面子是堂叔段铖给

的，而段铖的面子早年是新婶娘碧丽给的，后来是远房堂兄段非给的，权力是个好东西，所以他想方设法在段铖手下谋个差事。因为清总的关系，找他捞人的张哥、李哥也多了起来。尤其是那个吕斌生调到县检察院当常务副检察长以后，他感觉自己的朋友也越来越多。这时候是别人主动找他，有时还是转弯过来找他的。手下养着这些别人看来不三不四的人，也是一笔资源。想办的事，自己不用出面，让他们去闯祸，死啊伤啊都没多大关系，出两个钱安抚一下他们家里就可以，因为这些人的家里本来也就没指望他们。后来组建护湖队，他手下有人，段铖说让他干队长算了，谌嵩胆子有点小，没太同意。碧丽出来说话，让他当副队长，但干队长的活，护湖队归公司保安队统一管理。段铖跟他讲："你虽是我侄子，但谌嵩也算是我儿子，明面上我得站他那一边，你也给叔长点脸。"段强听明白这话里的意思，这碧玉公司的狠角儿其实是碧丽。

他也知道吕斌生工作调动的事就是她操盘的，从这也看得出这老太婆不是一般的狠。不过这个吕斌生也有些不争气，他听侯泉林讲，本来碧丽是帮他运作当检察长的，可因为当时还是市检察院常务副检察长的瞿海峰坚决反对，说什么基层院检察长不能成为科级干部解决处级待遇的出口，检察机关八成的案件在基层检察院，要有司法实务经验的同志才能胜任，快退二线的检察长就打哈哈，亏得段非使出浑身解数，听说还惊动了大领导，才使他进入提名人选。哪知这个不争气的家伙得意忘形，在公示期间跟小妹子喝花酒被别人现场举报，那次就泡汤了，后来瞿海峰被提拔为市检察院检察长后，更没吕斌生什么戏了，所以他就一直在常务这个位子上干着。若不是段非的关系，也许早就让他挪窝了。也是因为段非，吕斌生才会越陷越深。

朗月知道，像段强这种混社会的人，只要开口讲，就会毫无保留地讲，不会再藏着掖着。段强把他知道的全吐出来了，朗月一数笔录竟有三十三页，还隐隐感觉右手有些酸痛。段强问道："干部，可以给我一支烟吗？"朗月朝同事努努嘴，同事会意地从随身带的小铁盒里拿出半截烟头，掏出打火机点燃后，从钢丝栅栏空隙处给他递进去。

段强接过烟头，狠命而贪婪地猛吸一口、二口……朗月一边收拾东西，一边在想：此时此境或许这段强也跟莫湘龙一样，不再以为段非是自己多大的荣耀，恨不得这一辈子从来没有见过这个人就好。如果一切可以重来，只怕他们再也不会觉得这一人得道，仙及鸡犬不是什么好事！

话说唐建从瞿海峰检察长那儿领了任务，倒没费什么劲。向县人民法院院长武邵峰同志报告后，只跟驻县法院纪检组沟通一下就轻松达成了协助抓捕意向，都答复会严格保密，大力支持。

王文阳是在召开审判委员会的会场被唐建他们带走的。整个会场除武邵峰和正在汇报案件的胡霞知道王文阳是为何被带走的，其他与会人员惊讶不已。

胡霞望着众人离开会场的背影，心里倒吸一口冷气。庆幸自己严格执行中央政法委的"三个规定"的制度，当时就将王文阳干预办案的事如实申报填录，但因没有抵制干预办错案，被监察委作断崖处理，已是员额法官的她将马上要被要求作退额处理，今天可能是她最后一次以员额法官的身份汇报案件，她有些落寞，更多的是自责。

刚被取保候审出来的碧丽是在国际机场被谌嵩接回来的。二人到家刚落座，段非就进屋了。

段铖在餐厅里大喊："去了多久了才回？回来好，回来好。吃晚饭去。"

段非给碧丽盛了满满一碗米饭送过去说："碧姨，您去美国，多久没吃到这么香的米饭了，多吃点。"

碧丽望着他，一字一顿地说："哪里，我在里面天天吃米饭。"

段岚惊呼："碧姨，您不是最喜欢吃西餐吗？怎么跑到美国天天吃米饭？"

其他人也心不在焉地附和说："就是，就是。"

段非吃完晚饭就急着让司机送自己回家。刚才碧丽的话已经告诉了他答案，下一步需要赶紧处理自己的事了。余靓被市监察委留置的通知是下午送到他办公室里的，他当时马上联想到碧丽出国，于是赶回来看看情况，果然不出所料。

段非对家政吴大姐说自己当晚就要出差，要她今晚下班后就暂时不要来了，给她开了两个月的工资。

等吴大姐走后，他洗了澡，在卫生间里又吹了一会儿"果子"心满意足地走到客厅，跟儿子视频了两三分钟。然后将客厅音响打开，选择了一首轻缓曲子播放，去了一趟厨房，回到客厅后舒服地躺在贵妃椅上听音乐。

几分钟后，吴大姐从小区大门出来，朝右侧马路上张望着，一辆公务用车疾驰过来，她看了看车牌，马上返回小区电梯间，然后开锁进屋，一边说："记性真差，才手上的事，又忘记了。"

见躺在客厅贵妃椅上的段非没有动静，马上又闻到满屋煤气味，赶紧拨打救护电话。

已停在楼下的120急救人员冲进客厅，将段非救出。

最后离开的两名工作人员紧紧握住吴大姐的手，感激地说："谢谢你，吴春花同志！谢谢你！"

一直站在楼下指挥的游江书记接通省监察委主任万华电话简短报告情况后，对众人挥手道："快，直接送省人民医院。"

躺在救护车上的段非这时已经醒了，对游江说："书记，您报告万华主任，不必去省医院了。直接把我送到省监察委就好了，我愿意向组织交代一切问题。"

怡香居里气氛凝重，有山雨欲来之势。碧丽焦急地等待段铖，几次叫谌嵩打电话。谌嵩说："试了无数次了，打不通。妈，不会有什么事的。您要相信我哥。"

碧丽愠怒道："你哥，谁是你哥？我还是你亲妈呢。你亲妈告诉你，谁也不值得相信，尤其是姓段的一家。段非肯定马上要被留置，段铖说是配合谈话，下午电话就打不通了，情况很不好了，从现在起能信的就只有你自己。"

谌嵩沉默了。突然手机振动了，他马上接听，很失望地答一声"没回"便挂机了。

碧丽估计得没错，段铖正在向监察官们声泪俱下地表演式控诉自己因"惧内"才犯下的种种错误。

段非接受监察调查的消息是凌晨发布的，到早上就已是全城尽知了。早餐桌上，碧丽对段岚和谌嵩说："郑力和悠悠呢？"

段岚："郑力住学校宿舍，悠悠在单位，我没让他们回来。"

碧丽点头，说道："让他们赶紧去美国吧。段岚你也去，三个孩子只靠你照顾。我在花旗银行还存了一笔钱，够你们四个人过上平常日子了。我们几个你就不要管了，也管不了，听天由命吧。孩子们才是这个家的未来，去吧。"

碧丽的声音仿佛一下子苍老了许多，段岚听得心里发凉，悲从中来，平日里在这个家最没有话语权的她此时此刻却成了一家人最大的依靠，不得不让人感叹世事之无常与有常。

49

简约昨夜一直没睡着，他早早起床。知道省里市里几个高层领导整个通宵未眠，因为他是凌晨两点半就接到瞿海峰检察长转发的段非被查的消息，快三点时又接到了县委书记任坚转发来的消息，明白任坚书记跟自己一样，都在随时待命，等候上级指示。挨到五点一刻，他给宁智勇交代："根据专案组的行动安排，主犯归案后马上追捕其他案犯。并且要密切注意吕斌生动向，上午对他采取措施。"半个小时不到，宁智勇打来电话说："简检，不好。吕斌生跑了，他的车刚刚开出地下车库。"简约喊："追！"挂了电话，简约冲进车库，边给瞿海峰检察长报告，边发动自己的车就往外驶去。

市公安局大院内，副局长候泉林一脸疲惫地指挥干警将顶着头套的三十几个嫌犯疏散到各审讯室。原来在冷香和汤细姑等人的暗中协助下，刑警大队和禁毒支队的兄弟们蹲守大半夜，终于将清明一伙全网打尽，散布在海东省的四个制毒窝点全部捣毁，历时三年终于将这起部督案件侦破，实属不易。清明被安排在第一审讯室，朗月和同事迅速跟了进去。

清明是早年跟段铖一起打混的小喽啰，物以类聚，人以群分，他俩本就都不是什么好人。段铖攀上富婆后，身份和社会地位变了，调子也越来越高。尤其是他儿子当副市长、市长之后，更是摆谱得很，俨然以成功企业家、社会名流自居。在以前的老朋友面前说清明是个打流鬼，没出息，几十岁的人了，还不知走正道。这话传到清明耳朵里，正在吃饭的他气得将一桌饭菜全部掀翻在地，大骂道："段贼，你穿几天有裆裤就来损我？你欠一屁股债，靠攀上富婆吃软饭，还寒碜起我来了。"他之所以气，气在论金钱多少，这段铖和他根本不在一个档位上。段铖之所以敢嘲讽他就是知道他赚了很多黑钱，又见不得阳光，更高调不起来。他那时对外说是在做"边贸"生意，还是有人怀疑他在云南那边贩毒赚了个盆满钵满的。虽然来钱快，但知道的人一多，自己就危险了。这既是刺激也是提醒他要包装合法外表，于是他决定要尽快将手上的这么多钱也要洗白才好，也学那姓段的，马甲一穿变体面人。

在段铖、碧丽他们收购奶牛场后，不到半年县氮肥厂也要改制时，清明也将国营氮肥厂盘了下来，成立了清正化工有限公司，像模像样地做起化工原料生意。这个混混清明，书没读几天，脑子却是转得贼快，你说他东施效颦也好，沽名钓誉也好，总之还真将自己装扮成一名成功的企业家和慈善家。以工程项目为幌子，在化工原料生产的合法外衣掩盖下，坏事干绝，制售合成人工毒品，牟取巨额利润。不过前几年都没有赚到钱，还把老本搭进去不少，自从跟段强搭上线后，生意越做越大，顺风顺水。他资助贫困学生的事迹时常见诸媒体报端，还有报道称他对品学兼优的资助学子提供就业岗位，说的是冷香她们。在漂亮的外包装下，这个“伪善人”当得有滋有味。因为身份、地位等社会标签都一应俱备，才得以有资格通过段强结识到莫湘龙，跟莫湘龙成为朋友后，莫湘龙才会帮他跟市长段非“绑定”，回顾多年的打打杀杀，他明白一个道理：欲望只要跟权力苟合，逐利空间就会超乎想象。但这个依托公司化经营外表掩盖的隐蔽性极强的制毒贩毒团伙终究没有逃脱警方的视线，三年前警方就盯上了它。

约悠悠在仙丹湖边见面的谌嵩，想告诉女儿身世，让她赶紧去美国投奔生母常姝。没想到还未张口，悠悠就问他：“爸，您是来跟我辞行的吧？”

谌嵩有些难堪，说道：“悠悠，我怎么说都还是你爸，这个时候说这样的话，有良心吗？”

悠悠答：“还说我没良心，你们都干了什么？咎由自取，路不都是你们自己选择的吗？”

谌嵩不想跟她争辩，只说：“悠悠，你还年轻。不能理解大人们的想法，作为父亲我不会怪你。现在家里遇到难处，奶奶还是为你们提前铺好了路，希望你和郑力尽快到美国去。以后的日子就只能由姑姑照顾你们了。"

看到他说着说着，声音就有点哽咽了。悠悠内心有些不忍了，用尽量平和的语气说："怎么说我都要感谢您，给予我生命，让我来到这个世界，尽管来得比较屈辱。其实最近才知道我不过是您的私生女，而且是在您不知情下的私生女。不过这一切都不重要了。我得感谢您让我到检察院工作，不到检察院工作，我不可能真实地了解到我这个家族的罪恶，也就看不到这个世界真实的面目。您一辈子被你的母亲控制，职业、情感、爱好等一切都被控制。我的一辈子，你们仍想控制，但我不会同意的。我的路我是要自己走的。你们想让我去美国，可以说是为我着想，不在国内生活，免得被人指后背心，也可以说仍是为你们，延续虚假的家族荣耀。我、郑力、段誉都想好了，从今以后我们不要这个家的一分钱，我们要靠自己的双手去挣干净钱，挣多少用多少。我和郑力目前都不会去美国，我们要配合司法机关将你们的案子办完，作为公民，我们都有作证的义务。再说你们年纪都这么大了，判了刑后还要劳动改造，我们不能不管你们，只顾自己在美国享受。"

谌嵩眼里有泪，不再劝说女儿。问她："你是怎么知道自己的身世的？她告诉你的吗？"

悠悠知道他指的"她"是谁，感叹地说："不是她。爸爸，您自作多情了。你们的初恋是美好的，可能是您这一辈子最大的财富，也是唯一的财富。您现在的样子怎么可能还是她的梦中人呢？她从来都没有在我面前提起过您，说明您在她心中已不值一提。我的身世之谜是郑力、段誉和我，我们仨如私人侦探般侦查出来的。奶奶当年做得太过分，对您对我生母对容主任而言都是深深的伤害！而您却丝毫不敢反抗！”

谌嵩长叹一声说：“我一生从来没有爱过你母亲，但她却给了我一生最昂贵的礼物——可爱的宝贝女儿你，我一生最爱是容婵，但是她带给我的是一次又一次的伤害，从来没有停止过……情为何物？”

悠悠说：“爸爸，我不是想伤害您，对于爱情您可能还没有参悟。不要把欲望错当爱情，真正的爱是不以占有为目的的相互欣赏，相互成就。男女之爱、父母子女之爱都是如此。您不懂得爱，当然不知道如何去爱一个人。您是如此，奶奶也是如此。奶奶是以爱的名义控制您的一生。她当年为了不让您娶容主任，不惜以重金说服一直暗恋您的我的母亲常姝。欺骗您和容主任说是给你们准备好了新房，带着我母亲、容主任和您到新房里聚餐，然后将您灌醉。送走容主任后将我母亲送到您床边。醉酒的您以为我母亲是容主任，然后就有了我。当您发现自己被奶奶和我母亲算计后，却没有勇气向容主任坦白，而是选择吞下苦酒。不久，因性格不合与我母亲分手。这些年您的性格分裂得很厉害，但从小在奶奶控制下生活的您已习惯顺从。哪怕伤天害理的事您也会帮她去干，您说您糊涂不糊涂？”

谌嵩被女儿的话再次激怒，咆哮着：“不要说了，不要说了！给我滚！”

突然他的电话响了。一接听才知是吕斌生用陌生号码打来的，说他正在跑路，简约在后面追，经过仙丹湖看到他的车在，请求他帮忙拖住简约。

他转身往湖边的公路望去，果然前面有两个黑点绝尘而去，一听到简约这个名字，他的血管就要爆裂。上次在容婵病房里、在医院电梯间碰面的场景强烈地刺激着他，自己这辈子最大的寄托就是容婵，但容婵已不再属于自己，一切都被毁灭了，自己什么也没有。该死的简约还对他说过，会照顾好容婵！乡下佬的那份得意如尖刀般扎进胸膛！他心里突然就有一个罪恶的念头："碾死他。"丢下悠悠，他驾车就往前追去。

容婵一大早还没到单位，就接到唐建的电话，说瞿海峰检察长安排他和她一起直接到市公安局门口碰面。她刚停好车，就看见瞿海峰和唐建已在门口站着，然后三人匆匆走进市公安局刑侦指挥大楼监控中心。

谈远局长起身指着旁边的位置示意他们快坐下，轻声对瞿海峰说："所有路口都已经布控。"

容婵跟大家一样目不转睛地盯着监控屏幕，画面上三辆车正疯了一样飞驰。旁边的民警告诉他，第一辆是吕斌生的，第二辆是简约的，第三辆是宁智勇的。突然画面出现一辆铁血悍马，容婵眼尖，看出那辆悍马是悠悠开过的车，赶紧打电话给悠悠："你家那辆悍马现在哪里?"悠悠说："刚被我爸开出去了。"容婵大喊："不好了！谌嵩在追简约，简约危险。"

监控室里气氛骤然紧张起来，谈远抓起对讲机喊："03，03，有情况。"对方答："03 明白，03 明白。"谈远又喊："02，02，新目标，新目标。原计划不变。"对方答："02 明白。02 明白。"

容婵整个心都提到了嗓子眼上，屏幕上一前一后的两个点撕扯着她焦灼的内心。

屏幕上四辆车往白绎铺收费站冲去，收费站两边的护栏全部卸去，三辆警车停靠在路边，不停地闪着红灯。突然悍马加速往简约的车尾碾去，说时迟那时快，摆在路边的一辆警车逆驶过来，横在悍马车前面。嘣的一声巨响，谌嵩被冲出车外，抛到路边的水田。三车相撞处已燃起熊熊大火。容婵“啊”地叫了一声，昏厥过去。

待她醒来，整个监控室是死一般的寂静。努力睁眼望去，谈远局长和全体警察都脱帽致哀，瞿海峰和唐建他们也作默哀状。一定是有战友走了，眼泪决堤般地冲刷而去。她第一个想到的是简约，心痛得快要窒息……

脑海里不停地出现各种画面，有给自己送薯条的那个乡下男孩，又有坐在二十四桥上哭月的傻小子，还有他们一起在市院面试的场景……

无数个夜晚，他走到她的办公室前喊她一起下班，走在洒满月光的机关大院里，两人都不说话，那份宁静与朦胧足以心醉。她有时一边走，一边就想或许最好的爱情就如这月色般清凉，而不是如骄阳热烈。

她又想起以前她们家每年的中秋节比春节还要隆重。她们姐妹的名字源于“但愿人长久，千里共婵娟”，既是父母爱情的誓言，也是一家人对美好生活的憧憬，但今年的中秋节由于父亲的离世却是最伤心的，比清明节还要伤心。父母都已故去，她感觉自己如无根之萍，晚上她和容娟举杯邀月，感伤不已，就给简约发了一首唐诗《十五夜望月》：

中庭地白树栖鸦，
冷露无声湿桂花。
今夜月明人尽望，
不知秋思落谁家。

几分钟后，他回复一首《仰望》：

有一些的美好只在仰望
就如今夜
月至天心
风行水上
有一些的美好只在清凉
一如今夜
水无心映月
月无意照水
水月相忘
正是清凉
所有的美好
都不如
今夜亲友伴君
或烛影西窗
或浅酌花间
不说唐
不说宋

借今夜月色清凉

得万里河山

紧接着他发来一段语音，说是自己即兴所作，贻笑大方，却是他最想说的心里话。

这首《仰望》让容婵怦然心动，她一遍一遍地读，一遍一遍地泪流不止，原来这月色清凉也是他向往的美好！如果说谌嵩作为初恋给她的是太阳，这么多年来简约带给自己的不正是涤荡心胸的月夜清凉吗？水无心映月，月无意照水，发于本性的自然，才是灵魂相守的样子。水月相忘才是爱情至纯的模样，不需要任何添附，不增加彼此负担。这些年，自己和简约不就是这样吗？容娟有次对她说，“你将简约当空气，你就没有想过离开空气你能活？”此时此景她才体会到这免费的空气，其实是最昂贵的，可是他……或许她再也没有机会告诉他！

三分钟的默哀仿佛漫长而黑暗的中世纪，而后谈远局长用沉痛的声音告诉大家：“候泉林同志壮烈牺牲了，但他的精神永垂不朽！20 年来，他一直在特殊岗位上工作，不仅时刻冒着生命危险与狼共舞，还要承受来自各方面的误解。但他从来不叫苦，不说累，昨晚他带领兄弟们蹲守一整晚，刚刚遇到突发情况他又主动请缨……都怪我，我总是在鞭打快牛。可每次有紧急任务，他总会想尽一切办法说服我，他总是说自己一出面，犯罪分子就会放松警惕……”谈远同志说不下去了，跌坐在靠椅上失声恸哭，整个监控室响起山崩地裂的痛哭声……

容婵一听，心情压抑得喘不过气来，她几乎要崩溃了，疾步走出监控室，泪如雨下，这时手机有微信提示音传来。是他，简约发来微信："我没事。人已抓到。"

容婵秒复："求你娶我!!!"

简约发来一个大大的"心"和三朵玫瑰。容婵将手机举到脸上，吻个不停……

50

候泉林的追思会在低调举行。瞿海峰率容婵、简约和常理等人随着悲伤的人流慢慢走进追思厅。常理环顾四周就小心地低声问容婵："容主任，为什么这么多人都用黑布蒙住大半张脸?"

容婵低沉的语气告诉她："毒品犯罪斗争形势越来越严酷，候泉林从事的是特殊秘密工作，这层黑布是为保护同他一样做隐秘工作的同志及其家属。事实上这层黑布的保护是有限的，牺牲总是难免的。他们是和平年代牺牲最大的群体，成功不能宣传，失败无法解释。"常理听得眼泪直打转，轻声道："哪有什么岁月静好，不过是有人替我们挡住了黑暗和罪恶!"

简约对着候泉林的遗像深深鞠了三个躬，对一身黑衣的颜丽说："候局替了我。颜丽姐，对不起啊!"

颜丽虚弱地说："简检，你别这么说，泉林这么做是对的，如果是我，也会这样。"

抓住好朋友容婵的手，颜丽不能自抑，恸哭道："我不能原谅自己的是竟然错怪他，连妻子都错怪他，泉林他心里得有多委屈啊！”

容婵此刻太能理解颜丽的肝肠寸断。2017 年中秋节后，颜丽跟候泉林闪电式离婚，听说是颜丽无意中发现候泉林跟某会所内的女孩有染，到女孩上班的会所逮住候泉林打了两记耳光就走，三天后两人就办好了离婚手续。

离婚后颜丽决绝地切断同候泉林的一切交往，连带儿子小林也恨候泉林，今年离家上大学的前一天，候泉林跟儿子打电话说要来送儿子，她也坚决回绝了。如果不是候泉林牺牲，颜丽还会继续错怪他。不只是颜丽，同事朋友一直也都在说候泉林的“变质腐化”了。

候泉林牺牲那天谈远局长从监控室出来后，走进颜丽的痕迹检验室，对正在做实验的她极其艰难地开口说：“颜丽，我想跟你谈一下泉林的事。”

颜丽闷头做事，说：“谈局，对不起，他的事我不想听。”

谈远悲从中来，双泪直流，极其悲怆地说：“颜丽，他走了。”颜丽吓了一跳，顿时感觉天转地旋。谈远虽不忍心，但还是坚持将他要说的话说了出来。

颜丽几欲窒息，当初之所以恨之切，是因为爱之深，爱之纯！如今，斯人已去，所有恩怨都成灰，往事如潮难自抑，那融入骨髓、溶入血液的记忆再现，她恨不得自己马上追随亡夫而去。

2017 年下半年，颜丽怀疑候泉林与那个叫冷香的女孩有染而大闹会所。直到前天，她才知道那段时间他经常在楼中楼进出是因为发现了成功企业家外表下的清明居然制毒贩毒的惊天秘密。候泉林这位老公安当时就被吓住了，也终于明白为什么江海市这么多年来毒品犯罪会越打击越多，缴获的毒品数量会越来越多。因为抓的都是做零售的下线，归案的犯罪分子不过是毒品犯罪网络中的“毛细血管”，不剪断大动脉，不触及制毒、售毒的心脏，毒品犯罪就会禁而不止。

谈远听了他的汇报后说：“从目前掌握的情况看，这楼中楼是黄赌毒一条龙，还涉外跨省，可能还涉及公职人员，情况非常复杂。谋定后动，一定要从长计议，心急吃不得热豆腐。只有将这个毒窝端掉才能彻底根治江海市毒品犯罪的高发态势，我跟龚玲书记已经报告，她完全同意我们的工作建议，由你继续打入清明犯罪团伙内部，下阶段的线索摸排、外围初查、证据收集都是十分艰巨的任务，必须摸清底牌才好动外围，短则一年半载，长则三五年都是有可能的，你一定要有心理准备。”

候泉林目光坚定地说：“谈局，您就放心吧，我已经做好了充分的思想准备，随时准备战斗。”

谈远有些愧疚地说：“泉林，你家小林明年六月就要高考了，这个时候派你去执行这样的任务，挺对不起孩子和颜丽啊。听说前几天你们还在闹不愉快?”

没想到候泉林竟然说：“谈局，我是一名警察，不说大公无私，也要做公而忘私吧。颜丽那里不会有麻烦了，她个性刚烈，认为我已完全腐化堕落，坚决要离婚。我也同意了，昨天签了离婚协议。作为市管领导干部，这是重大个人事项，也算正式向您报告。”

谈远一听，非常震怒。指着候泉林的鼻子骂道："泉林啊泉林啊，平时看你还像个汉子，怎么连自家的婆娘都哄不好啊？你解释不清，我可以替你解释啊。你看你，这个家说散就散了，当年系里那么多男生追颜丽，颜丽眼里只有你，你太对不起她了。还有孩子，小林这孩子就要高考了，你这个时候把家搞散了，孩子心里会有多大包袱啊！你糊涂不糊涂啊？"

候泉林倒不急，缓缓地说："谈局，我没糊涂，都考虑好了。现在只能快刀斩乱麻，我已做好盖着党旗回来的准备，因为随时都有暴露的危险。我自己不要紧，就怕别人拿他们娘俩来跟我谈交换条件。说不担心她娘俩嘛，那肯定是假话。可我不能选择，从我踏入警营的那天起，我们就不能选择退却。颜丽她也是人民警察，我相信总有一天她会理解我今天的选择！趁这会儿高调离婚，对他们也是一种保护吧。如果我全身而退，总有可以解释的一天，实在不行，到时再请你出面解释也不迟。现在就将错就错吧。"

谈远望着这位昔日同窗、战友，半天说不出一个字，双眼通红地哽咽道："兄弟，你一定要保重！"

瞿海峰一行从追思会场出来，平时非工作场合在下属面前话不太多的他却一直在不停地说候泉林。因为他早年与候泉林在江水县刑侦队一起共过事。瞿海峰对下属们说，"候泉林这个人看起来整天嘻嘻哈哈没个正形，甚至还有些吊儿郎当，让人特不放心似的。事实不是这样，他其实是个原则性很强的人。"瞿海峰还说起他们刚参加工作不久的那年福利分房，全局只有候泉林和颜丽交不起四万元钱，谌嵩要给他出钱，他二话不说就收下，可转身就存到局廉政账户。最后房款还是颜丽在北京工作的兄嫂想办法给他们凑的。听说候泉林这些年都是这样处理的，外面的人总说他收了多少钱，其实他没有拿一分钱进自己的腰包，都如实向组织报告后上交廉政账户了。

“候泉林在侦办蒋立峰交通肇事案时也一直坚持可能另有真凶的意见，也跟容婵你们一样没有放弃，颜丽和他经常研究这个案件，在汤二发涉毒吞食异物时，他就有所怀疑，尤其是他调任市公安局后，汤二发被取保候审后不了了之，但苦于一直没有找到证据，后来他又将目标锁定在清明身上，也就是这个时候颜丽误会他，颜丽当时最不能接受的事情其实是看到他竟然跟清明他们整天混在一起，以为他变质了，后来两人才吵架离婚。”

在楼中楼，冷香的郁郁寡欢引起了候泉林的注意，几次接触过后他觉得小姑娘本质不坏，虽误入歧途但还有挽救的可能。逮住一个偶然的机会就跟冷香说，他想把她救出来。冷香非常感动，毕竟受过高等教育，良知尚未泯灭，表示希望能为政府出点力。因为她对清总一伙制毒、售毒的网络窝点和操作模式非常熟悉，候泉林听她这么一说觉得将她发展为特情最为合适。马上就跟谈远报告，谈远也表示赞同，但叮嘱一定要保护她的安全，要以冷香能安全脱身为前提。候泉林就跟冷香商量如何全身而退，冷香说自己此前向身边的朋友和清总都流露过轻生念头，也曾在清总面前以死相逼，但最终未果。春节回家过年就说在偏僻的老家山区自杀应该不会有人怀疑。再说他们本来也只把她当工具，没有当把她当人，也不会管她生死。冷香发出自杀信息后，果然没有人管她，她得以成功脱身。

“幸亏候泉林及时发现并挽救了冷香，山区生活经验丰富的她凭着记忆将清明一伙隐藏在深山老林的制毒窝点路线图绘制出来，并扮成采药山民徒步一个又一个地方踩点验证，候泉林以野钓为掩护，跟她接头。他们一起收集清明一伙大量的内部暗语、窝点和运作模式资料，为警方确定正确的侦查方向打下了坚实基础。也幸亏候泉林将这些年他和颜丽收集的有关蒋立峰交通肇事案的证据材料都进行了系统整理，还有容婵和简约你们俩的分析与思考也功不可没啊！在汤二发脱逃时，我和谈远同志将你们三方的看法详细进行对比，竟是惊人的相似，这对我们的决策至关重要啊！我们也认定汤二发牵涉十多年前的仙丹湖命案，必须全力以赴保证汤二发的生命安全，收集派生证据！由于措施得力，任务完成得非常完美。”瞿海峰的话既是在深情地缅怀曾经的战友，也是在激励在场的下属。

简约悲壮地说：“他是真正的英雄！我们向他致敬！”

四人不约而同地转身，朝追思厅方向深深鞠躬三次，然后迈着坚定的步伐大踏步往前走……

尾　　声

吴国平运输毒品案经江海市人民检察院抗诉后，江海市中级人民法院直接提审。江海市人民检察院撤销江水县人民检察院对莫湘龙运输毒品存疑不起诉决定，依法对其提起公诉。在海东省委的统一领导之下，段钺、段非父子以及余靓利用段非职权和职务形成的便利条件大肆敛财行为分别被省监察委、市监察委立案调查，碧丽、谌嵩母子和段强等人因组织领导黑社会性质组织罪被市公安机关立案侦查。段非、凌虎涉嫌充当黑恶势力保护伞的犯罪事实亦被追究刑事责任。涉仙丹湖非法采矿等破坏生态环境公益诉讼线索被立案，吕斌生、王文阳和水上派出所的相关工作人员等司法败类被江海市人民检察院以徇私枉法罪等立案侦查……

宁智勇他们就涉仙丹湖的水产品、矿产资源及生态环境破坏等国家利益和社会公共利益受损事实收集扎实的证据，向江水县矿产办、环境资源保护局等多家行政机关发出诉前检察建议，相关行政部门迅速整改并回复。江海市人民检察院案件管理办公室也就车牌非法转让、吞食异物嫌犯罪犯收押、税收监管漏洞等方面发出的一系列社会治理类检察建议，相关行业部门进行专项治理与整改，非法转让车牌的“黑产”被铲除，吞食异物嫌犯罪犯收押收监专项治理迅速铺开，对该类人员应收尽收。清明一伙30余人被江海市人民检察院分别以走私、贩卖、运输、制造毒品罪向市中级人民法院起诉，江水县人民检察院对沈四、王铁年以妨害公务罪提起公诉……仙丹湖区一带老百姓在江海检察公众号上看到一条条重要案件信息的发布，纷纷转发点赞：扫黑除恶，大快人心！我党英明！藏身于天台山古禅寺的邓刚得知一切后，主动投案自首。

江水县人民检察院对邓刚和李海平、李新新依法作出不起诉决定。梅艳芝带领全家人给江海市检察院案管办送来“正义大厅”横匾！他们还兴奋地告诉容婵，县政府准备将从碧丽、段铖等人处收缴的奶牛场采取国有股51%，职工持股49%的方式进行资产重组！奶牛场又要回到职工手中了，个个喜极而泣！容婵也被感动得热泪盈眶！

邓刚开车送李新新到云海大学门口，用低沉的语气对新新说：“家仇是报了，可是律师干不成了，律师协会即将吊销我的执业执照，我也无话可说啊！这些年行走在异乡，你奶奶最后用惨烈和决绝的方式结束生命的样子一直和我如影相随，仿佛一条带血的铁链子，年年、岁岁、月月、日日都在无情地抽打我，催促我：报仇、报仇！你母亲、你二叔、小姑也该是感同身受。可是我忘记了自己作为一名执业律师，更应该带头守法。作为法科生，你一定要吸取我这惨痛的教训，千万不要将个人私仇带入职场，我们从事的是分配社会正义的事业，应该公而忘私。正义是公共的，才会有公正，个人的正义只能是私人。

公平正义事关每个人每个家庭，作为社会的一份子，我们都有责任和义务去维护她，为她努力！你要记着，这个社会若没有公平正义，每一个人都是不安全的，以公心维护公平正义，其实是在保护我们自己！”

李新新郑重地点了点头，打开车门下去，边跟邓刚挥手，边朝校园里走去。

谌悠悠跟母亲常姝终于见面了，悠悠很不理解为何母亲这么多年都不来找她。

常姝告诉女儿说，一方面是当年自己曾答应碧丽永不见女儿，另一方面是顾忌碧丽和段铖的心狠，并说起她父亲也就是悠悠外公去世前才告诉她的一件事。

当年，常姝父亲在碧玉公司当车队队长，因懂得一些修车技术，专门为碧玉公司定点修车的汽修店里的一个小师傅跟他很熟，一直叫他大师傅。仙丹湖命案发生的第二天晚上深夜，小师傅悄悄敲开常家的门，说是昨天清早，他在二妹砣口味饭馆当服务员的女朋友就带着大包小包来店里找他，偷偷跟他说，昨晚上仙丹湖里死了人，死者在她店里喝过酒，老板说这店子开不成了，给她们几个结三个月工钱，让她们走人。然后不到两小时全仙丹湖的人就都知道了昨晚湖里死人的事，大伙都赶到湖边去看热闹，他和女朋友也跟着去了。一看那辆被打捞上来的车，他的双脚便打起摆子，因为自己前两天见过那辆车，当时是晚上，有个外地人开着碧玉公司的一辆凯美瑞车进来，递给他一块旧刹车片要求换下车上原装的。他胆子小怕出事，没敢答应换。又听到女朋友小声地跟他说当时除这辆车还有另一辆车停在店里头，都是收芦苇的老板叫人开过来的。他感觉这事蛮可怕，叫女朋友不要乱说话，也想一走了之。又怕自己因为知情哪天被人暗算，所以想来想去，觉得还是要找一个可靠的人说下，以防万一有个三长两短的话，还有人能替他们说句话。三四天后，父亲就听汽修店老板说这小师傅发神经，工资都没结就不辞而别。深知碧丽一家为人的常父常母，当下就决定远离碧玉公司，有多远躲多远。父亲后打听到小师傅带女朋友回老家结婚生子也还没遇到什么麻烦，他们遂也双双辞工。常姝听着父亲的话，感觉背后阵阵发凉，对碧丽一家的为人，她可是比任何人都了解。想起每次回国，父母都会叮嘱她不要跟碧丽、谌家再有任何牵扯，可怜天下父母心！为让父亲走得心安，她含泪答应父亲，绝对不跟他们再有任何来往。

话到这儿，常姝不无愧疚地说“孩子，妈妈太怯弱，也太自私了。曾经的我以为只要自己可以在美国安静地生活，可以远远地知道你的消息就够了。这些年我一边听着段家的故事，也一边忧虑着你的成长环境。我越来越明白父母之爱子则为之计深远的道理，我希望你心中充满阳光。如果我能早一天勇敢地站出来，碧丽、段铖、段非等这帮坏人就会早一天被揪出来，就会早一天阻止一些恶行发生，避免一些好人的牺牲！如果我早一天站出来，咱们母女也会早一日相见，你也会早一日不被金钱蒙蔽，幸好你本性善良……孩子啊，法治的进步，真的需要我们每一个公民的努力！”

李唐、李季因涉罪服刑，他们的三和公司交由容氏集团托管了。容娟俊俏的脸蛋如今更加黑亮，容氏现代生态立体农业基地已见雏形，二馆一厅主体也已完成。江海市中级人民法院正在开庭审理李唐虚开增值税专用发票罪和骗取票据承兑罪的减刑监督案。江海市人民检察院出庭检察人员发表了因李唐有技术发明专利，可以认定为有重大立功表现，同意其减刑的意见。

仙丹湖的矮围已被全部拆除，围湖而建的一幢幢别墅被夷为了平地，这片湖泊恢复了本来模样，但少许残留的痕迹还在诉说着她曾经的伤，曾经的痛。

八个月后，江海市中级人民法院一审以故意杀人罪判处段铖死刑，立即执行，判处碧丽死刑，缓刑两年执行。二人所犯组织领导黑社会性质组织罪、非法捕捞水产品罪、非法采矿罪、故意伤害罪、非法拘禁罪等十几个罪名都被依法处刑，刑期均被死刑吸收，最终宣告刑分别为死刑立即执行和死刑缓期二年执行。清明一伙 30 余人以及汤二发、谌嵩、段非、段强、余靓、蒋立峰、吴国平、莫湘龙、汤细姑等人均被陆续宣判……

汤细姑在收到自己被判处一年有期徒刑的刑事判决书时再次流下悔恨的泪水，从法官口中得知清明亦被判处死刑立即执行，而其兄汤二发因有重大立功表现和自首情节被判处死刑缓刑二年执行时，又感动不已，当即表示认罪服法，认真改造。

段铖、碧丽、段非、谌嵩、余靓一家人都对判决不服，纷纷提出上诉。悠悠和段岚在对他们劝说无效后，仍得为他们二审上诉及聘请律师事宜而操心、忙碌。奔波中，悠悠在检察院的聘用期到了，江海市人民检察院又在招录新的工作人员，可惜因为父亲涉嫌犯罪，她不能报名。谌悠悠万般不舍地脱下制服，熨烫一遍又一遍，折叠得整整齐齐地退还给风书大姐。即将荣退的朗忠也来了，他让风书大姐给他拍了最后一张制服照，满含不舍地走了。容婵和同事们目送着朗忠远去，谌悠悠也含泪离开了江海市检察院。

此时，江海市检察院大门外辅道上，坐在警车里的朗月望着悠悠越走越远的背影，泪流满面地听着李碧华的《分手》："我又何尝愿意面对这样的问题，若不是身不由己……"

悠悠的背影终于消失在车水马龙的人流中，朗月拿起放在副驾驶位上的一份清明特大走私贩卖毒品案侦破立功人员表彰名单，目光定格在带着"候泉林"三个字上。他关掉《分手》，擦干泪水，发起车辆，继续前行……

落日的余晖映照在仙丹湖，金色的波光闪耀迷人。简约与容婵在湖边漫步。

"仙丹湖教会人们勤劳，赐给人们鱼类、苇场和丝草，而贪婪的段铖、碧丽为占有湖中的水产品和矿产资源等财富，日思夜想地要控制这湖里的一切，他们将不择手段所挣的钱也都投入到湖里，最后一切都被收走了。简约，你说到底是他们在控制这湖，还是这湖在控制他们?"容婵百感交集地说。

"人是自然之子，他们不知敬畏，必然会得到惩罚与报应!"简约也深有感触。

一轮明月升起来了，简约拥着容婵无限深情地说："海上生明月，天涯共此时。"容婵抬头仰望着他，情意绵绵地低吟："有一些的美好只在仰望，就如今夜月至天心，风行水上，有一些的美好只在清凉……"借着迷人的月光，简约凝视着容婵那圣洁而美丽的脸，一股冲动在体内膨胀着、炙烤着，他小心翼翼地捧起她精致而美丽绝伦的脸，将烫热的双唇印上去……容婵极力在躲闪，他双手如钢铁般将她死死圈在怀里。慢慢地，她不再挣扎，热烈地回应着……

激情之后，容婵挣脱简约快步往前走，简约一脸幸福地追上去，霸道地伸出大手说："来，从现在起牵着我！"

"为什么?"容婵牵着他的手，仰头调皮地问。

"只为今夜的月亮，天下三分明月夜，二分无赖是扬州！二十四桥仍在，我们就是扬州！"简约信心满满地说。

"是啊，二分无赖是扬州，你是扬州？我看你是无赖！"容婵边说边甩开简约"咯咯"地笑着往前跑。

"好啊，我是无赖，既是无赖，那可就什么形象都不顾了啊！"简约说着又一把将容婵拥到怀里激吻。容婵有点喘不过气了，连喊求饶。简约将娇羞的她一把抱起，无限爱怜地说："婵，我做梦都没想到生命中会有今夜！真的！我以为自己一辈子对你只能仰望，才会写下那几句歪诗。"

容婵没想到平时笨笨的他竟也如此善感，她双手温柔地搂住他的脖子，贴在他右耳边轻轻地说："以前，无数个月朗风清的晚上，我们走在机关大院里，彼此都不说话的感觉真好，大概最美好的爱情就如这月色般清凉吧。你看月色润心，年年岁岁如一，我就要这月亮般的爱，我不要太阳，夏天的太阳晒人，而冬天的太阳看似热烈实则冻人。你说对不对?”

简约点了点头，容婵挣扎着下地。简约环住她的腰不放，二人就紧紧偎依着，在这清凉的月光下相拥前行……